AF289803

plaisir
d'amour

FSC
www.fsc.org
MIX
Papier aus ver-
antwortungsvollen
Quellen
Paper from
responsible sources
FSC® C105338

SAWYER BENNETT

UN*zivilisiert*

Ins Deutsche übertragen
von Sandra Martin

Sawyer Bennett
Uncivilized - Unzivilisiert

Aus dem Amerikanischen ins Deutsche übertragen von Sandra Martin

© 2014 by Sawyer Bennett unter dem Originaltitel „Uncivilized"
© 2023 der deutschsprachigen Ausgabe und Übersetzung by Plaisir d'Amour Verlag, D-64678 Lindenfels
www.plaisirdamour.de
info@plaisirdamourbooks.com
© Covergestaltung: Sabrina Dahlenburg
(www.art-for-your-book.de)
© Coverfoto: Sawyer Bennett
ISBN Print: 978-3-86495-626-3
ISBN eBook: 978-3-86495-627-0

Prolog

Gegenwart

Ich bin so erregt, dass mir schwindelig ist.

In meinem Kopf dreht sich alles und mein Herz rast, während sich meine Muskeln an genau den richtigen Körperstellen anspannen.

Ich bin außer Kontrolle und meine Instinkte schreien mich förmlich an, mich hinzugeben … mich zu unterwerfen.

Mich zu ergeben.

„Auf die Knie", befiehlt Zach. Seine tiefe Stimme beschert mir eine Gänsehaut und bringt mein Blut in Wallung.

„Nein", flüstere ich, obwohl ich am liebsten laut „Ja" schreien würde.

Ich weiß, was gleich passieren wird.

Ich glaube sogar, dass ich mich ihm widersetze, weil ich ihn insgeheim provozieren will, damit er mich dazu zwingt, mich ihm zu unterwerfen. Denn so ist es für mich viel erregender, als mich ihm einfach hinzugeben.

Zach packt mich im Nacken und drückt zu … gerade fest genug, damit ich mich voll und ganz auf ihn konzentriere. Er hat mir einmal erzählt, dass der männliche Jaguar seine Gefährtin auf die gleiche Weise im Genick packt, um sich ihren Respekt zu verdienen, bevor er in sie eindringt. Ich bezweifle nicht, dass das wahr ist. Ich glaube ihm unbeirrt, dass er in der Wildnis des Amazonasgebiets aufgewachsen ist, und weiß es zu schätzen, wie sein Charakter durch die vielen Jahre fernab von der zivilisierten Welt geformt wurde.

Ich spüre seinen heißen Atem an meiner Haut, als er sich zu mir hinunterbeugt. „Verweigere dich mir nie wieder.“

Mehr sagt er nicht, bevor er mich nach unten drückt, wobei ich, ohne zu zögern in die Knie gehe. Kaum berühren sie den Teppichboden, beugt er auch schon meinen Oberkörper nach vorn … immer weiter … bis meine Wange auf dem cremefarbenen Wollteppich aufkommt und mein Hintern in die Luft ragt. Ich stoße einen leisen, ergebenen Seufzer der Zufriedenheit aus und schließe kurz die Augen, als ich mich an den Moment erinnere, wie ich Zach zum ersten Mal begegnet bin. Er war gerade dabei, eine andere Frau in die Knie zu zwingen, und ich hatte mich danach gesehnt, an ihrer Stelle zu sein.

Es war ein entscheidender Augenblick in meinem Leben, in dem all meine Vorstellungen von kultiviertem Anstand in den Hintergrund traten und einer unbändigen Begierde wichen, von diesem Mann eine neue Art von Lust zu lernen.

Seltsam … denn ich war seine Lehrerin. Und nun steht er hinter mir und … bringt im Gegenzug mir etwas bei.

Zacharias Easton lehrt mich etwas über ein Verlangen, von dem ich vor unserem Treffen nichts wusste.

So ein trauriger, kleiner Junge.

Der wilde Mann aus dem Dschungel.

Ein Einzelgänger und Krieger … der tief im Inneren gefährlich ist.

Ein neugieriger Mann, der an keinem Ort wirklich zu Hause ist.

„Erinnerst du dich daran, wie du mich zum ersten Mal gesehen hast?“, fragt Zach und drückt erneut meinen Nacken.

„Ja.“

„Es hat dich erregt, nicht wahr?“

„Ja.“

„Du wolltest, dass ich dich genauso ficke, oder?“

„Ja.“

„Willst du es jetzt auch?“

„O Gott, ja“, stöhne ich.

„Dann erzähl es mir“, drängt er mit einem belustigten Tonfall.

„Was soll ich dir erzählen?“, frage ich verwirrt.

„Erzähl mir davon, wie du mich zum ersten Mal gesehen hast. Ich will eine Geschichte hören, süße Moira, und dann werde ich entscheiden, ob ich dir deinen Wunsch erfülle.“

Ich atme leise aus und schließe wieder die Augen. Ich erinnere mich an die Expedition ins Amazonasgebiet vor nur einem Monat. Ich war dorthin gereist, um Zach zu holen … den armen, kleinen, verlorenen Jungen, der die letzten achtzehn Jahre bei dem primitiven Indianerstamm der Caraica gelebt hatte.

Ja, an jenem Tag hatte sich mein Leben unwiderruflich verändert.

Wir bahnten uns einen Weg durch den Dschungel. Unserer Führer Ramon ging voran, während ich ihm mit Pater Gaul folgte. Nachdem wir auf einer kleinen Landebahn am Südufer des Amazonas, westlich der kolumbianisch-brasilianischen Grenze, gelandet waren, machten wir uns auf den Weg zu einem Fluss namens Jutai, an dem Pater Gaul von einem Händler ein altes Einbaum-Kanu kaufte. Wir fuhren damit in Richtung Süden, wobei wir mehrmals anlegen mussten, um unpassierbare Stromschnellen zu Fuß zu umgehen. Wir waren zwei Tage auf dem Fluss unterwegs, bis Ramon verkündete, dass es Zeit war, unsere Reise an Land fortzusetzen.

In meinen Rucksack hatte ich sämtliche notwendige Utensilien gepackt, die ich bis zur Ankunft im Dorf der Caraica brauchen würde. Da dies meine dritte Reise in den Regenwald war, hatte ich wenig gepackt und nur das Wichtigste dabei: Chlortabletten für meine Wasserflasche, ein Messer, eine leichte, tragbare Hängematte, Kleidung zum Wechseln für mich, etwas zum Anziehen für Zach, was ich mit Hilfe von Pater Gaul, der seine Größe geschätzt hatte, gekauft hatte, und einige militärische Trockenrationen, die ich in Brasilia erworben hatte, bevor wir mit der Cessna nach Norden geflogen waren.

Ramon war ein einheimischer Missionar und Begleiter von Pater Gaul. Er leitete unsere kleine Expedition und hackte eine Schneise durch die dichte Vegetation, die sofort nachzuwachsen schien und dunkle Schatten warf.

Irgendwann deutete Ramon geradeaus und sagte etwas auf Portugiesisch, woraufhin Pater Gaul die Worte für mich übersetzte. „Seht ihr das Licht da vorne? Das ist das Dorf der Caraica."

Ich spähte an Ramon vorbei und sah, dass der Dschungel vor uns tatsächlich lichter zu werden schien. Wir gingen weiter und betraten eine über einen Hektar große Lichtung, auf der mehrere Langhäuser standen. Sie waren aus langen Bambussäulen errichtet worden, die als Stützen dienten, während auf den Querbalken schräge Dächer aus geflochtenen Palmblättern ruhten. Wie bei den meisten Stammesbehausungen üblich, hatten auch diese keine Wände und waren direkt auf die Erde gebaut.

Ein halber Hektar bebautes Ackerland grenzte an die Westseite der Lichtung. Von einem Freund eines Freundes eines Kollegen, der vor mehreren Jahren eine Weile bei dem Stamm der Caraica gelebt hatte, wusste ich einiges über die Ureinwohner. Er erzählte mir, dass sie eine Reihe von Grundnahrungsmitteln anbauten, die neben dem Fleisch, das die Männer jagten, für eine ausgewogene Ernährung sorgten. Sie kultivierten Bananen, Maniok, Mangos, Zuckerrohr, Mais und Süßkartoffeln. Mir fiel eine Frau auf, die mit einem großen Korb voller Mais auf dem Rücken von den Feldern in Richtung der Häuser ging. Der geflochtene Behälter war zudem mit einem Riemen aus Palmwedeln an ihrer Stirn befestigt, um einen Teil der Last zu stützen.

Pater Gaul übernahm die Führung, als wir ins Dorf gingen. Ich sah mehrere Frauen in den verschiedenen Langhäusern, die Maniokbrot auf heißen Lehmplatten über einem Feuer zubereiteten. Andere stillten ihre Babys, während wieder andere in ihren Hängematten lagen. Sie beobachteten uns neugierig, aber sie machten keine Anstalten, unsere Gruppe zu begrüßen. Alle Frauen waren nackt, doch das hatte ich erwartet. Dieser Stamm unterhielt zwar einige kleinere Handelsbeziehungen mit Missionaren und anderen Stämmen, doch er war noch nicht so weit fortgeschritten, dass die Einwohner sich bekleideten. Die Männer verzichteten sogar auf so einfache Dinge wie einen Lendenschurz.

Ich folgte Pater Gaul zu einem Langhaus, neben dem seltsamerweise eine kleinere Hütte von etwa einem Viertel der Größe stand. Er trat ein und begrüßte einen alten Mann, der in seiner Hängematte lag, eine alte Frau, die vermutlich seine Ehefrau war, schürte gerade ein Feuer, über dem sie Maniokmehl auf einer Tonplatte verteilte.

Pater Gaul sagte etwas auf Portugiesisch zu dem Mann und klopfte ihm auf die Schulter. Der Mann schenkte ihm ein zahnloses Lächeln und strahlte ihn aus seinem faltigen Gesicht an. Pater Gaul zeigte auf mich und stellte mich mit einem Schwall Worte vor, die ich allesamt nicht verstand.

Der alte Mann winkte mich zu sich und ich trat näher.

„Moira … das ist Paraila … Zachs Adoptivvater", erklärte Pater Gaul, der sich wieder Paraila zuwandte und etwas auf Portugiesisch sagte. Viele Stämme hatten die Sprache aus Notwendigkeit während des letzten Jahrhunderts übernommen, um sich mit den Eindringlingen zu verständigen, die sich in der Wildnis des Amazonas ausgebreitet hatten. Paraila sah mich an und schenkte mir ein zaghaftes, einladendes Lächeln, wobei er mir die Hand reichte. Als ich sie ergriff, sagte er etwas zu mir, was ich wieder nicht verstand. Als er fertig war, drückte er meine Hand und Pater Gaul übersetzte die Worte: „Er heißt Sie hier im Dorf willkommen. Er hofft, dass Sie sich eine Weile ausruhen werden, denn sobald die Männer von der Jagd zurückkommen, werden sie zu unserer Begrüßung ein großes Fest feiern. Darüber hinaus hofft er, dass Sie sich gut um seinen Adoptivsohn kümmern werden, doch er hat den Eindruck, dass Sie eine gute und starke Frau sind und kein Problem mit Zach haben werden."

Ich schenkte Paraila ein breites Lächeln und sagte: „Pater Gaul
… erklären Sie ihm, dass ich mich geehrt fühle, hier zu sein, und
dass ich mich sehr gut um Zach kümmern werde."

Paraila lächelte mich noch einmal an, dann unterhielt er sich
weiter mit Pater Gaul, während ich meinen Blick durch das Dorf
schweifen ließ. Ein paar magere Hunde liefen umher und im
nächstgelegenen Langhaus erblickte ich einen winzigen schwarzen
Affen, der mit einem Palmstrick um den Hals an einen Holz-
pflock im Boden gebunden war, während eines der Kinder ihn mit
Kochbananen fütterte. Interessanterweise schien er eine Art Haus-
tier zu sein, was mich verwunderte, da Affen meines Wissens zu
den Grundnahrungsmitteln dieses Stammes gehörten.

Pater Gaul legte mir die Hand auf die Schulter und sagte:
„Kommen Sie. Lassen Sie uns Ihre Hängematte anbringen, und
ich zeige Ihnen, wo das Wasser ist, damit Sie sich frisch machen
können. Dann können Sie ein Nickerchen machen. Das Fest
findet erst in ein paar Stunden statt, und es wird bis spät in die
Nacht dauern."

Ich nickte und folgte Pater Gaul aus Parailas Haus. Ich konnte
es kaum erwarten, Zach zu begegnen, sobald er ins Dorf zurückkam.

***

Das Fest war in vollem Gange, doch Zach war bisher noch nicht
von der Jagd zurückgekehrt. Nachdem ich eine Weile geschlafen
hatte, hatte mir Pater Gaul erzählt, dass Paraila sich Sorgen um
ihn machte. Ich erfuhr, dass Zach die Nachricht von unserer Ankunft nicht gut aufgenommen hatte und strikt dagegen war, uns
zu begleiten. Offenbar hatten er und Paraila sich tagelang deshalb
gestritten, wobei immer noch nicht sicher war, ob Zach mit uns
zurück in die Vereinigten Staaten reisen würde.

Nur wenige Meter von den Hütten entfernt war auf offener
Fläche ein großes Feuer entzündet worden, über dem verschiedene
Sorten Fleisch brieten. Vor etwa einer Stunde war der zweiund-
zwanzig Mann starke Jagdtrupp zurückgekehrt, doch Zach war

nicht dabei gewesen. Als ich Paraila mit Hilfe von Pater Gaul nach seinem Verbleib fragte, antwortete er: „Zacharias verfolgt gerade einen Tapir und ist deshalb nicht mit den anderen zurückgekehrt. Er wird bald noch mehr Fleisch bringen."

Ich kostete etwas von dem Essen, welches mir in einem übergroßen Bananenblatt serviert wurde. Den Jägern war es gelungen, einen Kaiman und mehrere Klammeraffen zu erlegen, und waren von den Frauen jubelnd begrüßt worden.

Bis auf eine tulpenförmige Hülse aus geflochtenen Palmblättern über ihrer Männlichkeit, waren die Männer genauso nackt wie die Frauen. Um ihre verhüllten, unbeschnittene Penisse war das dichte Nest aus schwarzem Haar zu sehen, unter dem ihre Hoden schwer herabhingen. Auch damit hatte ich gerechnet und war nicht im Geringsten schockiert. Schließlich war ich Anthropologin, daher waren diese gesellschaftlichen Unterschiede zwischen unserer und ihrer Kultur mehr als faszinierend für mich.

Die Männer säuberten mit flinken Bewegungen ihre Beute am Rande des Dschungels, dann wurde das Fleisch über dem offenen Feuer gebraten. Sobald es fertig gegart war, wurde es von den Frauen zerkleinert und zuerst den Männern serviert. Nachdem alle Männer mit dem Essen begonnen hatten, bedienten sich die Frauen und reichten auch mir eine Mahlzeit. Außer Fleisch gab es gekochte Süßkartoffeln, Maniokbrot und aufgeschnittene Papaya.

Pater Gaul erzählte mir Geschichten aus seinem Leben mit den Caraica und verglich sie mit einigen anderen Stämmen, denen er sich ebenfalls angenommen hatte. Er kam schon seit elf Jahren immer wieder in dieses Dorf und ließ die zivilisierte Welt hinter sich, um den indianischen Stämmen im Dschungel das Wort Christi zu lehren. Es war eine glückliche Fügung des Schicksals, als sich Pater Gaul vor fünf Monaten ein Bein brach und in einem Krankenhaus in São Paulo landete. Dort besuchte ihn ein anderer Priester, der ihm die Nachricht überbrachte, dass ein wohlhabender Geschäftsmann in den Vereinigten Staaten nach seinen Freunden Jacob und Kristen Easton suchte. Sie waren vor achtzehn Jahren zusammen mit ihrem Sohn Zacharias auf mysteriöse Weise im Amazonasgebiet verschwunden.

Nachdem der Missionar besagte Familie, zu der auch ein kleiner siebenjähriger Junge gehört hatte, beschrieben hatte, war Pater Gaul sich zweifelsfrei sicher, dass der wohlhabende Amerikaner tatsächlich nach Zacharias vom Stamm der Caraica suchte. Er setzte sich sofort mit Randall Cannon, Zachs Patenonkel, in Verbindung, woraufhin alles in die Wege geleitet wurde, um ihn nach Hause zu bringen. Da ich mich als Anthropologin mit den Ureinwohnern des Amazonasgebiets beschäftigte, die sich der zivilisierten Welt angenähert hatten, hatte Herr Cannon mich beauftragt, Zach – wie er als Kind genannt worden war – nach Hause zu bringen und ihm bei der Eingewöhnung in sein neues Leben behilflich zu sein.

Ich saß am Rande des Feuers, hörte dem Priester zu und beobachtete einige Frauen, die sangen und tanzten. Offenbar war es ein Dankeslied für die bereitgestellten Gaben, doch ich war mir sicher, dass die Männer im Gegenzug sicher nicht für die Frauen singen und tanzen würden, weil diese für sie gekocht hatten. Nach wie vor wurden Frauen in derartigen Stammesgesellschaften als Menschen zweiter Klasse behandelt.

Aus den Augenwinkeln nahm ich eine Bewegung wahr, als ein Mann in den Lichtschein des lodernden Feuers trat. Mir fiel sofort auf, dass er viel größer war als die Caraica, die im Durchschnitt etwa eins fünfundsiebzig maßen. Als die schattenhafte Gestalt etwas deutlicher zu erkennen war, wurde mir klar, dass ich zum ersten Mal einen Blick auf Zacharias Easton warf.

Ich hatte nicht gewusst, was mich erwarten würde, doch auf diesen Anblick war ich nicht vorbereitet gewesen. Mit seinen eins neunzig ließ er die Caraica zwergenhaft erscheinen. Er war schlank, mit breiten Schultern, einer breiten Brust und muskulösen Armen und Beinen. Zahlreiche Narben zogen sich über seinen Körper. Sein braunes Haar reichte ihm bis zu den Schultern, und dennoch war sein Gesicht glattrasiert. Während die Körperbehaarung der Eingeborenen sich auf die Stelle zwischen ihren Schenkeln beschränkte, war Zach ein weißer Mann. Für ein derart geschmeidiges Gesicht musste er sich zweifellos rasieren. Ich fragte mich, wie er das geschafft hatte. Vielleicht mit einem scharfen Messer? Oder vielleicht mit einer Rasierklinge, die ihm ein Missionar geschenkt hatte?

Und sein Gesicht … bei dem Anblick wäre ich am liebsten in Tränen ausgebrochen, denn es war schlichtweg perfekt. Ich hätte mir denken können, dass Zach umwerfend aussah, denn ich hatte Bilder seiner Eltern gesehen, die beide äußerst attraktive Menschen waren. Seine blassblauen Augen schimmerten im Licht des Feuers, das seine hohen Wangenknochen, seine gerade Nase und den markanten Kiefer beleuchtete. Letzteren hatte er im Moment vor Wut angespannt.

Mein Blick wanderte unwillkürlich zu seiner Lendengegend, denn er war genauso nackt wie die anderen Stammesangehörigen. Sofort stach mir ein weiteres Merkmal ins Auge, das ihn von den übrigen Männern der Caraica unterschied, denn sie konnten der Pracht zwischen Zachs Beinen nicht das Wasser reichen. Im Gegensatz zu den anderen hatte er auf eine schützende Hülle um seinen Penis verzichtet, und obwohl sein beschnittener Schaft völlig schlaff war, war er dick und um einige Zentimeter länger. Im erigierten Zustand musste er gewaltig sein. Ich hatte gerade zum ersten Mal einen Blick auf den Mann geworfen, für den ich in den Dschungel gereist war, und musste beschämt feststellen, dass ich ein Pochen zwischen meinen Schenkeln verspürte. Da ich neben einem katholischen Priester saß, hob ich hastig den Blick und konzentrierte mich wieder auf Zachs Gesicht.

Ich hätte mir in meinen Träumen nicht ausmalen können, welch animalische Anziehungskraft er ausstrahlte. Er ging mit selbstbewussten Schritten auf das Feuer zu, wobei seine stolze Haltung zweifellos etwas mit der riesigen Tapirkeule zu tun hatte, die er nun direkt auf die Kohlen warf. Die anderen Männer des Stammes jubelten ihm zu, weil er soeben einen stattlichen Beitrag geleistet hatte.

Zach ging daraufhin zu Paraila und drückte ihm liebevoll die Schulter. Paraila sagte etwas zu Zach und zeigte auf Pater Gaul und mich, wobei wir auf der anderen Seite des Lagerfeuers saßen.

Der Priester stand auf und ging zu Zach hinüber, um ihm auf den Rücken zu klopfen. Der junge Mann erwiderte die Geste und schenkte ihm zur Begrüßung ein warmes Lächeln. Er würdigte mich keines Blickes, sondern sagte nur noch ein paar Worte zu Pater Gaul und kniete sich dann neben Paraila auf den Boden, um sich mit ihm zu unterhalten.

Als Pater Gaul sich wieder neben mich setzte, neigte er mir den Kopf zu und flüsterte: „Ich werde später mit ihm reden. Er ist nicht gerade erfreut."

„Das habe ich gesehen", erwiderte ich. Ich wusste, dass es für Zach schwer sein musste, das einzige Zuhause zu verlassen, das er je wirklich gekannt hatte.

Ich aß einen weiteren Bissen Alligatorfleisch und kaute nachdenklich, während ich Zach und Paraila beobachtete. Was auch immer der alte Mann zu seinem Adoptivsohn sagte, stieß auf Widerstand, denn ich beobachtete, wie Zach den Kopf schüttelte und sein Gesicht zu einer bestürzten Miene verzog, die sich sogleich verhärtete. Er wandte sich in meine Richtung, wobei er mit dem Finger auf mich zeigte und mir einen vernichtenden Blick zuwarf. Schließlich richtete er sich auf und sagte noch etwas zu Paraila, der nur traurig den Kopf schüttelte.

Mit großem Interesse beobachtete ich, wie Zach das auf Tontellern bereitgestellte Essen stehen ließ und um das Feuer herum zu einer der singenden Frauen ging. Sie war sehr hübsch und jung, ich schätzte sie auf achtzehn oder neunzehn. Sie trug ein Stirnband aus schwarzen Geierfedern, was laut Pater Gaul bedeutete, dass sie in die Pubertät gekommen war, ihre erste Menstruation bereits hinter sich hatte, aber noch nicht verheiratet war. Dies war eine Seltenheit im Stamm, denn die meisten Frauen hatten einen Ehemann. Sobald sie liiert waren, trugen die Frauen kein Stirnband mehr, während die unschuldigen Mädchen, die noch nicht in die Pubertät gekommen waren, sich mit einem Band aus weißen, flaumigen Federn schmückten. Pater Gaul konnte mir nicht sagen, was es mit jener Frau auf sich hatte, doch soweit ich sehen konnte, war sie die Einzige mit einem schwarzen Stirnband.

Sie saß auf einem versteinerten Baumstamm und blickte mit einem strahlenden Lächeln zu Zach auf, als er auf sie zukam. Er streckte ihr seine Hand entgegen, die sie ohne zu zögern ergriff. Zach zog sie hoch, wobei ihre Brüste sanft hin und her wippten. Ich erwartete, dass die beiden sich davonschleichen würden, um sich im Stillen miteinander zu vergnügen, und ich erinnere mich, wie ich darüber nachdachte, ob sie Zachs Geliebte war.

Ich wollte mir gerade einen weiteren Bissen Fleisch in den Mund schieben und erstarrte, als Zach mich über seine Schulter hinweg ansah. Er fixierte mich mit einem bedrohlichen Blick, doch ich konnte noch etwas anderes in seinen Augen erkennen.

War das ein herausfordernder Ausdruck, den ich da sah?

Zu meiner Überraschung legte er eine Hand auf die Schulter der Frau und drückte sie zu Boden, bis sie vor ihm kniete. Wie gebannt beobachtete ich, als sein Schwanz hart wurde, während die Frau mit einem bewundernden Blick zu ihm aufsah. Im nächsten Moment hob Zach eine Hand und zeichnete mit dem Finger einen Kreis in der Luft. Sie drehte sich sofort um und beugte sich vor, bis ihre Wange den Boden berührte, wobei sie die Hände neben ihren Brüsten auf die Erde stützte.

Zach ging hinter ihr auf die Knie. Sein Schwanz war hart und ragte stolz in die Höhe. Er umfasste seinen Schaft mit einer Hand, streichelte sich ein- oder zweimal und ließ ihn dann wieder los. Ich beobachtete, wie hypnotisiert, als er eine Hand sanft auf den Rücken der Frau legte, während er mit der anderen ihren Nacken packte und sie zu Boden drückte. Er richtete sein Becken aus, schmiegte seine Eichel an ihr Geschlecht und drang in sie ein.

Ich war völlig fasziniert, dass er sie vor den Augen des ganzen Stammes vögelte. Obwohl ich neben einem Priester saß, war ich nicht in der Lage den Blick abzuwenden. Ich redete mir ein, dass ich meine Beobachtungen eines Tages in einer Studie veröffentlichen würde und aus diesem Grund keine andere Wahl hatte, als ihnen zuzusehen.

„Zach … não aqui. Não na frente dos nossos hóspedes", hörte ich Paraila rufen. Offenbar hatte er ihn gerade zurechtgewiesen, und meine Vermutung wurde bestätigt, als ich sah, wie Zach sich

versteifte. Ich sah Paraila an, der seinem Adoptivsohn einen verärgerten, aber liebevollen Blick zuwarf. Ein verschmitztes Lächeln breitete sich auf Zachs Gesicht aus, und er nickte dem alten Mann ehrerbietig zu.

„Ich muss mich entschuldigen", sagte Pater Gaul neben mir und wandte sich mir zu. „Sie haben gerade einen Einblick in eine ihrer sozialen Normen erhalten, die nichts mit der zivilisierten Welt gemein hat. In dieser Kultur hat der Mann eine dominante Position inne und hat das Recht, eine der verfügbaren Frauen zu nehmen, wann und wo er will. Für die Caraica ist Sex eine Art Belohnung, die dem Mann zuteilwird, nachdem er für das Dorf gesorgt hat. Sie haben eine ungezwungene Einstellung zur Sexualität, wobei sie keinen Wert auf Privatsphäre legen. Für einen Mann bietet es sogar Anlass zum Stolz, wenn er eine Frau dazu bringt, sich ihm vor aller Augen zu unterwerfen."

„Ich verstehe", sagte ich, obwohl ich rein gar nichts begriff. Unsere Kulturen waren so gegensätzlich, und ich dachte darüber nach, wie ich Zach den Unterschied zwischen der ihm bekannten Welt, und der Welt, in die er bald eintauchen würde, beibringen sollte. Ich widmete mich wieder meinem Essen, während Pater Gaul sich Ramon zuwandte, um sich mit ihm zu unterhalten.

Doch die Frau in mir – nein, die Wissenschaftlerin, natürlich – war meiner Neugierde völlig hilflos ausgeliefert. Ich hob den Blick, um Zach erneut zu beobachten. Er stand auf und streckte der Frau eine Hand entgegen. Sie ergriff sie und er zog sie hoch, um sie in Richtung des nächstgelegenen Langhauses zu führen. Ich nahm an, dass er ein gewisses Maß an Privatsphäre wahren würde, doch als er gerade einmal zwanzig Meter vom Lagerfeuer entfernt war, drückte er die Frau wieder auf die Knie. Sie wartete nicht einmal auf seine Anweisungen, sondern beugte sich sofort vor und reckte ihm ihren Hintern entgegen. Sie presste die Wange in den Staub, als Zach sich hinter sie kniete und erneut ihren Nacken packte. Im Schein des Feuers konnte ich ihren zufriedenen Gesichtsausdruck sehen. Sie wirkte fast schon gelassen, was mir in Anbetracht seiner Männlichkeit unbegreiflich war. Wenn ich kurz davor wäre, von Zachs beeindruckendem Schaft aufgespießt zu werden, würde ich mich vor Wollust winden.

Während er eine Hand weiterhin in ihren Nacken gelegt hatte, umfasste er mit der anderen seinen Schwanz, schob sein Becken nach vorn und drang langsam in sie ein. Die Frau stieß ein leises Stöhnen aus, während Zach kurz die Augen schloss, bis er bis zum Anschlag in ihr vergraben war.

Ich spürte wieder ein Pochen zwischen meinen Schenkeln, welches immer heftiger wurde, als er begann, sich zu bewegen und mit gleichmäßigen, langen Stößen immer wieder in sie einzudringen.

Während ich ihn wie gebannt beobachtete, hatte ich fast das Gefühl, seinen Schwanz zwischen meinen Schenkeln zu spüren. In diesem Moment wurde mir bewusst, dass es für mich zu einem Problem werden würde, meine Aufgabe zu erfüllen und Zach bei der Eingewöhnung in die zivilisierte Welt zu helfen. Ich war von seiner sinnlichen Rohheit und gebieterischen Art ganz und gar eingenommen. Dabei erschien es mir seltsam, dass ich mich zu einem derart dominanten Mann hingezogen fühlte, denn ich war eine unabhängige Frau und selbstsichere Liebhaberin.

Ich war so sehr auf das Schauspiel fixiert, das sich mir bot, dass ich alles andere um mich herum vergaß. Ich beobachtete, wie er die Frau mit einer Hand am Nacken festhielt und die andere in ihre Hüfte grub. Sie stöhnte leise, und im Schein des Feuers konnte ich sogar seinen feucht glänzenden Schaft sehen, wenn er ihn aus ihr herauszog. Als ich schließlich den Blick hob, um sein Gesicht zu betrachten, wäre ich fast rücklings vom Baumstamm gefallen, denn er starrte mich über das Feuer hinweg direkt an.

Seine hellblauen Augen funkelten und sein Kiefer war angespannt, während er die Frau am Boden weiter fickte. Er durchbohrte mich mit seinem Blick und ich war nicht imstande, wegzusehen. Er schien mich förmlich aufzufordern, ihn zu beobachten und gestattete mir nicht, den Blick abzuwenden. Ich glaube, in diesem Moment gab er mir zu verstehen, dass er ein unzivilisierter Mann war und es mir nicht leicht machen würde.

Pater Gaul und Ramon unterhielten sich leise neben mir, während die Frauen sangen und die restlichen Stammesangehörigen miteinander lachten.

Warum interessierte sich sonst niemand dafür, was da gerade vor sich ging?

Plötzlich trat alles andere in den Hintergrund und es gab nur noch Zach und mich.

Wir starrten einander an, während sogar die Frau unter ihm mit der Nacht zu verschmelzen schien. Mein Herz raste, während ich ihn dabei beobachtete … wie er mich beobachtete … und er immer wieder in einem trägen Rhythmus in die Frau hineinstieß. Es schien ewig zu dauern. Ich konzentrierte mich ganz auf das Schauspiel vor mir und entfesselte die Voyeurin in mir, während ich von einer Mischung aus Hitze und Frustration durchströmt wurde. Ich hätte nie geglaubt, dass es mich so sehr erregen würde, einem anderen Paar beim Sex zuzusehen, doch ich war überzeugt davon, dass es nur etwas damit zu tun hatte, wie Zach meinen Blick festhielt. Er zwang mich, ihm zuzusehen, während ich mir in meiner Fantasie ausmalte, was er mit mir anstellen würde.

Schließlich, nach gefühlten Stunden, kam Zach fast unmerklich zum Orgasmus. Er war dabei so leise, dass ich es fast nicht gesehen hätte. Statt einen lustvollen Schrei auszustoßen, fixierte er mich mit einem Blick, während er die Muskeln in seinem Nacken anspannte. Er drang ein letztes Mal in die Frau ein und wurde sichtlich von einem Schauer durchzuckt, als er lautlos zum Höhepunkt kam. Dabei starrte er mich mit weit aufgerissenen Augen an, sodass ich das Gefühl hatte, selbst seine Lust zu spüren.

Zach beobachtete mich noch einen Moment mit selbstsicherem Blick, dann löste er sich von der Frau, stand vom Boden auf und ging in die Dunkelheit hinaus.

Ich öffne die Augen und stemme mich seiner Hand entgegen, mit der Zach mich immer noch im Nacken festhält. Er drückt mich wieder nach unten, und da er so viel stärker ist als ich, bleibe ich ruhig liegen.

„Das ist eine gute Geschichte, Moira", sagt Zach beifällig. Ich weiß, dass es ihn freut zu hören, wie erregt ich war, als ich ihn beobachtete.

„So habe ich die Geschehnisse in Erinnerung", erwidere ich nur.

„Du wolltest mich damals, nicht wahr?"

„Ja", hauche ich.

„So, wie du mich jetzt willst?"

„Ja."

„Genau auf dieselbe Weise", sagt er.

„Genau auf dieselbe Weise", stimme ich zu.

Zach hebt seine freie Hand und schiebt den Saum meines Kleids nach oben.

„Bevor ich dir gebe, was du willst", wirft Zach mit tiefer, gebieterischer Stimme ein, „musst du mir noch eines verraten."

„Was willst du hören?", frage ich mit begierigem und frustriertem Tonfall.

„Ich will, dass du mir sagst, was du vor allem über mich gelernt hast, seit du mich meinem Zuhause entrissen hast."

Ich nehme einen tiefen Atemzug und stoße ihn leise wieder aus. Ich verabscheue den Schmerz und die Wut, die immer noch in seiner Stimme mitschwingen, wenn ich daran denke, was ich ihm angetan habe. Daher sage ich ihm, was er hören will.

„Ich habe gelernt, dass du … Zacharias Easton … ein wilder Mann bist."

„Ja", flüsterte er, als er mein Kleid loslässt und seine Finger unter den Saum meines Spitzenhöschens schiebt. „Da hast du recht."

Kapitel 1

Zwei Wochen zuvor …

Ich folge Moira aus dem Flughafengebäude und trete hinaus in die Hitze Chicagos. Sie hat mir erzählt, dass in den Vereinigten Staaten gerade Sommer ist, doch der Begriff sagt mir nicht viel. Ich weiß nur, dass es heiß ist und ein seltsamer, fast metallischer Geruch in der Luft liegt, der mir unangenehm in die Nase steigt. Ich verspüre einen sehnsuchtsvollen Stich im Herzen, als ich an den erdigen, grünen Duft des Dschungels denke.

Moira führt uns zu einem gelben Wagen. Ich kann mich an die Autos noch aus meiner Kindheit erinnern und weiß, dass es sich um ein Taxi handelt, weil ich das Wort auf der Tür lesen kann. Ich habe meine Muttersprache nie verlernt und kann sie dank Pater Gaul immer noch fließend sprechen. Er hat mich häufig bei den Caraica besucht und sich mit mir nicht nur auf Englisch unterhalten, sondern mir zudem Bücher mitgebracht, aus denen ich lernen konnte. Ich hatte mir ein grundlegendes Verständnis der Mathematik angeeignet und war in Geschichte und Geografie durchaus bewandert, da ich alles verschlungen hatte, was ich in die Finger bekam.

Es ist schon seltsam, aber ich erkenne viele Dinge wieder. Während ich achtzehn Jahre lang im Amazonasgebiet lebte, schienen meine Erinnerungen an mein früheres Leben wie verblasste Träume, die immer zum Greifen nah, doch unerreichbar waren. Ich fragte mich, wie viel ich noch lernen müsste und wie viele von den „modernen Wundern", von denen Pater Gaul immer gesprochen hatte, mich überraschen würden.

Doch als ich in die moderne Welt zurückkehrte, stellte ich fest, dass mir vieles davon sehr vertraut erschien. Ich konnte mich nicht daran erinnern, dass ich als Kind mit meinen Eltern im Flugzeug nach Brasilien gereist war, doch in dem Moment, in dem ich die kleine Cessna sah, die uns vom Amazonas in die Hauptstadt Brasilia brachte, wusste ich, dass ich schon einmal in einer dieser Maschinen gesessen war. Ich hatte zwar keine Erinnerung an den Flug, doch ich … wusste es einfach. Dabei beunruhigte mich weder das Motorengeräusch noch machte mich die Vorstellung, mich in die Luft zu erheben, misstrauisch. Als ich eines der Fenster in der Kabine berührte, fühlte sich das durchsichtige, harte Material vertraut an. Ich erinnerte mich plötzlich an das Haus meiner Eltern in Georgia. Ich weiß noch, wie ich mit dem Kopf voran gegen eine durchsichtige Glasschiebetür gelaufen und rücklings auf dem Hintern gelandet war.

Als wir auf dem Flughafen landeten und Moira mich zu einem Mietwagen führte, drängten sich mir weitere Erinnerungen auf, die noch viel klarer waren. Ich erinnerte mich daran, dass ich im Wagen meiner Eltern auf dem Rücksitz saß und vielleicht sogar ein Buch mit bunten Bildern in der Hand hielt. Ich konnte sogar die Stimmen meiner Eltern hören.

Auch in dem Hotel, in dem wir ein paar Tage wohnten, konnte ich eine Vielzahl von Gegenständen mit Leichtigkeit identifizieren. Das Bett … und die Kissen. Ja, ich wusste, was ein Kissen war. Moira zeigte mir das Badezimmer und erklärte mir, wie die Toilette und die Dusche funktionierten. Und nach und nach kam die Erinnerung zurück.

Einige dieser erstaunlichen Errungenschaften machte ich mir zunutze. Die Dusche war wunderbar, denn das Wasser fühlte sich sauberer und leichter an als das Flusswasser   oder   die   schlammigen

Regenwasserpfützen, in denen ich mich normalerweise wusch. Der Duft des Shampoos erinnerte mich an Seerosen. Ich putzte mir zum ersten Mal nach etlichen Jahren die Zähne und konnte gar nicht mehr aufhören, mir mit der Zunge über die Zähne zu fahren, weil sie sich so glatt anfühlten. Selbst wenn ich sie zuvor noch so ausgiebig mit Schilfrohr geputzt hatte, waren sie nie so sauber geworden.

Ja, all diese Dinge, die mir auf seltsame Weise vertraut waren, spendeten mir in gewisser Weise Trost. Ich fühlte mich zu keiner Zeit wirklich überwältigt … abgesehen von dem einen Mal, als Moira etwas zu schnell durch Brasilia fuhr. Wir blieben zwei Tage in der Hauptstadt, wobei ich von einem Arzt untersucht und geimpft wurde und wir in der amerikanischen Botschaft meinen neuen Reisepass abholten. Ich hatte zwar gehofft, dass man mir den Pass verweigern würde und diese Farce damit ein Ende hätte, doch ich konnte dem Konsulat einen Beweis meiner Identität vorlegen. Dieser bestand aus den ursprünglichen Reisedokumenten meiner Eltern und mir, die ich all die Jahre nach ihrem Tod aufbewahrt hatte, sowie ihren Eheringen, einem Familienfoto und unserer Familienbibel. Die Sekretärin des amerikanischen Botschafters kümmerte sich persönlich um meine Dokumente und schenkte mir ein warmherziges, beglückwünschendes Lächeln, als sie mir meinen Pass überreichte. Ich hätte ihr am liebsten die Kehle aufgeschlitzt, weil sie sich so sehr darüber freute, dass ich nun „nach Hause" zurückkehrte. Natürlich war ich nicht glücklich darüber, doch die anderen schienen sich über alle Maßen zu freuen.

An einige Dinge konnte ich mich nur schwer gewöhnen. Während ich kurzfristig die weiche Matratze des Hotelbetts genoss, war das Gefühl viel zu ungewohnt und unbequem. Letztlich schlief ich jede Nacht auf dem Boden. Die Kleidung, die ich hatte anziehen müssen, bevor wir an Bord der Cessna gingen, engte mich ein und kratzte auf meiner Haut. Ich hasste sie. Sobald ich allein in meinem Zimmer war, riss ich sie mir vom Leib.

Ich weigerte mich, mit Besteck zu essen, obwohl ich mich sofort an Messer und Gabel erinnerte. Dabei sträubte ich mich nicht aus Unbehagen dagegen, sondern um Moira zu zeigen, dass ich mich nicht einfach ihren Anweisungen fügen würde. Meiner Meinung nach würde ich die ganze Zeit über nackt herumlaufen können, wenn mir danach war, doch Moira gebot mir Einhalt, indem sie mir erklärte, dass es dagegen ein Gesetz gab.

Also musste ich mich mit Kleinigkeiten begnügen und verweigerte den Gebrauch von Besteck, um mit den Fingern zu essen. Ich verzichtete sogar auf die Serviette, mit der sie sich die Lippen abtupfte und die Finger abwischte, und leckte mir stattdessen die Finger sauber. Einmal wischte ich mir den Mund sogar an meinem Hemd ab. Ich weigerte mich, mir die Haare schneiden zu lassen, als Moira den Vorschlag machte, doch sie schenkte mir lediglich ein zaghaftes Lächeln und erwiderte nichts.

Es macht mich wütend, dass sie sich von meiner Andersartigkeit nicht aus der Ruhe bringen lässt. Ich hätte erwartet, sie würde irgendwann darauf „bestehen", dass ich mich entsprechend dieser neuen kulturellen Normen verhalte, doch stattdessen nimmt sie sich Zeit, mir alles zu erklären. Sie bietet mir die Möglichkeit, etwas auszuprobieren und wenn ich mich weigere, sagt sie nur: „Vielleicht ein andermal."

Diese rothaarige Frau ruft dunkle Gefühle in mir hervor. Mir ist klar, dass sie nicht direkt dafür verantwortlich ist, dass ich mein Zuhause verlassen musste. Und doch verabscheue ich sie, als wäre sie diejenige, die diese verrückte Idee hatte. Ich weiß, dass sie nur ihren Job macht … und nur dem Wunsch meines „Patenonkels“ nachkommt, doch ich verachte sie genauso sehr wie diesen Mann namens Randall Cannon. Diese beiden Menschen haben eine Reihe von Ereignissen losgetreten, die dazu geführt haben, dass ich aus meinem friedlichen und glücklichen Leben gerissen wurde.

In meinen Augen sind sie Feinde.

Während Moira zwar meine Feindin ist, hält mich das nicht davon ab, sie mit den Augen eines Mannes zu betrachten. Ich fühle mich auf unnatürliche Weise zu ihr hingezogen. Diese Anziehungskraft besteht seit dem Moment, in dem ich sie zum ersten Mal sah, als sie am Abend ihrer Ankunft in unserem Dorf am Feuer saß. Als ich das Dorfzentrum betrat, hatte Moira mich unverblümt angesehen. Im Gegensatz zu ihr wirft mir Tukaba immer nur schüchterne Blicke zu, wenn ich ihr nicht mit einer Geste erlaube, mich offen anzustarren. Moira ist so anders als die kleinen Frauen der Caraica mit ihrer braunen Haut und dem tiefschwarzen Haar. Ihre Mähne fällt ihr wie flammende Wellen auf die Schultern und ihre Augen leuchten so grün wie der Dschungel. Sie erinnert mich an einen wilden und farbenprächtigen Vogel aus dem Amazonas, doch sie bewegt sich mit der Anmut eines Jaguars. Ich schäme mich zuzugeben, wie ungemein anziehend sie auf mich wirkt.

Aber für diese Frau … meine Feindin … will ich nichts weiter empfinden als Wut, denn sie hat mein Leben auf den Kopf gestellt. Ich war untröstlich, als wir das Dorf verließen. Die Einwohner waren alle gekommen, um mir eine gute Reise zu wünschen, doch ich konnte Paraila kaum in die Augen sehen, aus Angst, ich würde schwach werden und in Tränen ausbrechen. Am späten Vormittag machten wir uns auf den Weg zum Fluss Jutai und ich tat mein Bestes, um Moira zu ignorieren. Doch meine Entschlossenheit schwand schon nach einer Weile.

Wir näherten uns dem Jutai, und ich konnte den Duft des Flusswassers in der Luft riechen. Die rothaarige Frau ging vor mir her, während Pater Gaul und Ramon die Vorhut bildeten. Alle paar Meter stolperte sie über eine Ranke oder einen verwesenden Ast. Der Regenwald schien sie zu faszinieren, daher beobachtete sie ständig die Tierwelt, statt sich auf den Boden zu konzentrieren.

Ich musste zugeben, dass sie eine interessante Frau war. Pater Gaul erklärte mir, dass sie eine Art Lehrerin war und ihr Wissen von ihnen sehr geschätzt wurde. Ihr Fachgebiet war etwas, das er „Anthropologie" nannte, und sie hatte es sich zur Lebensaufgabe gemacht, die Kulturen der Eingeborenenstämme im Amazonasgebiet zu studieren. Des Weiteren erzählte mir Pater Gaul von meinem Paten, der diese Frau engagiert hatte. Nach meiner Rückkehr soll sie mir beibringen, ein richtiger Amerikaner zu werden.

Ich schnaubte innerlich bei dem Gedanken und schwor mir, mich niemals zu ändern ... ganz gleich, wie sehr sie sich das wünschten.

Das Haar der Frau faszinierte mich. Es war lang und so rot wie die untergehende Sonne. Sie trug es zu einem dicken Zopf geflochten, der ihr über den Rücken hing. Sie war so anders als die Frauen unseres Stammes. Ihr Kopf reichte mir bis zur Schulter, während die Frauen der Caraica mir gerade bis zur Brust gingen. Ihre Haut war blass, wie die Farbe des Mondes, während sowohl ihre Nase als auch ihre Wangen mit winzigen braunen Punkten gesprenkelt waren.

Ich hatte gehört, wie sie mit Pater Gaul Englisch sprach. Ich war mir sicher, dass sie sich meiner Englischkenntnisse bewusst war, doch sie hatte sich seit der Nacht ihrer Ankunft im Dorf von mir ferngehalten.

Als ich in Tukaba eindrang und mich meiner Lust hingab, hatte ich meine ganze Aufmerksamkeit auf die schöne rothaarige Frau gerichtet, die mich mit einem glühenden Blick beobachtete.

Ich stellte mir vor, dass es ihr Körper war, doch ich wusste, dass sie nicht einfach wie eine Caraica stillhalten würde. Nein, ich nahm an, dass jemand wie sie sich winden und stöhnen würde, während sie mit ihren zarten Fingern über den Erdboden kratzte. Ich würde all meine Kraft aufbringen müssen, um sie festzuhalten, und dann ihre völlige Hingabe genießen.

Allein der Gedanke ließ meinen Schaft anschwellen, und ich bemühte mich sofort, an etwas anderes zu denken.

Moira stolperte erneut, und ich hätte sie am liebsten angeschrien, sie sollte auf ihre Schritte achten. Ihr Blick war nach oben gerichtet, wobei sie mit einem zaghaften Lächeln ein Paar Brüllaffen direkt über uns beobachtete, die sich von Ast zu Ast schwangen. Ich sah nur kurz auf und konzentrierte mich wieder auf den Boden.

Ich hatte ein geschultes Auge und einen geschärften Blick, daher erkannte ich im Bruchteil einer Sekunde die Gefahr, die etwa einen Meter vor Moiras Füßen lauerte. Eine Buschmeisterschlange wand sich von rechts auf dem Pfad, und mit zwei weiteren Schritten wäre Moira auf sie getreten.

Ich streckte die Arme aus, packte Moira an den Schultern und zog sie an mich. Sie schrie erschrocken auf, als die Schlange ihren Kopf hob. Ich schob sie unsanft hinter mich, woraufhin sie mit dem Hintern auf dem Boden landete. Pater Gaul und Ramon warfen mir einen ungläubigen Blick zu, als hätte ich den Verstand verloren, doch sie hatten die Gefahr nicht gesehen.

Ein Biss der Schlange hätte den sicheren Tod bedeutet.

Das Tier hatte zur Verteidigung den Kopf in die Höhe gereckt, der einige Zentimeter über dem Boden schwebte. Ich schwang wortlos meine Machete und schlug der Viper den Kopf ab, der daraufhin leise auf dem verrotteten Laub landete.

Ich griff nach einem großen, nassen Palmblatt, wischte das Blut der Schlange von meiner Klinge und wandte mich mit einem finsteren Blick Moira zu. „Du musst den Weg im Auge behalten, törichte chama de cabelos. Das nächste Mal lasse ich zu, dass die Schlange dich beißt."

Ich hatte instinktiv reagiert und ihr erbärmliches Leben gerettet. Und nun saß ich in der Falle. Im Nachhinein betrachtet hätte ich sie von der Schlange beißen lassen sollen, dann hätte ich Moiras leblosen Körper zurück ins Dorf schleppen und diesem Irrsinn ein Ende bereiten können.

Als wir den Jutai erreichten, trennten wir uns von Pater Gaul und Ramon. Moira und ich fuhren mit dem Einbaum weiter nach Norden, während Pater Gaul nach Westen ging, um den Stamm der Matica zu besuchen. Die Matica waren die Erzfeinde der Caraica, und es hatte viel Blutvergießen zwischen unseren Stämmen gegeben.

Am zweiten Abend unserer Reise auf dem Jutai hätte ich Moira fast verlassen ... so groß war meine Sehnsucht, nach Hause in das Dorf der Caraica zurückzukehren, in dem meine Freunde und meine Familie mich liebten und ich glücklich war. Ich ging in den Dschungel und überlegte, was ich Paraila sagen würde. Ich könnte ihm eine Lüge auftischen und ihm erzählen, dass Moira ihre Meinung geändert hätte. Oder ich könnte behaupten, dass sie von einem Jaguar oder Kaiman gefressen wurde, doch dann würde ich sie töten und ihre Leiche entsorgen müssen. Ich wusste zwar nicht viel über sie, doch ich war mir sicher, dass sie mich ins Dorf zurückverfolgen würde, wenn ich sie einfach hier zurückließe.

Letztendlich fiel mir jedoch keine praktikable Lösung ein, denn ich wusste, dass ich Paraila, meinem Vater und Lehrer, niemals in die Augen sehen und ihm seinen Wunsch verweigern könnte. Paraila hatte mich angefleht, mitzugehen und die Gelegenheit zu ergreifen, und ich hatte schließlich nachgegeben.

Aber ich hatte nicht einfach kampflos aufgegeben.

Nach Moiras Ankunft im Dorf hatten wir uns zwei Tage lang gestritten.

Er warf mir alles Mögliche an den Kopf, doch als ich immer noch nicht nachgab, setzte er nach. Ich erklärte ihm, dass er ein alter Mann war und er niemanden hätte, der sich um ihn kümmern würde, wenn ich ihn verließe. Ich versprach ihm, dass ich gehen würde … gleich nach seinem Tod, doch er war genauso stur wie ich.

Dann zeigte er mir eine grausame Seite von sich. Ich erkannte den alten Mann, den ich so viele Jahre lang meinen Vater genannt hatte, fast nicht wieder, als er mir an den Kopf warf, dass ich in ihrem Stamm nicht wirklich willkommen wäre. Er hätte nur darauf bestanden, dass ich bei ihnen bleibe, weil ich keine andere Möglichkeit hatte. Doch da ich nun ein Familienmitglied in den Staaten hatte, welches unbedingt eine Beziehung zu mir aufbauen wollte, wollte er mich nicht mehr in seiner Nähe haben.

Die Worte verletzten mich so sehr, dass ich aus seinem Langhaus eilte und gegen einen Korb mit Maniokmehl trat. Ich suchte überall nach Tukaba, denn ich hatte das Bedürfnis, mit Wucht in sie zu stoßen, um meine Frustration und Wut abzubauen, doch ich konnte sie nirgendwo finden. Ich dachte kurz darüber nach, die göttinnengleiche Frau namens Moira in den Dschungel zu zerren und sie zu zwingen, sich mir zu unterwerfen, aber ich war klug genug, um zu wissen, dass das nach ihren Maßstäben inakzeptabel wäre. Da ich also keine Möglichkeit hatte, mir Erleichterung zu verschaffen, schnappte ich mir Pfeil und Bogen und machte mich auf den Weg in den Dschungel, um etwas zu töten.

Paraila entschuldigte sich später bei mir für seine harschen Worte und richtete beim Abendessen eine letzte Bitte an mich, die mich schließlich nachgeben ließ.

„Cor'dairo", sagte er, wobei er mich in der alten Sprache der Caraica, die mittlerweile fast ausgestorben war, seinen Sohn

nannte. „Warum kämpfst du gegen mich an? Dies ist nicht das Leben, das ich mir für dich wünsche.“

„Aber ich bin hier glücklich“, sagte ich, während ich seine Hand hielt.

„Möglicherweise, doch du könntest an einem anderen Ort noch glücklicher sein“, erklärte er mit kräftiger Stimme, deren Klang ich schon lange nicht mehr gehört hatte. „Was für ein Leben führst du hier schon? Du musst tagein, tagaus ums Überleben kämpfen. Pater Gaul sagte, dass es dort, wohin du gehen wirst, Nahrung im Überfluss gibt und dir viele Möglichkeiten offenstehen werden. Was hast du hier schon? Einen alten Mann und seine widerspenstige Frau.“

„Ich habe Tukaba“, sagte ich mit einem Augenzwinkern. „Sie macht mich sehr glücklich.“

„Ja, du hast Tukaba, aber sie hat viele Freunde“, erwiderte er mit einem verschmitzten Lächeln.

Ich erwiderte sein Grinsen, denn Paraila und ich teilten den gleichen Humor. Tukaba war in der Tat eine Frau, die sich mit allen alleinstehenden Männern des Stammes vergnügte.

„Du verdienst mehr als dieses karge Leben, und ich möchte, dass du eine Chance auf das wahre Glück hast, bevor ich sterbe.“

„Aber Paraila …“, begann ich, doch er fiel mir ins Wort.

„Nein, Zacharias … Du bist nicht der Sohn meiner Lenden, sondern meines Herzens. Ich bitte dich, zu gehen. Für mich … Ich flehe dich an. Versuche es ein Jahr und wenn du dann immer noch willst, kannst du zurückkehren. Doch tu es für mich. Gib dem Ganzen eine Chance und geh.“

Ich starrte in seine tränenfeuchten Augen, während er mit fester Stimme zu mir sprach. Mir wurde schlagartig klar, dass ich diesem Mann nichts abschlagen konnte … Er hatte mich aufgezogen, mich beschützt und sogar geliebt, nachdem meine Eltern gestorben waren. Ich verdankte ihm mein Leben. Ich würde alles für ihn tun.

Also willigte ich ein.

Kapitel 2

Ich bin erschöpft. Ich stoße müde den Atem aus und lehne mich seitlich gegen den Rücksitz des Taxis. Zach sitzt ruhig neben mir und betrachtet die Skyline von Chicago, die auf dem Weg nach Evanston an uns vorbeizieht. Die Kleinstadt liegt etwa fünfundzwanzig Kilometer außerhalb der windigen Stadt.

Und dort steht mein Haus. Zach wird eine Zeit lang bei mir wohnen, bevor er Randall in Atlanta treffen wird. Ich habe eine Sommerpause von meinem Lehrauftrag an der Fakultät für Anthropologie der Northwestern University eingelegt. Außerdem habe ich mich zumindest für das kommende Herbstsemester beurlauben lassen, da Randall und ich der Meinung waren, dass Zach möglicherweise mehrere Monate lang meine Hilfe benötigen würde. Doch wenn ich ehrlich bin, nehme ich die Dinge momentan, wie sie kommen, denn Zach macht es mir nicht gerade leicht.

Unser Flug von Brasilia nach Chicago verlief relativ ruhig, wenn man bedenkt, wie schwierig es für mich war, mit einem widerspenstigen Begleiter aus dem Regenwald anzureisen. Ich hatte zwar mit der Hitze, der Luftfeuchtigkeit, der Dehydrierung, den unzähligen Mücken und Moskitos und einer fast tödlichen Begegnung mit einer Buschmeisterschlange zu kämpfen, doch nichts von alledem war so beschwerlich wie die Feindseligkeit, die Zach mir während der Reise entgegenbrachte.

Der Mann hatte seine Heimat bei den Caraica eindeutig nicht verlassen wollen. Nachdem er achtzehn Jahre lang in ihrer Kultur gelebt hatte und als Mitglied ihres Stammes aufgenommen und verehrt worden war, hatte er nicht die geringste Lust, mit mir in die Staaten zurückzukehren.

Da er seine Eltern schon vor so langer Zeit verloren hatte, hatte ich mit dieser Möglichkeit gerechnet und die Befürchtung gehegt, dass Zach sich möglicherweise nicht mehr an sein früheres Leben erinnerte. Und nun riss ich ihn aus der Geborgenheit und Sicherheit seiner gewohnten Umgebung. Ich hatte Randall gegenüber sogar zu bedenken gegeben, dass Zach vielleicht nicht zu seinen amerikanischen Wurzeln würde zurückkehren wollen. Randall war wesentlich positiver eingestellt als ich und spornte mich lediglich an, mein Bestes zu geben.

Letztendlich war ich nicht dafür verantwortlich, dass Zach schließlich nachgab. Ich blieb nach meiner Ankunft zwei Tage lang in seinem Dorf, während sein Adoptivvater unerbittlich mit ihm stritt. Er wollte unbedingt, dass Zach diese Gelegenheit ergriff, um mehr über seine Herkunft zu erfahren. Ich habe keine Ahnung, wie Paraila seinen Adoptivsohn schließlich umstimmte, aber am zweiten Abend kam Zach auf mich zu und verkündete: „Wir reisen morgen ab.“

Das waren die ersten Worte, die er an mich richtete. Obwohl wir am Abend meiner Ankunft am Lagerfeuer eine äußerst intime Erfahrung geteilt hatten, bei der er eine andere Frau fickte, während er mir tief in die Augen sah, hatte er kein Wort mit mir gesprochen, bis er mich über unsere Abreise informierte. Und seine nächsten Worte an mich waren nicht freundlicher gewesen.

Nachdem er mich vor der Buschmeisterschlange gerettet hatte, die meinem Bein gefährlich nahegekommen war, hatte er mich höhnisch angegrinst: „Du musst den Weg im Auge behalten, törichte *chama de cabelos*. Das nächste Mal lasse ich zu, dass die Schlange dich beißt.“

Dann wandte er mir den Rücken zu und ging voraus, um sich erneut einen Weg durch den Dschungel zu bahnen.

Ich überlegte mir, was *chama de cabelos* auf Portugiesisch bedeuten könnte und dachte an ein Schimpfwort wie Idiot, Dummkopf, Schwachkopf oder sogar Blödmann. Pater Gaul erzählte mir später, dass die Übersetzung *flammendes Haar* lautete.

Ich fasste es als Kompliment auf, obwohl Zach mich jedes Mal ansah, als wollte er mich erwürgen.

Den ganzen Weg über sprach Zach kein weiteres Wort mit mir, bis wir später am Tag den Jutai erreichten und uns von Pater Gaul und Ramon trennten. Er sagte mir in knappen Worten, ich sollte in den Einbaum steigen, den Pater Gaul für uns in dem kleinen Dorf am Fluss besorgt hatte, und kräftig paddeln.

Ich tat wie geheißen, doch nach nur einer Stunde konnte ich die Arme kaum noch heben. Er murmelte etwas auf Portugiesisch, und für den Rest des Tages starrte er mich wütend an, während wir den Jutai hinauf zum Amazonas fuhren.

Am zweiten Tag unserer Flussreise schwieg er gänzlich, obwohl ich mich bemühte, mit ihm zu reden. Ich wusste, dass er der englischen Sprache immer noch mächtig war, da Pater Gaul sich über die Jahre immer mit ihm in seiner Muttersprache unterhalten hatte, dennoch antwortete er mir ausschließlich auf Portugiesisch, wenn ich ihn etwas fragte. Ich glaube, die meiste Zeit über verfluchte er mich.

Als wir am zweiten Tag schließlich mit dem Kanu anlegten, änderte sich etwas zwischen uns. Es begann mit ein paar Worten und endete mit leisem Stöhnen und lustvoller Erlösung.

Mir läuft heute noch ein Schauer über den Rücken, wenn ich an den intimen Moment mit ihm zurückdenke.

Nachdem er das Kanu ans Ufer gezogen hatte, nahm Zach schweigend seine Machete und hackte zwischen zwei jungen Kapokbäumen, die das Flussufer säumten, die niedrige Vegetation ab. Als er fertig war, zeigte er nur auf die Bäume und sagte: „Für deine Hängematte." Dann drehte er sich um und verschwand im Dschungel.

Nach nicht einmal einer Stunde kehrte er mit einem kleinen Klammeraffen zurück, den er über dem Feuer röstete, das er fachmännisch angezündet hatte. Er bot mir jedoch nichts an, was mich nicht weiter störte … Ich aß etwas von meinen Trockenrationen und versuchte, mit ihm über Randall zu sprechen. Bisher hatte Zach nicht das geringste Interesse gezeigt und wollte offenbar nicht wissen, wohin ich ihn brachte, und was geschehen würde, wenn wir in die Staaten zurückkehrten.

„Zach … hast du vielleicht Fragen zu deinem Patenonkel Randall Cannon?"

Ich wurde mit Schweigen konfrontiert, während er in dem verglühenden Feuer stocherte.

„Er ist ein netter Mann", versuchte ich es noch einmal. „Ich glaube, du wirst ihn sehr mögen."

Zunächst ignorierte Zach mich. Er stand auf und ging hinunter zum Fluss, um sich Wasser ins Gesicht zu spritzen. Als er zurückkam, sagte er: „Ich werde ihn nicht mögen, aber erkläre mir, woher er mich kennt. Warum hat er das Recht, mich zu ihm zu holen?"

Ich nutzte die Gelegenheit und erzählte ihm alles in Windeseile. „Er war der beste Freund deines Vaters und stand auch deiner Mutter nahe. Dein Vater hat Randall sogar einmal das Leben gerettet, und dadurch entstand eine sehr enge Bindung zwischen den beiden. Ich habe viele Bilder von dir und Randall zusammen gesehen. Als du noch sehr klein warst, haben deine Eltern einige Missionarsreisen unternommen, während du jedes Mal bei Randall geblieben bist. Du hast ihm damals viel bedeutet und das tust du auch heute noch."

Ich hörte ein leises Schnauben von Zach, als er sich wieder ans Feuer setzte. „Was ist das für ein Wort, das du benutzt … ‚Patenonkel‘?“

„Es ist ein symbolischer Titel, der eine spirituelle Bedeutung haben kann. Deine Eltern haben Randall auserwählt, damit er dich im Leben führt und leitet. Da Randall nicht so religiös wie deine Eltern war, denke ich, dass sie ihn als zweiten Vormund für dich eingesetzt haben, der sich um dein Wohlergehen sorgt.“

„Er ist nicht mein Vater“, erwiderte Zach abwehrend.

„Natürlich nicht“, versicherte ich ihm. „Es ist nur ein Titel. Du kannst jede Art von Beziehung zu Randall aufbauen, die du dir wünschst.“

„Ich will keine Beziehung zu ihm aufbauen“, konterte Zach höhnisch. „Ich will einfach nur zurück nach Hause.“

Dann stand er wieder auf und ging in den Dschungel. Er kam fast zwei Stunden lang nicht zurück. Ich lag in meiner Hängematte und fragte mich, wo er war und ob ich während der Nacht wohl von einem Jaguar gefressen werden würde.

Irgendwann tauchte er wieder auf, doch er sagte kein Wort. Er legte sich einfach auf den Boden neben das Feuer und schloss die Augen. Ich wiegte mich in meiner Hängematte hin und her und blickte zu den Sternen hinauf. Die nächtlichen Laute des Urwalds machten mich schläfrig … Vögel und Affen, die sich gegenseitig etwas zuriefen, Frösche, die Balzlieder quakten, und Grillen, die fröhlich zirpten. Für manche Menschen waren die Geräusche zu laut, doch mir gefielen sie, denn sie waren wie ein Hintergrundrauschen, das mich einlullte.

Bevor mir die Augen zufielen, drehte ich den Kopf und warf einen Blick auf Zach. Ich sah zuerst sein Gesicht und stellte fest, dass er noch wach war, und ebenfalls zu den Sternen hinauf starrte. Ich ließ meinen Blick auf seine Brust wandern und erkannte mit Staunen, dass er die rechte Hand zwischen die Beine geschoben hatte. Er streichelte seinen harten Schwanz, während er die andere Hand lässig hinter den Kopf gelegt hatte und den Nachthimmel beobachtete.

Er gab keinen Laut von sich, und wäre da nicht die beeindruckende Erektion in seiner Hand gewesen, hätte ich mich gefragt, ob er sich überhaupt befriedigte.

Ich wusste, ich hätte den Blick abwenden und ihm beim Masturbieren seine Privatsphäre lassen sollen, aber verdammt … ich sah wie gebannt zu, während er mit der Hand seinen stahlharten Schaft streichelte, den ich auf erstaunliche zwanzig bis zweiundzwanzig Zentimeter schätzte.

Zachs Brust hob und senkte sich in kaum merklichen Schüben, die sich im Takt seiner Hand steigerten, doch ihm kam kein Laut über die Lippen. Sein Schwanz war feucht, und im Schein des Feuers konnte ich sehen, wie etwas Sperma aus seiner Eichel tropfte. Ansonsten saß er jedoch völlig reglos und lautlos da. In diesem Moment wurde mir klar, wie viel Kontrolle er über seinen Körper und seine Emotionen hatte.

Während ich Zach dabei beobachtete, wie er sich selbst befriedigte, stellte ich mir vor, dass es meine Hand um seinen Schwanz war … dann malte ich mir aus, wie ich ihn mit meinem Mund umschloss … und schließlich, wie er tief in mich eindrang. Ich war noch nie mit einem Mann seines Kalibers zusammen gewesen und stellte mir das lustvolle Brennen vor, das ich empfinden würde, wenn er mich dehnte.

Ich spürte, dass ich feucht wurde und ich war plötzlich unruhig und frustriert. Meine Brüste schmerzten, und mein Unterleib spannte sich an. Ich rollte mich auf die Seite und zuckte leicht zusammen, als die Hängematte ein ächzendes Geräusch von sich gab, doch Zach schien es nicht zu bemerken. Er massierte einfach weiter seinen Schwanz und starrte zu den Sternen hinauf.

Das Pochen zwischen meinen Schenkeln wurde immer heftiger und ich hätte schwören können, dass ich spürte, wie das Blut in meiner Klitoris pulsierte. Ich hielt es nicht länger aus und brauchte dieselbe Art von Erlösung, auf die auch Zach zusteuerte.

Ich verspürte plötzlich ein unbändiges Verlangen, das größer war als mein Bedürfnis nach Wasser in der Hitze des Dschungels.

Mein gesunder Menschenverstand setzte aus und ich bewegte mich, ohne nachzudenken. Langsam ließ ich meine Hand auf den Bauch gleiten und öffnete den Knopf meiner Hose. Ich zog den Reißverschluss herunter und war dankbar, dass die Laute des Dschungels das Geräusch übertönten. Ich spürte die feuchte Luft an meinem Unterleib und schob meine Hand unter den Saum meines Baumwollhöschens, während ich Zach dabei beobachtete, wie er sich streichelte.

Er bewegte seine Hand immer schneller auf und ab, während sein Atem flacher wurde, aber ansonsten blieb er reglos sitzen. Ich hatte keine Zeit zu verlieren, denn er war mir weit voraus, also schob ich den Zeigefinger zwischen meine feuchte Spalte und unterdrückte ein Stöhnen, als ich bemerkte, wie nass ich vor Verlangen bereits war. Ich zog meine Hand leicht zurück und streichelte mit dem Finger über meine Klitoris, wobei meine Hüften unwillkürlich zuckten und die Hängematte erneut knarrte. Einen Moment lang blieb ich still liegen, denn ich befürchtete, ich könnte Zach stören, doch er ignorierte mich völlig.

Mit einem leisen Seufzer rieb ich von Neuem über meine Lustperle. Es fühlte sich so gut an, dass ich nach Luft schnappte. Meine Güte, meine Klitoris war noch nie so empfindsam gewesen, und es hatte sich noch nie derart erfüllend angefühlt, mich selbst zu streicheln. Doch ich hatte auch noch nie insgeheim mit einem umwerfenden Fremden masturbiert, der nur einige Meter von mir entfernt saß und sich ungeachtet seiner Umgebung selbst befriedigte.

Ich war zuversichtlich, dass Zach entweder keine Ahnung hatte, was ich tat, oder dass es ihm schlichtweg egal war, also begann ich, mich erneut zu streicheln. Ich hielt jedoch sofort inne, als er mir langsam den Kopf zuwandte und mir mit einem Blick zu verstehen gab, dass er es die ganze Zeit über gewusst hatte. Er hielt inne und starrte mich mit einem feurigen Ausdruck in den Augen an.

„Fühlt es sich gut an, was du da mit dir machst?", fragte er neugierig. Mir kam der Gedanke, dass er vielleicht noch nie eine Frau hatte masturbieren sehen.

Ich blinzelte ihn überrascht an und wollte meine Hand aus meinem Höschen ziehen.

„Nicht", befahl er mir schroff. „Hör nicht auf. Ich kann sehen, dass du erregt bist. Ich kann es riechen, und ich kann förmlich das Rauschen deines Blutes hören."

Ich ließ die Hand an meinem Unterleib liegen, doch ich rührte mich nicht. Ich war wie erstarrt vor Scham, weil er mich ertappt hatte.

„Ich frage dich noch einmal, Moira ... fühlt es sich gut an, was du mit deinem Körper anstellst? So gut wie das, was ich mit meinem tue?", fragte er, während er seinen Schwanz ein paar Mal träge streichelte.

„Ja", flüsterte ich, während ich meinen Finger fest an mein Geschlecht presste. „Es fühlt sich wirklich gut an."

„Dann darfst du weitermachen", sagte er nur und wandte sein Gesicht wieder von mir ab, um gen Himmel zu starren und wieder langsam seinen Schaft zu streicheln.

Ich beobachtete ihn einen Moment und war verblüfft über sein Desinteresse. Ich weiß noch, wie ich dachte, dass ein heißblütiger amerikanischer Mann niemals seinen Blick von einer Frau abwenden würde, die sich selbst befriedigte.

Seltsamerweise empfand ich seine Gleichgültigkeit mir gegenüber als völlig unbefriedigend.

Und falsch.

Ich überlegte, meine Hand einfach zurückzuziehen und frustriert einzuschlafen. Doch als meine Klitoris erneut zu pochen begann, beschloss ich, dass es mein Körper mehr schätzen würde, wenn ich mir Erleichterung verschaffte.

Also begann ich, mich erneut zu streicheln und ließ meinen Finger über den äußeren Rand meiner empfindsamen Lustperle gleiten. Während ich mich selbst berührte, beobachtete ich Zach und bemerkte, dass er seine Hand schneller auf und ab bewegte, wobei er sie am Ansatz leicht drehte und immer wieder über seine geschwollene Eichel strich.

Ich übte mehr Druck auf meine Klitoris aus und umkreiste sie mit einem Finger, den ich hin und wieder in mich hineinstieß. Schließlich schob ich auch noch einen zweiten Finger in mein feuchtes Geschlecht, woraufhin mir ein tiefes Stöhnen entfuhr.

Zach drehte mir ruckartig den Kopf zu und starrte mich mit großen Augen neugierig an. Es war ein überwältigend sündhaftes Gefühl, von ihm derart aufmerksam beobachtete zu werden. Ich warf sämtliche Bedenken über Bord und begann, mich heftig zu reiben. Ich gab mich meinen Empfindungen hin und bäumte mich auf, während ich immer wieder laut stöhnte und dabei die Augen nicht von Zach abwandte.

Wieder einmal starrten wir einander über die Flammen hinweg mit lustvollen und herausfordernden Blicken an.

Zach verengte die Augen, während er mich beobachtete und seine Hand mit immer heftiger werdenden Stößen auf und ab bewegte. Ich empfand Genugtuung, als seine Selbstkontrolle schließlich ein wenig bröckelte und er hörbar den Atem ausstieß. Er sog sofort die Luft wieder ein und begann zu keuchen, als er sich seiner Lust hingab. Von den beiden Malen, die ich ihn nun schon beim Sex beobachtet hatte, war dies das erste Mal, dass er einen Laut von sich gab. Ich verspürte einen Anflug von weiblichem Stolz, weil ich ihm mit meiner Erregung eine Reaktion entlockt hatte.

„Mmmm", stöhnte ich in der schwülen Nachtluft, um zu sehen, wie weit ich seine Selbstkontrolle zum Erliegen bringen konnte. „Es fühlt sich so gut an."

Zach belohnte mich mit einem lauten Stöhnen, als er sich leicht aufbäumte.

Ich war erstaunt. Berauscht. Und unglaublich erregt.

Mit meiner Sinnlichkeit steigerte ich Zachs Erregung … und sorgte dafür, dass er sich dem Rausch hingab. Es war ein himmelweiter Unterschied zu der Selbstdisziplin, die er beim Sex mit dieser Frau am Abend meiner Ankunft an den Tag gelegt hatte. Es spornte mich an, zu sehen, wie Zach sich in seiner Lust verlor, nur weil er mich beobachtete.

Ich keuchte heftig und bäumte mich auf, während ich stöhnend immer schneller auf den Abgrund der Ekstase zusteuerte.

Aus Zachs Eichel triefte Sperma und nach einem besonders heftigen Ruck, begann er bei jedem Stoß zu stöhnen.

Es war Musik in meinen Ohren und zerbrach auch die letzte Barriere in mir. Ich spannte mich am ganzen Körper an, als ich *zum Höhepunkt kam. Ich schrie meine Lust in die Nacht hinaus und bäumte mich unbeholfen in der Hängematte auf, während Zach mit funkelnden Augen jede meiner Reaktionen beobachtete. Während ich noch immer von der Welle der Ekstase davongetragen wurde, sah ich, wie sich seine dicken Hoden zusammenzogen und er den Kopf zurückwarf. Dann drückte auch er den Rücken durch und stieß einen erlösenden Schrei aus.*

Sperma spritzte aus der Spitze seines Schwanzes auf seinen Bauch und floss über seine Hand, während er immer noch seinen Schaft rieb. Er gab ein weiteres lautes Stöhnen von sich und kniff die Augen fest zusammen, bevor er schließlich von sich abließ.

Ich beobachtete völlig erstaunt, wie sich sein Körper sofort wieder beruhigte. Im Schein des Feuers konnte ich sehen, wie sich sein Brustkorb schnell hob und senkte und wie seine Halsschlagader den Lebenssaft durch seine Venen pumpte. Doch ansonsten saß er völlig reglos und lautlos da.

Behutsam zog ich meine Hand zwischen meinen Schenkeln hervor, schloss meinen Reißverschluss und knöpfte meine Hose zu. Ich beobachtete Zach die ganze Zeit über, doch er sah mich danach nicht mehr an. Er hatte einen Arm hinter dem Kopf verschränkt, während die andere Hand immer noch benetzt mit seinem Sperma auf seinem Bauch ruhte. Dann schloss er die Augen und schlief ein.

Ich hebe meinen Kopf von der Rücksitzlehne und blinzle aus dem Fenster, um die sündigen Erinnerungen aus meinem Gedächtnis zu vertreiben. Ich werde von Scham durchströmt, als ich daran denke, was ich getan habe.

Was ich noch alles mit Zach tun will.

Dr. Moira Reed, angesehene Anthropologin und Privatdozentin an der Northwestern University. Sie hat von Randall Cannon, Philanthrop, Multimilliardär und Patenonkel von Zacharias Easton, einen äußerst großzügigen Zuschuss erhalten, um ihn aus dem Amazonas zu holen und ihm zu helfen, sich an das Leben hier zu gewöhnen.

Bisher hatte ich ihm nur beigebracht, einer Frau beim Masturbieren zuzusehen. Obwohl Zach irgendwann die sexuellen Unterschiede unserer Kulturen lernen müsste, hatte Randall dabei ohne Zweifel ein Lehrbuch im Sinn und nicht die Erfahrung aus erster Hand.

Wenn Randall jemals von diesem kleinen Intermezzo erfahren würde, wäre er sicher wütend. Damit würde ich nicht nur den Zuschuss verlieren, den er mir gewährt, damit ich meine Arbeit mit Zach veröffentlichen kann. Falls er mich wirklich bestrafen wollte, weil ich sein Patenkind verdorben habe, könnte ich wahrscheinlich auch meiner Karriere Lebewohl sagen.

Meine Güte, ich bin eine Idiotin. Ich gelobe mir selbst, dass ich in Zukunft eine professionelle Distanz zu Zach wahren werde. Meine Karriere ist zu wichtig, um sie für etwas zu riskieren, das so weit außerhalb der Grenzen des Anstands liegt.

Kapitel 3

Zach

„Zach … das Abendessen ist fertig", höre ich Moira durch die geschlossene Schlafzimmertür rufen.

Ich antworte nicht sofort, sondern starre weiter zur Decke. Insgeheim sträube ich mich dagegen, mich zu ihr zu setzen, denn sie würde nur wieder versuchen, mich in ein Gespräch zu verwickeln. Es ist mir unangenehm, da ich mich zwar zu ihr hingezogen fühle, sie jedoch zugleich verachte.

„Zach? Hast du mich gehört?", fragt sie.

„Ich bin gleich da", antworte ich knapp. Einen kurzen Moment später höre ich ihre Schritte, die sich von meiner Tür entfernen.

Wir sind mittlerweile in ihrem Zuhause hier in Evanston angekommen. Sie wohnt in einem kleinen, weißen Haus mit schwarzen Fensterläden und bunten Blumen, die in Töpfen auf der Veranda verteilt sind. In gewisser Weise erinnert es mich an das kleine Haus meiner Eltern in Georgia. Als wir mit dem Taxi vorfuhren, wurde ich sofort von Erinnerungen an meine Mutter übermannt, die im Garten im Hinterhof arbeitete.

Nachdem Moira den Fahrer bezahlt hatte, war ich ihr mit meinem Rucksack, den sie für mich gekauft hatte, um mein spärliches Hab und Gut aus dem Amazonasgebiet zu transportieren, ins Haus gefolgt. Außer den Sachen meiner Eltern besaß ich nur die neuen Kleider, die Moira mir besorgt hatte, sowie eine kleine Perlenkette, die mir Oehla, eines der Mädchen im Dorf, vor meiner Abreise geschenkt hatte. Meinen Bogen und meinen Köcher sowie meine Machete hatte ich zurücklassen müssen, nachdem Moira mir erklärt hatte, dass ich sie nicht mit ins Flugzeug in die Vereinigten Staaten mitnehmen durfte. Ich war so wütend gewesen, dass ich sie eine gefühlte Ewigkeit auf Portugiesisch beschimpft hatte. Sie hatte mich einfach nur gelassen beobachtet, bis mir die Luft ausgegangen war. Dann hatte sie sich kleinlaut entschuldigt und gesagt, sie würde dafür sorgen, dass sie sicher aufbewahrt würden, bis ich zurückkehrte.

Welch hinterhältiges Weib. Sie erzählt mir etwas von meiner Heimreise, obwohl ich genau weiß, dass sie meine Rückkehr nicht vorgesehen hat. Doch ich spiele ihr kleines Spiel mit … vorerst.

Ich steige aus dem Bett, wobei das feuchte Handtuch, das ich mir nach dem Duschen um die Taille gewickelt habe, noch immer lose um meine Hüfte geschlungen ist. Nachdem Moira mich herumgeführt und mir erklärt hatte, ich sollte mich wie zu Hause fühlen, bin ich zuerst duschen gegangen.

Ich hatte ihre Worte nur mit einem Grunzen quittiert und danach sofort das Bad angesteuert, wobei ich die Gelegenheit nutzte, um meine Anspannung abzubauen. Ich streichelte mich, bis ich zum Höhepunkt kam, während ich mir vorstellte, was ich mit Moiras Körper anstellen würde, wenn ich die Gelegenheit dazu hätte. Ich fand es beunruhigend, dass ich nicht ein einziges Mal an Tukaba dachte, sondern mir stattdessen vorstellte, wie das flammende Haar über Moiras Rücken fiel, während ich sie von hinten nahm. Mein Orgasmus war heftig, doch ich gab keinen Laut von mir, als ich mein Sperma über den Fliesen der Duschwand verspritzte.

Ich werfe einen Blick auf die Kleidung, die ich aus meinem Rucksack gezogen habe, als mir plötzlich eine Idee kommt. Moira sagte, ich solle mich ganz wie zu Hause fühlen. Sie hat mir zwar deutlich zu verstehen gegeben, dass ich in der Öffentlichkeit immer vollständig bekleidet sein muss, doch im Dorf der Caraica war ich immer nackt.

Mit einem Lächeln löse ich das Handtuch von meiner Taille und lasse es auf den Boden fallen, bevor ich das Schlafzimmer verlasse.

Moira steht in der Küche und hat mir den Rücken zugewandt, während sie am Herd steht und etwas kocht. Ich kann mich daran erinnern, wie meine Mutter ein Blech mit Keksen aus dem Ofen holte. Fast glaube ich, den Duft von Schokolade und Vanille riechen zu können, den ich längst vergessen hatte. Mir läuft das Wasser im Mund zusammen, und für einen kurzen Augenblick überlege ich, Moira zu fragen, ob sie mir ein paar Kekse backen kann.

Doch ich unterdrücke den Drang sofort wieder, denn es widerstrebt mir, sie um etwas zu bitten.

Ich gehe zum Küchentisch und ziehe einen der Stühle hervor. Moira schrickt auf und wirft mir mit einem Lächeln einen Blick über ihre Schulter zu.

„Ich hoffe, du hast Hunger. Ich habe …“

Moira verstummt und reißt überrascht die Augen auf, als sie mich splitterfasernackt vor sich sieht. Ihr steht der Mund offen, während sie ihren Blick langsam über meinen Körper gleiten lässt. Als sie an meinem Schaft innehält, zuckt er leicht und beginnt, anzuschwellen. Die Reaktion überrascht mich, denn ich habe das Biest vor nicht einmal einer halben Stunde gezähmt.

„Was tust du da?“, fragt sie mit heiserer Stimme, als sie mir wieder in die Augen sieht.

„Ich bin hier, um zu Abend zu essen. Das wolltest du doch“, erwidere ich mit ausdrucksloser Miene.

„Aber … du kannst nicht … du musst dir etwas anziehen, Zach“, sagt sie, wobei sie erneut einen hastigen Blick auf meine Lendengegend wirft.

„Ich weigere mich“, entgegne ich nur und setze mich auf den Stuhl. Dann strecke ich die Beine von mir und lege die Hände auf den Bauch.

Moira muss sichtlich schlucken. „Aber … es gehört sich nicht, nackt herumzulaufen.“

Ich zucke mit den Schultern und werfe ihr einen spöttischen Blick zu. „Du sagtest, ich solle mich wie zu Hause fühlen. Und in meinem eigenen Haus würde ich keine Kleider tragen, also bleibe ich hier ebenfalls nackt.“

Sie öffnet den Mund, um etwas zu erwidern, doch dann besinnt sie sich. Sie schließt kurz die Augen und atmet tief durch. Als sie sie wieder öffnet, schenkt sie mir dasselbe freundliche Lächeln, das sie mir während der vergangenen Tage schon häufig entgegengebracht hat, wenn ich ihr etwas verweigerte.

„Also gut … für den Moment ist es in Ordnung. Wir können später noch darüber reden.“

Daraufhin wendet sie sich ab, um in einem Topf zu rühren. Zugegebenermaßen riecht es köstlich. Nach einem Moment murmelt sie: „Öffne einfach nicht die Tür, falls jemand anklopft.“

Ich lache in mich hinein, weil ich ihr Unbehagen bereitet habe. Das ist das Mindeste, was sie verdient, denn seit dem Moment, an dem ich der Frau zum ersten Mal begegnet bin, hat sie mir jegliche Behaglichkeit im Leben genommen. Und wenn ich mich bei ihr dafür revanchieren kann, werde ich jede Gelegenheit ergreifen, die sich mir bietet.

Moira steht am Herd und rührt noch einmal um, dann holt sie zwei Teller aus dem Schrank und schöpft das Essen in die Teller. Sie dreht sich zu mir um und sagt: „Es ist nichts Besonderes, nur Nudeln mit Sauce, aber ich habe nicht viel vorrätig. Morgen müssen wir einkaufen gehen.“

Sie stellt einen der Teller vor mir ab. Ich atme tief ein, als ich den Haufen undefinierbarer Lebensmittel betrachte. Moira holt zwei Gabeln aus einer Schublade und platziert eine neben meinem Teller. Ich ignoriere sie.

Ich warte nicht, bis sie sich an den Tisch setzt, sondern stecke sofort meine Finger in das dampfende Essen und versuche, etwas von dem Durcheinander auf eine Hand zu schöpfen. Es entgleitet mir jedoch und fällt zurück auf den Teller.

Ich blicke zu Moira auf, die adrett nach ihrer Gabel greift, ein paar Nudeln aufspießt und sie sich behutsam in den Mund schiebt. Nachdem sie den Bissen gekaut und hinuntergeschluckt hat, sagt sie: „Es ist viel einfacher, mit der Gabel zu essen.“

Ich stoße ein Knurren aus und hebe den Teller an, um ihn an meine Lippen zu führen. Dann beginne ich, mir das Zeug mit den Fingern in den Mund zu schieben und genieße den Anblick ihrer fassungslosen Miene.

Ich stelle den Teller wieder ab und kaue den Bissen, bevor ich ihn hinunterschlucke. Ich muss zugeben, dass es absolut köstlich schmeckt, aber ich schenke ihr ein überlegenes Lächeln.

„Was ist in der Sauce?“, will ich wissen.

„Hauptsächlich Hackfleisch. Hast du das als Kind schon einmal gegessen?“

Kopfschüttelnd hebe ich den Teller wieder an und schiebe mir etwas mehr davon in den Mund. „Nicht, dass ich wüsste“, antworte ich mit vollem Mund und empfinde Genugtuung, als sie das Gesicht zu einer Grimasse verzieht.

Wir essen schweigend, wobei ich meine Portion im Handumdrehen verschlinge. Als mein Teller leer ist, merke ich, dass ich immer noch hungrig bin. „Ich hätte gern noch etwas.“

Sie zieht eine Augenbraue in die Höhe und betrachtet mich mit einem Ausdruck in den Augen, den ich noch nie an ihr gesehen habe. Dann lächelte sie mich an und sagt: „Es ist noch genug im Topf. Bediene dich.“

Mein Blick fällt auf den Herd und dann wieder auf Moira. Mich selbst bedienen? Ist das ihr Ernst?

„Zach … Es hat mir nichts ausgemacht, dir die erste Portion zu servieren, da ich ohnehin schon am Herd stand und mir selbst einen Teller aufgeladen habe. Aber du musst lernen, dir selbst etwas zu nehmen.“

Ich starre sie einen Moment an und frage mich, was ich ihren Worten entgegenzusetzen habe. Ich bin es gewohnt, von den Frauen bedient zu werden. In meinem Dorf ist das völlig normal, da die Männer die Nahrung liefern. Aber hier … hat Moira nicht nur für das Essen gesorgt, sie hat es auch zubereitet.

Mit einem knappen Nicken stehe ich auf, doch zuerst lecke ich mir die Finger sauber und ernte eine weitere Grimasse von ihr. Ich trage meinen Teller zum Herd und nehme mir noch etwas von den Nudeln mit Käse und Rindfleisch.

„Möchtest du auch noch etwas?“, fragte ich und überrasche mich mit den Worten selbst. Glücklicherweise lehnt sie ab, also nehme ich mir auch noch den Rest.

Es herrscht Schweigen, während ich meine Nudeln verspeise und Moira mich dabei beobachtet. Nachdem ich den letzten Bissen in meinen Mund geschaufelt und heruntergeschluckt habe, stehe ich vom Tisch auf und wasche mir die Hände im Waschbecken. Ich genieße es zwar, mich an ihrem Tisch wie ein Unhold aufzuführen, doch ich habe mir schon immer die Hände nach dem Essen gewaschen.

Als ich damit fertig bin, wende ich mich zum Gehen, doch Moira gebietet mir Einhalt, indem sie sagt: „Wir müssen uns unterhalten, Zach.“

Ich ignoriere sie und gehe weiter in Richtung meines Schlafzimmers, doch sie ruft mir hinterher: „Bitte … nur fünf Minuten.“

In ihrem Tonfall schwingt ein … erschöpfter Ausdruck mit … und ein Anflug von Frustration. Während ich es einerseits genieße, vermittelt es mir andererseits ein unbehagliches Gefühl, denn im Grunde weiß ich, dass es nicht ihre Idee war, mich in die Staaten zu bringen. Sie ist nur hier, um mir zu helfen. In gewisser Weise habe ich Verständnis für ihre Lage, also beschließe ich, ihr zumindest ein wenig entgegenzukommen und drehe mich zu ihr um.

Statt zwischen meine Schenkel zu starren, sieht sie mir direkt in die Augen, also weiß ich, dass sie es ernst meint. „Wir müssen uns über ein paar Grundregeln einig werden, solange du hier wohnst."

Seufzend gehe ich zurück in die Küche und setze mich wieder auf meinen Stuhl, wobei ich die Beine weit spreize und innerlich lache, als sie sichtlich Mühe hat, mir in die Augen zu sehen. Ich weiß, dass ihr Blick sofort wieder auf meine Lenden fallen würde, wenn ich mich streicheln würde, doch ich halte mich zurück. Ich ziehe es vor, diese Unterhaltung so schnell wie möglich hinter mich zu bringen, also starre ich sie an und überlege, wie sie mir das Leben diesmal schwer machen wird.

„Zach … Ich weiß, dass du lieber nicht hier wärst", sagt sie mit sanfter Stimme.

„Endlich … sind wir uns in einer Sache einig."

„Aber du *bist* hier. Du hast es Paraila versprochen, und obwohl ich davon ausgehe, dass du eines Tages in deine Heimat zurückkehren wirst, werden wir viel Zeit miteinander verbringen. Du solltest diese einmalige Gelegenheit wirklich zu deinem Vorteil nutzen."

„Obwohl ich die Gelegenheit gar nicht wollte und immer noch nicht *will*", entgegne ich.

„Ja, ich weiß. Aber ich habe eine Aufgabe zu erfüllen, und die besteht darin, dir bei der Eingewöhnung hier zu helfen. Vielleicht können wir beginnen, indem du mir verrätst, worüber du gern etwas lernen würdest. Ich bringe dir alles bei, was du wissen möchtest."

Ich kann an ihrem Tonfall hören, wie verzweifelt sie mich für ihr Vorhaben gewinnen will, und mir wird klar, dass sie mir gerade eine einmalige Chance bietet. Da ich mich nicht sofort dagegen sträube, fährt sie fort.

„Alles, was du willst. Wir können es langsam angehen oder gleich loslegen. Sag mir einfach, was du wissen willst, und ich verspreche dir, dass wir es in die Tat umsetzen werden. Du wirst sehen … es wird dir Spaß machen. Du musst dem Ganzen nur eine Chance geben."

Arme, naive Moira. Sie hat keine Ahnung, was sie mir anbietet.

„Alles, was ich will?", frage ich skeptisch.

„Ja … es gibt so viel zu sehen und zu tun. Aber wir werden mit etwas anfangen, was dich wirklich interessiert. Wir können in einem Restaurant essen, die Museen in Chicago besuchen oder in den Zoo gehen. Oder wie wäre es mit der Bibliothek? Dort gibt es Bücher in Hülle und Fülle, und du kannst lesen, bis dir die Augen zufallen. Ich wünsche mir einfach, dass du nicht gleich alles von dir weist."

Ich verziehe die Lippen langsam zu einem trägen, fast bösartigen Lächeln. „Also gut. Ich werde dem Ganzen eine Chance geben und weiß genau, was ich zuerst lernen möchte."

Sie beugt sich aufgeregt in ihrem Stuhl zu mir vor. „Ausgezeichnet. Sag es mir."

„Ich möchte etwas über Sex lernen. Ich will wissen, wie ihr euch hier in der zivilisierten Welt paart."

Moira blinzelt mich dümmlich an und schüttelt den Kopf, als hätte sie meine Worte nicht richtig verstanden. „Wie bitte? Du willst etwas über Sex lernen?"

„Ja."

„Aber … aber … du weißt doch schon, wie das geht", erwidert sie verwirrt.

Ich richte mich auf und lehne mich in meinem Stuhl vor, sodass mein Gesicht nur wenige Zentimeter von ihrem entfernt ist. Dann sage ich mit leiser und leicht rauer Stimme: „Ja, das tue ich. Du hast mich von meiner besten Seite gesehen. Aber ich möchte wissen, wie ihr modernen Menschen Sex habt. Ihr macht es doch völlig anders, nicht wahr?"

Sie muss sichtlich schlucken, und ich sehe, wie ihre Augen verängstigt aufblitzen. „Ja, wir machen es anders, aber ich glaube nicht, dass …"

„Du hast mich gefragt, was ich will, und ich habe es dir gesagt. Wenn du mir beibringst, wie zivilisierte Menschen Sex haben, werde ich dein kleines Spiel mitspielen und in diese Kultur eintauchen. Ich werde sogar versuchen, mich euren allgemeinen Sitten anzupassen, wenn es dich glücklich macht."

Moira beäugt mich einen Moment und ich kann förmlich sehen, wie sich die Rädchen in ihrem Kopf drehen. Schließlich nickt sie bedächtig und sagt: „In Ordnung. Ich nehme deine …"

Sobald ihr die Worte über die Lippen gekommen sind, stehe ich ruckartig auf. Ich packe sie mit einer Hand am Nacken und ziehe sie auf die Füße. Sie zögert nicht, sondern reißt nur überrascht die Augen auf.

„Dann wollen wir gleich anfangen", sage ich und presse meine Nase an ihren Hals, um ihr süßliches Parfüm einzuatmen. Ich ziehe den Kopf zurück und sehe den glasigen Blick in ihren Augen, dann übe ich Druck auf ihren Nacken aus und drücke sie nach unten. „Auf die Knie."

Sie gehorcht und senkt sich langsam ab, wobei mein Schwanz sofort hart wird. Ich hätte nie geglaubt, dass sie mir so leicht nachgeben würde, doch nun erwacht meine dominante Ader zum Leben.

Ihre Knie berühren schon fast den Boden und ich überlege, wie ich sie am besten entkleiden kann. Vielleicht werde ich ihr einfach befehlen, sich auszuziehen, während sie vor mir kniet, doch im nächsten Moment richtet sie sich wieder auf und reißt sich los.

„Nein, Zach. Das können wir nicht tun“, schreit sie mich fast an, während ihr sichtlich unbehaglich zumute ist.

„Warum nicht? Du hast gesagt, du würdest mir etwas über Sex beibringen.“

Sie hält abwehrend die Hände in die Höhe und schüttelt den Kopf. „Ich habe gesagt, dass ich es dir beibringen würde … nicht, dass ich Sex mit dir haben würde.“

Ich ziehe entsetzt eine Augenbraue in die Höhe. Ich lasse den Blick an ihrem Körper hinunter wandern und sehe ihre geröteten Wangen und ihre steifen Brustwarzen, während sie schwer atmet. Ich bin verwirrt, denn ich kann sehen, dass sie es auch will.

„Du willst mich“, sage ich nur. „Ich weiß, dass du es willst.“

Sie schüttelt hartnäckig den Kopf. „Nein … ich kann das nicht tun.“

„Du kannst nicht oder du willst nicht?“, frage ich, denn ich möchte genau verstehen, wo sie die Grenze zieht.

Sie atmet tief durch und sagt: „Es spielt keine Rolle, was ich will. Ich wurde von deinem Patenonkel eingestellt, um auf dich aufzupassen. Ich soll dir beibringen, dich anzupassen. Eines Tages werde ich eine Abhandlung darüber veröffentlichen. Ich würde die Grenze des beruflichen und moralischen Anstands überschreiten, wenn ich mit dir schlafe. Ich bringe es dir auf andere Weise bei.“

„Wie?“, fragte ich skeptisch, obwohl ich es eigentlich nicht wissen will. Ich habe kein Interesse, etwas über ihre sexuellen Normen zu lernen, sondern habe den Vorwand nur benutzt, um meinen Willen zu bekommen. Und ich will ihren schönen Körper vögeln.

„Äh … es gibt viele Möglichkeiten. Filme … Bücher. Du kannst mir Fragen stellen und ich werde gern deine Neugierde befriedigen, doch wir können unmöglich miteinander schlafen."

Ich denke an den Abend zurück, an dem ich Moira zum ersten Mal begegnet bin und sie mich beobachtete, während ich Tukaba vögelte. Ich erinnere mich daran, wie sie sich an jenem Abend am Jutai selbst berührte und sich auf genauso wundervolle Weise Erleichterung verschaffte wie ich. Es besteht kein Zweifel, dass Moira ein sinnlicher Mensch ist. Bei beiden Gelegenheiten wollte sie mich, und ich bin überzeugt davon, dass sie mich auch jetzt will.

Vielleicht ist sie noch nicht bereit dazu, auf die Knie zu sinken, doch ich bin sicher, dass sie mir früher oder später nachgeben wird. Ich hebe das Kinn und sehe sie an, während ich insgeheim die Herausforderung annehme.

Ich habe vielleicht noch etwas Arbeit vor mir, doch ich werde sie schon bald dazu bringen, vor mir auf die Knie zu fallen … und sie wird darum betteln.

Kapitel 4

Moira

Zach saß wieder einmal schweigend da, als ich heute Morgen in die Küche kam, um mir eine Tasse Kaffee zu holen. Ich hatte ihm das Getränk während unseres Aufenthalts in Brasilia schmackhaft gemacht und mittlerweile liebte er es. Ich informierte ihn darüber, dass wir heute ein paar Besorgungen machen würden, für die es erforderlich wäre, sich zu bekleiden, und er grinste mich nur an.

Dennoch stellte er sich pflichtbewusst unter die Dusche und kam mit einer khakifarbenen Shorts und einem hellblauen T-Shirt sowie einem Paar Laufschuhen, die ich ihm gekauft hatte, wieder aus seinem Zimmer. Heute würden wir ihm noch mehr Kleidung besorgen, denn in Brasilien habe ich ihm nur eine Handvoll Sachen besorgt.

Sein langes, braunes Haar fällt ihm in unordentlichen Wellen über die Schultern und passt so gar nicht zu seinem adretten Outfit. Ich bin sicher, dass Zach auffallen wird wie ein bunter Hund, denn er erweckt tatsächlich den Eindruck eines wilden Mannes, der achtzehn Jahre lang im Regenwald gelebt hat. Die meisten Menschen würden ihn sich wohl eher in zerrissenen Jeans und einem AC/DC-T-Shirt vorstellen können. Vielleicht werde ich ihm eines Tages noch einmal anbieten, ihn zum Friseur mitzunehmen, doch damit werde ich noch etwas warten. Als ich ihm vor ein paar Tagen den Vorschlag machte, hat er die Idee rigoros abgelehnt und sagte mir, dass die Männer der Caraica Wert auf ihr langes Haar legten.

Den Vormittag verbringen wir in einem Kaufhaus, wo wir ihm eine komplett neue Garderobe bestehend aus Unterwäsche, Hemden, Shorts, Jeans, Socken und T-

Shirts zulegen. Zach toleriert meine Empfehlungen mit Gelassenheit und probiert die Kleidung an, um sicherzugehen, dass sie passt. Sein Schweigen treibt mich zuweilen in den Wahnsinn und ich würde am liebsten wissen, was in seinem Kopf vorgeht. Er stellt mir keine einzige Frage und zeigt auch sonst keinerlei Interesse.

Nach unserer Unterhaltung gestern Abend kann ich leider an nichts anderes als an Sex denken. Er hat gesehen, wie mein Körper auf ihn reagierte und weiß, wie sehr ich mich danach sehne, von ihm genommen zu werden. Ich habe mich bereits danach verzehrt, als ich ihn dabei beobachtet habe, wie er die Frau im Schein des Lagerfeuers gefickt hat. Aber ich habe ihm zu verstehen gegeben, dass ich so etwas nicht tun kann. Die Studie mit Zach ist für mich eine einmalige Gelegenheit, und ich kann sie mir nicht entgehen lassen, nur weil ich die Erfahrung machen will, von einem Mann dominiert zu werden.

Aber nicht von irgendeinem Mann.

Sondern von einem Mann wie Zacharias Easton, der splitterfasernackt in meinem Haus herumläuft und selbstbewusst seinen riesigen Schwanz zur Schau stellt.

Er raubt mir noch den letzten Nerv. Als ich gestern Abend zu Bett ging, musste ich immer wieder daran denken, wie er so schnell aufgesprungen war … mich am Hals gepackt und zu Boden gedrückt hat. Ich wollte nachgeben … oh, ich wollte es so sehr. Mein Körper schrie förmlich vor Frustration, während mein Verstand mich anflehte, diesem Unsinn Einhalt zu gebieten. Kaum hatte ich mich ausgezogen und ins Bett gelegt, griff ich auch schon in meine Nachttischschublade und zog meinen bewährten rosa Vibrator hervor. Nachdem ich die Begierde in Zachs Augen gesehen hatte, als er mich am Nacken packte, war ich so erregt, dass ich nur eine gefühlte Nanosekunde brauchte, bis ich in mein Kissen schrie und hoffte, dass Zach mich nicht gehört hatte.

Als wir später im Supermarkt einkaufen gehen, zeigt Zach tatsächlich einen Anflug von Interesse. Er erzählt mir, dass er früher mit seiner Mutter und seinem Vater sonntags nach der Kirche immer einkaufen war. Während wir durch die Gänge schlendern, nimmt er verschiedene Artikel zur Hand und betrachtet sie neugierig. Als wir den Müsli-Gang erreichen, greift er nach einer Schachtel Cocoa Puffs und hat sogar ein Lächeln im Gesicht.

„Erkennst du das wieder?", frage ich.

Er nickt. „Meine Mutter hat sie immer für mich gekauft. Es war mein Lieblingsessen."

„Dann wirf es in den Wagen", sage ich und führe innerlich einen Siegestanz auf, weil er eine Verbindung zu seinen Wurzeln hergestellt hat.

Nachdem wir mit genügend Lebensmitteln beladen sind, um eine ganze Armee zu ernähren, schiebe ich den Wagen in Richtung Kasse.

„Willst du sonst noch irgendetwas?", frage ich, bevor wir unsere Einkäufe bezahlen.

Zach blickt in einem für ihn untypischen Anflug von Unsicherheit zu Boden. Er ist einer der selbstbewusstesten Männer, die ich je getroffen habe, und allein die Tatsache, dass er zum ersten Mal den Blick von mir abwendet, lässt mich aufhorchen.

Ich warte geduldig, bis er wieder zu mir aufsieht. „Weißt du, wie man Schokoladenkekse backt?", fragt er.

Mein Lächeln erhellt sich. „Aber sicher. Möchtest du welche?"

Er erwidert das Lächeln nur zaghaft, doch ich kann sehen, dass ihm die Kekse am Herzen liegen. Ich werte es als Erfolg, dass er sich mir gegenüber etwas geöffnet hat.

Er nickt. „Wenn es dir nichts ausmacht."

„Natürlich macht es mir nichts aus“, versichere ich ihm und bin über alle Maßen begeistert, weil er tatsächlich etwas Interesse zeigt und mich nicht einfach nur finster anstarrt. „Lass uns die Zutaten holen, und ich werde sie backen, sobald wir zu Hause sind.“

***

„Du bist eine sehr kluge Frau“, sagt Zach, als er den Blick durch das Restaurant schweifen lässt, in dem wir zu Mittag essen. Seine Worte klingen zwar wie ein Kompliment, doch sein Tonfall ist alles andere als beifällig.

„Wie meinst du das?“, frage ich, während ich mein Sandwich auspacke.

„Du bringst mich in ein Restaurant, in dem es nur Speisen gibt, die man mit den Händen essen kann“, sagt er mit einem Grinsen.

Ich kann mir ein Lachen nicht verkneifen, während Zach mit einem Lächeln in den Augen ebenfalls sein Sandwich auspackt. „Du hast mich ertappt. Ich konnte nicht riskieren, dass du dein Essen in der Öffentlichkeit vom Teller schlürfst.“

Zach antwortet nicht, sondern isst einen Bissen, während er die Gäste im Restaurant betrachtet. Ich kaue schweigend und mustere Zach, während er seine Umgebung wahrnimmt. Er gibt zwar vor, nichts mit diesem neuen Leben zu tun haben zu wollen, doch er ist ein sehr wissbegieriger Mann. Er lernt, indem er die Menschen verstohlen beobachtet und alle möglichen Details in sich aufsaugt.

„Das Paar da drüben“, sagt Zach und neigt den Kopf, woraufhin ich seinem Blick folge. „Sie küssen sich.“

„Ja“, stimme ich zu. Ich sage jedoch nichts weiter, denn ich bin mir nicht sicher, warum es von Bedeutung ist.

„Warum küssen Menschen sich? Ich erinnere mich, dass meine Eltern sich küssten, aber in unserem Stamm tun wir so etwas nicht. Ich will wissen, was der Grund dafür ist."

Ich schlucke einen Bissen hinunter und trinke einen Schluck Wasser aus der Flasche, während ich darüber nachdenke, wie ich Zach das Küssen erklären soll. Es ist ein komplexes Ritual, und obwohl sich meine anthropologischen Studien nicht unbedingt auf die sexuellen Normen der Stämme konzentrieren, die ich studiert habe, weiß ich, dass die Art und Weise, wie verschiedene Kulturen ihre Zuneigung durch Küssen zeigen oder Küssen sogar als eine Art Vorspiel sehen, sich radikal unterscheidet.

Während ich das Pärchen betrachte, das sich mit koketten, flüchtigen Küssen liebkost, während es sich an den Händen hält, erkläre ich Zach: „So wie diese beiden sich gerade küssen … zeigen sie einander ihre Zuneigung. Siehst du, wie sich ihre Lippen immer nur kurz berühren? Und wie sie einander anlächeln und miteinander lachen?"

„Es ist, als wären sie in ihrer eigenen Welt", bemerkt Zach, und ich muss unwillkürlich lächeln. Ihm entgeht wirklich nichts.

„Ja … sie haben nur Augen füreinander."

„So haben sich meine Eltern auch immer geküsst", sagt er mit traurigem Unterton in der Stimme.

„Soweit ich weiß, waren sie sehr verliebt ineinander", erwidere ich zustimmend. „Zumindest hat Randall mir das erzählt."

Bei der Erwähnung seines Patenonkels verhärtet sich Zachs Miene, und er isst einen weiteren Bissen von seinem Sandwich. Nachdem er ihn hinuntergeschluckt hat, fragt er: „Kann man jemanden noch auf andere Weise küssen?"

„Ja", antworte ich lächelnd. „Man kann jemanden zur Begrüßung küssen oder um sich zu verabschieden. Man kann ein krankes Kind auf die Stirn küssen, um es zu trösten. Es gibt viele Möglichkeiten."

„Küsst man sich beim Sex?", fragt er und wirft mir einen herausfordernden Blick zu.

Ich muss schlucken, denn offenbar erteile ich ihm gleich mitten in diesem Restaurant eine Lektion in Sexualkunde. „Ja, man küsst sich beim Sex. Aber warum fragst du? Hast du das etwa bei deinen Eltern beobachtet?"

„Nein, das habe ich nie gesehen."

Von einem kulturellen Standpunkt hat er nun meine Neugierde geweckt. Wie kann ein Mann, der noch nie zuvor einen sinnlichen Kuss gesehen hat, wissen, dass diese Geste sehr wohl zum Sex dazugehören kann?

„Wie kommst du dann darauf, dass man sich beim Sex küsst?"

Er zuckt nur mit den Schultern und wirft mir einen halb amüsierten, halb spöttischen Blick zu. „Weil … ich daran denke, dich zu küssen, dabei kann ich dich nicht einmal leiden. Daher vermute ich, dass es etwas mit Sex zu tun hat, andernfalls verstehe ich nicht, warum ich in diesem Zusammenhang an dich denken sollte."

Herrje. Ich bin gekränkt und fühle mich zugleich geschmeichelt, doch unabhängig von meinen Gefühlen, muss ich es ihm aus der Sicht einer Lehrerin erklären.

„Ja, Küssen kann sehr wohl mit dem sexuellen Akt verbunden sein. Viele Leute benutzen es als Vorspiel, denn es hat eine erregende Wirkung auf die Menschen."

Zach wirft erneut einen Blick auf das sich küssende Paar. „Sie sehen nicht so aus, als wollten sie Sex miteinander haben."

„Ein sexueller Kuss unterscheidet sich etwas von ihren Küssen“, erkläre ich und werde rot. „Er ist inniger … und man benutzt die Zunge.“

„Die Zunge? Zeig es mir“, fordert er mit begierigem Blick und ich ertappe mich dabei, wie ich weich werden will.

„Nein“, entgegne ich und schüttle den Kopf. „Wir befinden uns an einem öffentlichen Ort.“

„Dann zeig es mir, wenn wir zu Hause sind“, drängt er.

„Nein, Zach. Auf keinen Fall.“

Er wirkt aufgebracht und frustriert, also fühle ich mich genötigt, ihn zu beschwichtigen. Ich will vermeiden, dass er sich wieder vor mir verschließt, nachdem er sich zum ersten Mal mir gegenüber geöffnet hat. „Aber ich wette, ich kann ein paar Videos auf YouTube finden, wenn wir zu Hause sind.“

„YouTube?“, fragt er und seine Neugierde scheint erneut geweckt.

„Das ist, ähm … damit kann man im Internet Videos ansehen“, erkläre ich ihm.

„Videos?“

„Ja … wie Filme. Kannst du dich an Filme erinnern?“

Er nickt, fragt aber schnell: „Was ist das Internet?“

„Du kannst das Internet mithilfe deines Computers durchforsten und es beantwortet dir so ziemlich jede Frage.“ Mehr fällt mir dazu nicht ein, denn ich habe keine Ahnung, wie man jemandem das Internet erklärt, der noch nie davon gehört hat.

„Es gibt dir eine Antwort auf alles?“

„Ja“, erwidere ich. „So ziemlich.“

„Wozu brauche ich dich dann? Gib mir einen dieser Computer, dann kann ich alles lernen, was ich wissen muss.“

Ich starre Zach nur an und weiß nicht, was ich sagen soll. Denn im Grund hat er nicht ganz Unrecht … Ich könnte ihn wahrscheinlich vor einen Computer setzen, ihm beibringen, wie man eine Suchmaschine bedient. Somit könnte er alles über diese neue Welt lernen.

Ich schüttele den Kopf, um meine Gedanken zu ordnen, denn sie drehen sich mittlerweile im Kreis. „Ich werde dir zeigen, wie man einen Computer benutzt, aber er kann dir nicht alles beibringen. Um wirklich zu lernen, musst du manche Dinge auch selbst erleben.“

„Wie Küssen?“, fragt Zach und verzieht langsam die Lippen zu einem Lächeln.

„Ich werde dir nicht beibringen, wie man küsst“, erwidere ich mit einem Knurren, woraufhin er mich mit einem Funkeln in den Augen betrachtet.

„Wer sagt denn, dass *du* mir das Küssen beibringen musst. Eines habe ich in der kurzen Zeit, in der ich hier bin, gelernt … du bist nicht die einzige Frau in dieser neuen, modernen Welt, Moira Reed.“

Bei seinen Worten steht mir der Mund offen, denn er hat recht. Es gibt so viele Dinge – vor allem Sex – die Zach von jemand anderem lernen könnte. Vielleicht müsste ich ihm einfach nur jemanden vorstellen und der Natur ihren Lauf lassen.

Aber nein … das ist lächerlich. Zach ist noch lange nicht so weit, eine Beziehung mit jemandem einzugehen. Er mag zwar ein selbstbewusster Krieger der Caraica sein, aber wenn es darum geht, etwas über Beziehungen zu lernen, sei es sexuell oder anderweitig, gleicht er eher einem Baby, das gerade das Licht der Welt erblickt hat.

Und aus irgendeinem Grund gefällt mir die Vorstellung nicht, dass er mit einer anderen Frau zusammen sein könnte.

***

„Dies ist deine erste Lektion in Sachen Popkultur“, erkläre ich Zach, als ich *Wie ein einziger Tag* in den DVD-Spieler lege. Ich habe auf dem Rückweg vom Restaurant an einer Videothek gehalten und ein paar Filme ausgeliehen. „Zufälligerweise enthält der Film eine Lektion in Sachen Küssen, du wirst mir später dankbar sein.“

Auch am Nachmittag hatten wir alle Hände voll zu tun. Nach dem Zwischenstopp in der Videothek, habe ich zu Hause ein Blech Schokoladenkekse gebacken. Während sie im Ofen waren, holte ich meinen Laptop hervor und suchte auf YouTube nach Videos über das Küssen.

Ich fand gleich mehrere, und Zach sah sich die Clips eine Weile neugierig an. Einmal stieß er sogar ein Lachen aus – das wahrlich wunderschön klang –, als wir uns ein Video von einem Deutschen anschauten, der überschwänglich erklärte, wie er seine Freundin auf unterschiedliche Arten küsst. Wir hatten keine Ahnung, was er sagte, doch er hatte augenscheinlich eine Menge Spaß dabei.

Dann hatte Zach sich über die Schokoladenkekse hergemacht. Ich überprüfte meine E-Mails, während er einen ganzen Teller aß und bereits beim ersten Bissen einen vergnügten Seufzer ausstieß. Ich starrte weiter auf den Bildschirm, während ich jedoch in mich hineinlächelte.

Jetzt sitzt Zach auf einem meiner Sofas und hat seine langen Beine ausgestreckt. Das Licht der untergehenden Sonne fällt durch das Fenster und verleiht ihm einen sanften Schimmer. Er ist wahrhaftig ein schöner Mann, den ich stundenlang anstarren könnte. Ich bin jedoch dankbar, dass er zumindest im Moment gegen seine eigene Regel verstößt und sich auch im Haus etwas angezogen hat, denn ich glaube kaum, dass ich einen ganzen Film überdauern würde, solange er nackt am anderen Ende der Couch säße.

Es fällt mir ohnehin schwer genug, mich auf den Bildschirm zu konzentrieren. Ab und zu werfe ich einen Blick auf Zach, der ganz vertieft in den Film zu sein scheint. Doch ich weiß, dass er die Handlung genauso distanziert betrachtet wie alles andere.

Heute habe ich mit Zach erstaunliche Fortschritte gemacht. Ich bin mir nicht sicher, ob es daran lag, dass ich ihm die Cocoa Puffs gekauft habe, oder ob er endlich erkannt hat, dass diese Welt auch Interessantes zu bieten hat. Was es auch ist, er ist bei Weitem nicht mehr so abwehrend und verschlossen mir gegenüber. Ich kann nur hoffen, dass er auch in Zukunft diesem neuen Leben gegenüber offen sein wird.

Auf dem Bildschirm ist schließlich die Szene zu sehen, in der Noah und Allie sich im strömenden Regen auf dem Steg küssen, und ich werfe erneut einen Blick auf Zach. Er sitzt immer noch mit ausgestreckten Beinen auf der Couch, während er die Hände auf seinen straffen Bauch gelegt hat. Er rührt sich nicht und zeigt keinerlei Reaktion. Kurz darauf ist die nächste Szene zu sehen, in der Noah und Allie sich leidenschaftlich in seinem Haus küssen, während er sie gegen die Tür drückt. Zach sieht sich die Szene weiterhin gelassen und stillschweigend an, während er keinen einzigen Muskel bewegt.

Noah trägt Allie die Treppe hinauf, und dann lieben sie sich auf dem Bett, während sie sich begierig küssen. Zach wollte schon immer wissen, wie man sich beim Sex küsst, und nun kennt er die Antwort. Während er sich von den sinnlichen Szenen nicht aus der Ruhe bringen lässt, kann ich nicht umhin mir vorzustellen, wie es wäre, wenn Zach mich auf diese Weise küssen würde. Würde er dabei Lust empfinden? Würde er das Vorspiel genießen, während sich seine Erregung langsam steigert? Oder kann er eine Frau nur von hinten nehmen, um sich zu erleichtern, während er sich nicht darum schert, ob die Frau ebenfalls Befriedigung erfährt?

Ich rutsche unruhig auf meinem Sitz hin und her, während mir derart schmutzige Gedanken durch den Kopf gehen. Dennoch zwinge ich mich, mir den Film bis zu Ende anzusehen.

Als der Abspann endlich läuft, stehe ich auf, nehme die Fernbedienung und schalte den Fernseher aus. Dann wende ich mich Zach zu. „Und … wie fandest du den Film?"

„Er war langweilig", sagt er.

Ich muss lachen und erwidere: „Glückwunsch. Du hast gerade deinen ersten Frauenfilm überstanden."

„Was meinst du damit?"

„Es ist ein Film, der speziell für Frauen statt für Männer gemacht wurde."

Er nickt verständig. „Ich erinnere mich, dass ich einmal mit meinen Eltern einen Film gesehen habe. Ich weiß nicht mehr, wie er hieß, aber er handelte von einem kleinen Jungen, der mit einem kleinen Mädchen eine Art Spiel spielte. Er wurde in das Spiel hineingesogen und landete in einem Dschungel. Dort lebte er viele Jahre lang und wuchs zu einem Mann heran. Irgendwann bekamen einige andere Kinder das Spiel in die Hände. Als sie es spielten, wurde der Mann aus dem Dschungel zurück in die moderne Welt transportiert."

Mir steht er Mund offen und ich starre Zach schockiert an. Mir entgeht dabei nicht die Ironie, dass er sich ausgerechnet an diesen Film aus seiner Kindheit erinnert. „Ich weiß, von welchem Film du sprichst. Er heißt *Jumanji*. Die Hauptrolle spielt Robin Williams, der ein brillanter Schauspieler war … im Grunde ist er sogar mein Lieblingsschauspieler."

Zach zuckt nur mit den Schultern. „Ich erinnere mich nicht mehr an den Namen, aber ich weiß noch, dass ich ihn als Kind mochte. Hast du den Film hier?"

Ich schüttle den Kopf und antworte mit einem traurigen Unterton in der Stimme: „Nein. Aber ich kann ihn für dich besorgen."

Zach zuckt wieder mit den Schultern, als wäre es ihm völlig gleich, dann steht er von der Couch auf. „Ich gehe jetzt ins Bett."

„In Ordnung", sage ich leise. Ich würde gern weiter mit ihm über den Film aus seiner Kindheit sprechen. Es bestehen erschreckend viele Parallelen zu seinem wirklichen Leben, dass die Erinnerung daran sicher belastend für ihn ist.

Stattdessen schweige ich und beobachte, wie er in den Flur in Richtung seines Schlafzimmers geht.

Kurz bevor er aus meinem Blickfeld verschwindet, dreht er sich um und sagt: „Die Kussszenen in dem Film, den wir gerade gesehen haben … waren interessant."

„Verstehst du jetzt, warum das Küssen beim Sex eine Rolle spielen kann?", frage ich in meiner Funktion als Lehrerin, wobei ich mich um einen entsprechenden Tonfall bemühe.

„Ich habe es zwar gesehen, aber ich habe es nicht wirklich verstanden. Aber wie du schon sagtest … einige Dinge muss ich selbst erleben, um sie wirklich zu verstehen, nicht wahr?"

„Wahrscheinlich", erwidere ich ausweichend.

„Dann freue ich mich darauf, küssen zu lernen …, und zwar von jemandem, der es mir wahrhaftig beibringen kann", erklärt er mit ernstem Tonfall und wendet sich ab.

Kapitel 5

Seit ich bei Moira wohne, hat sie mich kein einziges Mal allein im Haus gelassen.

Bis heute.

Und das nutze ich jetzt aus.

Zuerst habe ich mich ausgezogen und das Gefühl der kühlen Luft auf meiner Haut genossen. Ich bin nicht so oft nackt herumgelaufen, wie ich ursprünglich glaubte, doch das liegt nicht daran, dass ich Moira nicht vor den Kopf stoßen wollte. Darüber mache ich mir nämlich nicht die geringsten Sorgen.

Vielmehr habe ich mich daran gewöhnt, Kleidung zu tragen. Moira hat mich tatsächlich täglich irgendwohin mitgenommen, um mich ihrer Kultur näherzubringen. Um auszugehen, musste ich mir natürlich etwas anziehen, und je öfter ich bekleidet herumlaufe, desto weniger beklemmend scheint es zu sein.

Ich habe bereits so viele verschiedene Orte besucht, dass mir von der Reizüberflutung manchmal der Kopf schwirrt. Einmal hat sie mich in die Innenstadt von Chicago mitgenommen, die mir sofort zuwider war. Überall sehe ich nur Stahl und Beton und viel zu viele Menschen. Hier herrschen nicht die wunderbaren Laute der Tiere des Dschungels vor, sondern der Lärm der hupenden Autos und geschäftigen Menschen. Meine Ohren schmerzen davon, bis ich das Gefühl habe, sie bluten.

An anderen Orten war es nicht so schlimm. Wir haben uns einen Film im Kino angesehen, und sie hat mir die Northwestern University gezeigt, an der sie arbeitet, wobei sie mir erklärt hat, was man an einer Hochschule alles lernen kann. Wir waren in Restaurants essen und ich habe tatsächlich nachgegeben und Besteck benutzt.

Nachdem ich sie beobachtet hatte, musste ich zugeben, dass es einfacher und sauberer war. Sie nahm mich mit in die örtliche Bibliothek in Evanston und zeigte mir, wie man Bücher ausfindig macht und ausleiht. Die Bibliothek ist nur wenige Gehminuten von ihrem Haus entfernt, und sie hat mich dazu ermutigt, sie jederzeit zu besuchen, wenn mir danach ist. Eines Tages werde ich ihrer Aufforderung Folge leisten, doch bei unserem ersten Besuch habe ich mir zehn Bücher ausgeliehen, die ich noch nicht alle gelesen habe.

Und ja … eines der Bücher, die sie mir empfahl, trägt den Titel *Wie bringe ich meinem Kind etwas über Sex bei*. Ich habe es durchgeblättert, aber nach den ersten drei Seiten aufgegeben. Sie macht sich lächerlich, wenn sie glaubt, dass sie sich mit dieser Art von Büchern aus der Affäre ziehen kann.

Allerdings ist sie durchaus gewillt, mir meine Fragen zu beantworten, also versuche ich jeden Tag, mir etwas Neues einfallen zu lassen, nur damit ich sehen kann, wie ihr der Atem stockt und sie rot anläuft.

„Moria … wie nennt man es, wenn mein Sperma aus der Spitze meines Penis herausspritzt?"

Sie errötete und hätte sich fast an ihrem Müsli verschluckt, doch dann räusperte sie sich und sagte: „Das nennt man einen Orgasmus."

„Und das ist der Fachausdruck?"

„Ja, obwohl manche Leute eher sagen würden, dass sie ‚kommen' oder auch zum ‚Höhepunkt kommen'."

„Den ‚Höhepunkt verstehe ich ja, aber einfach nur ‚kommen'?"

„Ja, ‚kommen'", antwortete sie und lief hochrot an.

„Können Frauen einen Orgasmus haben? Hattest du denn einen Orgasmus an dem Abend im Dschungel, als du dich selbst berührt hast?"

„Ja, Zach. Frauen können auch einen Orgasmus haben."

„Aber du hast keinen Penis. Was hast du denn berührt, um dich zum Höhepunkt zu bringen?"

„Frauen haben etwas, das man Klitoris nennt ... manche nennen es auch Kitzler. Ich nehme an, dass es sich genauso anfühlt, wenn du deinen Penis berührst.“

„Wo befindet sich diese Klitoris?“

„In Ordnung, Zach ... das war genug Sexgerede für heute“, brummte Moira und stand auf.

Ich lächelte in mich hinein, weil ich wusste, dass ich ihr unter die Haut ging.

Allerdings muss Moira mir nichts über Sex beibringen, damit meine Gedanken darum kreisen. Ich scheine an nichts anderes zu denken, wenn ich in ihrer Nähe bin. In meiner Kultur dominiert der Mann die Frau beim Sex und es geht lediglich darum, von hinten in sie hineinzustoßen. Ich bin jedoch überaus neugierig, ob es noch andere Möglichkeiten gibt, sich zu paaren.

Ich denke viel zu oft darüber nach, Moira zu küssen. Seit sie mir diesen Film gezeigt hat, in dem die beiden Menschen sich küssten, frage ich mich, wie sich wohl ihre Zunge an meiner anfühlen würde.

Apropos Zunge ... Wenn ich mit meiner Zunge in ihren Mund eindringen kann, kann ich damit auch andere Körperstellen berühren, wie zum Beispiel ihre Brüste, die ich bisher noch nicht gesehen habe. Oder dieses geheimnisvolle Körperteil, das sie „Klitoris“ genannt hat. Ohne Zweifel kann man mit den Fingern etwas bewirken, doch ich würde gern wissen, ob ein Mann dort auch seine Zunge zum Einsatz bringen kann. Ich frage mich, wie sie wohl schmecken würde, und dann überlege ich mir ... wie sich ihre Zunge an meinem Penis anfühlen würde.

Ist so etwas überhaupt möglich? Ich muss es auf die Liste von Fragen setzen, die ich ihr gern noch stellen würde.

Moira hat mich darüber informiert, dass sie heute einen Arzttermin hat und danach einen Freund zum Mittagessen trifft. Ich habe ihr gesagt, dass ich sie gern begleiten würde, da es mir Freude bereitet in diesen Restaurants neue und interessante Gerichte zu probieren.

„Heute nicht, Zach“, sagte sie. „Ich habe ein Rendezvous.“

„Ein Rendezvous?“, fragte ich verwirrt. „Was soll das bedeuten?“

Ihre Wangen liefen rot an, und ich wusste, dass es etwas mit Sex zu tun hatte. Moira wurde immer rot, wenn wir über Sex sprachen.

„Zu einem Rendezvous treffen sich zwei Menschen, die sich mögen, um die Gesellschaft des anderen zu genießen.“

„Du meinst, um Sex zu haben?“, fragte ich, wobei mir der Gedanke von ihr mit einem anderen Mann gar nicht gefiel.

„Nicht immer“, antwortete sie knapp. „Manchmal unterhalten sie sich auch nur.“

„Wirst du bei diesem ‚Rendezvous‘ heute Sex haben?“ Ich spürte, wie aufgebracht ich war, doch ich hatte keine Ahnung, warum. An den meisten Tagen konnte ich Moira kaum ertragen, weil ich zum einen in ihrer Nähe sexuell frustriert war und zum anderen immer noch wütend darüber war, dass sie mich meinem Heim entrissen hatte.

„Es geht dich zwar nichts an, aber nein … ich werde nicht mit ihm schlafen. Wir gehen nur zusammen essen.“

„Aber manchmal führen deine Dates zu Sex?“

Moira stieß einen Seufzer aus, aber sie antwortete mir dennoch. „Hin und wieder. Es kommt darauf an, wie innig die Verbindung der beiden Menschen ist.“

Ich wollte ihr noch eine Frage stellen, doch sie gebot mir Einhalt, indem sie mir sagte, dass sie nicht zu spät zu ihrem Arzttermin kommen wollte. Sie hatte gefragt, ob ich hier allein zurechtkäme, und ich versicherte ihr, dass es mir an nichts fehlte. Sie schaltete ihren Laptop für mich ein und rief das Programm Firefox auf, mit dem ich mittlerweile umgehen konnte. Vor ein paar Tagen hatte Moira sich die Zeit genommen, mir zu zeigen, wie man im Internet nach Informationen sucht. Sie machte mich mit Wikipedia bekannt und erklärte mir, dass man der dortigen Zusammenfassung von Informationen zwar nicht immer trauen könne, dass es aber ein guter Ausgangspunkt sei, um etwas über ein Thema zu lernen.

Ich kann zwar nicht so gut tippen wie Moira, deren Finger mit der Geschwindigkeit eines Jaguars auf der Jagd nach seiner Beute über die Tasten zu fliegen scheinen, aber ich komme ganz gut damit zurecht. Seit ich Zugang zu diesem erstaunlichen Wunderwerk namens Internet habe, habe ich viel gelernt. Ich habe etwas über Präsident Obama, den Irak-Krieg, den frühen Tod von Michael Jackson, Miley Cyrus Twerking-Künste und den Einsturz des World Trade Center erfahren. Ich habe Recherchen über die amerikanische Geschichte angestellt und dabei besondere Aufmerksamkeit auf die Notlage der indigenen Völker dieses Landes gerichtet. Und ich habe sogar einiges über den Regenwald im Amazonasgebiet gelesen, wobei es mich tieftraurig gestimmt hat, als ich sah, wie viel davon bereits abgeholzt worden war … es hat mich richtiggehend krank gemacht. Ich wusste, dass die Außenwelt zunehmend auf uns einwirkt, doch mir war nicht klar, welches Ausmaß es bereits angenommen hat. Ja, das Internet bietet einen nie versiegenden Vorrat an Wissen, der nur darauf wartet, von mir entdeckt zu werden.

Ich rechne damit, dass ich etwa drei Stunden Zeit habe, bevor Moira zurückkommt, also sehe ich mich als Erstes in ihrem Schlafzimmer um. Bis auf einen kurzen Blick am Tag meiner Ankunft, ist es das einzige Zimmer im Haus, das ich noch nicht begutachtet habe. Ich greife nach verschiedenen Fläschchen mit Lotionen und Flüssigkeiten auf ihrer Kommode und rieche an jedem einzelnen. Ich öffne ihre Schubladen und durchstöbere ihre Kleidung, wobei ich vor allem ihrer Unterwäsche Beachtung schenke, die nur aus winzigen Fetzen

Spitze oder Seide besteht und sich angenehm anfühlt. Ich durchsuche auch ihre Nachttischschubladen und finde darin ein seltsames Gerät, das wie ein männlicher Penis geformt ist, wobei an der Vorderseite eine kleine Wölbung hervorragt. An einer Seite befindet sich ein Knopf, den ich betätige, woraufhin das Ding in meinen Händen heftig zu summen beginnt.

Seltsam.

Ansonsten finde ich nichts Interessantes, doch ich nehme das rosa, penisähnliche Ding mit in die Küche und lege es auf den Tisch, um Moira später danach zu fragen.

Schließlich setze ich mich nackt auf einen der Küchenstühle und ziehe ihren Laptop zu mir, um noch etwas über die moderne Welt zu lernen.

Ich lasse meine Finger für einen Moment über der Tastatur schweben, dann tippe ich das Wort „Sex" bei Wikipedia ein. Es erscheint ein langer, langweiliger Artikel, in dem es um Pflanzen, Pilze und andere Tiere beim Geschlechtsakt geht. Ich überfliege ihn kurz und versuche es dann mit dem Wort, das ich gerade erst gelernt habe, wobei ich „Orgasmus" in das Suchfeld eingebe.

Schon besser.

Ich erfahre mehr über die Klitoris der Frau und finde sogar ein Diagramm, welches mir genau zeigt, wo sie sich befindet. Ich lerne etwas über den G-Punkt und darüber, dass es einen Unterschied zwischen penetrierendem und nicht-penetrierendem Sex gibt. Offenbar wird das, was ich mit mir selbst mache, um zum Höhepunkt zu kommen, Masturbation genannt. Das Wort geht mir leicht von der Zunge, doch ich finde heraus, dass man es auch wichsen, sich einen runterholen, einen von der Palme wedeln, den Kolben ölen und den Affen aus dem Urwald locken nennt, wobei letztere Bezeichnung mir ein Lachen entlockt.

In dem Artikel ist ein Link mit dem Titel „Sexspielzeug" aufgeführt. Moira hat mir beigebracht, dass diese blau gekennzeichneten Wörter zu weiteren Artikeln führen. Ich klicke darauf und sehe Bilder von Gegenständen, die dem Gerät aus Moiras Nachttisch sehr ähnlichsehen.

Interessant.

Als ich den Artikel zu Ende gelesen habe, beschließe ich, meine Suche auszuweiten. Moira hat mich nicht nur mit Wikipedia vertraut gemacht, sondern mir auch beigebracht, die Macht von Google zu nutzen. Also gebe ich das Wort „Sex" ein, und werde mit mehr Informationen überhäuft, als ich verarbeiten kann.

Ich bekomme einen Einblick in das *Kamasutra*, und mir wird sofort klar, dass es Dutzende von Möglichkeiten gibt, wie ein Mann und eine Frau zusammen sein können. Während der Gedanke, Moira im Nacken zu packen und sie auf den Boden zu drücken, in meiner Fantasie immer noch eine vorherrschende Rolle spielt, kann ich mir mittlerweile auch andere Positionen mit ihr vorstellen. Ich betrachte die Fotos eine Weile und füge die Seite zu den Lesezeichen hinzu, damit ich Moira danach fragen kann, wenn sie nach Hause kommt. Ich bin jetzt schon gespannt zu sehen, wie sie bei dem Versuch, es mir zu erklären, rot wird.

Ich finde einen interessanten Link zu einem Artikel über Sex-Slang und lerne, dass es eine Vielzahl von Begriffen gibt, die den Penis eines Mannes beschreiben. Pimmel, Schwanz, Lümmel, Nudel, Rohr, Schniedel, Rute, Flöte, Schwert und Schaft.

Mein Favorit ist jedoch der Schwanz.

Dann lerne ich ein Wort, das die Art, wie ich mithilfe des Computers etwas über Sex lerne, für immer verändert.

Pornografie.

Laut Wikipedia handelt es sich dabei um die Darstellung sexueller Handlungen zum Zweck der Erregung, und die Vielfalt der aufgeführten Videolinks ist verblüffend. Ich zögere nicht und klicke auf das erste Video. Als ich sehe, was sich auf dem Bildschirm abspielt, reiße ich erstaunt die Augen auf.

Eine Frau liegt auf dem Rücken, während ein Mann ihre Schenkel in die Höhe hält und sie weit spreizt. Er dringt mit seinem Schwanz immer wieder in sie ein, wobei ihre großen Brüste hin und her wippen und sie aus vollem Hals vor Lust schreit. Ich kenne diese Stellung aus dem *Kamasutra*.

Ich klicke ein Video nach dem anderen an, und schon bald habe ich die Hand um meinen Schwanz geschlungen und streichle mich selbst. Ein Video verblüfft mich besonders, als ich sehe, wie eine Frau es mit drei Männern gleichzeitig treibt.

Ich neige den Kopf zur Seite und lasse kurz von mir ab, da ich kaum meinen Augen traue. Die Frau sitzt rittlings auf einem Mann, mit seinem Schwanz in ihrer Muschi – auch diesen Begriff habe ich mittlerweile gelernt. Sie lehnt sich nach vorn, damit sie den Schwanz eines anderen Mannes in den Mund nehmen kann, der am Ende des Bettes steht. Doch am meisten schockiert mich dabei, dass ein weiterer Mann hinter ihr seht und ebenfalls mit dem Schwanz in sie eindringt. Ist das ihr Anus?

Die drei Männer stoßen wie verrückt in ihre verschiedenen Löcher, während sie lustvoll stöhnt. Der Anblick ist mehr als erregend und mein Schwanz … Lümmel … Schaft scheint härter zu werden als je zuvor in meinem Leben.

Ich bewege wieder meine Hand, als etwas Körpersaft aus der Spitze rinnt und mein Puls in die Höhe schnellt. Ich massiere mich im Rhythmus mit den Bewegungen der Männer, die wie von Sinnen in die Frau hineinstoßen. Ich rase auf den Höhepunkt ... oder Orgasmus zu und bin kurz davor zu kommen.

Dann explodiere ich förmlich und verspritze mein Sperma über den Tisch, wobei ich glücklicherweise Moiras Laptop verfehle. Ich stoße einen Fluch aus, während ich meinen Schwanz ... mein Schwert ... meinen Schaft weiter streichle.

Nach ein paar Minuten beruhigt sich meine Atmung wieder, und ich erhebe mich auf wackligen Beinen. Ich schnappe mir ein paar Papiertücher und wische den Küchentisch ab, wobei ich einige Augenblicke auf den Laptop starre.

Das war der reine Wahnsinn und ich bin immer noch völlig verblüfft. Alles, was ich über Sex zu wissen glaubte, erscheint mir jetzt so unzureichend, und nun habe ich mehr Fragen an Moira als je zuvor.

Doch vor allem habe ich dank der Dinge, die ich heute gelernt habe, eine Idee, wie ich Moira auf die Knie zwingen kann. Denn ich will sie von hinten nehmen.

Zumindest beim ersten Mal.

***

Es ist fast zwei Uhr nachmittags, als ich höre, wie Moiras Wagen die Einfahrt hinauffährt. Bevor sie das Haus verlassen hat, hat sie mir mitgeteilt, dass wir heute Abend essen gehen und uns dann mit ihren Freundinnen in einem Nachtclub treffen werden. Offenbar will sie mir ihr soziales Umfeld näherbringen, um mir zu zeigen, wie Freunde miteinander verkehren. Das liegt wohl daran, dass sie mich ständig über meine Stammesbrüder im Dorf der Caraica ausgefragt hat, denn sie wollte wissen, wie wir unsere Freizeit miteinander verbrachten. Ich erklärte ihr, dass wir jeden Tag jagen und fischen gehen und uns abends am Lagerfeuer Geschichten erzählen. Es war ein einfacher Tagesablauf, dennoch hatte ich dadurch eine starke Bindung zu meinem Volk aufgebaut.

Ich glaube, sie will mir die freundschaftlichen Beziehungen der Amerikaner schmackhaft machen, damit ich das Potenzial erkenne, in meiner neuen Welt eigene Freunde zu finden. In meinen Augen ist das vergeudete Zeit, denn um mir eigene Freunde zu suchen, müsste ich hierbleiben.

Und das werde ich sicher nicht tun.

Moira öffnet die Haustür und sieht mich beim Betreten des Hauses auf der Couch sitzen. Ich hatte mich nach meinem „Erlebnis" am Küchentisch wieder angezogen und mich darauf vorbereitet, sie mit dem zu konfrontieren, was ich heute gelernt habe.

Zur Begrüßung schenkt sie mir ein Lächeln, dann schweift ihr Blick zu dem rosafarbenen Vibrator – auch dieses Wort habe ich heute gelernt – in meiner Hand. Ich drücke auf den Knopf, und er beginnt laut zu summen.

„Was tust du denn da?", fragt sie wütend, während sie rot anläuft.

Ich schalte das Gerät wieder aus und zucke mit den Schultern. „Das habe ich heute in deiner Schublade gefunden."

Sie lässt ihre Handtasche auf den Boden fallen, geht auf mich zu und reißt mir den Vibrator aus der Hand. „Du hattest kein Recht, meine Sachen zu durchstöbern."

Ich zucke erneut mit den Schultern, denn ihre Wut lässt mich völlig kalt. „Du hast mir nie den Zutritt zu deinem Zimmer verboten. Stattdessen hast du mir gesagt, ich solle mich wie zu Hause fühlen."

Moira stößt ein Schnauben aus und blafft mich an: „Also schön, aber tu das nie wieder. Mein Zimmer ist ab sofort tabu."

„In Ordnung“, erwidere ich, denn ich habe ohnehin schon alles gesehen.

Daraufhin geht Moira stapfend in ihr Zimmer. Ich kann hören, wie sie den Vibrator zurück in die Schublade wirft und sie mit Wucht schließt. Als sie wieder herauskommt, ist ihr Gesicht nicht mehr gerötet und sie wirkt etwas gefasster. Sie geht in die Küche, öffnet den Kühlschrank und holt einen Krug mit Eistee heraus, der stets gefüllt ist. Ich stehe von der Couch auf und folge ihr.

Nachdem sie sich ein Glas eingeschenkt hat, wendet sie sich mir zu. „Und was hast du heute gemacht?“

„Du meinst, nachdem ich dein Sexspielzeug gefunden habe?“

„Ja“, knurrt sie. „Nachdem du mein Sexspielzeug gefunden hast.“

„Nun, mal sehen … Ich habe in deiner Küche masturbiert und auf deinem Tisch abgespritzt.“

„Du hast *was* getan?“, fragt sie verblüfft.

Ich nicke. „Ja, nachdem ich im Internet herausgefunden habe, was Pornografie ist. Ich habe gesehen, wie eine Frau in ihre Muschi und ihren Arsch gefickt wurde, während sie den Schwanz eines weiteren Kerls lutschte.“

Ich bin selbst überrascht, wie leicht mir diese neuen Begriffe über die Lippen kommen, und freue mich, dass Moira so rot anläuft wie nie zuvor.

Sie geht zu einem der Küchenstühle hinüber und lässt sich darauf fallen. „O mein Gott“, murmelt sie. „Du hast dir doch nicht etwa Pornos im Internet angesehen, oder?“

„Es war sehr aufschlussreich und viel interessanter als das, was du mir bisher beigebracht hast. Ich habe mir ein ganz neues Vokabular angeeignet, nur weil ich ein paar Stunden lang mehrere Webseiten durchforstet habe.“

Moira vergräbt den Kopf in den Händen, bevor sie ihn heftig schüttelt. „Randall wird mich umbringen."

„Sag mal, Moira … fühlt sich Analsex für eine Frau gut an? Aus der Sicht eines Mannes scheint es unglaublich zu sein. Das Wort ficken gefällt mir übrigens auch. Es ist ein kurzes, aber ausdrucksstarkes Wort."

Ich glaube, ich habe sie zutiefst schockiert, denn sie schüttelt nur langsam den Kopf und murmelt:

„Ich weiß es nicht. Ich habe es noch nie getan."

Dann steht sie mit wackeligen Beinen auf. Sie sieht zu mir auf und ich lache in mich hinein, als sie sich bemüht, meinem Blick standzuhalten. Sie festigt ihre Stimme und sagt: „Zach … du kannst mir keine Fragen mehr über Sex stellen. Ich kann mit dir darüber nicht sprechen. Das hat jetzt ein Ende."

Ich mache einen großen Schritt auf Moira zu und lege ihr eine Hand um die Kehle, wobei ich sanft zudrücke. Ich streiche mit dem Daumen über ihren Kiefer und genieße den Anblick ihrer leicht glasigen Augen.

„Ganz im Gegenteil, Moira … es fängt gerade erst an."

Kapitel 6

Moira

Ich glaube, ich werde ohnmächtig. Doch das liegt nicht daran, dass Zach seine Hand um meine Kehle geschlungen hat, denn sein Griff ist so sanft, dass ich lediglich seine raue Handfläche an meiner Haut spüre.

Nein, seine Worte, der begierige Ausdruck in seinen Augen und die Art, mit der er mir zu verstehen gibt, dass er nicht so einfach von mir ablassen wird, bringen mich um den Verstand.

Er hat mir nichts befohlen oder mich gedrängt, etwas zu tun, dennoch sehne ich mich danach, vor ihm auf die Knie zu fallen und mich ihm hinzugeben.

Während meiner Verabredung mit Michael heute konnte ich nur an Zach denken. Ich habe mir vorgestellt, wie er nackt in meinem Haus sitzt und masturbiert. Ich weiß, dass der Mann unersättlich ist, denn vor ein paar Tagen hat er mir erzählt, wie sehr er Tukaba – die Frau, die er vor meinen Augen gefickt hat – vermisst. Er hat damit geprahlt, dass er sie nahm, wann immer er das Bedürfnis verspürte, was zuweilen mehrmals täglich war. Obwohl er auch zu Hause immer häufiger Kleidung trug, lief er hin und wieder nackt herum, wobei ich nicht umhinkonnte, seine Erektion zu bemerken, die vor allem am Morgen nicht zu übersehen war.

Er ertappte mich jedes Mal dabei, obwohl ich mich bemühte, ihn nicht einfach unverhohlen anzustarren. Dann grinste er mich nur an und ging in Richtung Bad, um zu „duschen", während er mit einer Hand bereits begann, seinen Schwanz zu massieren.

Er wird mich noch in den Wahnsinn treiben, denn mich durchströmt eine Scham, die meiner Erregung jedoch in nichts nachsteht.

Während des Mittagessens fragte mich Michael mehrmals, ob alles in Ordnung sei. Ich hatte ihn nur angeblinzelt, um die Fantasien über Zach aus meinen Gedanken zu vertreiben und mich wieder auf ihn zu konzentrieren.

Michael ist Professor an der Fakultät für Mathematik, sieht gut aus, ist erfolgreich und hat Humor. Wir sind schon seit einiger Zeit gute Freunde, und kurz bevor ich zu meiner Reise in das Amazonasgebiet aufbrach, hatte er mich tatsächlich gebeten, mit ihm auszugehen, und ich hatte eingewilligt. Er führte mich zum Essen aus und wir verbrachten einen netten Abend zusammen. Danach brachte er mich nach Hause und küsste mich zum Abschied, und ich weiß noch, wie ich dachte, dass er gut küssen kann. Ich war gespannt, wohin unsere Beziehung noch führen würde, doch dann wurde ich von Randall engagiert, und bevor wir uns wiedersehen konnten, war ich bereits auf dem Weg ins Amazonasgebiet.

Seit ich zurück bin, hat Michael mich mehrmals eingeladen, wieder mit ihm auszugehen. Ich habe ihn jedoch immer wieder mit der Ausrede vertröstet, ich müsse Zeit mit Zach verbringen, damit er sich eingewöhnen könne, doch schließlich brachte er mich dazu, einem Mittagessen zuzustimmen.

Ich redete mir ein, dass ich mich nur nicht so sehr darauf freute, Michael zu sehen, weil mir mit der Obhut von Zach zu viel Verantwortung oblag. In Wahrheit wollte ich Michael einfach nicht zu einem romantischen Essen treffen, denn meine Gedanken drehten sich immer wieder um Zach und die erotischen Fantasien, die er mir mit seiner bloßen Anwesenheit bescherte.

Doch schließlich stimmte ich einer Verabredung zu, da ich hoffte, diese wahnsinnigen Gedanken an Zach aus meinem Kopf vertreiben zu können. Indem ich mich wieder auf Michael einließ, würde ich vielleicht nicht in Versuchung geraten, die Grenze zu überschreiten, die ich zwischen mir und meinem Schützling gezogen hatte.

Doch mein Plan scheint nicht funktioniert zu haben, denn obwohl mich Michael leidenschaftlich küsste, bevor ich nach dem Mittagessen in meinen Wagen stieg, verspüre ich immer noch das Verlangen, meiner Anziehung zu Zacharias Easton nachzugeben.

„Ich habe heute auch etwas über das *Kamasutra* gelesen“, sagt Zach leise, und ich blinzle ihn an. „Ich habe gelernt, dass es mehr als nur eine Stellung gibt.“

„Zach … so etwas sollte man nicht aus dem Internet lernen. Das kann verwirrend sein.“

Er ignoriert mich und beugt sich vor. Er führt seine Nase an meinen Hals, unterhalb meines Ohrs und atmet meinen Duft ein. „Ich habe auch eine Menge über den weiblichen Körper erfahren. Ich weiß jetzt genau, wo dein Kitzler ist und wie ich dich zum Orgasmus … zum Höhepunkt bringen kann.“

Seine Worte vibrieren durch mich hindurch und mir stockt der Atem. Ich atme tief durch, um meine Lunge wieder mit Sauerstoff zu füllen.

„Soll ich dir zeigen, was ich heute gelernt habe, Moira? Ich könnte alles in die Praxis umsetzen, was ich auf dem Bildschirm gesehen habe.“

Mein Körper sehnt sich danach, ihm nachzugeben, doch ich schüttle den Kopf. „Das können wir nicht tun. Es gehört sich nicht.“

Zach zieht den Kopf zurück und starrt mit einem harten und grausamen Ausdruck in den Augen auf mich herab, während er mir sanft die Kehle zudrückt. „Du musst mir schon entgegenkommen, Moira. Ich werde hier noch verrückt.“

„Es ist falsch“, erwidere ich, während ich genau weiß, wie richtig es sich anfühlen würde.

Zach stößt ein frustriertes Schnauben aus und löst seinen Griff um meine Kehle. Mit einem wütenden Blick wirft er die Arme verärgert in die Luft. „Dann bring mich zurück nach Hause. Dort kann ich tun, was ich will, und muss mich nicht an deine dummen Regeln halten. Bring mich zurück zu Tukaba und lass mich all mein neu erworbenes Wissen an ihrem Körper ausprobieren. Du verwehrst dich mir auf Schritt und Tritt, Moira, also bring mich dorthin zurück, wo man mich akzeptiert.“

Seine Worte treffen mich mitten ins Herz, denn ich kann hören, wie einsam er ist.

„Nein, Zach“, erwidere ich mit flehendem Tonfall. „Noch nicht. Es gibt noch so vieles, was du sehen musst … außerdem will Randall dich kennenlernen.“

„Bring mich zurück oder halte dein Versprechen ein. Du wolltest mir etwas über eure sexuelle Kultur beibringen, doch bisher habe ich nichts weiter von dir bekommen als ein dummes Kinderbuch.“

„Ich kann nicht mit dir schlafen, Zach“, sage ich kleinlaut, denn es ist unmöglich … Ich würde wahnsinnig werden, außerdem wäre ich in dem Moment ruiniert, in dem ich ihm nachgebe. Damit würde ich meinen Auftrag verraten, Zach bei der Wiedereingliederung in die moderne Welt zu helfen. Es wäre schlichtweg schäbig und falsch.

„Dann musst du mir schon etwas anderes bieten“, sagt er schnell. Vielleicht bilde ich es mir nur ein, doch es hat den Anschein, als hätte er nur darauf gewartet, diese Worte auszusprechen.

„Und was?“, frage ich zögernd.

„Ich will dich noch einmal beobachten und sehen, wie du dich selbst zu Höhepunkt bringst. Bring mir etwas über den Körper der Frau bei, indem du mir zeigst, wie du Lust empfindest. Lass mich dabei zusehen und ich werde mich damit zufriedengeben.“

Ich starre Zach nur verblüfft an und kann nicht glauben, was er da von mir verlangt. Es ist zwar unangemessen, doch immerhin würde ich die Grenze nicht wirklich überschreiten. Er würde mich nicht berühren … und mir nicht seinen riesigen Schwanz zwischen die Schenkel schieben.

Zach durchbohrt mich mit einem unnachgiebigen Blick. Er stellt mir ein Ultimatum. Wenn ich ihm nicht entgegenkomme, wird er zurück in den Regenwald gehen und ich hätte Randall enttäuscht. Ich würde den Zuschuss verlieren.

Ich würde Zach verlieren.

Bevor ich mich eines Besseren besinnen kann, frage ich: „Du willst mich nur beobachten? Und du wirst mich nicht berühren?"

„Ich will nur zusehen", antwortet Zach leise und leckt sich erwartungsvoll über die Lippen. „Ich werde wirklich etwas lernen können."

O Gott, … Ich kann nicht glauben, dass ich dem zustimme, doch ich ertappe mich dabei, wie ich sage: „Also schön. Ich werde es tun. Aber versprich mir, dass wir danach nicht mehr darüber sprechen werden. Und du willigst ein, dich weiter mit der hiesigen Kultur auseinanderzusetzen, wie wir es ursprünglich geplant hatten."

„Einverstanden", sagt er ohne zu zögern und ergreift meine Hand. Er zieht mich in Richtung meines Schlafzimmers und sagt: „Ich will, dass du dich auf dein Bett legst, damit ich alles sehen kann."

Er schiebt mich in mein Zimmer, löst den Griff um meinen Hals und sagt dann gebieterisch: „Zieh dich aus."

Meine Hände zittern wie Espenlaub, als ich den rauen Unterton in seiner Stimme höre und seinem glühenden Blick begegne. Ich atme tief durch und ziehe mir schnell mein T-Shirt über den Kopf, denn ich will keine verführerische Striptease-Nummer daraus machen. *Ich halte hier nur eine Lehrstunde ab*, rede ich mir ein.

Ich ziehe mir hastig die Sandalen und Shorts aus, lasse sie auf den Boden fallen und trete sie mit dem Fuß beiseite.

Zach lässt seinen Blick über meinen Körper schweifen, wobei er den hellblauen Satin-BH und das knappe Höschen genau betrachtet.

„Weißt du", sagte er, nachdem er mich eine Weile angestarrt hat. „Ich bin es gewohnt, Frauen nackt zu sehen, doch diese Stofffetzen an deinem Körper haben etwas für sich. Dennoch will ich sehen, was sich darunter verbirgt. Zieh sie aus."

Ich löse den Verschluss meines BHs und lehne mich nach vorn, wobei die Träger von meinen Armen gleiten und das Kleidungsstück zu Boden fällt. Zach fixiert meine Brüste und geht einen Schritt auf mich zu. Ich bleibe stehen und vertraue darauf, dass er sein Versprechen einhalten und mich nicht berühren wird.

„Deine Brustwarzen sind rosa", stellt er fasziniert fest. „Die der Caraica sind braun. Und was sind das für kleine Pünktchen auf deiner Haut?"

„Sommersprossen", erkläre ich mit heiserer Stimme und räuspere mich. „Diese Punkte heißen Sommersprossen."

„Sie sind wunderschön", sagt er ehrfürchtig. Ich weiß nicht, ob er meine Brustwarzen oder meine Sommersprossen meint, aber ich schmelze innerlich dahin.

„Zieh auch den Rest aus", befiehlt er mit einem Blick auf mein Höschen.

Ich lasse meine Daumen unter den Saum gleiten und beuge mich vor, um mir das Höschen auszuziehen. Als ich es bis zu den Knien hinuntergeschoben habe, richte ich mich auf und lasse es zu Boden fallen, um es dann mit den Füßen abzustreifen.

Zach reißt die Augen auf und lässt sich vor mir auf die Knie fallen. Er führt sein Gesicht ganz dicht an mein Geschlecht und inspiziert mich genau. Ich laufe hochrot an. Noch nie hat ein Mann mich von Nahem mit einem derartigen Interesse betrachtet.

„Du hast hier keine Haare", sagt er und hebt eine Hand, um auf meinen glatten Venushügel zu zeigen. Sein Finger schwebt nur wenige Zentimeter vor mir und ich muss mich beherrschen, um nicht das Becken vorzuschieben.

„Ich enthaare meinen Körper mit Wachs", erkläre ich ihm.

„Es sieht so weich aus", murmelt er. „Ist es weich?"

Oh, verdammt. Trotz seiner gebieterischen, dominanten Art, ist es letztlich seine Unschuld, die mich in diesem Moment schwach werden lässt.

„Ja, Zach. Es ist sehr weich und glatt."

Er betrachtet meine Muschi noch einen Moment und hebt seinen Blick. Der staunende Ausdruck in seinen Augen ist einem heißblütigen Verlangen gewichen. „Leg dich aufs Bett, damit ich dich beobachten kann."

Ich tue, wie geheißen und lege mich auf den Rücken. Zach richtet sich auf und geht ans Ende des Bettes, um sich auf die Matratze zu knien. Sein Schaft ist so hart, dass er gegen seine Shorts presst. Er lehnt sich nach hinten auf seine Hacken und sagt: „Spreiz die Schenkel."

Mein Blut rauscht mit rasender Geschwindigkeit durch meine Adern, sodass mir schwindlig wird. Ich spreize die Beine und gehe förmlich in Flammen auf, als Zach wieder den Blick senkt.

„Jetzt zeig es mir, Moira. Zeig mir genau, wo dein Kitzler ist. Ich glaube, ich weiß es, aber ich will sehen, wie du ihn berührst."

Meiner Kehle entfährt unwillkürlich ein Stöhnen und Zach hebt ruckartig den Blick, um mir in die Augen zu sehen. Er schenkt mir ein sinnliches Grinsen und betrachtet dann wieder meine Muschi. „Tu es“, befiehlt er mir. „Berühre dich selbst.“

Ich greife mit beiden Händen nach unten und spreize meine Spalte mit einer Hand, während ich Zach weiter beobachte. Er beißt sich auf die Unterlippe und beobachtet begierig, wie ich mich vor ihm zur Schau stelle.

„Wunderschön“, murmelt er. „Deine Muschi glitzert. Was hat das zu bedeuten?“

Ich hätte mich fast verschluckt, doch ich presse hervor: „Es bedeutet, dass ich sexuell erregt bin.“

Er nickt verständig, ohne den Blick von meiner Muschi zu lösen, und sagt: „Mach weiter.“

Was als Lektion über den weiblichen Körper begann, hat sie plötzlich in etwas unglaublich Sündiges verwandelt. Statt Zach zu zeigen, wo genau sich meine Klitoris befindet, verspüre ich den Drang, das Brennen in meinem Körper zu stillen.

Ich lasse die andere Hand zwischen meine Schenkel gleiten und dringe mit dem Zeigefinger in mich ein. Es überrascht mich nicht, dass ich völlig durchnässt bin und mein Finger mit Leichtigkeit hineingleitet. Zach verzieht die Lippen zu einem Lächeln, als ich aufstöhne, doch er wendet den Blick nicht von meinem Geschlecht ab.

Ich ziehe meinen Finger heraus und streichle damit zögerlich über meine Klitoris. Ich bäume mich mit Wucht auf und ein Stöhnen entringt meiner Kehle.

„Ja“, sagt Zach zischend. „Tu es noch einmal.“

Ich gehorche ohne Umschweife, denn mein Körper schreit förmlich danach. Ich führe zwei Finger an meine Klitoris und reibe kreisförmig um meine geschwollene Lustperle. Ich atme nur noch unregelmäßig und masturbiere weiter, während Zach zwischen meinen Schenkeln kniet, sich über mich beugt und mich mit einem glühenden Blick beobachtet. Ich spüre, wie ich schneller werde, und ich immer weiter auf den Abgrund der Ekstase zutreibe. Ich reibe fester und stöhne immer wieder auf.

Ich stehe kurz vor dem Höhepunkt.

Ich bäume die Hüfte auf und lasse meine Finger immer weiter über meine Klitoris kreisen, wobei ich das Gefühl habe, durch einen dunklen Tunnel zu rasen, an dessen Ende ein orgastisches Licht auf mich wartet.

„Halt!", befiehlt Zach mit einem Knurren und packt mein Handgelenk.

„Nein …", stöhne ich frustriert auf.

„Warst du kurz davor zu kommen?", will Zach wissen.

„Ja", schreie ich förmlich. „So kurz davor. Lass mich weitermachen."

„Nein", sagt er, während er mein Handgelenk festhält. „Mir ist gerade ein Gedanke gekommen."

„Welcher denn?", frage ich mit einem Knurren, während ich versuche, meine Hand wieder an mein Geschlecht zu führen. Mit der anderen Hand ziehe ich immer noch meine Schamlippen auseinander.

Zach beugt sich vor und führt sein Gesicht dicht an meine Spalte. Er spitzt die Lippen und pustet auf meine empfindsame Lustperle. Es fühlt sich unglaublich an und ich stoße einen Schrei aus.

„Ich musste gerade daran denken, dass all die Dinge, die du mit deinen Fingern tust, auch mit der Zunge möglich sein sollten, nicht wahr?"

Ich stöhne auf, denn der Gedanke an Zachs Zunge an meinem Geschlecht, lässt meinen Körper vor Verzückung beben.

Zach pustet erneut auf meine Lustperle. „Antworte mir, Moira. Genaugenommen, würde eine Zunge genauso gut funktionieren wie deine Finger, nicht wahr?"

Gott, bitte hab Erbarmen mit meiner Seele.

„Besser, Zach", flüstere ich. „Es würde noch besser funktionieren."

Endlich begegnet er meinem Blick und ich habe das Gefühl, von innen heraus zu verbrennen. „Gib nach, Moira. Entbinde mich von meinem Versprechen, dich nicht zu berühren. Ich versichere dir, dass ich nur meine Zunge benutzen werde. Sonst nichts."

Wahrscheinlich werde ich dafür in die Hölle kommen, doch mein Körper fleht mich förmlich an, mich zu fügen.

„Ja", keuche ich mit sehnsuchtsvollem Verlangen. „Ich entbinde dich von deinem Versprechen."

Zach zögert nicht und legt sich auf die Matratze, wobei er seinen Kopf direkt zwischen meine Schenkel schiebt. Er lässt mein Handgelenk los, und da er seine Hände wie versprochen nicht benutzt, spreize ich mich wieder für ihn.

Sofort dringt er mit seiner Zunge tief in mich ein und stöhnt anerkennend auf, während er sie immer wieder in mich hineinstößt. Ein durchdringender Schrei entweicht meiner Kehle und ich bäume die Hüfte auf.

Er zieht seine Zunge heraus und führt seinen Mund zu meiner Klitoris. Als wäre er ein Experte, der dieses Spiel meisterlich beherrscht, umschließt er meine Lustperle mit seinen Lippen und saugt kräftig daran. Dann schiebt er wieder die Zunge vor und lässt sie um meine Klitoris kreisen. Immer härter, schneller und rauer peitscht seine Zunge animalisch und brutal gegen meinen Unterleib.

Mir entfährt ein weiterer Schrei, doch ich versuche ihn zu unterdrücken. Tränen treten mir in die Augen, während ich mich den Empfindungen hingebe, die Zach in mir hervorruft. Kein Mann hat mich je auf diese Weise mit seiner Zunge verwöhnt. Er nimmt meinen Körper vollständig in Besitz und zwingt mich allein mit seiner Zunge, mich ihm zu unterwerfen.

Ich spanne sämtliche Muskeln in meinem Körper an, als der Druck zwischen meinen Schenkeln stetig anschwillt.

Zach lässt nicht nach.

Er saugt.

Leckt.

Peitscht.

Stößt mit seiner Zunge in mich hinein.

Und leckt mich wieder.

Er saugt und saugt immer heftiger.

Dann lässt er seine Zunge in einer unglaublichen Geschwindigkeit über meine Klitoris flattern und ich explodiere in einem Feuerwerk der Lust. Ich greife in sein langes Haar und drücke sein Gesicht gegen mein Geschlecht, wobei ich immer wieder meine Hüfte aufbäume. Er stöhnt und ich spüre seinen heißen Atem an meinem Fleisch, als er mit der Zunge noch einmal in mich eindringt. Ich werde von einer Welle der Ekstase mitgerissen, die jede Zelle meines Körpers zu durchströmen scheint.

Als wüsste er, wie empfindsam ich jetzt bin, streicht er zaghaft mit der Zunge über meine Klitoris, um mich mit sanften Liebkosungen wieder auf die Erde schweben zu lassen. Als das Beben in meinem Körper nachlässt, löse ich meinen Griff um sein Haar und lasse meine Hände schlaff auf die Matratze fallen.

Zach saugt ein letztes Mal sanft an meiner Klitoris, woraufhin ich noch einmal kurz zusammenzucke, dann zieht er sich zurück. Er setzt sich auf und betrachtet mich mit einem überlegenen Lächeln, wobei er sich mit dem Handrücken über den Mund wischt.

Mein Blick fällt auf seine Lenden und seinen harten Schwanz, der gegen die Vorderseite seiner Shorts drückt. Er hat sich kein einziges Mal selbst berührt.

Als mein Blick wieder nach oben wandert, überrascht er mich, indem er mir kurz zunickt und dann vom Bett rutscht.

„Danke, Moira. Ich habe eine Menge gelernt.“

Mir steht der Mund offen, als ich sehe, wie er sich abwendet und mein Schlafzimmer verlässt, wobei er die Tür leise hinter sich schließt.

Ich reibe mit den Händen über mein Gesicht und stöhne verzweifelt auf.

Was zum Teufel habe ich gerade getan?

Kapitel 7

Nachdem ich mich mit Moira vergnügt habe, war ich derart erregt, dass ich mich unter die Dusche gestellt und zweimal den Affen aus dem Urwald gelockt habe. Ich weigerte mich jedoch, mir die Zähne zu putzen, weil ich sie beim Abendessen weiterhin auf meiner Zunge schmecken wollte.

Ich hätte mir nicht träumen lassen, dass sie so unglaublich schmeckt, und nachdem sie sich wieder beruhigt hatte, wurde ich von einem unbändigen Bedürfnis übermannt, sie zu ficken.

Doch ich hatte ihr versprochen, dass es dazu nicht kommen würde. Außerdem werde ich sie beim ersten Mal auf die mir vertraute Art nehmen, und ich habe keinen Zweifel, dass ich sie irgendwann ficken werde. Ich will, dass sie vor mir auf dem Boden kniet, während ich mit der Hand ihren Nacken packe und sie daran hindere, gegen mich aufzubegehren.

Ja, ich werde sie erst nehmen, wenn sie sich mir voll und ganz unterwirft.

Moira wirkt wie ein verängstigtes Kaninchen, als ich aus meinem Schlafzimmer komme und wir uns zum Abendessen aufmachen. Meine Brust schwillt vor Stolz an, als sie es nicht einmal schafft, mir in die Augen zu sehen. Sie ist bereits auf dem besten Wege, sich mir zu unterwerfen und ist sich dessen nicht einmal bewusst.

Ich betrachte wie beiläufig ihr Outfit. Sie teilte mir mit, dass wir nach dem Essen einen Nachtclub besuchen würden, in dem getanzt wird, daher nehme ich an, dass sie sich dementsprechend gekleidet hat.

Sie trägt ein blaugrünes Kleid, das sich eng an ihren Körper schmiegt und ihre Brüste hervorhebt. Mittlerweile weiß ich, dass sie die schönsten, erdbeerfarbenen

Brustwarzen hat, die ich mir je hätte vorstellen können. Meine Zunge brennt förmlich darauf, auch ihre Nippel zu lecken, was ich zu gegebener Zeit tun werde.

Ihr Haar fällt ihr in feurigen Wellen auf den Rücken, und sie hat etwas auf ihre Lippen aufgetragen, was sie schimmern lässt. Sie glänzen genauso sehr wie ihre Muschi, als ich sie heute Nachmittag verschlungen habe.

Ich stelle fest, dass mir das Vokabular gefällt, das ich mir erst kürzlich angeeignet habe. Schwanz, Muschi und ficken sind meine neuen Lieblingswörter in der englischen Sprache.

Ich will meinen Schwanz in ihre Muschi schieben und sie hart ficken.

Ja, ich beherrsche die amerikanische Umgangssprache mittlerweile ziemlich gut.

„Du siehst wunderschön aus", sage ich zu ihr, und sie blickt mich überrascht an. Ich habe diese Worte noch nie einer Frau gegenüber ausgesprochen und hatte auch nie das Bedürfnis, es zu tun. Bis heute.

„Danke", erwidert sie leise, während sie ihre Handtasche nimmt und darin nach ihren Schlüsseln kramt. „Bist du bereit?"

„Ja", antworte ich und folge ihr durch die Tür zu ihrem Wagen.

Moira führt mich in ein kleines italienisches Restaurant unweit ihres Hauses. Als sie mich fragt, ob ich als Kind schon einmal Spaghetti gegessen habe, drängt sich mir die Erinnerung auf, wie ich Nudeln mit einer knoblauchhaltigen Tomatensauce geschlürft habe.

Nachdem wir beim Kellner unsere Bestellung aufgegeben haben, ist Moira ungewöhnlich schweigsam. Ich vermute, dass sie bereut, sich von mir hat verwöhnen zu lassen, doch ich will nicht, dass sie sich vor mir zurückzieht. Ich habe eine Verbindung zwischen uns geschaffen und habe noch einiges mit ihr vor, also versuche ich sie dazu zu bringen, sich mir wieder zu öffnen, indem ich ihrem Bedürfnis nachgebe, mir etwas über die moderne Kultur beizubringen.

„Ich weiß nicht mehr viel über das, was meine Eltern außerhalb ihrer Missionsarbeit gemacht haben. Aber ich glaube mich zu erinnern, dass meine Mutter immer zu Hause war, während mein Vater arbeitete. Ich glaube nicht, dass sie selbst arbeiten ging.“

Moira trinkt einen Schluck Wasser und nickt. „Randall hat mir erzählt, dass deine Mutter eine Hausfrau war. Ihre Aufgabe war es, sich um dich zu kümmern.“

„So wie die Frauen der Caraica“, bemerke ich. „Ihre Aufgabe ist es, sich um die Kinder, unsere Häuser und um die Männer zu kümmern.“

„Ja, aber der Unterschied ist, dass deine Mutter hier in Amerika hätte arbeiten können, wenn sie gewollt hätte. Sie hatte die Möglichkeit, alles zu tun, was sie wollte.“

„Du bist ein gutes Beispiel für eine moderne Frau“, sage ich nachdenklich. „Du hast eine angesehene Position inne und unterrichtest andere Menschen. Du verdienst Geld für deine Arbeit und das ermöglicht es dir, für dich selbst zu sorgen. Es wäre vergleichbar mit einer Caraica, die mit den Männern auf die Jagd geht, doch das ist für mich nur schwer vorstellbar.“

Meine Worte veranlassen Moira zu einem beherzten Lachen und sie scheint sich endlich zu entspannen. „Ich könnte dir wochenlang von all den Schwierigkeiten erzählen, denen sich die Frauen in unserer Gesellschaft stellen müssen, um die gleichen Rechte wie die Männer zu erlangen. Wir müssen immer noch darum kämpfen und sind noch nicht ganz da, wo wir sein sollten.“

Ich nicke nachdenklich. „Vielleicht hat die Lebensweise meines Stammes etwas für sich, denn sie ist unkompliziert, meinst du nicht auch? Ein jeder hat eine Rolle inne, wobei niemand nach Höherem strebt. Keiner hat irgendwelche Erwartungen, die enttäuscht

werden könnten, während alle für das gemeinsame
Wohl des Stammes zusammenarbeiten."

„Es ist sogar eine sehr gute Lebensweise", stimmt Moria mit einem Lächeln zu. „Du bist jetzt schon ein paar
Wochen weg von zu Hause. Erzähl mir, was du am
meisten vermisst."

Ich schließe die Augen und denke an den Amazonas
zurück. „Ich vermisse viele Dinge. Die lebendigen Farben, die duftenden Blumen, die das ganze Jahr über blühen, die aufregende Jagd und die Feuchtigkeit in der
Luft, die meiner Lunge guttut." Ich halte kurz inne und
schenke ihr ein sündhaftes Lächeln. „Ich vermisse
Tukabas Körper und die Möglichkeit, sie zu nehmen,
wann immer ich will."

Moira verzieht den Mund, aber warum sollte ich lügen? Ich hatte seit über zwei Wochen keinen Sex mehr,
und ich vermisse Tukabas Bereitschaft, sich mir jederzeit zu unterwerfen.

„Aber am meisten vermisse ich Paraila. Ich würde all
die Dinge aufgeben, die ich dir gerade genannt habe,
nur um wieder an seiner Seite sein zu können. Er war
mein Vater … mein Lehrer … und lange Zeit mein Beschützer, weil der Stamm mich anfangs nicht akzeptiert
hat. Er hat mir mehr als einmal das Leben gerettet und
hat mich zu dem Mann gemacht, der ich heute bin. Ja,
ich vermisse Paraila am meisten."

In Moiras Augen liegt ein trauriger Ausdruck, als sie
mich beschämt ansieht. „Es tut mir leid, dass ich dich
von deinem Zuhause weggeholt habe, Zach. Ich weiß,
es war schwer für dich."

Ich starre sie einen Moment an, denn ich kann hören,
dass sie ihre Worte ernst meint. Ich spüre, dass sie aufrichtiges Bedauern empfindet und meine Wut verebbt
ein wenig. Natürlich hat mein Zorn bereits ein wenig
nachgelassen, als ich heute Nachmittag meinen Mund

zwischen ihre Schenkel gepresst habe. So etwas stimmt einen Mann versöhnlich.

Unsere Mahlzeiten werden gebracht, und die Spaghetti sind genauso köstlich, wie ich sie in Erinnerung habe. Ich bin dankbar, dass ich mich überwunden habe, Besteck zu benutzen, denn ich hätte eine Riesensauerei veranstaltet, wenn ich die Pasta mit den Fingern gegessen hätte. Moira lässt mich ein Stück ihrer Lasagne kosten, und ich stöhne fast vor Entzücken. Falls wir wieder einmal in einem italienischen Restaurant essen gehen, werde ich mir auf jeden Fall Lasagne bestellen.

Während des Essens unterhalten wir uns ungezwungen, und Moira erzählt mir mehr über ihre Freunde, die wir heute Abend treffen werden. Lexi arbeitet als Krankenschwester im örtlichen Krankenhaus, und Kelly ist ebenfalls Professorin an der Northwestern, allerdings für englische Literatur. Sie versichert mir, dass sie beide sehr nett sind und sich darauf freuen, mich kennenzulernen. Es ist jedoch nicht nötig, mich zu beschwichtigen, denn ich freue mich schon sehr darauf, heute Abend diesen „Nachtclub" zu besuchen, von dem Moira mir erzählt hat. Sie sagte, dass sich die Menschen dort amüsieren, trinken und tanzen, doch sie bestand darauf, dass wir heute auf Alkohol verzichten. Ich habe noch nie in meinem Leben welchen getrunken, und Moira will sichergehen, dass ich ihn nur in einer kontrollierten Umgebung probiere.

Ich habe keine Vorstellung davon, was Alkohol ist oder was er bewirkt, doch wenn er dieselbe Wirkung wie die halluzinogenen Pflanzen hat, die der Schamane unseres Stammes ständig geschnieft hat, dann habe ich ohnehin kein Interesse daran. Denn er hat jedes Mal riesige, fliegende Moskitos von der Größe eines Langhauses gesehen und der Gedanke, die Kontrolle zu verlieren, gefällt mir nicht.

Nach dem Abendessen fährt uns Moira zu dem Nachtclub. Die unbehagliche Stimmung, die vor ein paar Stunden noch zwischen uns geherrscht hat, scheint verflogen zu sein. Nach Moiras aufrichtiger Entschuldigung fühle ich mich ihr in gewisser Weise verbunden und glaube, dass ich entgegen aller guten Vorsätze, vielleicht sogar ihre Gesellschaft genießen werde.

Ohne Zweifel genieße ich ihren Anblick, und es hat mir großes Vergnügen bereitet, sie mit meinem Mund zu ficken. Ich weiß, dass mein Schwanz jeden Zentimeter ihrer Muschi lieben wird, doch darüber hinaus glaube ich, dass ich zunehmend sogar Gefallen daran finde, mich mit ihr zu unterhalten.

Als wir den Club betreten, bin ich sofort von dem Lärm und dem Licht überwältigt. Die laute Musik dröhnt mir in den Ohren und lässt meine Brust vibrieren. Im Inneren ist es dunkel, doch überall blitzen Lichtstrahlen, die den offenen Raum durchkreuzen, mir regelmäßig in die Augen scheinen und mich fast erblinden lassen. Plötzlich bin ich mir nicht mehr so sicher, was an einem solchen Ort so vergnüglich sein soll.

In einem Bereich des Gebäudes drängen sich Scharen von Menschen, die sich bewegen und winden. Das Konzept des Tanzens ist mir nicht fremd, denn in unserem Stamm wird regelmäßig getanzt und gesungen. Auf diese Weise feiern wir oft eine erfolgreiche Jagd oder die Geburt eines Kindes. Wir feiern sogar, wenn ein Mädchen seine erste Menstruation bekommt und zur Frau wird. Natürlich ist sie anfangs hinter einem Schirm aus Palmwedeln verborgen, solange sie noch blutet. Und wenn sie dann herauskommt, trägt sie ein Stirnband aus schwarzen Federn, mit dem die anderen Frauen sie geschmückt haben. Es signalisiert ihren Übergang zur Adoleszenz und ihre Heiratsfähigkeit.

Danach wird stets gesungen und getanzt, um zu feiern, dass sie zur Frau geworden ist.

***

Moira und ich haben heute Abend darüber gesprochen. Bei den Caraica gilt eine Frau als heiratsfähig, sobald sie ihre erste Menstruation hatte. Unser Stamm praktiziert Polygamie. Ich habe den Begriff von Moira gelernt, nachdem ich ihr erzählt habe, dass die Männer unseres Stammes sich oft mehr als eine Frau nehmen. Sie erzählte mir, dass dieser Brauch in den Vereinigten Staaten illegal ist. Zudem verstößt man hier gegen das Gesetz, wenn man mit einer Frau Sex hat, bevor sie das Mündigkeitsalter von achtzehn Jahren erreicht hat.

Dieses Konzept kann ich verstehen, denn obwohl eine Frau in unserem Stamm weitaus jünger verheiratet werden kann, trinkt sie einen aus der Rinde des Yarrasa-Baums gemahlenen Tee, der eine Schwangerschaft verhindert, bis sie älter ist. Offenbar besteht in diesem Punkt eine Gemeinsamkeit zwischen unseren Kulturen, denn in beiden Fällen nimmt die Frau etwas ein, um eine Schwangerschaft zu verhindern.

Ich habe Moira gefragt, ob sie ebenfalls ein solches Mittel einnimmt und sie bejahte. Sie nannte es „die Pille" und beschrieb mir dann andere hier erhältliche Formen der Geburtenkontrolle. Es war ein interessantes Gespräch, und ich war froh zu erfahren, dass ich mir keine Sorgen um eine mögliche Schwangerschaft machen müsste, wenn ich Moira endlich fickte. Ich hatte nicht vor, ein Kind in dieser Welt zu zeugen, an die ich dann möglicherweise gebunden wäre.

Nein, wenn ich eine Frau schwängern würde, dann wäre es Tukaba. Bevor ich meiner Heimat entrissen wurde, hatte ich vor, meine Ansprüche geltend zu machen. Bei Moiras Ankunft hatte Tukaba nicht einmal einen Monat bei unserem Stamm gelebt, doch ich hatte das Gefühl, dass es an der Zeit war, mir meine erste Frau zu nehmen. Sie war eine gute, unterwürfige Frau, auch wenn sie beim Stamm der Paourno aufgewachsen war, der direkt am Amazonas lebte. Die Paourno waren moderner als die Caraica und unterhielten Handelsbeziehungen mit Reisenden, um ihr Volk zu ernähren. Einige ihrer Mitglieder arbeiteten sogar gegen Bezahlung bei den großen Abholzungsfirmen, die in den Regenwald vordrangen.

„Da drüben sind Lexi und Kelly", sagt Moira und ergreift meine Hand, um mich durch die Menschenmenge zu führen.

Es fühlt sich gut an … meine Hand in ihrer. Ihre Haut ist weich, doch sie hält mich mit festem Griff. Ich habe es sehr genossen, wie sie meinen Kopf festhielt, während ich mich zwischen ihren Beinen vergnügte. Sie presste mein Gesicht sogar noch fester an sich, als sie zum Höhepunkt kam. Ich kann mir nicht vorstellen, dass eine Caraica je so etwas Gewagtes tun würde, doch ich schätzte diesen Unterschied an Moira.

Als wir ihre Freundinnen erreichen, lässt sie meine Hand los und umarmt die Frauen zur Begrüßung. In der kurzen Zeit, in der ich hier bin, habe ich diesen Brauch schon oft gesehen, doch er scheint Menschen vorbehalten zu sein, die einander gut kennen.

Moira deutet auf eine offene Tür hinter der Bar, und die beiden Frauen nicken ihr zustimmend zu. Dann wendet sie sich mir zu, wobei sie sich auf die Zehenspitzen stellt und mir förmlich ins Ohr schreit, um die laute Musik zu übertönen: „Wir gehen in den hinteren Bereich. Dort ist es nicht so laut."

Ich nicke und folge den Frauen. Das Outfit der anderen ähnelt dem von Moira. Eine von ihnen trägt ein enges, schwarzes, ärmelloses Kleid, das den tiefen Schatten zwischen ihren Brüsten hervorhebt. Mit ihrem weißblonden, langen Haar, das ihr offen über die Schultern wallt, ist sie schön anzusehen. Die andere Frau ist sehr groß und hat kürzeres Haar, das ihr in Locken um den Kopf fällt. Ihr Kleid ist ebenso eng und tiefrot. Sie bietet ebenfalls einen attraktiven Anblick, und ich stelle fest, dass die weißen Frauen der modernen Welt alle eine ähnliche Anziehungskraft auf mich ausüben.

Als ich jedoch Moira beobachte und sehe, wie sie sanft ihre Hüften hin und her wiegt, wird mir klar, dass ich im Grunde nur an ihr interessiert bin. Was bedeutet, dass ein schönes Gesicht und ein attraktiver Körper nicht alles sind. Moira und ich haben bereits einige intime Momente miteinander verlebt, die mein Verlangen nach ihr nur gestärkt haben. Seitdem sie mich beobachtet hat, wie ich Tukaba vor dem Lagerfeuer gefickt habe, besteht eine Verbindung zwischen uns, die während der letzten beiden Wochen nur intensiver geworden ist. Obwohl ich mein Zuhause und Paraila sehr vermisse, wird mir bewusst, dass mein Verlangen nach Moira meinen Aufenthalt hier erträglicher macht.

Wir erreichen das Hinterzimmer, in dem es nicht mehr ganz so laut ist, und ich kann mich selbst denken hören. In dem Raum stehen mehrere interessant aussehende Tische, die mit einem grünen Material überzogen sind. Mehrere Menschen beugen sich darüber und stoßen auf kleine Kugeln mit Holzstöcken ein.

„Was ist das?", frage ich Moira.

Sie schenkt mir ein melodisches Lachen. „Das sind Billardtische. Ich kann dir später beibringen, wie man es spielt."

Die Frauen suchen sich einen leeren Tisch in einer Ecke, doch bevor wir uns setzen, stellt Moira uns vor. „Kelly … Lexi … ich möchte euch Zach vorstellen."

Die Blondine tritt vor und streckt mir eine Hand entgegen. Ich habe während der letzten Woche diesen Brauch mehrfach beobachtet, also ergreife ich sie.

„Hi. Ich bin Kelly. Es ist schön, dich endlich kennenzulernen. Moira hat uns schon viel von dir erzählt.“

Ich werfe Moira einen Blick zu und ziehe eine Augenbraue in die Höhe. Ich frage mich, ob sie ihren Freunden erzählen wird, wie ich sie heute Nachmittag verwöhnt habe. Sie senkt den Blick, doch sie verzieht die Lippen zu einem Schmunzeln.

Die andere Frau tritt vor und wir reichen einander die Hände. „Und ich bin Lexi. Willkommen zurück in deiner Heimat.“

Als ich das Wort „Heimat“ höre, verspüre ich einen Stich im Herzen, doch ich schenke der Frau ein höfliches Lächeln, bevor ich meine Hand wieder zurückziehe.

Wir nehmen am Tisch Platz, wobei Moira sich neben mich setzt und die beiden anderen Frauen es sich uns gegenüber bequem machen. Moira bestellt Wasser für uns beide, da sie weiß, dass mir die Limonaden, die ich hier probiert habe, nicht schmecken. Lexi und Kelly bestellen beide Wein.

„Also, Zach“, fragt Lexi. „Wie kommst du hier zurecht?“

Eine gute Frage. „Ich stelle fest, dass mir viele Dinge bereits vertraut sind und ich mich wahrscheinlich aus meiner Kindheit noch an sie erinnere. Einiges ist aber völlig neu für mich und ganz erstaunlich.“

„Was zum Beispiel?“, will Kelly wissen.

„Zum Beispiel das Internet“, antworte ich mit einem Lächeln. „Ihr könnt euch gar nicht vorstellen, was man mit einem Computer und ein paar originellen Suchbegriffen alles herausfinden kann.“

Moira verschluckt sich neben mir fast an ihrem Wasser, und es fällt mir schwer, meine Belustigung zu unterdrücken. Kelly und Lexi können nicht wissen, wie originell meine Recherche heute war, aber ich empfinde

Genugtuung dabei, Moira an all die schmutzigen Dinge zu erinnern, die ich in Erfahrung gebracht habe.

„Was hast du denn im Internet gelernt?", fragt Lexi. „Interessierst du dich mehr für Geschichte, aktuelle Ereignisse oder Technologie? Ich könnte mir vorstellen, dass die technologischen Errungenschaften ein ziemlicher Schock für dich sind, nicht wahr?"

Oh, sie hat ja keine Ahnung, wie viele schockierende Dinge ich heute gelernt habe.

Doch bevor ich ihr antworten kann, ergreift Moira das Wort. „Zach saugt alles auf wie ein Schwamm. Er muss nur in einem Restaurant sitzen und schnappt so viele unterschiedliche kulturelle Gegebenheiten auf, die ich ihm gegenüber nie erwähnt hätte. Ich denke, er lernt am meisten, wenn er unterwegs ist."

„Da hat Moira recht", sage ich zustimmend. „Gerade erst neulich habe ich zwei Menschen dabei beobachtet, wie sie sich geküsst haben, doch ich habe den Sinn dahinter nicht verstanden, da wir so etwas in unserem Stamm nicht kennen. Also hat Moira mir ein paar Videos auf ihrem Computer gezeigt und sich mit mir *Wie ein einziger Tag* angesehen, um mir zu erklären, was es mit einem leidenschaftlichen Kuss auf sich hat. Es war sehr aufschlussreich."

Lexi kichert, und Kelly gibt Moira spielerisch einen Klaps auf den Arm. „Gute Arbeit, Dr. Reed. Deine Fähigkeiten als Anthropologin beschränken sich darauf, Zach vor einen Frauenfilm zu setzen."

Ich muss ebenfalls lachen, denn dank Moiras Belehrungen weiß ich jetzt genau, was ein Frauenfilm ist.

Die Kellnerin bringt unsere Getränke, die Moira bezahlt. „Ich übernehme diese Runde. Lexi, du bist als Nächstes dran."

„Einverstanden", erwidert Lexi, nachdem sie einen Schluck Wein getrunken hat. „Da du und Zach nur

Wasser trinken, wird dies ein erschwinglicher Abend werden.“

„Apropos erschwinglich“, sagt Kelly mit einem verschwörerischen Grinsen und beugt sich vor. Lexi und Moira tun es ihr gleich, und es hat den Anschein, als wollte Kelly sie in ein Geheimnis einweihen. Da ich nichts Wichtiges versäumen will, folge ich ihrem Beispiel. „Ich habe letztes Wochenende bei Nordstrom's ein wunderschönes Paar roter Pumps im Angebot erstanden. Sie passen wunderbar zu dem schwarz-weißen Sommerkleid, das ich für die Hochzeit gekauft habe, zu der ich eingeladen bin.“

Lexi quietscht vergnügt und klatscht in die Hände. „Im Ernst, ich kann es kaum erwarten, das Outfit zu sehen.“

Moira nickt und sagt: „Ich habe dir doch gesagt, dass Rot die richtige Farbe für dich ist.“

Ich sehe mich verwirrt um und frage: „Was sind Pumps?“

Die Frauen starren mich einen Moment mit ausdruckslosem Gesicht an, dann brechen sie in schallendes Gelächter aus. Moira streckt eine Hand aus, um mir das Knie zu tätscheln. Ihre Hand fühlt sich warm an, als sie mir ein strahlendes Lächeln schenkt. „Willkommen zu unserem Mädelsabend, Zach. Wenn wir uns treffen, reden wir über belanglose Dinge wie Mode und Pumps. Das sind übrigens Schuhe.“

„Und über sexy Männer“, fügt Lexi hinzu.

„Und Sex“, bemerkt Kelly. „Wir reden auch viel über Sex.“

„Nein, tun wir nicht“, sagt Moira hastig, aber ich beuge mich bereits über den Tisch zu Kelly vor.

„Lasst uns über Sex reden“, sage ich. „Moira hat mir schon ein paar Dinge beigebracht.“

„Ich habe nichts dergleichen getan“, wirft Moira mit schriller Stimme ein.

„Doch, das hast du“, entgegne ich und schenke ihr einen vielsagenden Blick, bevor ich mich wieder den anderen beiden Frauen zuwende. „Moira hat die sexuellen Gepflogenheiten in unserem Dorf aus erster Hand beobachtet und ist eine sehr geduldige Lehrerin, wenn es um die Unterschiede zwischen unseren Kulturen geht.“

„Oh, dann lass mal hören“, drängt Lexi.

„Wirklich …“, beginnt Moira.

„Nun“, unterbreche ich sie gedehnt und hoffe, dass sie befürchtet, ich werde unser schmutziges Geheimnis ausplaudern und ihren Freundinnen erzählen, was wir heute Nachmittag getrieben haben. Doch ich habe nichts dergleichen vor, denn das geht nur Moira und mich etwas an. Während es in meiner Heimat üblich ist, sexuelle Dominanz in der Öffentlichkeit zur Schau zu stellen, weiß ich, dass so etwas in ihrer Kultur nicht akzeptabel ist, schließlich vögeln sie hier nicht in ihren Vorgärten. „In meinem Stamm ist der Mann der sexuell Dominante. Die Frau hat die Aufgabe, ihn zu befriedigen, da er für ihre Sicherheit und ihr Wohlergehen sorgt.“

„Was meinst du mit sexuell dominant?“, will Kelly wissen.

„Wenn ich eine Frau will, nehme ich sie mir einfach. Sie stellt keine Fragen und verweigert sich mir nicht. Sie geht für mich auf die Knie und ich drücke sie mit dem Gesicht auf den Boden, während ich sie ficke.“

Lexi schnappt nach Luft, während Kelly einen Seufzer ausstößt. „Oh, mein Gott, das klingt sexy.“

Moira stöhnt neben mir auf und vergräbt das Gesicht in den Händen. Ich muss lachen und beschließe, sie von ihrem Elend zu erlösen.

„Aber Moira hat sich die Zeit genommen, um mich über die Unterschiede hier aufzuklären. Obwohl ich eine Million Fragen habe, gelingt es ihr, sie für mich verständlich zu beantworten. Sie hat mir sogar ein paar interessante Lehrbücher gekauft, die recht informativ sind.“

Moira schenkt mir ein dankbares Lächeln, und ich zwinkere ihr zu.

„Warte mal“, sagt Lexi. „Ich würde gern noch einmal auf das Konzept der sexuellen Dominanz zurückkommen, denn ich bin einmal mit einem Typen ausgegangen, der …“

„Also gut, das reicht jetzt“, unterbricht Moira ihre Freundin und erhebt sich. „Komm schon, Zach. Ich werde dir beibringen, wie man Billard spielt.“

Kapitel 8

Moira

Obwohl er noch nie im Leben Billard gespielt hat, schlägt Zach sich ziemlich gut. Das bedeutet, dass er Winkel und Entfernungen gut einschätzen kann, was nicht verwunderlich ist, denn er erzählte mir, dass er täglich mit Pfeil und Bogen schießt. Nachdem ich mich neben ihm über den Billardtisch gelehnt habe, um ihm zu zeigen, wie man einen Queue hält, legte er sofort los.

Ich habe festgestellt, dass Zach außergewöhnlich intelligent ist. Erst neulich saßen wir bei mir zu Hause, und ich habe ihn mehrere Stunden hinsichtlich seiner Grundkenntnisse in Sachen Bildung ausgefragt. Er erzählte mir, dass Pater Gaul ihm im Laufe der Jahre einiges beigebracht hatte. Er hatte Zach mehrere gebrauchte Lehrbücher in englischer Sprache gegeben, damit er aus ihnen lernen konnte. Zudem hatte er ihm belletristische Werke mitgebracht, die er mit ihm erörterte, nachdem Zach sie gelesen hatte. Als ich ein paar Münzen und Scheine aus meinem Portemonnaie holte, um Zach unsere Währung zu zeigen, lernte er sie mühelos und hatte keinerlei Schwierigkeiten, sie zu addieren und subtrahieren. Er verstand sogar die Grundlagen der Multiplikation und Division.

Zach erzählte mir, dass er gern liest und die Bücher förmlich verschlang, die Pater Gaul ihm mitbrachte. Die Bücher waren ausnahmslos in englischer Sprache verfasst, da der Priester Zach helfen wollte, seine Muttersprache am Leben zu erhalten, denn man konnte nie wissen, wann er auf die Fähigkeit würde zurückgreifen müssen. Ich musste lächeln und war nicht verwundert, als Zach mir erzählte, sein Lieblingsbuch sei *Ruf der Wildnis.*

Zach und ich spielen gegen Kelly und Lexi. Sie haben zwar die ersten drei Spiele gewonnen, aber je mehr sie trinken, desto besser schlagen wir uns. Ich muss zugeben, dass es ein wahres Vergnügen ist, Zach beim Spielen zuzusehen. Heute Abend sieht er mit seinem langen, dunklen Haar, das ihm ins Gesicht fällt und seiner engen Jeans, die sich über seinen Hintern spannt, wenn er sich über den Tisch beugt, besonders sexy aus.

„Im Ernst, Moira … Ich kann nicht glauben, dass du ihn nicht vögelst“, flüstert mir Lexi ins Ohr, nachdem sie mich neckend mit der Schulter angestoßen hat. „Du hast uns nicht verraten, wie umwerfend Zach aussieht.“

„Er ist kein Spielzeug“, erwidere ich brummend, während ich Zach beobachte, als er gerade um den Tisch herumgeht, um seinen nächsten Stoß zu platzieren. „Außerdem … wäre das völlig unangebracht.“

„Wer hat sich diese blöde Regel ausgedacht?“, will Lexi wissen. „Steht denn in deinem Vertrag, dass du nicht mit ihm schlafen darfst?“

„Im Ernst, Lex“, entgegne ich mit einem mahnenden Tonfall. „Ich bin seine Lehrerin. Er ist mein Schützling. Ich würde die Situation ausnutzen.“

„Süße … hast du bemerkt, wie er dich heute Abend angesehen hat? Er will ganz sicher, dass du die Situation ausnutzt. Vielmehr scheint er dich ausnutzen zu wollen. Er beäugt dich, als wärst du seine Beute.“

Ich verdrehe die Augen und greife nach meinem Glas Wasser, um einen Schluck zu trinken. Als ich es auf den Tisch zurückstelle, sage ich: „Er betrachtete mich auf genau dieselbe Weise wie er dich oder Kelly ansieht.“

„Nun, falls er mich je so anstarren sollte wie dich, dann werde ich ihn zweifellos ausnutzen.“

Ich klopfe ihr mit der flachen Hand sanft auf die Stirn. „Lass die Finger von ihm. Er ist ein unbeschriebenes Blatt, was den Umgang mit selbstbewussten Frauen angeht.“

„Genau mein Typ“, erwidert sie und geht hinüber zu
Kelly, um sich mit ihr zu verschwören. Die beiden tuscheln miteinander und werfen Zach vielsagende Blicke
zu. Ich schüttle nur den Kopf, denn obwohl meine
Freundinnen gern die Klappe aufreißen, weiß ich, dass
sie ihm nie Avancen machen würden. Sie haben großes
Verständnis für seine Lage und würden nie etwas tun,
um die Situation auszunutzen. Das bedeutet jedoch
nicht, dass sie nicht über ihre Fantasien sprechen können.

Zach beugt sich wieder über den Tisch, und ich beobachte fasziniert, wie sich die Muskeln in seinen Unterarmen anspannen, während er seinen Billardstock
hält. Er hat es sich zur Gewohnheit gemacht, die Zunge
seitlich aus dem Mund zu strecken, wenn er sein Queue
ausrichtet. Bei dem Anblick muss ich unwillkürlich daran denken, wie er mich geleckt hat.

Noch nie in meinem Leben war ich so heftig explodiert wie in jenem Moment. Mir steigt die Hitze in den
Nacken, wenn ich daran denke, wie ich mich schamlos
vor Zach entkleidet habe, um mich dann vor seinen Augen selbst zu befriedigen. Ich war so erregt und vor
Lust wie von Sinnen, dass ich nicht lange darüber nachdenken musste, als er mich bat, ihn von seinem Versprechen zu entbinden. Es war mir wichtiger, seine Lippen an meinem Geschlecht zu spüren, als meinen Job
zu behalten.

Ich kann mir bis in alle Ewigkeit einreden, dass ich
Zach tatsächlich etwas über die sexuellen Aspekte unserer Kultur beigebracht habe, oder ich kann mein Handeln damit rechtfertigen, dass ich ihn andernfalls nicht
davon hätte abhalten können, die Vereinigten Staaten
zu verlassen. Doch wenn ich mir selbst gegenüber ehrlich bin … muss ich zugeben, dass ich es einfach nur
wollte.

„Da ist ja mein Mädchen", flüstert mir jemand ins Ohr, bevor er die Arme um meine Taille schlingt. Für einen kurzen, erregenden Moment hoffe ich, dass Zach hinter mir steht, doch dann wird mir bewusst, dass ich ihn immer noch unverhohlen anstarre.

Ich drehe den Kopf und stelle fest, dass Michael seine Arme um mich geschlungen und sein Kinn auf meine Schulter gelegt hat. Ich werfe einen kurzen Blick auf Zach und sehe, wie er aufblickt und uns mit ausdrucksloser Miene beobachtet.

Mit einem Schulterzucken schüttle ich Michaels Kinn ab und entziehe mich seinem Griff, um mich zu ihm umzudrehen. „Was tust du hier?"

„Du hast erwähnt, dass du heute Abend mit deinen Freundinnen hier bist, und ich wollte dich überraschen. Mein Kumpel Philip und ich hatten Lust, heute Abend in die Stadt zu gehen."

Ich bemühe mich um ein Lächeln, doch stattdessen verziehe ich entsetzt die Lippen. Michael ist zwar ein toller Kerl und ich habe unsere Verabredungen genossen, doch es waren eben nicht mehr als ein paar Verabredungen. Mir ist unbehaglich zumute, als er mich mit einem warmherzigen Blick ansieht und mich dann von oben bis unten beifällig mustert. Und dank Zachs Anwesenheit ist die Situation sogar noch unangenehmer.

„Das hier ist eigentlich mein Mädelsabend", erkläre ich ihm und schenke ihm ein tadelndes Lächeln.

Michael zeigt mit dem Kinn auf Zach. „Die Beweise sprechen aber dagegen."

„Komm schon, Michael. Du weißt, was ich meine. Das ist mein Mädelsabend und Zach ist als mein Gast hier, damit er etwas über das hiesige Nachtleben lernen kann."

„In Ordnung …, wenn du mich nicht dabeihaben willst", murmelt Michael, mit einem betretenen

Ausdruck in den Augen, „dann gehen wir natürlich. Mach dir keine Gedanken.“

Er will sich gerade abwenden, doch ich werde von Schuldgefühlen übermannt und packe ihn am Arm. „Nein, so habe ich es nicht gemeint. Natürlich könnt ihr bleiben. Du und Philip könnt eine Runde mit uns Billard spielen.“

Michael schenkt mir ein strahlendes Lächeln und winkt seinen Freund zu sich, um uns miteinander bekannt zu machen. Kelly und Lexi gesellen sich zu uns und stellen sich vor, während Kelly und Michael sich bereits von der Universität kennen. Ich drehe mich zu Zach um und sehe, dass er die Hüfte lässig an den Billardtisch gelehnt und die Hand um die Spitze des Queues geschlungen hat. Ich winke ihn zu uns herüber.

Er stößt sich mit einer beeindruckenden Anmut vom Tisch ab und kommt auf uns zu, wobei er mich die ganze Zeit über mit unleserlichem Ausdruck in den Augen beobachtet.

„Zach … ich möchte dir einen Freund von mir vorstellen. Das sind Michael und sein Freund Philip.“

Die Männer schütteln einander die Hände, wobei Michael sagt: „Schön, dich kennenzulernen, Zach. Moira hat mir heute beim Mittagessen alles über dich erzählt. Ich wette, das hier ist um einiges besser als dein gewohntes Leben, nicht wahr, Mann?“

Bei den Worten krümme ich mich innerlich und erwarte, dass Zach die Fassung verliert, doch er wendet sich mir nur mit fragendem Blick zu. „Das war dein Rendezvous heute?“

„Ja“, antworte ich mit gedämpfter Stimme und senke beschämt den Blick, weil Michael derart gefühllos war. Zuvor entgeht mir jedoch nicht, wie erfreut Michael zu sein scheint, weil Zach von unserer Verabredung weiß.

„Das ist richtig", wirft Michael ein und schlingt lässig einen Arm um meine Schultern. „Ich wollte unbedingt etwas Zeit mit meinem Mädchen allein verbringen."

Ich werde wütend, als ich die besitzergreifenden Worte höre. Wir sind zwar seit ein paar Jahren befreundet, doch wir sind erst zweimal miteinander ausgegangen. Ich bin nicht sein Mädchen.

Ich schüttle sanft seinen Arm ab und trete vor, um Zach das Queue aus der Hand zu nehmen. „Ich bin dran, richtig?"

„Eigentlich ist Kelly an der Reihe", erklärt Zach und wendet sich dann Michael zu. „Und um deine ursprüngliche Frage zu beantworten ... Nein. Dieses Leben ist nicht besser. Ich empfinde diese moderne Welt bestenfalls als stumpfsinnig und wenig reizvoll."

„Wie bitte?", entgegnet Michael ungläubig.

„Euch wird hier alles auf einem Silbertablett serviert und ihr müsst euch nicht übermäßig anstrengen. Ihr wisst gar nicht, was es bedeutet zu leben, bis ihr nicht all eure Energien darauf konzentrieren müsst, um täglich dem Tod zu entgehen. Ihr besorgt euch euer Abendessen an einem Drive-in, während ich jeden Tag losziehe und meine Mahlzeiten eigenhändig erlege. Ihr habt keine Ahnung, wie sicher ihr seid, bis euch jeden Moment eine tödliche Schlange über den Weg kriechen und euch ins Bein beißen kann. Ihr habt zwar eure schnellen Autos, laute Musik und ausgefallene Speisen in schicken Restaurants, aber weißt du, was ich davon halte?"

Michael schüttelt nur den Kopf, während ihm der Mund offensteht.

„Ich finde es langweilig", sagt Zach. „Unbefriedigend. Es ist künstlich."

„Das wollte ich damit eigentlich nicht sagen", stammelt Michael.

Ich weiß zwar, dass Zachs bedrohliche und höhnische Worte Michael zwischenzeitlich zum Schweigen gebracht haben, doch ich bin mir sicher, dass Michael so einen Rückschlag nicht auf die leichte Schulter nehmen wird. Ich lege meine Hände an Michaels Brust und drehe ihn in Richtung Bar. „Hör mal … warum holst du dir mit Philip nicht einen Drink, und ihr steigt bei der nächsten Runde ins Spiel ein, in Ordnung?"

Michael wirf einen flüchtigen Blick auf Zach und senkt den Blick. „Ich wollte ihn nicht beleidigen. Er ist ein bisschen empfindlich, meinst du nicht auch?"

„Es ist schon in Ordnung", versichere ich ihm, nur um ihn von Zach fernzuhalten. „Sei einfach beim nächsten Mal ein wenig einfühlsamer. Ich habe dir doch erzählt, dass es schwer für ihn war, sein Zuhause zu verlassen."

„Natürlich", erwidert Michael und macht sich auf den Weg zur Bar.

Als ich mich wieder umdrehe, steht Zach direkt vor mir. „Du bist an der Reihe. Kelly hat gerade gespielt."

Ich lege eine Hand auf seinen Unterarm und sage: „Zach … es tut mir leid. Ich habe Michael heute Abend nicht eingeladen, und ich entschuldige mich für seine unbedachten Worte."

Zach zuckt nur mit den Schultern. „Auch bei den Caraica gibt es gedankenlose Menschen, Moira. Ich habe schon Schlimmeres gehört."

„Danke für dein Verständnis", erwidere ich und drücke seinen Arm, bevor ich meine Hand zurückziehe.

„Komm schon, Moira", ruft mir Kelly von der anderen Seite des Billardtisches zu. „Hör auf zu quasseln und spiel endlich."

Ich will mich dem Billardtisch zuwenden, doch Zach packt mich am Handgelenk. Ich drehe mich zu ihm um und begegne seinem Blick. „Was bedeutet dir dieser Mann?"

„Nun … er ist ein Freund."

„Aber du bist mit ihm ausgegangen. Er hat dich häufig berührt. Willst du mit ihm schlafen?“

Ich atmete tief durch. „Nein, Zach. Ich will nicht mit ihm schlafen.“

„Mir behagt dieses Gefühl nicht, das ich empfinde“, gesteht Zach mit einem Stirnrunzeln. „Ich sehe es nicht gern, wenn er dich anfasst.“

„Es hat nichts zu bedeuten“, versichere ich ihm, obwohl ich mir ziemlich sicher bin, dass Zach gerade besitzergreifend und eifersüchtig ist.

„Aber ich kann es *fühlen*, Moira. Ich habe viele meiner Stammesbrüder dabei beobachtet, wie sie Tukaba direkt vor meinen Augen am Boden gefickt haben. Es hat mich nie gestört, sie mit ihnen zu teilen. Doch das hier stört mich.“

Mich durchströmt ein freudiges Gefühl, als mir klar wird, dass Zach den Verlust seiner Tukaba zwar mir gegenüber beweint hat, sie jedoch nichts weiter als ein Mittel zum Zweck für ihn war. Ich hatte geglaubt, dass er mich auf ähnliche Weise betrachtet, doch offenbar ist Zach im Begriff, Gefühle für mich zu entwickeln.

Eigentlich sollte ich deshalb beunruhigt sein, da es die Situation zwischen uns nur verkompliziert. Doch ich muss zugeben, dass ich erleichtert bin, denn ich fühle mich in meinen eigenen Gefühlen bestätigt, die ich wiederum für Zach empfinde. Zudem beweist es, dass das, was heute Nachmittag geschehen ist, mehr als nur eine perverse Eskapade war.

„Meine Güte, Moira … jetzt mach schon“, ruft mir Lexi zu.

„Wir reden später darüber, in Ordnung?“, sage ich zu Zach, und er nickt mir zu.

Ich trete an den Billardtisch und wäge meine Möglichkeiten ab. Mir bieten sich zwei günstige Spielzüge, doch wir liegen so weit vor Lexi und Kelly, dass ich mich für den schwierigeren der beiden entscheide. Ich beuge mich vor, um die Fünf in der Tasche zu versenken und richte sie mit der weißen Kugel aus. Bevor ich wieder die Fünf fixiere, begehe ich den Fehler, zu Zach aufzublicken. Als sich unsere Blicke treffen, weiß ich, dass wir heute Abend keine produktive Unterhaltung mehr führen werden. Ich kann es in seinen Augen sehen. Er starrt mich mit einem begierigen Blick an, bevor er ihn auf meine Brüste sinken lässt. Mir läuft ein erregender Schauer über den Rücken.

Ich richte meinen Blick wieder auf die Kugel, ziehe mein Queue zurück und stoße die weiße Kugel an.

Und verfehle um Längen.

Ich höre Lexi und Kelly hinter mir kichern und schenke Zach ein entschuldigendes Lächeln, als ich mich wieder zu ihm geselle. Er erwidert es zögerlich, während er mich jedoch immer noch mit einem begierigen Blick durchbohrt.

Aus dem Augenwinkel sehe ich, wie Michael mit seinem Freund zurückkommt und mir mit einem verschmitzten Grinsen ein Schnapsglas entgegenstreckt. „Bitte sehr, Moira. Ich habe dir einen Tequila mitgebracht. Ich dachte, das würde dich ein bisschen auflockern.“

„Ich trinke heute Abend nicht“, erkläre ich mit unterkühlter Stimme, da mir nicht entgangen ist, dass er Zach nichts angeboten hat.

„Umso mehr für mich“, sagt er mit einem Lachen und kippt sich den Tequila in den Rachen, dicht gefolgt von dem anderen, den er für sich selbst gekauft hat. Er knallt beide Gläser auf den Tisch und verkündet: „So ist es recht. Lasst uns mit der Party beginnen.“

Ich will gerade die Augen verdrehen, doch ich halte inne, als Michael einen Arm um meine Taille schlingt und mich an sich zieht. Er beugt sich vor und liebkost meinen Nacken, wobei ich mehr als nur zwei Gläser

Tequila in seinem Atem rieche. „Kann ich dich dazu überreden, heute mit mir nach Hause zu gehen?"

Mir läuft ein unbehaglicher Schauer über den Rücken und ich entziehe mich seinem Griff, um ihn von mir zu stoßen. „Hör auf damit, Michael. Was ist nur los mit dir?"

Mit einem dämlichen Grinsen im Gesicht streckt er erneut den Arm aus, um nach mir zu greifen. „Komm schon, Moira. Entspann dich."

Bevor er mich jedoch packen kann, schießt Zach blitzschnell an mir vorbei. Dann sehe ich alles wie in Zeitlupe. Zach holt mit der rechten Faust aus und rammt sie Michael ins Gesicht. Dieser wird nach hinten geschleudert und landet unsanft auf dem Betonboden. Zach ist jedoch noch nicht fertig und stürzt sich auf Michael, wobei er sich rittlings auf ihn setzt und die Hände um seine Kehle schlingt. Er drückt zu und lehnt sich mit seinem ganzen Gewicht vor, woraufhin Michael verängstigt die Augen aufreißt.

Es erscheint mir alles so surreal. Ich sehe, wie Michael die Augen aus dem Kopf treten und er versucht, Zachs Hände von seinem Hals zu ziehen. Die ganze Zeit über ist Zachs Miene gespenstisch teilnahmslos. Er scheint weder wütend noch zornig zu sein, sondern bleibt ganz ruhig, während er versucht, Michael zu erwürgen.

Schließlich greift Philip ein und versucht, Zach von seinem Freund wegzuziehen, doch es gelingt ihm nicht. Ein paar Frauen rufen nach dem Türsteher, während Philip Zach von hinten in den Würgegriff nimmt.

Er hat damit jedoch keinen Erfolg, und Zach festigt seinen Griff um Michaels Hals, dessen Gesicht rot anläuft.

Oh, mein Gott … er wird ihn umbringen.

Ich reiße mich aus meiner Benommenheit, stürze vor und packe Zachs Arm. „Zach … hör auf. Lass ihn sofort los."

Zach würdigt mich keines Blickes, sondern starrt weiter ganz ruhig auf Michael hinab, dessen Gesicht sich mittlerweile bläulich verfärbt.

Ich ziehe verzweifelt an Zachs Arm, während mir Tränen in die Augen steigen. Ich beuge mich vor und schiebe mich in Zachs Blickfeld, sodass er gezwungen ist mich anzusehen. Als er meinem Blick begegnet, sage ich mit eindringlicher Stimme: „Zach … ich flehe dich an, bitte lass ihn los. Bitte."

Als hätte das Wort „Bitte" eine magische Wirkung, löst Zach seinen Griff um Michaels Kehle, während er jedoch auf ihm sitzen bleibt. Selbst als Michael hustet und spuckt, während er mit der Hand seinen Hals massiert, beugt Zach sich zu ihm vor und knurrt: „Wenn du sie noch einmal anfasst, bringe ich dich um."

Im nächsten Moment wird Zach von den fleischigen Händen zweier Türsteher gepackt. Sie ziehen ihn von Michael herunter, wobei Zach sich nicht dagegen wehrt. Stattdessen starrt er den Mann am Boden nur an, um sich zu vergewissern, dass dieser seine Worte klar und deutlich verstanden hat.

„Verdammt, Moira?", krächzt Michael. „Sieh dir an, was dein verrückter Junge aus dem Dschungel mir angetan hat. Er ist wahnsinnig. Ich will, dass jemand die Polizei ruft."

Ich öffne den Mund, um etwas zu sagen, doch ich schließe ihn gleich wieder. Ich bin entsetzt über das, was Zach gerade getan hat. Wenn ich nicht eingegriffen hätte, hätte er Michael wahrscheinlich schwer verletzt. Und das alles nur, weil er versucht hat, mich zu begrapschen. Mir läuft ein eisiger Schauer über den Rücken und mir wird übel.

„In Ordnung … raus hier, Kumpel", sagt einer der Türsteher und beginnt, Zach aus dem Club zu zerren.

„Ich verlange, dass ihr die Polizei ruft", schreit Michael die Türsteher an, während er sich vom Boden erhebt. Ich kann sehen, wie sich lila Flecke an seinem Hals bilden.

„Ruft die Polizei, wenn ihr wollt“, entgegnet einer der Türsteher über seine Schulter hinweg. „Aber macht das draußen untereinander aus. Wir wollen hier drin keinen Ärger.“

Ich sehe mich panisch um, greife nach meiner Handtasche und werfe einen Blick auf Kelly und Lexi, die mit offenem Mund dastehen. „Kümmert euch um Michael und sorgt bitte dafür, dass er keine Anzeige erstattet. Zach kann so einen Ärger im Moment nicht gebrauchen.“

„Moira … Ich denke, du solltest lieber nicht mit ihm gehen. Er ist gefährlich“, sagt Lexi mit besorgtem Blick.

„Ich komme schon zurecht. Die Situation ist einfach außer Kontrolle geraten“, versichere ich ihr und wende mich zum Gehen.

Kelly packt mich am Arm und hält mich fest. „Nein, Moira. Es ist dumm von dir, mit ihm nach Hause zu gehen. Hast du nicht gesehen, was er getan hat? Er hätte Michael umgebracht, wenn du ihn nicht davon abgehalten hättest. Er könnte dich ernsthaft verletzen.“

Ich schenke ihr ein zaghaftes Lächeln und sage: „Ich versichere euch, dass mir nichts zustoßen wird. Zach würde mir nie etwas antun. Vertraut mir einfach.“

Ich wende mich von meinen Freundinnen ab und höre Lexi noch rufen: „Melde dich, wenn du zu Hause bist, okay?“

Ich winke ihnen hastig zu und verlasse den Club, um herauszufinden, was die Türsteher mit Zach angestellt haben.

Kapitel 9

Auf der Heimfahrt sagt Moira kein Wort, doch ich kann die Wut und Verwirrung spüren, die von ihr ausgehen. Ich hingegen bin innerlich so ruhig wie nie zuvor. Ich glaube, mein Puls hat sich kein einziges Mal beschleunigt, als ich versucht habe, diesen Scheißkerl umzubringen. Er hat Moira begrapscht, obwohl sie sich eindeutig dagegen gewehrt hat.

Wenn Moira mich nicht angefleht hätte, von ihm abzulassen, wäre er jetzt tot. Noch nie zuvor hatte mich eine Frau derart eindringlich um etwas gebeten und ich habe nicht einen Moment gezögert. Als ich die Panik in ihrer Stimme gehört und die Angst in ihren Augen gesehen habe, habe ich sofort von dem Trottel – ein weiteres Wort, das ich gerade gelernt habe – abgelassen.

Doch nun kann ich sicher sein, dass Michael sich nicht mehr an Moira heranwagen wird.

Nach einer kurzen Fahrt erreichen wir Moiras Haus und ich folge ihr hinein. Ich wappne mich, denn ich weiß, dass sie mir die Leviten lesen wird. Ich hoffe, dass sie nicht allzu hart mit mir ins Gericht geht, denn ich habe keine Lust auf eine Standpauke. Als ich meine mörderische Wut gebändigt habe, habe ich bereits ein Zugeständnis gemacht. Zu viel mehr bin ich heute Abend nicht bereit.

Nachdem sie ihre Handtasche auf dem Küchentisch abgelegt hat, geht sie ins Wohnzimmer und setzt sich seufzend auf die Couch. Dabei rutscht ihr Kleid ein Stück nach oben und mein Blick fällt unwillkürlich auf die cremefarbene Haut an ihrem Oberschenkel.

„Zach … wir müssen darüber reden, was gerade im Nachtclub passiert ist", sagt Moira zögernd, wobei ich den Kopf hebe, um ihr in die Augen zu sehen. Sie starrt mich mit einem grimmigen, vorwurfsvollen und entschlossenen Blick an.

„Was gibt es da zu bereden? Ich habe ihn doch losgelassen“, sage ich achselzuckend und lehne mich an die Wand zwischen ihrem Wohnzimmer und dem Flur.

Moira runzelt bestürzt die Stirn, als ich keinerlei Interesse zeige, diese Unterhaltung fortzuführen. Sie steht ruckartig von der Couch auf und kommt auf mich zu. Sie starrt mich mit einem wütenden Ausdruck im Gesicht an, doch es spiegelt sich auch ein Anflug von Angst darin wider. Doch sie hat keine Angst vor mir, sondern vielmehr um mich. Ich kann sehen, wie aufgewühlt sie ist, weil ich wegen dieses Vorfalls Schwierigkeiten bekommen könnte.

Moira bohrt mir einen Finger in die Brust und sagt: „Du kannst nicht einfach so jemanden angreifen, weil er etwas getan hat, was dir nicht in den Kram passt. Und du kannst sicher nicht versuchen, jemanden umzubringen, weil er mich angefasst hat. Hast du das verstanden?“

„Natürlich kann ich jemanden umbringen, weil er dich angefasst hat“, entgegne ich und packe mit einer Hand ihren Nacken. Ich schüttle sie vorsichtig, um sicherzugehen, dass sie mir gut zuhört. „Ich bin mein eigener Herr. Vergiss das nie, Moira.“

„Zach … du kannst niemanden umbringen. So etwas hat Konsequenzen, nicht nur vor dem Gesetz, sondern auch für deine eigene Seele. Wenn du jemandem das Leben nimmst, dann ist das unwiderruflich. Du bist ein guter Mensch … Ich glaube, es würde dich innerlich zerreißen. Und stell dir nur vor, was es für deine Zukunft bedeuten würde. Du würdest im Gefängnis landen und deine Freiheit einbüßen.“

Ich ziehe Moira dichter an mich, sodass sie sich automatisch auf die Zehenspitzen stellt, um mir ins Gesicht zu sehen. „Ich weiß, wie es ist, jemanden zu töten. Ich habe es schon einmal getan und keinen Moment bereut, also halte mir keine Predigt, Dr. Reed.“

„Wie bitte? Du hast jemanden umgebracht?“, fragt sie ungläubig, wobei plötzlich ein verängstigter Unterton in ihrer Stimme mitschwingt, der mich sowohl bestürzt als auch verärgert.

„Sagen wir einfach, dass dies ein weiterer Unterschied zwischen unseren Kulturen ist. Mein Stamm hat jahrelang Krieg mit den Matica geführt. Wir haben unsere Dörfer gegenseitig überfallen und dabei wurde viel Blut vergossen. Wir üben auf ganz eigene Weise Gerechtigkeit, und ich werde es wieder tun, wenn ich zurückkehre.“

Moiras Gesicht wird blass und ich festige meinen Griff um ihren Nacken. Ich wollte sie schockieren und sie daran erinnern, dass ich im Hinblick auf unsere unterschiedlichen Kulturen immer noch mehr Tier als Mensch bin. Aber ich wollte keinen Ekel in ihr hervorrufen oder dafür sorgen, dass sie mich voller Scham oder Enttäuschung betrachtet.

„Ich will dir von dem Mann erzählen, den ich zuletzt getötet habe“, sage ich leise.

„Nein … ich will es nicht hören“, entgegnet sie und versucht, sich meinem Griff zu entziehen.

„Du wirst zuhören“, erwidere ich gebieterisch und ziehe sie noch näher an mich. Ihre Brüste berühren meinen Oberkörper und ich werde von einer Woge der Sehnsucht durchströmt. Ich schiebe das Gefühl jedoch beiseite, denn zuerst muss Moira verstehen, wie tief meine animalischen Triebe tatsächlich reichen. „Etwa einen Monat, bevor du ins Dorf der Caraica kamst, um mich abzuholen, haben die Männer meines Stammes die Matica überfallen, um Vergeltung zu üben. Denn eines Tages waren wir gerade auf der Jagd, als sich zehn Matica in unser Dorf schlichen. Sie vergewaltigten einige unserer Frauen, stahlen drei unserer männlichen

Kinder und töteten die Mutter der Jungen, weil sie versuchte, die Kleinen mit ihrem Leben zu schützen."

„Ich will das nicht hören, Zach", wirft Moira ein.

„Vielleicht nicht, aber du musst es hören. Wir haben unsere Rache sorgfältig geplant. Wir wollten nicht nur zurückholen, was sie uns gestohlen hatten, sondern sie auch für den Angriff auf unsere Frauen und Kinder bestrafen. Wir hatten von vornherein die Absicht, sie zu töten."

„Das ist falsch", sagt Moira und starrt mich mit großen Augen an.

„Vielleicht nach euren Maßstäben, aber nach unseren Vorstellungen war es richtig. Am Ende haben wir nicht nur unsere Kinder zurückbekommen, sondern uns auch zehnfach für die Leben gerächt, die sie uns genommen haben. Ich beobachtete mit Stolz, wie mein Adoptivbruder Kaurlo seine gestohlenen Söhne zurückholte und die Männer tötete, die sie entführt und seine Frau getötet hatten."

Moira erschaudert in meinen Armen, aber ich kann mittlerweile einen Anflug von Verständnis in ihren Augen erkennen.

Ich beuge mich vor, um ihr ins Ohr zu flüstern, und frage: „Willst du wissen, wen ich getötet habe?"

Sie schüttelt den Kopf, doch das hält mich nicht davon ab, es ihr zu erzählen.

„Als ich ins Dorf kam, fand ich Tukaba an Händen und Füßen gefesselt im Dreck liegen. Sie war nackt und ihre Oberschenkel waren voller Blut, weil die Männer sie mehrfach vergewaltigt hatten. Sie war von dem Paourno-Stamm gestohlen worden, bei dem sie aufgewachsen war. Sie war halb tot, als ich sie befreite, doch sie war stark genug, um sich von mir zu den gefangenen Matica tragen zu lassen. Wir hatten sie vor einem Langhaus auf dem Boden aufgereiht und ihnen die Hände hinter dem Rücken gefesselt. Sie identifizierte die

Männer, die sie vergewaltigt hatten. Meine Stammesbrüder und ich haben alle unsere Pfeile auf sie abgefeuert, bis sie tot waren. Somit hatten wir auch Tukaba gerächt.“

Eine Träne rinnt Moira über die Wange und ich kann noch einen anderen Ausdruck in ihrem Gesicht erkennen. Sie empfindet Mitgefühl für Tukaba und das, was sie erlitten hat, was hoffentlich bedeutet, dass sie etwas mehr Verständnis für mein Handeln aufbringt.

„Manchmal vergesse ich, wie sehr sich dein Leben von meinem unterscheidet“, sagt Moira mit sanfter Stimme. „Du hast dich hier so gut eingelebt, dass ich vergesse, wie schwer es für dich sein muss, hier zu leben, während dein Charakter von all diesen Erfahrungen geprägt wurde.“

Ihre Worte durchströmen mich mit einem beruhigenden Gefühl, denn nun weiß ich, dass zumindest ein Teil der Ablehnung und der Missverständnisse zwischen uns ausgeräumt ist. Vielleicht stimmt sie nicht überein mit dem Bedürfnis meines Stammes nach Rache und Gerechtigkeit und möglicherweise hat sie nur zum Teil Verständnis für mein persönliches Verlangen nach Vergeltung. Aber sie versteht auf einer grundlegenden Ebene, dass die Art und Weise, wie ich mein Leben geführt habe, zumindest für mich völlig normal ist.

„Ich weiß, du glaubst, dass ich keine Ahnung von eurer Lebensweise habe, Moira. Aber das ist nicht wahr. Ich habe genug gesehen und genug gelesen, um zu wissen, was in dieser Kultur richtig und was falsch ist. Das heißt aber nicht, dass ich mich an diese Richtlinien halten werde.“

Moira nickt, obwohl ich immer noch ihren Nacken gepackt habe. „Aber versprich mir, dass du so etwas nie wieder tun wirst. Bitte setze dich nicht noch einmal so einem Risiko aus.“

Ich schenke ihr ein bedrohliches Lächeln, denn obwohl ich ihren Standpunkt verstehe, kann ich ihr diese Bitte nicht erfüllen. „Ich werde nichts dergleichen tun, Moira. Ich werde mich niemals von jemandem im Besonderen oder von einer Gesellschaft im Allgemeinen kontrollieren lassen. Das ist einer der Hauptgründe, warum ich in mein Dorf zurückkehren möchte, denn dort habe ich die Freiheit, alles zu tun, was ich will.“

Moira öffnet den Mund, um mir zu widersprechen, aber ich ziehe sie dicht an mich. Ich beuge mich vor und streiche mit den Lippen über ihre Schläfe, bevor ich ihr mit einem tiefen Knurren zuflüstere: „Am liebsten würde ich dich mit zurück in mein Dorf schleppen, damit du mir tagein, tagaus zur Verfügung stehst. Ich würde nie wieder zulassen, dass du auch nur einen Fetzen Kleidung am Leib hast, und deine Knie und deine Muschi wären wund, weil ich dich jeden Tag nehmen würde. Doch dann würde ich meine Zunge wieder zwischen deine Schenkel schieben, um den Schmerz zu lindern.“

Moira erschaudert sichtlich und stößt ihren Atem aus, der mein Schlüsselbein liebkost. Offenbar ist sie von dieser Vorstellung genauso erregt wie ich.

Ich spüre, wie ihr Körper schmilzt und ihr Widerstand nur noch an einem seidenen Faden hängt. Ich könnte sie bis Sonntag auf zehn verschiedene Arten nehmen, aber es gibt nur eine Art, auf die ich sie jetzt haben will. Ich dränge nach vorne.

„Auf die Knie“, fordere ich, denn ich weiß, sie will, dass ich sie dazu zwinge. Dessen bin ich mir sicher.

„Nein“, flüstert sie, und ich lächle in mich hinein, denn ihr Tonfall lässt das genaue Gegenteil vermuten.

Ich drücke noch einmal sanft ihren Nacken, um sie daran zu erinnern, dass sie nur deshalb vor mir steht und sich an mich schmiegt, weil ich es so will.

„Verweigere dich mir nie wieder“, ermahne ich sie mit einem Knurren. Ich festige noch einmal den Griff um ihren Nacken und ziehe sie von mir. Mit ein wenig Druck bringe ich sie dazu, in die Knie zu gehen und würde am liebsten triumphierend aufschreien, als sie mir tatsächlich nachgibt.

Ich gehe mit ihr in die Knie und als wir beide auf dem Boden aufkommen, drücke ich ihren Oberkörper nach vorn, bis ihre Wange auf dem Teppich ruht und ihr Hintern auf Höhe meines Schwanzes in die Luft ragt.

„Erinnerst du dich daran, wie du mich zum ersten Mal gesehen hast?“, flüstere ich und drücke erneut ihren Nacken.

„Ja.“

„Es hat dich erregt, nicht wahr?“

„Ja.“

„Du wolltest, dass ich dich genauso ficke, oder?“

„Ja.“

„Willst du es jetzt auch?“

„O Gott, ja“, stöhne sie, woraufhin ich von einem triumphalen Gefühl der Lust durchströmt werde. Mein Schaft pulsiert mittlerweile schmerzhaft in meiner engen Jeans.

„Dann erzähl es mir“, befehle ich ihr und genieße es, ihre Selbstbeherrschung vor meinen Augen bröckeln zu sehen.

„Was soll ich dir erzählen?“, fragt sie keuchend.

„Erzähl mir davon, wie du mich zum ersten Mal gesehen hast. Ich will eine Geschichte hören, süße Moira, und dann werde ich entscheiden, ob ich dir deinen Wunsch erfülle.“

Also erzählt Moira mir keuchend, wie sie mich im Schein des Feuers beobachtet hat, als ich Tukaba fickte, und sich wünschte, an ihrer Stelle zu sein. Sie beschreibt mir, wie ihr Blut in Flammen stand und ihr der Atem stockte, als ich sie anstarrte. Mit einem leisen Stöhnen erzählt sie mir, dass sie das Gefühl hatte, meinen Schwanz zwischen ihren Schenkeln zu spüren und sie flüstert mir ohne Scham, doch mit einem Tonfall des Bedauerns zu, dass sie förmlich spüren konnte, wie ich von Ekstase durchflutet wurde.

„Das ist eine gute Geschichte“, lobe ich sie und versuche, so selbstsicher wie möglich zu klingen, damit sie nicht hört, wie kurz ich davorstehe, die Kontrolle zu verlieren.

„So habe ich die Geschehnisse in Erinnerung“, erwidert sie mit einem kühnen Unterton in der Stimme. Obwohl ich mir ihre völlige Hingabe wünsche, gefällt es mir, dass Moira nicht kampflos aufgibt.

„Du wolltest mich damals, nicht wahr?“

„Ja“, flüstert sie.

„So, wie du mich jetzt willst?“

„Ja.“

„Genau auf dieselbe Weise.“

„Genau auf dieselbe Weise“, stimmt sie zu und ich weiß, dass sie in diesem Moment ganz und gar mein ist.

Mit meiner freien Hand packe ich den Saum ihres Kleids und schiebe ihn entlang ihrer Oberschenkel und ihren runden, festen Hintern nach oben. Langsam enthülle ich das schönste, sinnlichste Spitzenhöschen, das ich mir je an einer Frau hätte vorstellen können. Ich füge meinem Vokabular ein weiteres Lieblingswort hinzu – Dessous.

Sobald ich ihren Hintern und Rücken entblößt habe, sage ich: „Bevor ich dir gebe, was du willst, musst du mir noch eines verraten.“

„Was willst du hören?“, fragt sie fordernd. Ich festige den Griff um ihren Nacken, denn für meinen Geschmack ist ihr Tonfall ein wenig zu vorlaut. Sie stemmt sich gegen meine Hand und ich drücke noch fester zu.

„Ich will, dass du mir sagst, was du vor allem über mich gelernt hast, seit du mich meinem Zuhause entrissen hast."

Ich sehe, wie ihr oberer Rücken sich bewegt, doch sie kämpft nicht mehr gegen mich an, sondern atmet tief durch. Nachdem sie den Atem ausgestoßen hat, stößt sie mit fester, aber trauriger Stimme hervor: „Ich habe gelernt, dass du … Zacharias Easton … ein wilder Mann bist."

„Ja", bemerke ich beifällig und lasse meine Finger unter den Saum ihres Spitzenhöschens gleiten. „Da hast du recht."

Moira schweigt einen Moment, bevor sie fragt: „Zach?"

„Hm?"

„Ich will noch mehr lernen", flüstert sie.

Mein Herz macht einen Satz, als ich den wehleidigen Unterton in ihrer Stimme höre. Ich ziehe ihr das Höschen über die Hüfte und ihren Hintern und schiebe es ihre Schenkel hinunter. „Oh, Baby … ich werde dir zeigen, wie gut es sich anfühlt, von einem unzivilisierten Mann gefickt zu werden, bis du dich ihm mit Haut und Haaren unterwirfst."

Meine Worte entlocken ihr ein erwartungsvolles Stöhnen. Als ich ihr das Höschen bis zu den Kniekehlen hinuntergeschoben habe, lehne ich mich zur Seite, um einen Blick auf ihr Geschlecht zu werfen. Ihre Spalte ist benetzt von dem Saft ihrer Erregung, und ich dringe mit meinem Finger zum ersten Mal in den warmen Unterleib einer Frau ein.

Zwischen zusammengebissenen Zähnen stoße ich zischend hervor: „Du bist so feucht."

„O Gott", stöhnt Moira und schiebt mir ihre Hüfte entgegen.

„Nicht bewegen“, befehle ich ihr, während ich meinen Finger leicht zurückziehe und ihn wieder einführe. Sie rührt sich nicht, doch sie stöhnt erneut auf.

Ich lasse ihren Hals los und ziehe meine andere Hand zwischen ihren Schenkeln zurück, um mein Hemd auszuziehen, denn ich will einen ungehinderten Blick auf ihren Hintern haben. Schnell knöpfe ich meine Jeans auf und öffne vorsichtig den Reißverschluss, denn mein Schwanz ist so hart, dass er begierig gegen die Innenseite meiner Hose drückt. Mit einem Ruck schiebe ich mir die Jeans und Unterhose über die Hüfte und verhelfe meiner Männlichkeit zur Freiheit.

Aus der Spitze tropft der Saft meiner Erregung. Mit der Hand führe ich meinen Schwanz über ihre Pobacken und hinterlasse eine glänzende Spur auf ihrer Haut. „Ich bin ebenfalls feucht für dich.“

„Bitte“, fleht Moira mich an.

Ich beuge mich vor und packe sie wieder im Nacken. „Bitte was?“

„Bitte fick mich, Zach.“

„Gleich“, versichere ich ihr.

Ich führe meinen harten Schwanz an ihren Unterleib und lasse die Spitze durch ihre feuchte Spalte gleiten. Das Gefühl ist überwältigend und ich spanne sämtliche Muskeln im Körper an. Ich schiebe mein Becken vor und dringe einen Zentimeter tief in sie ein.

Sie ist so verdammt eng und zieht sich erwartungsvoll um meinen Schwanz zusammen. Ich beobachte, wie sie die Pobacken erwartungsvoll anspannt und sich mit den Fingern in den Plüschteppich krallt. Ich lasse meinen Schwanz los und packe ihre Hüfte, dann warte ich noch einen Moment und betrachte ihren anmutigen Rücken und ihr feurig rotes Haar, das sich fächerförmig auf dem Boden verteilt hat. Sie hat den Kopf zur Seite gedreht und ich sehe ihr wunderschönes Profil, wobei sie die Augen halb geöffnet und die Lippen zu einem

Lächeln verzogen hat. Diesen Anblick werde ich nie vergessen, solange ich lebe.

Mit einer fließenden Bewegung ziehe ich ihre Hüfte zurück und stoße meinen Schwanz tief in sie hinein, wobei mein Becken sich dicht an ihren Hintern schmiegt.

Ein Stöhnen entringt sich meiner Kehle, denn ich kann dieses Gefühl ihrer Muschi, die mich völlig umhüllt, kaum ertragen. Moira stößt einen leisen Schrei aus und schließt die Augen.

Ich rühre mich nicht, doch dann spannt Moira die Muskeln um meinen Schwanz an und drückt ihn auf wunderbare Weise zusammen.

„Scheiße", stoße ich hervor und ziehe sofort die Hüfte zurück, um erneut in sie hineinzustoßen und dieses Gefühl noch einmal zu erleben.

Moira entfährt ein tiefes Stöhnen. Der Laut ist Musik in meinen Ohren, also ziehe ich mich noch einmal zurück, um wieder mit Wucht in sie einzudringen. Doch dann halte ich einmal mehr inne und atme tief durch, um mich zu sammeln. Ich darf die Kontrolle nicht verlieren, denn mit langsamen und kraftvollen Stößen mache ich meine Dominanz geltend und stelle meine Selbstbeherrschung unter Beweis.

Ich will mich gerade wieder langsam zurückziehen, um erneut in sie einzudringen und sie auf sinnliche Weise zu quälen.

„Zach?", fragt Moira leise.

„Ja?"

„Halte dich nicht zurück", sagt sie voller Verlangen. „Gib mir alles."

Oh, verdammt.

Ich bebe am ganzen Körper, als ich ihre begierigen Worte höre. Eigentlich ging es mir darum, meine Herrschaft und Autorität zu untermauern, indem ich sie mit Bedacht nehme. Doch nun spanne ich jeden Muskel in meinem Körper an, als ich von dem Verlangen übermannt werde, sie knallhart zu ficken. Ich kneife die Augen fest zusammen und versuche, dagegen anzukämpfen.

„Bitte, Zach."

„Scheiße", zische ich und ziehe mich zurück, um so hart in sie hineinzustoßen, dass sie ein paar Zentimeter über den Teppich rutscht und meine Hoden fast schmerzhaft gegen die Rückseite ihrer Oberschenkel knallen.

„Ja", schreit Moira lustvoll auf und meine Selbstbeherrschung ist dahin.

Ein animalisches Verlangen durchfährt mich. Ich festige meinen Griff um ihren Nacken und stoße immer wieder in sie hinein, wobei unsere Körper mit Wucht aufeinanderprallen. Ich beobachte, wie mein Schwanz immer wieder in ihre feuchte Muschi gleitet und spüre, wie auch die letzten Barrieren meiner Selbstkontrolle zerbröckeln.

Ich ficke sie erbarmungslos und befürchte schon, ich könnte sie von innen heraus zerreißen, doch ich kann mich nicht zurückhalten und vergrabe meinen Schwanz immer wieder in ihrem Unterleib.

Moira versucht, sich zu winden, aber ich halte sie fest. Wäre da nicht ihr lustvolles Stöhnen, würde ich mir Sorgen machen, dass ich ihr wehtue. Allerdings glaube ich nicht, dass irgendetwas diesen Sturm aufhalten kann, den ich gerade entfessle.

Ihre warmen, feuchten Muskeln massieren meinen Schwanz, bis ich fast den Verstand verliere, während der Duft unserer Erregung meine Sinne umhüllt.

Ich kann nichts gegen die stöhnenden Laute tun, die aus mir herausbrechen und mich in diesem Moment eher wie ein Tier klingen lassen.

Ich ficke sie hart, wobei ich all meine Zurückhaltung und Selbstkontrolle über Bord werfe.

Moira keucht leise: „Ja, ja, ja“, und treibt mich damit weiter an, während ich immer wieder mit Wucht in sie eindringe.

Plötzlich zuckt Moira am ganzen Körper und ihre Muschi umklammert mich wie ein warmer, feuchter Schraubstock, als mir klar wird, dass sie gerade zum Höhepunkt kommt. Sie schreit so laut, dass sie morgen sicher heiser sein wird. Ich spüre, wie meine Hoden sich zusammenziehen und ich bereit bin, mich tief in ihr zu ergießen.

Ich lasse ihren Nacken los und packe mit beiden Händen ihre Hüfte. Mit den Daumen spreize ich ihre Pobacken, um zu sehen, wie ich meinen Schwanz immer wieder in sie hineinstoße.

Im nächsten Moment kocht das Blut in meinen Adern und ich werde von einer flammenden Hitze durchströmt. Mir dreht sich der Kopf, als ich wieder und wieder in sie eindringe, bis ich mich schließlich in ihr ergieße. Ich falle vornüber auf ihren Rücken und drücke sie flach auf den Boden, während ich von einer Welle der Ekstase mitgerissen werde. Ich habe jegliche Kontrolle über mich verloren. Selbst als ich von einer Woge der Lust nach der anderen durchflutet werde, stoße ich immer wieder in sie hinein, bis ich vollständig gemolken bin.

Nachdem ich mich ganz und gar in ihr ergossen habe, zucke ich noch immer am ganzen Körper, bis auch die letzte Welle verebbt ist. Mir wird klar, dass ich gerade den längsten und intensivsten Orgasmus meines Lebens hatte.

Ich hatte keine Ahnung.

Ich wusste nicht, dass es so sein kann.

Ich wusste nicht, dass der Verlust der Kontrolle so verdammt befriedigend sein kann.

Kapitel 10

Moira

„Bitte hör nicht auf", flehe ich Zach an, während ich meine Finger in sein Haar kralle und er seine Zunge immer wieder über meine Spalte gleiten lässt.

Er hebt den Kopf und starrt mich an. „Es wird aber auch Zeit, dass du zur Vernunft kommst."

Ich muss kichern, woraufhin er mich mit glänzenden, feuchten Lippen angrinst. Im nächsten Moment drücke ich seinen Kopf wieder nach unten, damit er meine Muschi erneut verschlingen kann.

Noch vor fünf Minuten hatte ich ihn angebettelt, aufzuhören.

Ich war völlig überwältigt, als Zach nur wenige Minuten, nachdem er sich in mir ergossen hatte, schon wieder über mich herfallen wollte. Er rollte von mir herunter und legte sich neben mich auf den Rücken. Ich drehte ihm den Kopf zu und sah sein errötetes Gesicht. Er war zwar immer noch außer Atem, doch er starrte mit befriedigter Miene zur Decke.

Er wandte mir seinen Kopf zu und starrte mich an. Mein Herz setzte einen Schlag aus, als ich den begierigen Ausdruck in seinen Augen sah, in dem jedoch auch ein Hauch Zärtlichkeit mitschwang. Im nächsten Moment stürzte er sich auf mich. Es überraschte mich, dass er nach all der Anstrengung überhaupt noch zu derart flinken Bewegungen fähig war.

Er packte mich an den Schultern, drehte mich auf den Rücken und zog mir die Unterwäsche vom Leib. Bevor ich auch nur protestieren konnte, spreizte er meine Schenkel weit und schob den Kopf dazwischen. Er starrte auf meine Muschi und sagte: „Ich will dich noch einmal schmecken."

„Warte …", wollte ich ihm Einhalt gebieten, als er begann, den Kopf zu senken.

„Nein", entgegnete er nur und ließ seine Zunge über meine Spalte gleiten, wobei er sie mit einer Mischung aus meinem Saft und seinem Sperma benetzte.

Ich legte die Hände an seinen Kopf und versuchte, ihn von mir zu ziehen. „Zach … hör auf. Ich will zuerst duschen."

Er hob den Kopf gerade weit genug an, um ein „Nein" verlauten zu lassen, bevor er wieder abtauchte.

Ich war schockiert, beschämt und erregt zugleich, weil es ihm nichts ausmachte, unsere vermengten Körpersäfte aufzulecken. Andererseits kennt Zach die Grenzen der sexuellen Gepflogenheiten in unserer Kultur nicht.

Dabei war das hier zwar nicht unbedingt eine Grenze, doch ich hätte mir nie vorstellen können, dass ein Mann je so etwas tun würde. Doch Zach stellt seine eigenen Regeln auf.

Ich habe noch nie mit einem Mann geschlafen, der in mir gekommen ist und dabei kein Kondom getragen hat. Dennoch habe ich nicht weiter darüber nachgedacht, als Zach kurz davor war, in mich einzudringen. In Brasilien hatte er sich einem umfassenden Gesundheitscheck unterzogen. Obwohl ich davon ausging, dass unter den Mitgliedern seines Stammes Geschlechtskrankheiten kursierten, weckte die ärztliche Bestätigung in mir den Wunsch, unbedingt mit ihm ohne Kondom ficken zu wollen.

Auch jetzt kann ich nicht genügend Energie aufbringen, um mir den Kopf darüber zu zerbrechen, dass ich meinen eigenen Moralkodex gebrochen habe. Ich habe mich Zach unterworfen und mich ihm hingegeben. In dem Moment, in dem er mich zu Boden drückte, wusste ich, dass ich ihm nicht länger widerstehen konnte. Mir war alles egal. Für mich war es nur noch wichtig, ihn in mir zu spüren, obwohl mir bewusst war, dass ich meiner Karriere möglicherweise Lebewohl sagen könnte.

Es spielte einfach keine Rolle.

Das Bedürfnis, mit Zach zu schlafen war so stark, dass ich nicht die Kraft hatte, dagegen aufzubegehren.

Und was dieser Mann alles mit seiner Zunge anzustellen vermag. Er lernt schnell, doch er weist auch seinen ganz eigenen Stil auf. Noch nie zuvor hat sich ein Mann so eindringlich mit der Zunge der empfindsamen Stelle zwischen meinen Schenkeln gewidmet.

Zach erinnert mich fast an ein Tier … In meiner Fantasie ist er ein mächtiger, geschmeidiger Jaguar, der mich als seine sexuelle Beute betrachtet. Er lässt seine Zunge flattern und kreisen, leckt mich und stößt sie in mich hinein. Ich kann die Vibration seines lustvollen Stöhnens an meiner Spalte spüren, während er mich förmlich verschlingt und jeden Zentimeter meines Geschlechts verwöhnt. Ich kralle mich mit den Fingern in seine Kopfhaut und versuche nicht länger, ihm Einhalt zu gebieten, sondern flehe ihn an, mir mehr zu geben.

Und genau das tut er. Er umschließt meine Klitoris mit seinen Lippen und saugt kräftig daran. Ich bäume die Hüften auf und lasse sie an seinem Mund kreisen.

„Oh ja“, stöhnt er, als er kurz den Kopf anhebt, um sich dann wieder hungrig auf mich zu stürzen.

Ich wäre gern ewig in dieser Position verweilt, doch ich bin so erregt, dass ich schon bald wieder zum Höhepunkt komme. Ich ziehe an seinem Haar und hebe das Becken zuckend an, doch er leckt mich weiter, selbst als die Wellen der Ekstase langsam verebben.

„Genug“, stöhne ich und versuche, ihn von mir zu schieben.

Er sieht mit einem trägen Lächeln zu mir auf und stützt dann sein Kinn auf mein Schambein, während er mir sanft mit den Händen über den Bauch streichelt. „Ich bin noch nicht fertig mit dir.“

Ich ziehe eine Augenbraue in die Höhe. „Ach wirklich? Was hast du denn noch vor?“

Er stemmt sich nach oben und setzt sich auf die Fersen: „Mein Schwanz ist schon wieder bretthart.“

Tatsächlich ragt sein riesiger Schwanz steif hervor und ich muss schlucken. Ich kann nicht glauben, dass er mit diesem Ding in mir war. Es ist eine Sache, von Zach von hinten aufgespießt zu werden, doch ihn so dicht vor mir zu sehen, ist etwas völlig anderes. Obwohl ich gerade einen wunderbaren Orgasmus hatte, spüre ich, wie ich schon wieder feucht werde.

Ich hebe ein Bein, strecke es aus und streiche mit dem Fuß über seinen Oberschenkel. „Nun, wir könnten es mit mir auf dem Rücken probieren, während du auf mir liegst … das nennt man die Missionarsstellung.“

Zach zieht eine Grimasse, legt aber beide Hände auf meine Knie und hebt meine Schenkel an, um sie zu spreizen. „Lass es uns anders benennen. Bei dem Begriff Missionarsstellung muss ich an meine Eltern denken, und ich will nicht, dass sie mir im Kopf herumspuken, wenn ich dich ficke.“

Er hebt das Becken an und lehnt sich vor, wobei er meine Knie in Richtung meiner Brust schiebt und meine Schenkel noch weiter spreizt. Er lässt kurz eines meiner Beine los, um seinen Schwanz zu packen und ihn an mein Geschlecht zu führen. Als er mit seiner riesigen Eichel in mich eindringt, legt er die Hand zurück an mein Knie.

Sein Blick bleibt an seinem Schaft haften, als er mit einem Stoß seiner Hüften tief in mich eindringt.

„Oh, das fühlt sich gut an“, keuche ich.

„Es fühlt sich unglaublich an“, stöhnt Zach.

Er hebt den Blick und sieht mir in die Augen, wobei er beginnt, seine Hüften zu bewegen. Er zieht seinen

Schwanz langsam Zentimeter für Zentimeter aus mir heraus, um ihn dann bedächtig wieder in mich zu stoßen. Er beugt sich über mich, wobei er meine Knie noch weiter nach hinten drückt, bis meine Oberschenkel auf meinem Bauch und meiner Brust aufliegen. In dieser Position fällt mir das Atmen schwer, doch es ist mir egal, denn auf diese Weise kann Zach noch tiefer in mich eindringen.

Zach betrachtet mich genau und scheint mein Gesicht zu mustern. Obwohl die Versuchung groß ist, die Augen zu schließen, um mich einfach nur dem Gefühl seiner Männlichkeit in mir hinzugeben, werde ich zu dem Moment in seinem Dorf zurückversetzt, als er Tukaba fickte und mich über das Lagerfeuer hinweg angestarrt hat. Ich kann diese Verbindung zwischen uns wieder spüren, doch diesmal sieht er mich nicht wütend an, um mich zu vertreiben, nein, diesmal fordert er mich mit einem Blick heraus, mit ihm Schritt zu halten und mich von diesen unglaublichen Empfindungen unserer Körper mitreißen zu lassen.

Zach ergreift eine meiner Hände und schiebt sie zwischen uns. „Berühre dich selbst“, verlangt er.

Statt mich ihm zu fügen, umschließe ich mit Daumen und Zeigefinger den Ansatz seines riesigen Schafts, während er weiter in mich hineinstößt. Ich drücke zu, woraufhin er nach Luft schnappt.

Sein Blick verhärtet sich, als ich erneut zudrücke. „Ich sagte, du sollst dich selbst berühren, Moira. Tu es, und zwar sofort.“

Ich drücke noch einmal zu, schließe die Augen und stöhne vor Lust.

Daraufhin zieht er seinen Schwanz ganz aus mir heraus und ich lasse meine Hand zur Seite fallen. Ohne seine Männlichkeit in mir fühle ich mich plötzlich leer. Ich reiße die Augen auf und sehe, wie er mich anstarrt

und die Lippen zu einer dünnen Linie zusammenge-
presst hat.

„Wage es nicht, dich mir zu verweigern, wenn ich dir
etwas befehle", knurrt er.

In meinem Inneren hadern Wut, sexuelle Frustration
und weiblicher Stolz miteinander, wobei letztendlich
die Wut die Oberhand behält.

„Ich gehöre dir nicht", blaffe ich.

„In diesem Moment gehört mir jeder Zentimeter deines Körpers", entgegnet er und drückt meine Schenkel,
die er immer noch mit seinen großen Händen gepackt
hat. „Wenn du willst, dass ich dich weiter ficke, dann
wirst du tun, was ich sage."

Zach schiebt seine Hüften ein Stück vor, bis seine Eichel wieder mein Geschlecht berührt. Ich halte in Er-
wartung den Atem an, doch er verharrt reglos in dieser
Position. Ich winde mich in dem vergeblichen Versuch,
ihn weiter zu erregen, hin und her, aber er starrt mich
nur an.

„Du weißt, was du zu tun hast, wenn du meinen
Schwanz willst, Moira."

Frustriert stoße ich den Atem aus und starre ihn ebenfalls an. Er schiebt kaum merklich die Hüfte vor und
zieht sich genauso weit wieder zurück, wodurch er mein
Innerstes vor Verlangen erbeben lässt und mein Blut in
Wallung bringt.

Er wartet geduldig und schließlich gebe ich nach.

„Also schön", knurre ich und schiebe die Hand zwischen meine Schenkel. In dem Moment, in dem ich mit
den Fingern meine Klitoris berühre, bäume ich mich
auf, als Zach mich belohnt, indem er wieder in mich
eindringt.

„Braves Mädchen", stöhnt er, als er mich bis zum Anschlag ausfüllt. Und dann gibt er mir alles.

Ich reibe mit den Fingern meine Lustperle und treibe
sofort auf einen weiteren Höhepunkt zu. Dennoch

widersetze ich mich ihm, indem ich hin und wieder meinen Zeige- und Mittelfinger auseinanderspreize und sie seitlich an seinem Schwanz vorschiebe, um zusätzlich Reibung an seinem Schaft zu erzeugen.

Beim ersten Mal fletscht er die Zähne und zischt mich an, doch er hält nicht inne, denn er ist den lustvollen Empfindungen genauso ausgeliefert wie ich.

Er stößt immer wieder die Hüfte vor und dringt so verdammt tief in mich ein, während ich wie von Sinnen meine Klitoris massiere. Wir keuchen beide so heftig, dass ich schon befürchte, einer von uns könnte einen Herzinfarkt erleiden.

„Ich komme gleich, Zach", keuche ich und drücke fest auf meine Lustperle.

„Zum Höhepunkt?", krächzt er und stößt mit aller Wucht in mich.

„Ja. Und du?"

„Gleich", antwortet er und legt meine Schenkel über seine Schultern, wobei er sich noch weiter über mich beugt. Er stützt seine Hände zu beiden Seiten meines Brustkorbs auf den Boden und lässt sich gehen.

Zach stößt so hart in mich hinein, dass ich schon glaube, meine Wirbelsäule gräbt sich in den Boden unter mir, doch das Gefühl ist so erregend und wunderbar erfüllend, dass ich ihn anschreien will, mich noch härter zu ficken.

Er knurrt und stöhnt, während unsere verschwitzten, aufeinanderprallenden Körper klatschende Laute von sich geben. Seine Hoden knallen gegen meinen Hintern, während ich weiter meine Lustperle massiere.

Es ist wahnsinnig, verrückt, wild und ungehemmt.

Das Gefühl ist überwältigend und ich kann mich nicht mehr zurückhalten. „Ich komme gleich, Zach."

Mit einem tiefen Stöhnen beschleunigt er das Tempo noch.

Dann stößt er ein letztes Mal in mich und erstarrt über mir. Er wirft den Kopf zurück, sodass ihm sein langes, dunkles Haar auf den Rücken fällt. „Ich komme, verdammt", stöhnt er, während er jeden Muskel von seinem Hals abwärts anspannt.

Als ich den Ausdruck lustvoller Verzückung auf seinem Gesicht sehe, explodiere ich mit ihm. Ich hebe die Hände und kralle mich in seinen Bizeps, während ich mich für einen kurzen Augenblick von Kopf bis Fuß versteife, um dann von einer überwältigenden Welle der Ekstase mitgerissen zu werden, die fast schmerzhaft durch mich hindurch flutet.

***

Mir kommt der Gedanke, dass Zach mich in weniger als einer Stunde dreimal zum Orgasmus gebracht hat, während wir uns noch nicht einmal geküsst haben. Wir haben uns noch nicht einmal völlig nackt ausgezogen. Er hat mir lediglich das Höschen hinuntergezogen — das war das größte Zugeständnis, das er zu machen bereit war. Zach hat mich zweimal in ekstatische Höhen auffliegen lassen, indem er mich geleckt hat, doch ich habe seine vollen Lippen noch nie auf meinem Mund gespürt.

Es ist seltsam, wie schnell sich unsere sexuelle Beziehung entwickelt hat, doch dann wird mir klar, dass ich mich seinen Wünschen gefügt habe. In meiner Kultur beginnt das Vorspiel oftmals mit einem Kuss, während er es mit einem Griff in den Nacken einleitet.

Es ist faszinierend, doch aus wissenschaftlicher Sicht reinste Verschwendung, denn ich werde diese Erkenntnisse nie veröffentlichen können.

Nachdem Zach wieder zurück auf die Erde geschwebt war, zog er seinen Schwanz behutsam aus mir heraus und starrte mich einen Moment an. Er streckte eine

Hand aus, streichelte mir über meinen Bauch und sagte: „Ich gehe duschen."

Ohne ein weiteres Wort stand er auf und ging den Flur entlang ins Gästebad, wobei er die Tür leise hinter sich schloss.

Ich drehe mich auf die Seite, ziehe meine Knie unter meinen Körper und stemme mich hoch. Ich stöhne auf, denn mein Nacken und meine Hüfte sind nach dem wilden Ritt mit Zach ganz steif. Ich beuge mich vor, um mein Höschen aufzuheben, und gehe dann in mein eigenes Badezimmer, während sein Sperma an meinen Schenkeln herunterrinnt.

Darin besteht ein weiterer Unterschied zwischen unseren Kulturen. Ich habe beobachtet, wie Zach Tukaba gefickt hat und dabei völlig emotionslos geblieben war. Sie bot ihm lediglich eine willkommene Möglichkeit, um sich zu befriedigen, während er vor seinen Stammesbrüdern die Muskeln spielen ließ. In Anbetracht der mangelnden Gefühle zwischen den Frauen und Männern der Caraica, ist es nicht verwunderlich, dass Zach einfach gegangen ist. Ich kann mir nicht vorstellen, dass ein Mann wie er etwas dafür übrighat, nach dem Sex zu kuscheln.

Diese Erkenntnis macht mich traurig, denn während Zach mich mit seiner Dominanz auf wunderbare Weise erregt, fehlt mir als moderne Frau, der auch die Emotionalität beim Sex wichtig ist, eine warmherzige, zärtliche Umarmung.

Ich drehe das Wasser auf und warte, bis es warm ist, bevor ich mich unter die Dusche stelle. Ich wasche mir die Haare mit Shampoo und Spülung und schrubbe dann meinen Körper mir einem nach Gardenien duftenden Duschgel und einem Luffaschwamm.

Vor Kurzem hat Zach mich mit einem eindringlichen Blick angesehen, und ich könnte schwören, dass darin ein Ausdruck von Zuneigung lag. Er stand in einem solchen Widerspruch zu der arroganten Miene, mit der er mich für gewöhnlich ansieht und gab mir Hoffnung, dass zwischen uns vielleicht mehr sein könnte, als nur ein einmaliges Abenteuer.

Nun, es war mehr – wenn ich richtig gezählt habe, genau drei Mal.

Dennoch bin ich völlig verunsichert, nachdem Zach einfach abrupt aufgestanden war und den Raum verlassen hat. Die Geste war so unterkühlt gewesen, als würde er sich nichts aus der Intimität machen, die gerade noch zwischen uns geherrscht hatte. Mich durchströmt ein unbehagliches Gefühl.

Eilig seife ich den Rest meines Körpers ein und zucke leicht zusammen, als ich die wunde Stelle zwischen meinen Schenkeln streife. Doch im nächsten Moment läuft mir ein erregender Schauer über den Rücken bei dem Gedanken, was Zach mit mir angestellt hat.

Mit einem verwirrten Seufzer spüle ich mich ab und trete aus der Dusche. Ich putze mir gründlich die Zähne und föhne mir schnell die Haare. Zurück in meinem Schlafzimmer ziehe ich mir ein Trägerhemd und eine bequeme Pyjamahose an, dann lege ich mich ins Bett.

Als ich langsam schläfrig werde, erinnere ich mich daran, wie wir das Dorf der Caraica verließen und Zach sich von allen verabschiedete. Jedes Mal, wenn sich unsere Blicke begegneten, starrte er mich finster an, doch in seinen Augen lag ein warmherziger Ausdruck, als er die Schultern seiner Stammesbrüder drückte und Paraila schließlich in seine Arme zog. Er zog das Gesicht des alten Mannes an seine Brust und hielt ihn fest. Mir stiegen Tränen in die Augen, denn ich wusste, wie bittersüß dieser Moment für Paraila war.

Dann zerzauste Zach allen Kindern die Haare und beugte sich hinunter, um von einem kleinen Mädchen eine Halskette entgegenzunehmen. Er lächelte den Frauen zu, wobei sein Blick einen Moment länger auf

Tukaba verweilte, dann wandte er sich ab und ging davon.

Aufgrund dieser Erinnerung weiß ich, dass Zach zu tiefen Emotionen fähig ist. Er zeigte es mir, als er allem, was ihm am Herzen lag, den Rücken zukehrte. Ich sah den Schmerz und die Liebe in seinen Augen und erkannte sie in der Art, wie er Paraila umarmte.

Offenbar hat Zach Gefühle, nur nicht für mich. Wahrscheinlich war ich für ihn ebenfalls nur ein Mittel zum Zweck.

Es sollte mich eigentlich nicht beunruhigen.

Doch das tut es.

Kapitel 11

Ich verlasse den Friseursalon und fahre mit den Fingern durch mein frisch geschorenes Haar. Ich habe es mir aus einer Laune heraus schneiden lassen, nachdem ich die Bibliothek vor einer halben Stunde verlassen habe und es nicht eilig hatte, zu Moira zurückzukehren. Es war ein sonniger Tag, und ich hatte das Bedürfnis, mich von dieser flammenhaarigen Verführerin noch eine Weile fernzuhalten.

Die letzte Nacht …

Ich kann das Erlebnis nicht in Worte fassen. Weder die portugiesische noch die englische Sprache hat genügend Vokabeln, um zu beschreiben, wie erschüttert ich war, als ich mich zum ersten Mal in Moira ergossen habe. Ich hatte das Gefühl, dass etwas in meinem Inneren entfesselt wurde. Dabei wurde ich nicht nur von einer Ekstase durchströmt, wie ich sie noch nie zuvor gespürt hatte, sondern ich spürte, wie etwas in mir nachgab … als würde ein Teil meiner Seele zerbrechen.

Ich war zu Tode erschrocken und habe sofort nach etwas gesucht, woran ich mich klammern konnte. Ich dachte kurz an den Regenwald und an Parailas gütige Augen. Ich versuchte, mich an den Nervenkitzel der Jagd zu erinnern und an die Kameradschaft meiner Brüder. Ich zermarterte mir das Hirn, um etwas Trost in den Erinnerungen zu finden, doch ich fühlte nichts.

Dann drehte ich den Kopf zur Seite und erblickte Moira, die neben mir auf dem Teppich lag. In ihren Augen brodelte immer noch ein unterschwelliges Verlangen, während sich ein Ausdruck völliger Befriedigung auf ihrem wunderschönen Gesicht widerspiegelte. Das zerrissene Gefühl in meinem Inneren begann zu schwinden und wich dem brennenden Bedürfnis, sie erneut zu berühren.

Mit meiner Zunge.

Ich dachte nicht lange darüber nach, sondern vergrub meinen Kopf so schnell zwischen ihren Schenkeln, wie eine Schlange hervorschnellt, um ihre Beute zu beißen. Ich schmeckte sie … schmeckte mich selbst … und war sofort wieder verloren in glückseliger Euphorie.

Als wir uns erneut paarten, waren wir genauso von Sinnen wie zuvor, dennoch war es intimer … und persönlicher als beim ersten Mal. Es war überwältigend, ihr Gesicht und die unzähligen Emotionen zu sehen, die sie durchströmten, wenn ich in sie eindrang. Ich spürte, wie mir die Kontrolle entglitt und kämpfte um Selbstbeherrschung, als ich ihr befahl, sich selbst zu berühren und mich jedes Mal quälte, wenn ich meinen Schwanz aus ihr herauszog. Doch schließlich ergab sie sich und ich war in der Lage, sie ein weiteres Mal in ekstatische Höhen auffliegen zu lassen.

Danach … wusste ich nicht, wie ich mich verhalten sollte. Ich verspürte das Verlangen, sie zu berühren … und sie vielleicht in meine Arme zu ziehen, doch ich wusste nicht, ob es angemessen gewesen wäre. Es gibt so viele Dinge, die ich noch nicht weiß und so vieles, was ich noch lernen muss. Während ich scheinbar instinktiv weiß, was ich mit ihrem Körper tun muss, habe ich keine Ahnung, wie ich mich Moira gegenüber verhalten soll, nachdem Lust und Erregung verblasst sind.

Stattdessen bin ich einfach gegangen, wie ich es auch im Umgang mit Tukaba gewohnt bin. Dennoch fühlte es sich falsch an, denn mit Tukaba hätte ich solche Dinge nie getan und würde sie mit ihr auch nicht tun wollen.

Nur mit Moira.

Dabei habe ich keine Ahnung, ob ich dieser neuen Kultur oder lediglich Moira erliege, wobei mir keine der beiden Möglichkeiten gefällt.

Als ich heute Morgen aufwachte, zog ich mich an, schnappte mir das Geld, das Moira mir gegeben hatte, und verließ das Haus. Moiras Schlafzimmertür war noch geschlossen, aber ich machte mir nicht die Mühe, ihr eine Nachricht zu hinterlassen. Sie hatte mir versichert, ich könne kommen und gehen, wann ich wollte, und außerdem … wusste ich nicht, was ich ihr hätte sagen sollen.

Zuerst ging ich in ein kleines Café, das ein paar Blocks von der Bibliothek entfernt ist. Ich war überwältigt von der Auswahl an Mokka, Milchkaffee und Cappuccino. Da ich nicht wusste, was hinter den Bezeichnungen steckte, bestellte ich einfach eine Tasse schwarzen Kaffee und bezahlte sie. Dann setzte ich mich draußen an einen Tisch unter den Schatten eines Schirms und beobachtete die Passanten. Vor allem beäugte ich die Frauen und verglich jede einzelne mit Moira. Ich versuchte herauszufinden, was sie von den anderen unterschied und warum sie mich derart faszinierte.

Ich fand jedoch keine Antwort auf meine Frage.

Schließlich trank ich meinen Kaffee aus und ging in die Bibliothek. Ich schlenderte ziellos zwischen den Regalen umher und nahm ab und an ein Buch zur Hand, um den Einband zu lesen. Da mich kein einziges interessierte, ging ich wieder.

In diesem Moment fiel mir der Friseursalon auf der anderen Straßenseite ins Auge. Ich wartete, bis der Verkehr nachließ und ging hinüber.

Durch das Fenster beobachtete ich einen Mann, der sich die Haare schneiden ließ. Abwesend griff ich in mein langes Haar und dachte an den Stolz, den die Caraica mit ihren langen Haaren verbanden. Was hätte es zu bedeuten, wenn ich sie abschneiden ließ? Würde ich meine Herkunft verleugnen? Aber … das war nicht ganz richtig, denn im Grunde war ich ein Amerikaner. Seit ich in den Vereinigten Staaten war, hatte ich viele Männer mit den unterschiedlichsten Frisuren gesehen. Manche lang, manche kurz, manche etwa mittellang. Es gab nichts an den Haaren eines Mannes, das sein Wesen zu bestimmen schien. Es waren einfach nur … Haare.

Vielleicht waren es für den Stamm der Caraica auch nur Haare.

Eine Weile stand ich da und überlegte, was ich tun sollte. Schließlich dachte ich an Paraila und an etwas, das er mir beigebracht hatte, als ich noch ein kleiner Junge war und einer der Ältesten unseres Stammes gestorben war.

Wie es Brauch ist, wurde der Körper mit Symbolen bemalt, die von seinem Lebensweg erzählten. Eine Krone aus Bambusblättern wurde auf seinem Kopf drapiert und eine wilde Orchidee in seine Hände gelegt. Er wurde auf einem Scheiterhaufen aufgebahrt und verbrannt, bis nur noch seine Knochen übrig waren.

Sobald die Glut abgekühlt war, suchten die Frauen in der Asche nach den verbrannten Knochen und sammelten sie ein. Diese wurden in einem Mörser zu feinem Staub zerrieben, der mit Bananenmilch vermengt wurde. Zum Abschluss des Begräbnisrituals trank jeder Stammesangehörige einen Schluck von der Mixtur, bis nichts mehr davon übrig war.

„Warum trinken wir Capas Knochen?“, wollte ich von Paraila wissen, als mir die Kalebasse gereicht wurde.

Er legte mir sanft die Hand auf die Schulter und sagte: „Wie du weißt, entsteht Leben, wenn sich ein Mann und eine Frau paaren, nicht wahr, Cor'dairo?“

Ich nickte zustimmend mit dem Kopf. Es war eines der ersten Dinge, die Paraila mir beigebracht hatte … nachdem ich zum ersten Mal gesehen hatte, wie ein Mann mit einer Frau schlief.

„Nun, wir tun nichts weiter, als Capa ins Leben zurückzuholen. Wir trinken seine Knochen und machen ihn so zu einem Teil von uns. Und wenn wir ein neues Leben zeugen, wird auch ein Teil von Capa wiedergeboren und sein Geist wird innerhalb unseres Stammes weiterleben. Für uns ist das Leben nie ganz zu Ende. Auf die eine oder andere Weise kommt man immer zurück. Alles kehrt irgendwann wieder."

Als ich sah, wie der Barbier eine Bürste nahm und den Nacken des Mannes damit säuberte, dachte ich über Parailas Worte nach. Alles kehrt irgendwann wieder.

Ich zögerte nicht einen Moment länger und betrat den Salon. Ich fragte nach dem Preis für einen Haarschnitt und ließ mir dann die Mähne schneiden.

Als er mich auf dem Stuhl umdrehte und ich mich im Spiegel betrachtete, erwartete ich, von Traurigkeit übermannt zu werden … denn immerhin war mein Haar eines der Dinge, die mich zu einem Caraica machten. Aber ich spürte nichts dergleichen.

Ich starrte lediglich fasziniert mein Spiegelbild an und bemerkte, wie kurz mein Haar an den Seiten war, während es oben ein wenig länger war. Ohne die langen Strähnen stellte ich fest, dass es sogar leicht gewellt war. Mit der Frisur wirkte ich meiner Meinung nach jünger und war im Großen und Ganzen zufrieden mit dem Ergebnis.

Nun stehe ich vor dem Friseursalon und werfe einen Blick nach links und rechts, denn ich bin mir nicht ganz schlüssig, was ich tun soll. Zweifellos wäre Moira inzwischen wach, aber ich bin noch nicht bereit, ihr gegenüberzutreten. Ich weiß nicht, in welcher Beziehung wir zueinander stehen und will es auch noch nicht herausfinden.

Also wende ich mich in die entgegengesetzte Richtung und setze mich in Bewegung.

Ich brauche noch etwas Zeit zum Nachdenken.

Ich habe absolut keine Ahnung, wo ich bin.

Wie zum Teufel konnte so etwas passieren?

Den Großteil meines Lebens habe ich mich durch den Amazonas geschlagen, neue Wege mit meiner Machete freigehackt und unbekannte Gebiete erkundet. Ich habe immer den Weg zurück nach Hause gefunden.

Aber nachdem ich eine Weile durch die Vororte von Evanston, Illinois, gewandert bin, habe ich keinen blassen Schimmer, wo ich mich befinde.

Ich biege in eine Straße ein und hoffe auf einen vertrauten Anblick, aber auch diesmal erscheint mir alles neu und fremd. Ich gehe noch ein paar Häuserblocks weiter, bis ich auf eine Straße mit einer Reihe von Läden stoße. Ein kleiner Imbiss, ein Antiquitätenladen und ein Schlüsseldienst, wobei Letztere mir nichts sagen.

Auf einem kleinen Parkplatz am Ende der Straße erblicke ich zwei Autos, die nebeneinander, aber in entgegengesetzte Richtungen, geparkt sind. Da ich sie als Fahrzeuge der Polizei erkenne, gehe ich auf sie zu.

Plötzlich drängt sich mir eine Erinnerung an einen Polizisten auf, der meine Schule besucht hat, als ich noch klein war. Ich weiß nicht mehr genau, warum er dort war, aber er sprach mit der Klasse und ich weiß noch genau, dass er mir ein Gefühl von Autorität und Sicherheit vermittelte. Also denke ich mir, dass die Polizei mir sicher helfen kann, meinen Weg zurück zu Moira zu finden.

Ich nähere mich den Wagen und sehe, dass die Scheiben heruntergelassen sind, während die Fahrer beider Autos sich miteinander unterhalten. Sie blicken zu mir auf und einer der Beamten schenkt mir ein zaghaftes Lächeln. „Kann ich Ihnen helfen?"

Ich kratze mich betreten am Kopf, denn die Sache ist mir peinlich. „Ja … ich habe mich verlaufen und weiß nicht mehr, wie ich zurück zum Haus meiner Freundin kommen soll.“

Der Beamte zieht eine Augenbraue in die Höhe. „Sind Sie neu in der Gegend?“

„Das kann man wohl sagen“, antworte ich.

„Wie lautet die Adresse, und ich werde Ihnen den Weg weisen?“

Adresse? So ein Mist.

„Äh … ehrlich gesagt, kenne ich die Adresse nicht. Es ist ein weißes Haus mit schwarzen Fensterläden.“

Ich kann das Misstrauen im Gesicht des Polizisten sehen, als er die Wagentür öffnet, um auszusteigen. „Sie kennen die Adresse nicht?“, fragt er skeptisch. „Und Sie sagen, es ist das Haus einer Freundin?“

Ich setze mein freundlichstes Lächeln auf. „Also gut, ich weiß, es klingt seltsam … aber, äh … ich habe die letzten achtzehn Jahre in Brasilien gelebt. Die Frau, bei der ich wohne, wurde engagiert, um mich hierher in die Vereinigten Staaten zu bringen und mir zu helfen, mich in dieser Kultur einzuleben. Ich wohne bei ihr zu Hause.“

Offenbar habe ich ihn damit immer noch nicht überzeugt, denn der misstrauische Ausdruck in seinem Gesicht verhärtet sich. Der andere Beamte steigt nun ebenfalls aus dem Wagen und schließt vorsichtig die Tür, bevor er sich mir zuwendet. Ich erwarte, dass sie jeden Moment ihre Waffen ziehen, und werde nervös. Vielleicht war es doch keine so gute Idee, also trete ich einen Schritt zurück.

„Sie brauchen Hilfe, sich hier zurechtzufinden? Aber Ihr Englisch scheint mir ziemlich gut zu sein“, sagt der Polizist.

Ich atme tief durch und erzähle ihm die Wahrheit. „Ich habe im Amazonasgebiet bei einem indigenen

Stamm gelebt. Dies ist nach vielen Jahren mein erster Aufenthalt in der zivilisierten Welt. Die Frau ist Anthropologin an der Northwestern und wurde von meinem Patenonkel angeheuert, um mich zu ‚retten‘ und nach Hause zu bringen.“

Die beiden Beamten ziehen überrascht die Augenbrauen in die Höhe. Einer von ihnen sagt: „Wollen Sie uns verarschen?“

„Nein, Sir. Ich bin nicht scharf darauf, dass Sie mich erschießen“, sage ich mit einem Grinsen.

Der andere Polizist bricht in Gelächter aus und steigt wieder in seinen Wagen. „Ich suche ihre Adresse, Carter, und fahre ihn nach Hause.“

Der Polizist, von dem ich nun weiß, dass er Carter heißt, nickt und steigt ebenfalls wieder in seinen Wagen. „Setzen Sie sich bei ihm auf den Rücksitz. Er wird Sie zurückfahren.“

Ich danke ihm erleichtert und steige in das Fahrzeug des anderen Polizisten. Als ich die Tür schließe, sagt er: „Ich bin Officer Stevens. Wie heißen Sie, Kumpel?“

„Zacharias Easton“, antworte ich.

„Und der Name Ihrer Freundin?“

„Moira Reed“, sage ich und füge dann hinzu: „Ich bin Ihnen wirklich dankbar. Ich kann nicht glauben, dass ich mich verlaufen habe.“

„Das kann jedem passieren“, erwidert er, während er etwas in einen kleinen Computer tippt, der am Armaturenbrett befestigt ist. „Sie haben also wirklich achtzehn Jahre lang im Amazonasgebiet gelebt?“

„Ja. Meine Eltern waren dort Missionare und starben, als ich acht war. Der Stamm hat mich adoptiert. Ich hatte keine Ahnung, dass hier in den Staaten jemand nach mir suchte. Ich erinnere mich kaum noch an mein Leben hier.“

„Unglaublich“, sagt er nachdenklich. „Okay, ich hab’s. Moira Reed … sie wohnt in der Kopoula Street.“

„Ganz genau", rufe ich aus, als ich den Straßennamen wiedererkenne.

„Also gut", sagt er und startet den Wagen. „Schnallen Sie sich an. Ich bringe Sie im Handumdrehen nach Hause."

Als wir in Moiras Einfahrt einbiegen, werde ich von Erleichterung durchströmt. Es ist wirklich ein beschissenes Gefühl, sich zu verlaufen und derart verloren zu sein. Ich versuche, die Wagentür zu öffnen, doch sie ist verschlossen.

„Warten Sie", sagt Officer Stevens. „Ich muss sie von außen öffnen."

Er geht um den Wagen herum, während ich mich abschnalle, dann öffnet er die Tür, und ich steige aus. „Vielen Dank. Ich weiß Ihre Hilfe wirklich sehr zu schätzen."

„Kein Problem", erwidert er mit einem Lächeln. „Aber ich werde Sie noch zur Tür begleiten."

Ah, ich verstehe. Er will sich vergewissern, dass Moira mich tatsächlich kennt und ich nicht irgendein Verrückter bin, der sie umbringen will. Sehr beeindruckend.

Kurz bevor wir die erste Verandastufe erreichen, fliegt die Tür auf, und Moira eilt aus dem Haus. Sie sieht umwerfend aus. Sie hat ihr flammend rotes Haar zu einem Pferdeschwanz zusammengebunden und trägt ein buttergelbes Sommerkleid, dessen Saum weiße Blumen zieren. „Oh, Gott sei Dank, Zach. Ich war krank vor Sorge."

Sie blickt zwischen dem Polizisten und mir hin und her, doch als sie schließlich wieder mich ansieht, sagt sie überrascht: „Du hast dir die Haare geschnitten."

Ich fahre mir mit einer Hand durch die kurzen Strähnen. „Ja … das stimmt wohl."

Sie schenkt mir ein flüchtiges Lächeln und sagt: „Es gefällt mir."

Dann wendet sie sich dem Beamten zu. „Ist alles in Ordnung?"

„Ja, Ma'am", versichert er ihr. „Er hat sich nur verlaufen und wusste nicht mehr, wie er zurück nach Hause finden sollte. Ich nehme an, Sie kennen diesen Mann."

„Ja, er ist zu Besuch aus Brasilien hier und wohnt bei mir."

„Er hat mir die Geschichte erzählt. Sie ist ziemlich erstaunlich", sagt er freundlich. „Nun, ich muss jetzt wieder los. Passen Sie auf sich auf."

Wir verabschieden uns von dem Polizisten und sehen zu, wie er aus der Einfahrt fährt. Als er außer Sichtweite ist, wende ich mich Moira zu. „Es tut mir leid, dass du dir Sorgen gemacht hast. Ich wollte nur einen Spaziergang machen und kann gar nicht verstehen, wie ich mich derart verlaufen konnte."

Bevor ich weiß, wie mir geschieht, stürzt sich Moira auf mich und schmiegt sich an mich. Sie legt ihren Kopf an meine Brust und schlingt die Arme um meine Taille, um mich fest an sich zu drücken. „Ich habe fast den Verstand verloren vor Sorge. Ich hatte Angst, dass dir vielleicht etwas zugestoßen sein könnte."

Ich hebe die Arme und lege sie zaghaft um ihren Körper. Es verwirrt mich, dass sie sich so ungehemmt an mich schmiegt. Doch es ist keine sinnliche Berührung, sondern eher eine warmherzige Umarmung, mit der sie ihre Erleichterung zum Ausdruck bringt. Es ist ein schönes Gefühl zu wissen, dass sie mich vermisst hat.

„Ich hab's", sagt sie, als sie mich loslässt und einen Schritt zurücktritt. „Wir machen uns jetzt gleich auf den Weg und kaufen dir ein Handy, damit du mich anrufen kannst, falls so etwas noch einmal geschieht."

„Klingt gut“, erwidere ich grinsend. „Ich weiß, dass nicht an jeder Straßenecke ein Polizist steht, der mich retten kann.“

Moira wendet sich ab und geht zurück ins Haus. Ich folge ihr und stelle fest, dass ihre Schultern immer noch angespannt wirken. Daher weiß ich, dass sie noch etwas anderes bedrückt. Sie geht in die Küche und nimmt ihre Kaffeetasse vom Küchentisch. Ich beobachte, wie sie den Inhalt in die Spüle kippt und daraufhin die Tasse ausspült.

Ich gehe leise auf sie zu, und als sie sich zu mir umdreht, zögere ich nicht. Ich umfasse mit beiden Händen ihr Gesicht und ziehe sie an mich. Sie reißt die Augen auf und öffnet leicht den Mund.

Perfekt.

Ich beuge mich vor und presse meine Lippen auf ihre.

Unser erster Kuss.

Mein erster Kuss mit einer Frau.

Moira entfährt ein Seufzer und ich lasse mich von meinen Instinkten leiten. Ich schiebe meine Zunge in ihren Mund, und als ich damit ihre liebkose, stoße ich vor Lust den Atem aus. Ich bewege die Lippen, während unsere Zungen miteinander tanzen. Moira schmeckt nach Kaffee und Zucker und ihre Lippen sind unglaublich weich.

Sie schlingt ihre Hände um meinen Nacken und schmiegt sich noch dichter an mich, als unser Kuss leidenschaftlicher wird. Mein Blut gerät in Wallung und ich lasse die Hände von ihrem Gesicht zu ihrer Hüfte wandern, um sie an mich zu ziehen. Als mein Schwanz hart wird, verstehe ich plötzlich, wie ein sanfter Kuss so sinnlich werden kann, dass er zwangsläufig zum Sex führt.

Ja … dieser Kuss wird auf jeden Fall zum Sex führen. Das hatte ich mit dem Kuss zwar eigentlich nicht beabsichtigt, doch jetzt kann ich an nichts anderes mehr denken.

Ich schiebe eine Hand unter ihr Kleid und lasse sie an der Innenseite ihres Schenkels hinaufgleiten. Moira keucht in meinen Mund und presst ihr Becken gegen meine Lenden. Ich lasse einen Finger unter den Saum ihres Höschens wandern und streiche über ihre Spalte. Sie ist warm und feucht ... und so perfekt.

Ich dringe mit dem Finger in sie ein, woraufhin Moira wieder ihr Becken vorschiebt. Sie zieht leicht den Kopf zurück und beißt mir in die Unterlippe, woraufhin ich zurückzucke. Voller Überraschung begegne ich ihrem Blick und sehe den herausfordernden Ausdruck in ihren Augen.

Mm, ja, gegen einen Biss habe ich nichts einzuwenden. Während ich mit dem Finger immer wieder in sie stoße, presse ich meine Lippen wieder auf ihre und küsse sie begierig.

Moira packt meine Shorts und knöpft sie in Windeseile auf, um dann den Reißverschluss mit Wucht herunterzuziehen. Im nächsten Moment spüre ich ihre geschmeidigen, warmen Hände an meinem Schwanz und oh, verdammt ... es ist ein himmlisches Gefühl.

Ich habe noch nie zuvor die Hand einer Frau an meinem Schaft gespürt und es ist berauschend.

Sie streichelt und drückt mich, woraufhin ich noch schneller mit dem Finger in ihren heißen Unterleib eindringe. Mir wird schwindlig und ich fühle mich, als würde ich jeden Moment von einer Welle der Ekstase mitgerissen werden. Ich weiche zurück und keuche vor Anstrengung, während ich mich um ein gewisses Maß an Selbstbeherrschung bemühe.

Moira steht vor mir, mit geröteten Wangen und glasigem Blick, während sie genauso schwer atmet wie ich.

Ich werfe einen Blick auf meine Hände und sehe, dass sie zittern.

Sie zittern, verdammt.

„Zach?“, fragt Moira mit gedämpfter Stimme.

Ich begegne langsam ihrem Blick.

„Ich möchte etwas für dich tun“, flüstert sie. „Ich will dich in meinen Mund nehmen.“

Oh, verdammt.

Ein erregender Schauer durchströmt mich bei der Vorstellung. Ja, ja, ja. Ich will ihren Mund um meinen Schaft spüren, so wie ich es bei der Frau in dem Video gesehen habe. Der Gedanke ist so überwältigend, dass ich ihn kaum ertragen kann. Ich frage mich, ob ich mich beherrschen könnte und bin mir ziemlich sicher, dass sie mich damit brechen würde.

„Nein“, erwidere ich. „Noch nicht.“

„Wie bitte?“, fragt sie fassungslos. „Aber ich will …“

„Dreh dich um“, befehle ich ihr. „Beuge dich über den Küchentisch.“

„Zach?“, fragt sie unsicher.

„Tu, was ich dir sage. Ich will dich von hinten ficken.“ Denn ich kann ihr dabei nicht ins Gesicht sehen. Ich bin nicht imstande, all den Emotionen ins Auge zu sehen, die ein solcher Akt in mir hervorrufen würde.

Ein Ausdruck der Enttäuschung tritt in ihre Augen und für den Bruchteil einer Sekunde denke ich daran, meine Meinung zu ändern. Doch ich kann ihr nicht die Kontrolle überlassen, denn es ist das Einzige, was mir von meiner Selbst noch bleibt. Wenn sie mir diesen Teil meines Wesens, auch noch nimmt, dann hat sie alles von mir.

Moira atmet tief durch die Nase ein und stößt den Atem leise durch den Mund wieder aus, bevor sie sich von mir abwendet.

Doch statt zum Küchentisch zu gehen, schreitet sie an mir vorbei und schnappt sich ihre Handtasche, die auf dem Tisch neben der Tür liegt. Dann zieht sie die

Eingangstür auf und sagt: „Ich werde dir ein Handy kaufen. Ich bin gleich wieder da."

Sie dreht sich nicht noch einmal zu mir um, sondern geht hinaus und schließt die Tür hinter sich.

Kapitel 12

Moira

Ich habe seit drei Tagen nicht mehr mit Zach gesprochen. Leider ist mir das nicht schwergefallen, denn er redet nicht mehr mit mir. Ich habe ihm angeboten, mit ihm etwas zu unternehmen, aber er hat abgelehnt und gesagt, dass er ein paar Bücher lesen wolle. Er hat sich in sein Zimmer zurückgezogen und kommt nur zu den Mahlzeiten heraus, isst schweigend und quittiert meine Fragen mit einsilbigen Antworten.

Ich weiß, dass ich ihn schockiert habe, als ich ihm seinen Wunsch verweigert habe. Meine Güte, ich wollte, dass er mich von hinten fickt, doch etwas in meinem Inneren hat sich geweigert, mich seinem Willen zu beugen. Zach scheut die Intimität beim Sex und versucht, die Kontrolle zu behalten. Ich habe das Gefühl, dass ihn der Verlust seiner Selbstbeherrschung im Moment überfordern könnte, und ich möchte ihn nicht zu etwas zwingen, bei dem ihm unbehaglich zumute ist.

Aber ich kann mich auch nicht einfach jeder seiner Launen beugen. Dafür bin ich nicht geschaffen. Zumindest nicht auf lange Sicht.

Ich bereue nicht, ihm beim ersten Mal nachgegeben zu haben, denn es war ein wunderbares Gefühl, mich von ihm auf den Boden drücken und dominieren zu lassen. Seit dem Tag, an dem ich ihm zum ersten Mal begegnet war, habe ich insgeheim davon geträumt. Ich weiß, dass es in Zachs Natur liegt, zu dominieren und die Unterwerfung seiner Partnerin zu erzwingen. Auch bei unserem zweiten Mal hatte er seinen Willen durchgesetzt.

Sobald der Damm in mir gebrochen war, wusste ich, dass es kein Zurück mehr gab. Ich kann und will nicht rückgängig machen, was wir getan haben. Und ich will es wieder und wieder und wieder mit Zach treiben. Aber wenn es um meine Sexualität geht, liegt es auch in meiner Natur zu geben und ich will, dass er empfangen kann. Aber Zach muss es wollen, und leider hat es nicht den Anschein, als würde er sich je darauf einlassen.

Als Zach neulich einfach aufgestanden und gegangen ist, hat es mich fast umgebracht. Mein Wunsch, von Zach in den Arm genommen zu werden, während er mir zärtlich über den Kopf streichelt, wurde schlagartig zunichte gemacht.

Ich bin mir also nicht sicher, wie es mit uns weitergehen soll. Ich halte meine Emotionen unter Verschluss und darf meine Aufgabe nicht aus den Augen verlieren. Ich muss dafür sorgen, dass Zach sich in dieser neuen Welt zurechtfinden wird. Doch das kann ich nicht tun, solange wir beide nicht sicher sind, in welcher Beziehung wir zueinanderstehen. Das Problem ist nur, dass ich nicht weiß, wie ich mit Zach darüber sprechen soll, also schweige ich und warte ab.

Leider bleibt uns keine Zeit mehr. Randall Cannon will unbedingt, dass wir ihn in Atlanta besuchen, und ich kann ihn nicht länger hinhalten.

Ich gehe zurück zu Zachs Zimmer und klopfe leise an die Tür. „Zach?"

Ich höre das Knarren seines Bettes und kurz darauf folgen Schritte. Er öffnet die Tür einen Spalt breit und sieht mich an.

„Können wir uns kurz unterhalten?"

„Sicher", antwortet er und folgt mir ins Wohnzimmer. Er ist lediglich mit einer olivgrünen Cargoshorts bekleidet, die tief auf seiner schlanken Hüfte sitzt. Ich frage mich, ob ich ihn je wieder ansehen kann, ohne gleich einen trockenen Mund zu bekommen.

Ich setze mich auf die Couch, und er nimmt am anderen Ende Platz. Er wendet sich mir zu und streckt einen Arm lässig entlang der Rückenlehne aus.

„Randall hat heute Morgen angerufen. Er will, dass wir ihn besuchen, damit ihr euch kennenlernen könnt. Ich möchte uns für morgen einen Flug buchen.“

Ich erwarte, dass Zach dagegen aufbegehrt, denn er hat keinen Hehl aus seiner Abneigung gegenüber Randall Cannon gemacht. Obwohl ich glaube, dass er mir meine Rolle bei seiner Rückführung mittlerweile verziehen hat, hegt er immer noch einen Groll gegen seinen Patenonkel.

„Wie lange werden wir dort bleiben?“

Ich zucke mit den Schultern. „Ich bin mir nicht sicher. Vielleicht nur ein paar Tage. Ich weiß, dass er dich unbedingt kennenlernen will.“

„Aber ich will ihn nicht kennenlernen“, entgegnet er.

„Ich weiß.“ Ich stoße einen frustrierten Seufzer aus „Wenn du willst, planen wir zwei Tage ein und kehren dann wieder hierher zurück.“

„Einverstanden“, sagt Zach und will von der Couch aufstehen.

„Warte einen Moment“, werfe ich verzweifelt ein. Ich kann nicht länger ertragen, dass er mir ständig die kalte Schulter zeigt. Ich vermisse die humorvolle Art, die Zach vor nicht allzu langer Zeit zum Vorschein gebracht hat, und mir fehlt die unschuldige Neugier, mit der er alles Neue betrachtet. Ich vermisse es, mich einfach nur mit ihm zu unterhalten und will dieses furchtbare Schweigen brechen. „Bist du böse auf mich, weil ich mich neulich deinem Befehl nicht gebeugt habe?“

Zach lässt sich zurück auf die Couch sinken und fährt sich mit den Händen durch das Haar, bevor er mich ansieht. „Nein, ich bin nicht böse. Ich bin zwar frustriert, aber nicht böse.“

„Es tut mir leid“, sage ich aufrichtig. „Ich bin nicht widerspenstig. Ich … ich bin nur anders als die Frauen, die du gewohnt bist. Ich kann mich nicht ständig deinem Willen unterwerfen.“

„Ich weiß, Moira", sagt Zach leise und klingt dabei fast ein wenig traurig. „Ich denke, es hat mir nur einmal mehr vergegenwärtigt, dass ich nicht hierhergehöre. Du bist so … selbstbewusst und selbstsicher. Du verfolgst bestimmte Ziele und weißt genau, was das Beste für dich ist. Du brauchst keinen Mann … nicht wirklich. Für mich ist es nicht leicht, das zu akzeptieren."

Bei seinen Worten rutscht mir das Herz in die Hose, denn es schwingt ein endgültiger Unterton darin mit. Ich möchte dagegen aufbegehren und ihn bitten, etwas Neues auszuprobieren und der Sache zwischen uns eine Chance zu geben. Doch ich kann es nicht tun, denn damit würde ich meine persönlichen Ziele über das stellen, was das Beste für Zach ist. Ich bin nicht hier, um ihn zu verändern, sondern um ihm zu helfen, unsere Kultur zu verstehen. Und in meinen Ohren klingt es fast so, als hätte er einiges ziemlich gut verstanden, und deshalb sollte ich es auf sich beruhen lassen.

„Also gut", sagt Zach und steht auf. „Ich werde jetzt packen gehen. Sag mir einfach Bescheid, wann es losgeht. Ich werde bereit sein."

„In Ordnung", murmle ich und verspüre das verzweifelte Bedürfnis, mich noch weiter zu erklären. Doch tief im Herzen ist mir klar, dass es nichts mehr zu sagen gibt.

***

Der Flug nach Atlanta verläuft ereignislos, und nach einer zwanzigminütigen Taxifahrt biegen wir schließlich in eine von stattlichen Eichen gesäumte Einfahrt ein. Sie windet sich noch etwa vierhundert Meter und mündet in einem kreisrunden Vorplatz vor einem stattlichen Herrenhaus im Tudor-Stil. Es ist riesig, mit steil abfallenden Dächern, Fachwerkbalken mit einem Mauerwerk im Fischgrätenmuster, einer weitläufigen Veranda, auf der etwa hundert Menschen Platz finden könnten, und hohen Koppelfenstern, in denen sich die frühe Nachmittagssonne spiegelt.

Der Taxifahrer hält auf der Höhe der Eingangstür, die sofort auffliegt, als wir aus dem Wagen steigen. Randall kommt die Treppe hinunter und sieht in seiner Khaki-Shorts, seinem weißen Polohemd und seinen braunen Halbschuhen ziemlich gut aus. Dicht hinter ihm folgt ein Mann in den Vierzigern, der mit einer schwarzen Hose und einem weißen Hemd bekleidet ist.

„Sam, bring ihr Gepäck auf ihre Zimmer“, sagt Randall zu dem Mann, der uns keines Blickes würdigt, sondern einfach tut wie geheißen.

„Da seid ihr ja“, sagt Randall zur Begrüßung, und ich spüre, wie Zach sich neben mir versteift. Randall mustert ihn von oben bis unten und ist sichtlich bestürzt, als er den Kopf wieder hebt und Zachs eisigem Blick begegnet. Er wendet sich mir zu und sagt: „Es ist schön, Sie wiederzusehen, Moira.“

Ich schüttle ihm die Hand und wende mich Zach zu. „Randall … das ist Zach Easton.“

Randall strahlt und streckt Zach eine Hand entgegen, die dieser zwar zögerlich, aber auf höfliche Weise ergreift. „Natürlich ist das Zach. Er sieht genauso aus wie damals, als er ein kleiner Junge war. Willkommen, Zach. Willkommen in meinem Haus. Ich möchte, dass du dich hier ganz wie zu Hause fühlst.“

Zach zieht eine Grimasse und sagt kein Wort. Randall lässt seine Hand los und eine unangenehme Stille herrscht zwischen den beiden.

„Ja … nun, kommt herein. Ihr seid sicher müde nach eurer Reise. Sam wird euch eure Zimmer zeigen. Wir haben vor, heute Abend gegen sieben Uhr zu Abend zu essen. Zach … Ich habe eine Menge Fotos von deinen Eltern, die ich dir gern zeigen würde. Und natürlich möchte ich dich von Neuem kennenlernen.“

Zach antwortet immer noch nicht, also ergreife ich das Wort. „Das klingt großartig, Randall. Ich bin sicher, dass wir vor dem Abendessen ein wenig Ruhe gebrauchen können, nicht wahr, Zach?"

„Sicher", antwortet er nur, woraufhin wir Randall ins Haus folgen.

Wir betreten eine Eingangshalle mit Marmorboden und zwei geschwungenen Treppen, die in den ersten Stock führen. An den mit Mahagoni getäfelten Wänden hängen wertvolle Ölgemälde und in der Mitte der Halle steht ein großer, runder Tisch mit einer Vase hochragender Lilien, die den Raum mit ihrem schweren Duft erfüllen.

„Sam, würdest du Zach bitte sein Zimmer zeigen? Ich möchte mich kurz mit Moira unter vier Augen unterhalten."

Ich lege Zach eine Hand an den Ellbogen. „Ich komme gleich nach, um nach dir zu sehen, in Ordnung?"

Er nickt und folgt Sam die Treppe hinauf.

„Lassen Sie uns in die Bibliothek gehen", schlägt Randall vor. Ich folge ihm in einen Raum neben der Eingangshalle, dessen Anblick mir den Atem raubt. Die Bibliothek erstreckt sich über drei Stockwerke, an deren Wände Bücherregale aus Mahagoniholz bis unter die Decke aufragen. Jedes Stockwerk verfügt über eine Galerie, die entlang der Wände verläuft und über eine riesige Wendeltreppe erreichbar ist. Vor einem großen Kamin, der momentan leer ist, da wir uns in der Sommerzeit im Süden befinden, stehen Polstersessel aus tiefblauem Leder. An einem Ende des Raumes befindet sich ein kunstvoll geschnitzter, hufeisenförmig geschwungener Holztisch, auf dem ein einzelner Laptop steht.

Der Raum strahlt Eleganz und Gemütlichkeit aus, wie man es von einer Bibliothek erwarten kann. Er passt in jeglicher Hinsicht zu Randall Cannon, und ich erinnere mich unwillkürlich daran, wie ich ihn zum ersten Mal in seinem Büro in der Innenstadt von Atlanta traf.

„Dr. Reed, Mr. Cannon wird Sie jetzt empfangen", sagte die Empfangsdame. Ich blickte auf und sah, dass sie mich anlächelte.

Ich stand von dem Ledersessel auf und folgte ihr einen breiten Flur entlang, der mit prächtigen Teppichen und Kunstwerken verziert war, die aussahen, als würden sie in ein Museum gehören.

Hastig wischte ich mir die Hände an meiner Hose ab und atmete tief durch.

Dieses Treffen war wichtig für mich.

Es könnte den Verlauf meiner Karriere verändern, und ich war bereit, alles Nötige zu tun, um den Auftrag zu bekommen.

Die Empfangsdame öffnete eine große Holztür, stieß sie auf und bedeutete mir mit einer Geste, einzutreten. Ich warf einen kurzen Blick auf den dunkelgrünen Teppichboden, der mit einer gewebten Goldbordüre an den Rändern versehen war und einen dunklen Hartholzboden bedeckte. In der Mitte des Raumes stand ein breiter, kunstvoll geschnitzter Holzschreibtisch mit einem großen, weinroten Ledersessel, der mit Messingknöpfen besetzt war. Aus dem Fenster hatte man einen Blick auf die Skyline von Atlanta, Georgia, hinter der sich ein klarer, blauer Himmel mit ein paar vereinzelten Wolken erstreckte.

„Doktor Reed", ertönte eine raue Stimme. Ich drehte mich um und sah einen kleinen Mann mit schneeweißem Haar auf mich zukommen. Er trug einen teuren schwarzen Maßanzug mit einer hellblauen Krawatte, die wahrscheinlich mehr gekostet hatte als mein ganzes Outfit.

Er streckte mir eine Hand entgegen und ich ergriff sie. „Randall Cannon", sagte er, während wir uns die Hände schüttelten. „Es ist mir ein Vergnügen, Sie kennenzulernen."

„Das Vergnügen ist ganz meinerseits, Mr. Cannon", erwiderte ich aufrichtig. Ich freute mich wirklich, denn als dieser Mann mich vor drei Wochen kontaktierte, bot er mir die Chance meines Lebens.

„Bitte ... nennen Sie mich Randall. Und kommen Sie, setzen Sie sich.“

Während er immer noch meine Hand hielt, führte er mich zu einer niedrigen, schwarzen Ledercouch und bedeutete mir, Platz zu nehmen. Er setzte sich auf einen Stuhl gegenüber von mir, während wir von einem Couchtisch aus Mahagoni getrennt waren, auf dem ein Teeservice stand.

„Möchten Sie einen Tee oder einen Kaffee? Oder ein Wasser?“, fragte er.

„Nein, danke.“ Ich war viel zu nervös, um etwas zu trinken.

Er beugte sich in seinem Stuhl nach vorn und schenkte sich mit flinken Fingern eine Tasse Tee ein. Als er ein Stück Würfelzucker hinzufügte, sagte er: „Ich habe es kaum erwarten können, Sie kennenzulernen und mit Ihnen über dieses Projekt zu sprechen.“

Mir ging es genauso. Während der letzten drei Wochen hatte ich einen Kurs an der Northwestern University unterrichtet, der sich furchtbar in die Länge gezogen hatte. Ich liebte das akademische Umfeld zwar und war dankbar, als Privatdozentin einen Lehrauftrag zu haben, doch ich hatte das Gefühl, dass mein Verstand auf der Stelle trat. Ich wollte etwas Neues lernen ... und an einem innovativen Forschungsprojekt beteiligt sein.

Als Randall Cannon mich über ein anthropologisches Projekt informierte, mit dem er glaubte, mein Interesse wecken zu können, war ich gespannt darauf, mehr darüber zu erfahren. Natürlich wäre es möglich, dass es für mich keinerlei Reiz barg, doch ich hatte die Flugreise hierher dennoch unternommen – auf seine Kosten, versteht sich.

Randall Cannon war bekannterweise äußerst wohlhabend. Mit seinen fünfundsechzig Jahren sah er trotz seines schneeweißen Haars immer noch aus wie ein Mann in den Vierzigern. In seinen Augen lag ein lebhafter und neugieriger Ausdruck und seine Haut wies kaum Falten auf. Vor meiner Reise hatte ich ein paar Informationen über ihn eingeholt und wusste, dass er sein Vermögen als Besitzer einer der größten Kaufhausketten des Landes namens Cannon's gemacht hatte. Seine Läden befanden sich in so gut wie jedem Einkaufszentrum in den Vereinigten Staaten.

Er war nie verheiratet, aber im Internet fand ich eine Menge Fotos von ihm zusammen mit verschiedenen jungen Schönheiten. Offenbar ging er nur mit Frauen aus, die etwa halb so alt waren wie er. Nun … jedem das Seine.

„Ich bin auch sehr gespannt darauf, mehr über Ihr Projekt zu erfahren", sagte ich. Ich beobachtete, wie er sich in seinem Stuhl zurücklehnte und mit beiden Händen die Teetasse balancierte.

„Ich habe viel recherchiert, bevor ich Sie kontaktiert habe", sagte er. „Ihr Fachwissen über die Eingeborenenstämme des Amazonas ist genau das, wonach ich gesucht habe."

„Es gibt viele Anthropologen mit diesem Fachwissen", erklärte ich ihm bescheiden.

„Ja, aber nur sehr wenige von ihnen konzentrieren ihre Forschung auf die kulturelle Entwicklung der Eingeborenen, wenn sie mit der modernen Welt in Kontakt kommen. Die meisten Forscher scheinen sich nur für ihre Lebensgewohnheiten und Überlebensmechanismen zu interessieren, und ignorieren die Fälle, in denen sie gezwungen sind, sich unter ungewöhnlichen Umständen zu entwickeln."

Nun … das stimmte nicht ganz. Während die Abholzung des Amazonasgebiets weiter fortschritt und immer mehr Stämme gezwungen waren, sich an die zivilisierte Welt anzupassen, gab es eine ganze Reihe von Forschern, die sich der Beobachtung dieses Prozesses verschrieben hatten. Viele aus der indigenen Bevölkerung nahmen Jobs bei den Holzfällern an und verdienten einen Lohn, der ihnen bei der Rückkehr in ihre Heimat im Dschungel nicht wirklich etwas brachte.

Ich unterschied mich jedoch von den anderen, da ich die Eingeborenen studierte, die ihr traditionelles Leben hinter sich gelassen hatten und in die moderne Welt gezogen waren. Meine Doktorarbeit war eine Studie über fünf Indianer aus Amazonien, die in verschiedene Großstädte zogen und lernten, ein Teil der arbeitenden Bevölkerung zu werden. Ich begleitete sie ein Jahr lang und dokumentierte alle Einzelheiten, angefangen mit dem Erlernen einer neuen Sprache bis zum Essen mit einer Gabel. Drei der Probanden kehrten schließlich zu ihren Stämmen zurück, weil sie sich in der zivilisierten Welt nicht zurechtfanden. Zwei hatten sich gut eingelebt, wobei einer von ihnen sogar einen Bachelorabschluss in Rio machte.

„Sie sagten, Sie hätten ein Projekt, das meiner Diplomarbeit ähnelt", warf ich ein.

„Das habe ich in der Tat. Es ist eine erstaunliche Geschichte, die nur einigen wenigen bekannt ist. Glauben Sie an Wunder, Dr. Reed?"

„Vom wissenschaftlichen Standpunkt aus gesehen eher nicht. Aber von einem spirituellen Standpunkt aus gesehen glaube ich an die Möglichkeit eines Wunders. Ohne diese Möglichkeit gäbe es keine Hoffnung."

Randall schenkte mir ein strahlendes Lächeln. „Nun ... mir ist ein Wunder widerfahren, und ich muss Ihnen die ganze Geschichte erzählen, damit Sie verstehen, welche Gelegenheiten sich Ihnen hiermit bietet."

Mir wurde flau im Magen, denn ich begann zu glauben, dass dieser Kerl ein religiöser Fanatiker war und wollte, dass ich im Regenwald auf die Jagd nach einer Reliquie ging. Seit ich meine Doktorprüfung vor zweieinhalb Jahren abgelegt hatte, hatte ich zwei weitere Expeditionen in den Dschungel unternommen, aber ich war keineswegs eine Expertin, was das Amazonasgebiet betraf.

„Hören Sie sich die Geschichte zumindest an", sagte er mit einem verständigen Unterton in der Stimme, als er zweifellos meinen skeptischen Gesichtsausdruck sah.

„In Ordnung", erwiderte ich gedehnt. „Erzählen Sie mir von Ihrem Wunder."

Er beugte sich vor, um seine Teetasse auf dem Tisch abzustellen, und lehnte sich dann mit einem strahlenden Lächeln zurück. „Die Geschichte beginnt vor dreißig Jahren ... als ich viel jünger und, sagen wir einfach, in meinem jugendlichen Leichtsinn ziemlich dumm war. Ich war egoistisch und wohlhabend und hielt mich für unantastbar."

Ich musste lächeln, denn unter einer gewissen Dummheit litten wohl alle Jugendlichen.

„Eines Nachmittags war ich mit meinem Wagen auf dem Weg nach Hause. Ich hatte gerade einen Segeltrip mit meinen Freunden unternommen und war ziemlich betrunken. Ich kam von der Straße ab und wurde in einen breiten Graben geschleudert, der bis obenhin voll mit Regenwasser war. Ich wurde bewusstlos, und der Wagen füllte sich schnell mit Wasser. Ich wäre sicher ertrunken, wenn nicht ein junger Mann den Unfall gesehen und es geschafft hätte, mich rechtzeitig aus dem Wrack zu ziehen.“

Für mich klang das nicht gerade wie ein Wunder, doch für ihn war es ohne Zweifel ein glücklicher Zufall gewesen.

„Dieser Mann hieß Jacob Easton. Er hatte gerade seinen Abschluss an der Bibelschule gemacht und war auf dem Weg zu einer frühabendlichen Studiengruppe. Ich muss nicht erwähnen, dass ich dem Mann mein Leben verdankte. Ich bot ihm Geld an, aber er wollte es nicht. Ich schlug vor, ihm und seiner Verlobten ein Haus zu kaufen, doch er lehnte das Angebot höflich ab. Ich versuchte, ihm die Welt zu schenken, doch er wollte nichts von alldem wissen. Er wollte lediglich meinen aufrichtigen Dank und den bekam er. Damit war er zufrieden. Er war überzeugt davon, dass Gott ihn genau zu dieser Tageszeit auf diese Straße hatte fahren lassen, um mich zu retten.“

Da ich befürchtete, dass er mich vielleicht auffordern wollte, Gott mitten im Dschungel zu finden, sagte ich: „Es tut leid, Randall, aber die Wissenschaftlerin in mir sieht darin kein Wunder. Man könnte es als Zufall oder auch Glück bezeichnen, aber ich denke nicht, dass es ein Wunder ist.“

„Ah, meine liebe Dr. Reed … das war gar nicht das Wunder. Lassen Sie mich fortfahren.“

Ich nickte ihm zu und rechnete im Geiste aus, wie lange dieses Treffen noch dauern würde, denn bis jetzt hatte ich nichts gehört, was mich glauben ließ, dass er ein interessantes Projekt für mich hatte.

„In den darauffolgenden Jahren entwickelte sich eine erstaunliche Freundschaft zwischen uns, obwohl Jacob und ich uns nicht sehr ähnlich waren. Er folgte seiner christlichen Berufung mit Leidenschaft und ich war immer noch ein Hedonist, der gern Geld verdiente und ausgab. Dennoch standen wir uns sehr nahe, besuchten einander oft und führten lange Gespräche über Gott, das Leben und die Menschheit."

Randall verstummte. In seinen Augen spiegelte sich eine tiefe Zuneigung zu dem Mann, von dem er mir erzählte.

„Er war mein allerbester Freund", sagte Randall traurig, wobei mir nicht entging, dass er in der Vergangenheit sprach.

Er räusperte sich und fuhr mit sanfter Stimme fort. „Jacob heiratete seine Freundin aus dem College, Kristen, und sie wurden Missionare. Sie arbeiteten hauptsächlich mit Eingeborenenstämmen in Brasilien, unternahmen aber auch einmal eine Reise nach Afrika."

Jetzt war meine Aufmerksamkeit geweckt, denn er hatte das Wort ausgesprochen, welches das Gespräch aus meiner Sicht wieder in die richtigen Bahnen lenkte.

Eingeborenenstämme.

„Während sie die meiste Zeit des Jahres im Ausland unterwegs waren, besuchten sie mich jedes Mal, wenn sie in die USA zurückkehrten, für ein paar Wochen. Unsere Freundschaft wurde dadurch noch inniger. Ich fühlte mich sehr geehrt, als sie mit ihrem ersten Kind schwanger wurden und mich baten, sein Patenonkel zu werden. Jacob war schon früh Waise geworden und von einer Pflegefamilie in die nächste gewandert. Kristens Familie hatte sie so gut wie verstoßen, als sie einen Mann heiratete, der sie in den gefährlichen Dschungel verschleppte."

Randall nahm sich einen Moment Zeit, um nach seiner Teetasse zu greifen und einen Schluck zu trinken. Als er sie wieder absetzte, fuhr er fort. „Manche Missionare sind verrückt genug, auch während der Schwangerschaft ihrer Arbeit nachzugehen, doch Jacob hielt nichts davon. Sie wohnten bei mir, bis ihr Sohn Zacharias geboren wurde, dann kauften sie ein kleines Haus ganz in der Nähe. Sie blieben drei Jahre lang in den USA, während Jacob als Tagelöhner arbeitete und Kristen zu Hause blieb und das Kind aufzog. Und ich? Nun, ich häufte weiterhin mein

Vermögen an, aber wir verbrachten einen Großteil unserer Freizeit zusammen. Ich lud die Familie Easton zu üppigen Partys ein und sie baten mich zum Sonntagsessen in ihr kleines Haus. Ich sah den kleinen Zach aufwachsen und liebte den Jungen, als wäre er mein eigener."

Randall stand abrupt auf und ging zu einem großen Schrank an der Wand hinüber. Er öffnete ihn und zog eine kleine Schachtel heraus. Als er zurückkam, setzte er sich neben mich auf die Couch.

Er öffnete die Schachtel, zog einen Stapel Fotos heraus und begann sie durchzublättern.

„Hier sind Jacob, Kristen und Zach, als er etwa ein Jahr alt war, glaube ich."

Ich nahm das Foto entgegen und starrte es an. Jacob hatte blondes Haar und ein unbeschwertes Lächeln auf dem Gesicht. Kristen war mit ihren blassen Augen, deren Farbe ich allerdings nicht genau erkennen konnte, und ihren dunkelbraunen Haaren sehr hübsch. Zach war ein süßer Junge … soweit man das von Kindern sagen konnte. Ich hatte nicht viel Erfahrung mit Babys, aber er hatte das gleiche dunkle Haar wie seine Mutter und niedliche Pausbacken.

Randall reichte mir ein weiteres Foto. „Auf dem hier ist Zach zu sehen, als er drei Jahre alt war."

Ich erkannte sofort, dass es Randall war, der das Kleinkind im Arm hielt, während sie mit einem breiten Grinsen für die Kamera posierten.

„Irgendwann, nachdem Zach bereits auf der Welt war, unternahmen Jacob und Kristen ihre erste Missionsreise und ich kümmerte mich um den Jungen. Sie wollten ihn nicht mit in den Dschungel nehmen, außerdem waren sie nur drei Monate unterwegs. Sie hatten keinerlei Bedenken, ihn bei mir zu lassen, immerhin nannte Zach mich ‚Onkel Randall', und ich hätte alles getan, um meinen Freunden zu helfen."

Randall und ich betrachteten auch die anderen Bilder, auf denen ein immer älterer Zach abgelichtet war. Randall erzählte mir, dass Jacob und Kristen eine weitere Reise nach Brasilien unternommen hatten, als Zach fünf Jahre alt war, und bei ihrer Rückkehr hatten sie ihn darüber informiert, dass der Junge ihrer Meinung nach alt genug war, um sie beim nächsten Trip zu begleiten. Sie erzählten Randall, dass sie dort andere Missionare getroffen hatten, die mit ihrer gesamten Familie angereist waren, und dass Zach eine Menge Kinder zum Spielen haben würde.

„Ich war von dieser Idee nicht begeistert. Natürlich war mir bewusst, dass Zach ihr Kind war, doch nachdem Jacob und Kristen zuweilen mehrere Monate am Stück weg waren, hatten der Junge und ich ein sehr enges Verhältnis zueinander. Dennoch stand es mir nicht zu, etwas zu sagen, und ich fürchtete mich vor dem Tag, an dem sie ihn auf eine ihrer Reisen mitnehmen würden.“

Randalls Tonfall nach zu urteilen, ahnte ich schon, dass die Geschichte kein gutes Ende nehmen würde.

„Aber sie haben ihn trotzdem mitgenommen?“, vermutete ich.

„Ja … als er sieben war. Man hat nie wieder von ihnen gehört.“

Ich zuckte vor Schreck zusammen, denn damit hatte ich nicht gerechnet. Ich wandte mich Randall zu und sah den traurigen Ausdruck auf seinem Gesicht. „Was ist passiert?“

„Das weiß keiner. Ich habe eine Menge Geld in die Suche nach ihnen investiert, doch es war schwierig, irgendetwas in Erfahrung zu bringen. Mit der fortschreitenden Rodung des Regenwalds waren die meisten Eingeborenenstämme mobil und zogen sich immer weiter in den Dschungel zurück. Ich entsandte einige Expeditionen, die jedoch erfolglos blieben. Ich wandte mich dann an sämtliche Kirchen und Missionsgesellschaften, mit der Bitte, die Augen offen zu halten, doch ich konnte nicht das Geringste herausfinden. Natürlich befürchtete ich das Schlimmste und glaubte, dass sie von Indianern getötet worden waren.“

Randall atmete tief durch und stand auf, bevor er sich mir zuwandte. „Ich lebte mein Leben und irgendwann heilte auch mein gebrochenes Herz. Ich hielt noch immer Kontakt zu Missionsgruppen und bat sie um Hilfe, aber nach ein paar Jahren gab ich die Hoffnung auf. Ich nahm an, sie seien tot.“

„Aber sie sind nicht tot, nicht wahr?“, fragte ich, denn jetzt begann ich zu verstehen, von welchem Wunder er gesprochen hatte.

Randall schenkte mir ein zögerliches Lächeln. „Leider ... sind Jacob und Kristen tatsächlich tot. Sie starben am Dengue-Fieber. Vor ein paar Monaten, kurz bevor ich Sie anrief, kontaktierte mich ein katholischer Priester namens Gaul. Er hatte sich des Stammes der Caraica angenommen, der im nordwestlichen Teil von Amazonien lebt. Er verbrachte sein gesamtes Leben als Priester im Regenwald, doch eines Tages erlitt er einen schrecklichen Beinbruch. Während er sich in einem Krankenhaus in São Paulo erholte, erfuhr er durch einen anderen Priester, der ihn besuchte, von meiner Suche nach den Eastons."

„Und er hat tatsächlich etwas von ihnen gehört", warf ich ein, denn ich war mittlerweile ganz aufgeregt.

„In der Tat. Er erzählte dem anderen Mann, dass es unter den Stammesangehörigen der Caraica einen weißen Mann gäbe, der fünfundzwanzig Jahre alt war und auf den Namen Zacharias hörte."

„Der Sohn von Jacob und Kristen lebt ... nach all den Jahren", sagte ich voller Ehrfurcht.

„Ja. Zach hat die ganze Zeit über beim Stamm der Caraica gelebt. Aber ich will ihn zurück nach Hause holen. Er ist mein Patenkind und wie ein Sohn für mich. Ich möchte, dass er die Chance auf ein anderes Leben hat."

Ich schüttelte den Kopf, als ich das ganze Ausmaß der Situation betrachtete. Ein amerikanisches Kind, das in den Vereinigten Staaten aufgewachsen war, dann achtzehn Jahre lang in bitterer Armut und in einer völlig fremden Kultur gelebt hat und nun hierher zurückkehrt, um in einer modernen Welt zu leben?

In meinem Kopf drehte sich alles.

„Ich brauche Ihre Hilfe, Dr. Reed. Ich möchte, dass Sie mit Pater Gaul nach Brasilien reisen und Zach nach Hause bringen. Und ich hoffe, dass Sie ihm helfen können, sich hier zu akklimatisieren. Außer Ihnen habe ich niemanden finden können, der über die nötigen Fähigkeiten verfügt, um einen derartigen Auftrag auszuführen. Er braucht jemanden, der die kulturellen Unterschiede versteht und weiß, wie er sie lernen kann. Ich brauche Ihre Hilfe, um ihn zu zivilisieren."

„Zach ist nicht glücklich hier", sagt Randall und reißt mich damit aus meinen Gedanken.

Ich schenke ihm ein freundliches Lächeln. „Nein, er ist nicht glücklich, aber wir sollten ihm etwas Zeit geben. Bisher hat er sich gut eingelebt und meiner Meinung nach sogar einiges gefunden, was ihm Freude bereitet."

Zumindest glaube ich, dass er die Zweisamkeit mit mir genossen hat … als er mich so hart gefickt hat, dass ich mir die Knie auf dem Teppich wundgescheuert habe.

„Ich möchte Sie beide einladen, so lange zu bleiben, wie Sie wollen. Wie ich weiß, sind Sie einige Monate von Ihrer Lehrtätigkeit beurlaubt."

„Ja, und ich werde mir so lange wie nötig Urlaub nehmen, wie Zach mich noch braucht."

„Wie schwer war es für ihn?", will Randall wissen.

„Er hat sich erstaunlich gut eingelebt. Er erinnert sich an viele Dinge aus seiner Kindheit, wie zum Beispiel bestimmte Lebensmittel, Wörter und Bräuche. Neulich hat er sich bei einem Spaziergang verlaufen und erkannt, dass ein Polizist jemand ist, dem man vertrauen kann. Der Beamte brachte ihn zurück zu mir nach Hause. Er ist klug, wissbegierig und saugt alles auf wie ein Schwamm."

„Ausgezeichnet", erwidert Randall voller Stolz. „Aber ich hätte nichts anderes von ihm erwartet. Er war immer so ein kluger Junge."

„Sie sollten ihm allerdings Zeit geben, und lassen Sie ihm etwas Freiraum. Er ist wütend auf Sie, weil Sie ihn aus seinem Leben bei den Caraica gerissen haben. Er hat immer noch vor, zu ihnen zurückzukehren."

Randalls Lächeln erstirbt. „Ich verstehe. Ich werde ihn nicht unter Druck setzen."

„Das wäre gut. Er kann sehr starrköpfig sein", erkläre ich lächelnd.

„Der heutige Abend wird ganz zwanglos sein. Meine Nichte und mein Neffe kommen zu Besuch. Sie sind in Zachs Alter, und ich dachte mir, es wäre schön für ihn, ein paar Freunde zu haben, mit denen er sich austauschen kann."

„Das klingt gut. Wenn Sie nichts dagegen haben, gehe ich jetzt duschen. Wir sehen uns dann um neunzehn Uhr zum Abendessen."

„Danke, Dr. Reed", erwidert Randall mit emotionsgeschwängerter Stimme. „Dafür, dass Sie meinen Jungen nach Hause gebracht haben."

„Gern geschehen", sage ich ihm, aber er hat Unrecht, wenn er glaubt, Zach sei nach Hause zurückgekehrt.

Kapitel 13

Zach

Ein leises Klopfen ertönt an der Tür, die zu einer Seite meines Zimmers abgeht. Ich hatte sie beim Betreten zwar bemerkt, aber nicht weiter beachtet. Ich öffne sie zögerlich und sehe Moira auf der anderen Seite stehen. Ich bin nicht überrascht, sie zu sehen, da wir in fünfzehn Minuten zum Abendessen erscheinen sollen, doch es erstaunt mich, dass sie vor dieser Seitentür steht.

„Offenbar sind unsere Zimmer miteinander verbunden", sagt Moira zur Erklärung und zeigt auf ihr eigenes Schlafzimmer, das ich jetzt über ihre Schulter sehen kann.

„Interessant", erwidere ich, während ich darüber nachdenke, wie ich mich heute Nacht in ihr Zimmer schleichen kann.

Verdammt, ich werde noch verrückt vor Verlangen nach dieser Frau, und ich bin mir nicht einmal sicher, ob sie mich noch einmal an sich heranlassen würde. Nachdem sie sich mir verweigert hatte, war ich verwirrt und wütend und wollte nichts mehr mit ihr zu tun haben.

Für etwa fünf Minuten lang.

Danach wurde ich sofort wieder von diesem wahnsinnigen, unbändigen Verlangen nach ihr übermannt. Ich musste mir drei Tage lang einreden, dass es töricht wäre, sie zu wollen. Wir sind zu verschieden. Ich kann es mir nicht leisten, die Kontrolle zu verlieren. Außerdem verlangt sie Dinge von mir, die ich ihr nicht geben kann.

Wobei ich immer noch nicht genau weiß, was das ist.

Moira geht an mir vorbei in mein Zimmer. Sie trägt einen weißen Rock, der sich an ihre Hüfte schmiegt und ihr bis knapp über die Knie reicht. Dazu hat sie ein hellblaues, ärmelloses Oberteil angezogen, welches mir einen Blick auf die Sommersprossen an ihren Schultern gewährt. Wie üblich ist ihr Haar offen und fällt ihr wallend über die Schulter. Ich werde von dem Bedürfnis gepackt, mit den Fingern hindurchzufahren.

Am liebsten, während sie mit dem Rücken zu mir kniet und ich sie von hinten ficke.

Aber nein, das ist nicht ganz richtig. Nicht vorzugsweise. Seit Moira mir neulich offenbart hat, dass sie meinen Schwanz in den Mund nehmen will, bin ich wie besessen von dem Gedanken. Ich hatte mich dagegen gesträubt, weil ich befürchtete, die Kontrolle zu verlieren. Aber die Aussicht, mit den Fingern ihr Haar zu packen und ihren Kopf festzuhalten, während ich immer wieder in ihren Mund hineinstoße … ja. Ich bekomme eine Erektion und versuche, an etwas anderes zu denken.

„Wie alt bist du eigentlich, Moira?", will ich von ihr wissen. Schon seit einer Weile will ich sie danach fragen.

Sie geht zu meinem Bett und setzt sich auf die Kante. Mit einem Lachen antwortet sie: „Hier ist die erste Lektion in Sachen Kultur, wenn es um eine Frau geht: Frag sie nie nach ihrem Alter."

Ich kann mir ein Lächeln nicht verkneifen. „Ach wirklich? Warum denn nicht?"

„Weil moderne Frauen nicht gern ans Älterwerden denken. Eine derart direkte Frage fasst eine Frau folgendermaßen auf: ‚Du siehst alt und abgehärmt aus. Vielleicht solltest du eine Behandlung mit Botox in Betracht ziehen'."

„Was ist Botox?", will ich verwirrt wissen.

Moira kichert und schüttelt mit lachenden Augen den Kopf. „Damit lässt sich eine Frau behandeln, damit sie jung und hübsch aussieht. Aber um deine Frage zu beantworten, ich bin achtundzwanzig."

„Drei Jahre älter als ich", sinniere ich laut.

„Du hast eine erstklassige Gelegenheit verpasst“, scherzt sie, als sie vom Bett aufsteht. „Du hättest sagen sollen: ‚Moira, du wirkst keinen Tag älter als einundzwanzig. Du bist so jugendlich und schön, du wirst niemals Botox brauchen‘.“

Ich betrachte sie mit einem Schmunzeln. „So etwas muss ich dir doch nicht sagen. Das weißt du bereits.“

Moira stellt sich vor mich und tätschelt meinen Unterarm. „Nicht doch, Zach. Frauen können zuweilen sehr unsicher sein. So etwas wollen wir unbedingt hören.“

„Du doch nicht“, erwidere ich mit einem Schnauben. „Ich bin noch nie einer selbstbewussteren Frau als dir begegnet.“

„Deine Erfahrung beschränkt sich auf die Frauen der Caraica“, erklärt sie. „Da ist es kein Wunder, dass ich in deinen Augen derart selbstsicher bin.“

„Ich habe während der letzten Wochen viele Frauen getroffen und habe sogar noch mehr beobachtet. Glaub mir, in dieser Hinsicht kann dir keine das Wasser reichen.“

„Und trotzdem törnt es dich ab“, sagt sie leise und senkt den Blick.

Ich blinzle sie überrascht an. Nicht nur wegen ihrer Worte, sondern auch wegen der Art, wie sie den Blick abwendet. Das ist nicht die selbstbewusste Moira, die ich kenne. „Es törnt mich nicht ab.“

„Nein?“, fragt sie zweifelnd. Aber es liegt auch ein herausfordernder Unterton in ihrer Stimme, als sie mich wieder ansieht. „Du hast seit mehreren Tagen nicht mehr mit mir gesprochen. Du willst mich nicht, es sei denn, du kannst mich auf die Knie zwingen. Ich bin nicht Tukaba und werde es auch nie sein.“

Ich ergreife eine Strähne ihres seidigen Haares und reibe es abwesend zwischen den Fingern. Ich mustere es und beobachte, wie es im Licht aufleuchtet. Dann sehe ich ihr direkt in die Augen. „Glaube niemals, dass ich dich nicht will, Moira. Ich bin mir nur nicht sicher, ob ich dich haben kann, ohne mich dabei selbst zu verlieren."

„Zach … Ich will doch nicht, dass du dich aufgibst. Du solltest immer du selbst sein. Daran will ich nichts ändern."

Ich lasse ihr Haar los und trete einen Schritt zurück. „Ich weiß. Aber mir ist auch klar, dass du dich nie völlig vor mir beugen wirst. Und wenn du dich mir nicht mit Haut und Haaren ergibst, dann ergibt das Leben keinen Sinn. Ich kenne nichts anderes."

„Das ist nicht wahr", entgegnet Moira und ergreift meine Hand, wobei sie ihre Finger mit meinen verschränkt. „Du sollst dir selbst treu bleiben, Zach. Aber dabei kannst du auch etwas Neues lernen, wenn du willst. Das Leben ist voller Überraschungen."

Einen Moment stehe ich schweigend da und betrachte unsere ineinander verschlungenen Finger. Ihre Berührung ist warmherzig und fürsorglich und beschert mir ein friedliches Gefühl. „Ich will dir nicht wehtun", erkläre ich ihr. „Ich habe immer das Gefühl, dass ich kurz davor bin, die Selbstbeherrschung zu verlieren, wenn ich mit dir zusammen bin. Ich will dich so sehr besitzen und habe Angst, dich dabei zu verletzen."

„Aber das hast du noch nicht getan", versichert sie mir.

„Weil ich mich die ganze Zeit unter Kontrolle hatte, Moira. Wenn ich mich gehenlasse, wer wird dich dann vor mir beschützen?"

Moira hebt meine Hand und drückt mir zärtlich einen Kuss auf die Fingerknöchel. „Du wirst mir nicht wehtun. Ich vertraue dir. Aber lass uns heute Abend nach dem Essen darüber reden. Man erwartet uns."

Ich nicke ihr zu, und sie lässt meine Hand los. Moira geht auf die Tür zu, die sich zum Flur hin öffnet, und wendet sich mir noch einmal zu. „Und Zach … Ich glaube nicht, dass Randall von uns beiden wissen sollte. Es wäre besser, wenn wir ihm nicht erzählen, wie nahe wir uns gekommen sind.“

„Mir wäre es ohnehin lieber, wenn er überhaupt nichts über mich wüsste. Also musst du dir keine Sorgen machen, von mir erfährt er nichts.“

„Es ist nur … was ich getan habe … ich habe mit dir geschlafen. Aus Randalls Sicht ist so etwas völlig unangemessen. Er würde es nicht verstehen.“

Ich lächle sie an. „Ich werde unser Geheimnis bewahren. Also mach dir keine Sorgen.“

Sie atmet erleichtert aus und lächelt. „Danke.“

***

Am Fuß der Treppe wartet Sam bereits auf uns. „Die anderen sind in der Bibliothek, falls Sie ebenfalls Lust auf einen Drink vor dem Essen haben.“

Ich nicke dem Mann zu und gebe Moira ein Zeichen, vorauszugehen. Ich folge ihr, während ich mich innerlich wappne. Dieser Abend erscheint mir sinnlos, denn ich will diesen Randall Cannon nicht kennenlernen. Ich will nach Hause … zurück nach Brasilien und zurück zu meinem Volk.

Aber zum ersten Mal muss ich zugeben, dass ich bei dem Gedanken, Moira zu verlassen, einen Stich in meinem Herzen verspüre. Ich habe zwar keine Ahnung, wohin unsere Beziehung führen wird, aber ich bin mir sicher, dass ich noch nicht bereit bin, mich von ihr zu trennen.

Wir treten durch eine geöffnete Doppeltür, und ich erblicke Randall, der neben einem Mann und einer Frau steht, die beide ungefähr so alt sind wie ich. Sie sind groß und haben goldblondes Haar. Das Haar des Mannes ist ähnlich lang wie mein eigenes, während die Frau ihre lange Mähne am Hinterkopf zu einem Knoten zusammengebunden hat. Mit ihren großen, blauen Augen und zarten Gesichtszügen.

„Ah, da seid ihr ja“, ruft Randall und winkt uns zu sich. „Kommt herein. Ich möchte euch meine Nichte und meinen Neffen vorstellen, Cara und Clint Cannon.“

Ich folge Moira in die Bibliothek und bleibe in einigem Abstand hinter ihr. Sie lächelt den Mann und die Frau an und reicht ihnen nacheinander die Hand.

„Hi. Ich bin Moira“, sagt sie. „Es ist mir ein Vergnügen, Sie kennenzulernen.“

Dann tritt sie zur Seite, damit auch ich ihnen die Hand schütteln kann. Clint kommt auf mich zu, ergreift meine Hand und drückt sie kräftig. „Schön, dich kennenzulernen, Zach. Onkel Randall hat uns alles über dich erzählt. Wir werden diesen Sommer viel Spaß zusammen haben.“

Ich weiß nicht, was ich darauf erwidern soll, denn Moira hat mir versichert, dass wir in zwei Tagen abreisen werden, also schenke ich ihm nur ein halbherziges Lächeln und drehe mich zu der Frau.

Ich strecke ihr meine rechte Hand entgegen, doch statt sie zu ergreifen, tritt sie vor und schlingt ihre nackten Arme um meinen Hals, wobei sie sich dicht an mich schmiegt. Sie drückt mich und zu meiner Verblüffung presst sie ihr Becken gegen meins. „Es ist mir ein Vergnügen, dich kennenzulernen, Zach.“

Sie löst sich langsam wieder von mir und betrachtet mich mit einem aufmerksamen Blick. „Onkel Randall, du hast mir nicht gesagt, wie umwerfend Zach aussieht. Du bist so ein Geheimniskrämer.“

„Wirklich, Cara … lass es gut sein“, wirft Clint ein.

Da ich nicht weiß, was ich sagen soll, spreche ich die Worte aus, die mir zuerst in den Sinn kommen. „Was sind das für Namen … Nichte, Neffe, Onkel?“

Randall stößt ein herzhaftes Lachen aus und klopft mir auf die Schulter. „Mein jüngerer Bruder, Stanley Cannon, ist der Vater von Cara und Clint. Also bin ich ihr Onkel und sie sind meine Nichte und mein Neffe."

„Mit diesen Namen werden die Verwandtschaftsverhältnisse bezeichnet", erklärt Moira.

Ich nicke verständig. „Nun, es freut mich, euch kennenzulernen." Ich werfe einen Blick auf Clint, der sich wie ein Schneekönig über meine Anwesenheit zu freuen scheint, dann wende ich mich Cara zu, die aussieht, als wollte sie mich mit ihren Augen entkleiden.

Ich schaue kurz zu Moira und sehe, dass ihr Caras Blick ebenfalls nicht entgangen ist. Sie starrt sie an, als wolle sie ihr die Haare ausreißen, und ich lächle in mich hinein. Jetzt versteht Moira vielleicht, was ich gefühlt habe, als dieser Michael sie begrapscht hat. Möglicherweise werde ich erleben, wie zwei Frauen um mich kämpfen … und ich frage mich, ob ich sie dazu bringen könnte, dabei nackt zu sein. Ich weiß nicht warum, aber der Gedanke ist verlockend.

„Was möchtet ihr trinken?", fragt Randall. „Ich habe eine Auswahl an Weinen und Bier. Oder vielleicht einen Bourbon?"

„Ich mache das", meldet sich Clint zu Wort und geht zu einer Bar aus Holz, auf der verschiedene Flaschen und Gläser bereitstehen. „Cara, du willst doch sicher ein Glas Bourbon, nicht wahr? Und einen Wodka Tonic für Onkel Randall. Was ist mit Ihnen, Moira?"

„Ich nehme ein Glas Weißwein … die Sorte ist mir egal."

Clint nickt, während er anfängt, Flüssigkeiten in verschieden große Gläser zu füllen. „Was ist mit dir, Zach?"

„Ich werde auch den Bourbon probieren", antworte ich, ohne zu wissen, was ich da bestelle.

Ich werfe Moira einen kurzen Blick zu, woraufhin sie mir ein aufmunterndes Lächeln schenkt und sich dann zu mir vorbeugt. „Ich empfehle dir, es bei einem zu belassen. Der hat es in sich.“

Ich beuge mich ebenfalls vor und sage: „Ich muss mich stärken, um den heutigen Abend zu überstehen.“

Sie lacht leise. Ich freue mich darüber, dass wir zumindest wieder miteinander scherzen können.

Nachdem Clint die Drinks für alle eingeschenkt hat, reicht er jedem von uns ein Glas. Ich schnuppere an dem Bourbon, der einen angenehmen holzigen, rauchigen und leicht süßlichen Duft verströmt.

„Ich möchte einen Toast aussprechen“, verkündet Randall, „um Zach zu Hause willkommen zu heißen. Ich bin so froh, dass er wieder hier ist, wo er hingehört.“

Cara und Clint rufen: „Hört, hört“, doch Moira stimmt nicht mit ein. Sie weiß, dass mir Randalls Worte missfallen.

Die anderen nehmen einen Schluck von ihrem Drink, doch ich verzichte. Stattdessen sehe ich Randall direkt an. „Es tut mir leid, Randall. Aber das hier ist nicht mein Zuhause und wird es auch nie sein.“

Randalls warmes Lächeln erstirbt und er bedenkt mich mit einem traurigen Blick, als er einen Schritt auf mich zu geht. „Entschuldige bitte, Zach. Das war unsensibel von mir. Ich weiß, dass du im Moment sehr wütend auf mich sein musst, aber ich hoffe, dass du mir irgendwann verzeihen kannst und meine Freundschaft annimmst. Ich war wirklich nur um dein Wohl besorgt und wollte dir die Möglichkeit bieten, hierherzukommen. Wenn du nicht bleiben willst, werde ich deine Rückreise arrangieren, wann immer du willst. Bis dahin hoffe ich, dass du mir erlaubst, meine Erinnerungen an deine Eltern mit dir zu teilen, und dass du zumindest eine schöne Zeit hast, während du hier bist.“

Verdammt, das war gut. Und zwar so gut, dass ich tatsächlich glaube, mich für den alten Mann erwärmen zu können. Ich nicke ihm zu und bemühe mich um ein Lächeln, doch bevor ich etwas erwidern kann, tritt Cara an meine Seite und hakt sich bei mir ein. „Oh, nicht doch. Zach wird sich hier so gut amüsieren, dass er gar nicht mehr weg will. Dafür werde ich schon sorgen."

Dann lehnt sich Cara an mich und ich spüre ihre geschmeidigen Kurven. Sie riecht gut, aber mir wäre es lieber, Moira so dicht bei mir zu haben. Cara ist wunderschön und soweit ich das sehen kann, ist ihr Körper atemberaubend, doch sie raubt mir nicht so sehr den Atem wie Moira.

Niemand hat mir je so den Atem geraubt wie Moira.

„Lasst uns zu Tisch gehen, in Ordnung?", fordert Randall uns auf und reicht Moira seinen Arm. „Zach, du begleitest Cara hinein, und ich gehe mit der reizenden Dr. Reed."

Mir stellen sich die Nackenhaare auf, als ich sehe, wie Moira sich bei Randall einhakt, doch er tätschelt ihr nur mit einer freundlichen Geste die Hand. Dann fällt mein Blick jedoch auf Clint, der direkt hinter uns den Raum betritt und seine Augen auf Moiras Hintern gerichtet hat.

Am liebsten würde ich den Mistkerl umbringen, aber ich weiß, dass Moira das nicht gutheißen würde.

Cara führt mich in ein großes Esszimmer. In der Mitte steht ein Tisch, an dem nach meiner Schätzung vierundzwanzig Personen sitzen können. Sie geht mit mir zu einem Stuhl am Ende des Tisches und löst sich von mir. Daraufhin steht sie nur da und starrt mich an, während ich mich frage, was ich tun soll.

Schulterzuckend ziehe ich den Stuhl unter dem Tisch hervor und setze mich. Im nächsten Moment beobachte ich, wie Randall Moira zu dem Stuhl mir gegenüber führt und ihn ihr heranzieht. Aha ... diesen

Brauch kannte ich noch nicht. Ich blicke wieder auf zu Cara, doch sie zieht sich bereits selbst einen Stuhl heran und setzt sich neben mich.

„In gehobenen Kreisen, Zach", erklärt mir Cara hochnäsig, „sollte ein Gentleman einer Dame den Stuhl hervorziehen."

Moira hält sich die Hand vor den Mund, um ein Lächeln zu verbergen. Ich kann nicht anders und platze heraus: „Ich habe lange als wilder Mann in einer anderen Kultur gelebt, Miss Cannon. Gehobene Kreise sind mir fremd."

Randall stößt ein schallendes Lachen aus und nimmt am Kopfende, rechts von mir Platz, während Clint sich neben Moira setzt.

Sofort kommen mehrere Kellner herein und stellen vor jeden von uns einen Teller, der mit einem silbernen, gewölbten Deckel versehen ist. Nachdem sie alle bedient haben, heben sie gleichzeitig die Deckel an. Ich werfe einen Blick auf meinen Teller und habe keine Ahnung, was ich vor mir sehe.

„Heute Abend gibt es gebratene Ente mit Spargel und kleinen Kartoffeln", erklärt Randall, woraufhin ich zu ihm aufblicke. Er muss wohl das Unverständnis in meinem Gesicht gesehen haben, denn er fügt hinzu: „Aber wenn es dir nicht schmeckt, können wir dir sicher etwas anderes zaubern."

„Ich bin sicher, es ist hervorragend", sage ich, denn ich esse alles. „Es sieht auf jeden Fall besser aus als Klammeraffe."

Moira lacht, und Cara gibt einen würgenden Laut von sich. „Du isst Klammeraffen?", fragt sie angewidert.

„Und Brüllaffen", füge ich mit einem Grinsen hinzu. „Außerdem Schlange, Alligator und Käferlarven."

Sie schnappt nach Luft und rümpft die Nase. „Das klingt ja widerlich."

„Eigentlich schmeckt es ganz gut“, meldet sich Moira von der anderen Seite des Tisches zu Wort und schenkt mir ein warmes Lächeln. „Zumindest der Alligator und der Affe, die ich probiert habe. Ich hätte gern auch die Schlange gekostet … vor allem die, die Zach getötet hat, kurz bevor sie sich an meinem Knöchel vergreifen wollte.“

Bei der Erinnerung muss ich lachen und nicke. „Das wäre eine gute Mahlzeit für dich gewesen“, sage ich und erwidere ihr Lächeln.

„Gott sei Dank haben wir hier alle Annehmlichkeiten“, sagt Cara.

„Zach … was hat dir von all den Dingen, an die du dich hier gewöhnen musst, am meisten Probleme bereitet?“, will Clint neugierig wissen, als ich ein Stück Ente abschneide. Ich schiebe mir den Bissen in den Mund und stelle fest, dass er köstlich schmeckt.

Nachdem ich ihn hinuntergeschluckt habe, antworte ich: „Ich vermisse die Einfachheit meines Lebens bei den Caraica.“

„Wie das?“, will Randall wissen.

„Nun, hier ist alles Regeln unterworfen. Wir leben im Land der Freiheit, doch wir unterliegen so vielen Regeln, dass es manchmal schwer ist, den Überblick zu behalten. Wenn ich zum Beispiel die Straße überqueren will, muss ich warten, bis die Ampel grün wird. In Amazonien gehe ich, wo ich will und wann ich will, und keiner gebietet mir Einhalt.“

„Ah, aber die Regel soll nur deine Sicherheit gewährleisten“, erklärt Cara.

„Stimmt“, erwidere ich. „Und das verstehe ich gut, dennoch ist sie ein Produkt von zu vielen Menschen und einem Übermaß an Technologie. Bis zu einem gewissen Grad könnte man sogar sagen, dass euer Leben dadurch unterentwickelt ist.“

„Du wirst dich schon daran gewöhnen“, sagt Cara abweisend.

Ich esse noch einen Bissen, doch dann wirft Moira ein: „Ich glaube, Zach will damit sagen, dass er in Amazonien in absoluter Freiheit aufgewachsen ist. Er war keinen Regeln unterworfen und ihm wurden keine Grenzen aufgezeigt, sondern er hat sein Leben nach seinem Gutdünken geführt. Wenn man diese unglaubliche Chance bekommt, kann man meines Erachtens alles werden, was man will. Manchmal ist ein simples Leben einfach besser.“

Ich blicke Moira über den Tisch hinweg an und bin dankbar für ihr Verständnis. Zuerst glaubte ich, sie würde versuchen, mich in etwas zu verwandeln, was ich nicht bin, doch stattdessen weiß sie die Eigenschaften zu schätzen, die mich von den anderen abheben.

Ich schenke ihr ein anerkennendes Lächeln und widme mich wieder meiner Mahlzeit.

Den Rest des Abendessens überlasse ich Cara und Clint die Konversation. Randall schweigt die meiste Zeit, da er mich nicht überfordern will, und ich höre zu, wie Cara von ihrem letzten Einkaufsbummel und Clint von seinem neuen Sportwagen erzählt, den er gerade gekauft hat. Ich habe das Gefühl, dass die beiden nichts weiter tun, als Geld auszugeben.

„Oh, ich habe eine Idee“, ruft Cara mit einem breiten Lächeln aus. „Clint und ich könnten mit Zach morgen eine Bootstour unternehmen. Das wird ein Heidenspaß.“

„Moira kann doch auch mitkommen, nicht wahr?“, frage ich, denn ich habe das Gefühl, dass sie absichtlich nicht eingeladen wurde.

„Auf jeden Fall“, versichert Clint mir und schenkt Moira ein seltsames Lächeln, das an meinen Nerven zerrt. Währenddessen macht Cara einen verärgerten Eindruck.

„Nicht morgen", wirft Randall ein. „Ich möchte etwas Zeit mit Zach verbringen. Er ist nur zwei Tage hier und ich will mich mit ihm über seine Eltern unterhalten. Ich würde ihm gern das Haus zeigen, in dem er als kleiner Junge gelebt hat. Aber falls er sich entscheidet, länger zu bleiben, ist eine Bootstour sicher eine gute Idee."

Überrascht wende ich mich Randall zu. „Meine Eltern haben hier in der Nähe gewohnt?"

Randall nickt mit einem Lächeln. „Ich habe ihr Haus gekauft, als sie verschwanden. Es wurde zwangsversteigert, und ich habe immer gehofft, dass sie zurückkommen würden. Als ich erfuhr, dass du noch lebst, habe ich die Urkunde auf deinen Namen übertragen. Jetzt gehört es dir, Zach."

Ich muss schlucken, denn ich bin überwältigt. Ich erinnere mich nur bruchstückhaft an das kleine Haus, aber ich hätte nie geglaubt, dass ich es noch einmal zu Gesicht bekommen würde. Ich lege mein Besteck ab und wische mir mit der Serviette den Mund ab. Sehr zivilisiert.

Als ich sie wieder auf meinen Schoß lege, sage ich: „Danke, Randall. Das bedeutet mir sehr viel, und ich würde es gern morgen sehen."

„Wunderbar", erwidert Randall. „Wir machen uns gleich nach dem Frühstück auf den Weg."

Zum ersten Mal, seit wir in Georgia gelandet sind, hege ich den Gedanken, vielleicht ein paar Tage länger als ursprünglich geplant zu bleiben. Ich könnte die Gelegenheit nutzen und meine Vergangenheit genauer beleuchten.

Auf diese Weise werde ich all meine Fragen beantworten und mit der Sache abschließen können. Ich bin mir sicher, dass es mir leichter fallen wird, alles hinter mir zu lassen, wenn ich endlich zu den Caraica zurückkehre.

Kapitel 14

Moira

Ich betrachte mich im Schminkspiegel, während ich mir das Haar bürste. Es macht mich traurig, ganz allein hier zu sitzen, denn ich hatte gehofft, dass Zach nach dem Essen zu mir ins Zimmer kommen würde. Ich bin mir nicht sicher, warum, aber ich hatte das Gefühl, dass wir heute wieder etwas von der Vertrautheit zwischen uns wiedergewonnen haben.

Das Abendessen ist besser verlaufen, als ich erwartet habe, trotz des unaufhörlichen Geplappers von Cara und ihrer Versuche, mit Zach zu flirten. Sie hat ihn eindeutig im Visier, was mir ganz und gar nicht gefällt. Sie ist umwerfend schön und hat etwas von einem Flittchen. Ohne Zweifel würde sie sich leicht Zachs Willen beugen, wodurch sie für ihn interessant sein könnte. Ich bin überzeugt davon, dass ihm ihr Gehabe nicht entgangen ist. Zach ist ein Mann mit großem sexuellem Appetit und hat deutlich zum Ausdruck gebracht, was er will.

Nach dem Essen saßen wir wieder in der Bibliothek und nahmen noch einen Drink. Zach verzichtete jedoch. Als er zum ersten Mal einen Schluck Bourbon probierte, rümpfte er die Nase und ließ den Rest stehen. Ich trank trotzdem noch ein Glas Wein, um meine Nerven zu beruhigen, während ich Zach dabei beobachtete, wie er versuchte, sich mit Randall zu unterhalten, Cara sich bemühte, mit Zach zu flirten und Clint mir verstohlene Blicke zuwarf. Ich war dankbar, als wir den Abend beendeten und Zach mit mir auf unsere Zimmer ging, während Cara und Clint sich auf den Weg zurück in die Innenstadt von Atlanta machten, in der sie sich eine Wohnung teilen.

Auch nach zwei Gläsern Wein war ich jedoch nicht gelassen genug, um mehr zu tun, als Zach eine „gute Nacht“ zu wünschen, also ging ich in mein Zimmer und schloss leise die Tür hinter mir.

Im Spiegel des Schminktischs kann ich die Verbindungstür zu seinem Zimmer sehen. Ich habe ein oder zwei Mal einen Blick darauf geworfen und mich gefragt, was wohl passieren würde, wenn ich einfach aufstünde, sie öffnete und in Zachs Zimmer ging.

Würde er nackt sein? Würde er masturbieren? Letzteres war äußerst wahrscheinlich. Was würde er tun, wenn ich zu ihm ins Bett stiege, um mit den Lippen das eine Körperteil von ihm zu umschließen, welches ich so gern schmecken wollte?

Der Gedanke jagt mir einen erregenden Schauer über den Rücken, während ich etwas energischer die Haare bürste und das Kratzen auf meiner Kopfhaut genieße.

Schließlich lege ich die Bürste beiseite und werfe einen letzten Blick in den Spiegel. Ich habe mich abgeschminkt und ein mintgrünes Satinnachthemd angezogen, das sich eng an meinen Körper schmiegt. Es reicht mir bis knapp über die Knie und ist vorn tief ausgeschnitten. Heute Abend ist es jedoch die reinste Verschwendung, denn ich habe keinen Mucks aus Zachs Zimmer gehört und er wird nicht durch diese Verbindungstür treten, ganz gleich, wie sehr ich es mir wünsche.

Ich stehe vom Schminktisch auf, gehe zum Bett und schlage die Decke zurück. Gerade als ich ein Knie auf die Matratze gelegt habe, höre ich das Drehen eines Türknaufs. Ich werfe sofort einen Blick auf die Verbindungstür, die langsam geöffnet wird. Zach steht vor mir, wobei sein Körper sich silhouettenhaft vor dem hellen Licht aus seinem Zimmer abzeichnet.

Er ist splitternackt und sein Schwanz ist hart. Er starrt mich einen Moment nur an, dann tritt er ein. Ich ziehe mein Knie von der Matratze und wende mich ihm mit wild klopfendem Herzen zu. Er lässt seinen Blick über meinen Körper gleiten und verzieht die Lippen zu einem beifälligen Lächeln, als er mein Nachthemd begutachtet.

Als er auf mich zugeht, begegnet er schließlich meinem Blick. Er bleibt direkt vor mir stehen, greift nach dem Saum meines Nachthemds und hebt ihn an, während er mir die ganze Zeit über in die Augen sieht. Er unterbricht den Blickkontakt nur, um mir das Hemd über den Kopf zu ziehen, dann starrt er mich sofort wieder an.

Er sagt kein Wort, als er das Kleidungsstück zu Boden fallen lässt, sondern schlingt seine Arme um meine Taille und beugt sich vor, um mit dem Mund meine rechte Brust zu liebkosen. Ganz sanft umschließt er mit den Lippen meine Brustwarze und saugt daran. Ich fahre mit den Händen durch sein Haar und drücke ihn an mich, als mir ein leises Stöhnen entweicht.

Zach löst seinen Mund von meiner Brust und festigt seinen Griff um meine Taille, um mich hochzuheben. Er wendet sich dem Bett zu, wirft mich mit dem Rücken mitten auf die Matratze und legt sich auf mich. Ich spreize die Schenkel, woraufhin er seinen heißen und harten Schwanz an meinen Unterleib presst. Er stützt sich mit den Unterarmen auf die Matratze und lässt sein Gesicht dicht über meinem schweben, um mich anzustarren.

„Mir ist aufgefallen, dass es ein paar Stellen an deinem Körper gibt, die ich vernachlässigt habe", murmelt er.

Obwohl meine Kehle wie ausgetrocknet ist, presse ich heraus: „Und welche Stellen wären das?"

Er senkt seinen Blick auf meine Brust. „Deine Brüste, zum Beispiel. Ich würde sie gern ein wenig erkunden."

„Das würde mir gefallen", flüstere ich.

Er hebt seinen Blick und starrt auf meine Lippen. „Und deinen Mund. Ich habe ihn noch nicht oft genug geküsst. Ich habe vor, mir damit viel Zeit zu lassen, wenn du nichts dagegen hast."

„Ich habe absolut nichts dagegen", bestätige ich und schenke ihm ein Lächeln, das er sofort erwidert.

„Ich werde trotzdem versuchen, dich zu kontrollieren", warnt er mich. „Aber nicht, weil ich es tun muss, sondern weil *du* es willst."

„Ja, ich will es immer noch", versichere ich ihm.

„Aber ich werde dir auch ein paar Zugeständnisse machen", sagt er mit entschlossenem und zugleich zögerlichem Blick. „Ich will wirklich, wirklich deinen Mund an meinem Schwanz spüren."

„O Gott", murmle ich, lege ihm die Hände an die Brust und versuche, ihn von mir zu schieben und auf den Rücken zu drücken, damit ich endlich beginnen kann.

Er rührt sich jedoch nicht von der Stelle und schüttelt nur den Kopf. „Noch nicht. Ich will erst noch ein bisschen mit dir spielen."

Ich stoße einen frustrierten Seufzer aus, woraufhin er leise gluckst und dann seine Lippen auf meine presst. Zuerst küsst er mich ganz zärtlich und streift zaghaft meinen Mund, wobei ich fast mit der Matratze verschmelze.

Schließlich wird er energischer und ich öffne die Lippen für ihn. Er lässt seine Zunge in meinen Mund gleiten und streift die meine, bevor er sie wieder zurückzieht. Mit den Händen greife ich erneut nach seinem Haar und ziehe seinen Kopf zu mir, um den Kuss zu vertiefen. Ich spüre, wie er die Lippen zu einem Lächeln verzieht, als er meinem Wunsch nachkommt und mich noch leidenschaftlicher küsst.

Seine Bewegungen werden forscher und er neigt den Kopf, um den Kuss noch zu vertiefen. Er ist so sinnlich, dass ich am ganzen Körper von einem feurigen Verlangen durchströmt werde. Zachs harter Schwanz schmiegt sich an meinen Unterleib, und ich wölbe mich auf, um mein Geschlecht an ihm zu reiben. Er stöhnt auf und küsst mich noch inniger, während er mit einer Hand meine Brust umfasst, sie drückt und mit dem Daumen über meine Brustwarze streichelt.

Für einen Augenblick löst er die Lippen von meinen und starrt mich an. „Ich genieße es sehr, dich zu küssen. Es erregt mich und ich will noch mehr."

„Es ist Teil des Vorspiels", erkläre ich ihm. Ich kann diesen Moment genauso gut nutzen, um ihm eine Lektion in Sexkultur zu erteilen.

„Wenn ich also den Mund wieder auf deine Brüste presse, ist das dann auch Teil des Vorspiels?"

„Oh ja", hauche ich und muss mich zusammenreißen, um nicht seinen Kopf nach unten zu drücken.

„Interessant", sagt er mit einem Grinsen. „Ich glaube, das muss ich gleich probieren."

Ich lächle, als er mit den Lippen an meinem Körper hinunterwandert und sie wieder auf meine rechte Brust presst. Er streicht mit der Zunge über meine Brustwarze und mein Unterleib wird von qualvollem Verlangen durchzuckt.

„Darf ich dabei auch meine Zähne benutzen?", fragt Zach unschuldig und pustet auf meine Brustwarze.

„O Gott, ja", erwidere ich.

Er starrt einen Moment lang auf meine Brust, fast so, als wolle er herausfinden, wie er sie am besten verschlingen kann. Er überrascht mich, als er sich herunterbeugt und mit seinem stoppeligen Kinn über meine Brustwarze reibt. Mein ganzer Körper zuckt, und er sieht mit einem teuflischen Grinsen zu mir auf.

„Hat dir das gefallen?", will er wissen.

„Ich genieße alles, was du mit mir tust", versichere ich ihm atemlos.

„Es gibt noch so viele Dinge, die ich mit deinem Körper anstellen möchte“, sagt er mit Nachdruck. „Als ich noch bei den Caraica lebte, habe ich nie an all die Möglichkeiten gedacht, aber ich glaube, sie sind endlos.“

O Gott, das hoffe ich doch.

Daraufhin senkt Zach wieder den Kopf und leckt über meinen Nippel, während er mit der Hand meine Brust drückt. Er saugt und knabbert zärtlich daran, bis ich einen wohligen Schmerz verspüre, den er aber sofort lindert, indem er sie erneut leckt.

Er wandert mit dem Mund von einer Brust zur anderen, reibt mit der Wange darüber oder kneift mir mit Zeigefinger und Daumen in den Nippel. Eine gefühlte Ewigkeit liebkost er meine Brüste, leckt, saugt, beißt und kratzt. Nach einer Weile sind sie so empfindsam, dass ich das Gefühl habe, ich könnte allein durch seine Berührung zum Höhepunkt kommen.

Zach lässt eine Hand zwischen unsere Körper gleiten und streichelt mich sanft zwischen den Schenkeln. „Ich kann auch diese Stelle nicht vernachlässigen“, murmelt er.

„Sie braucht definitiv Aufmerksamkeit“, stimme ich zu und spüre sein Lächeln an meiner Brust, als er seinen Mund wieder auf meine Haut presst.

Er lässt seine Hand geschickt unter den Bund meines Höschens gleiten und streichelt kurz über meinen glatt rasierten Venushügel, bevor er mit einem Finger meine Spalte entlangfährt, wobei ich spüre, wie feucht ich bin. Er verschwendet keine Zeit und beginnt, meine Klitoris zu massieren, während er mit den Lippen und Zähnen weiter meine Nippel bearbeitet.

Ich werde von unzähligen Empfindungen durchströmt, während mein Herz immer schneller schlägt. Zach lässt seinen Finger immer wieder über meine Lustperle kreisen, während er weiter mit seinem Mund und seiner Zunge meine Brüste verschlingt. Es dauern nicht lange und ich schreie auf, als ich zum Höhepunkt komme. Zach rutscht nach oben und presst seinen Mund auf meine Lippen, um meine ekstatischen Schreie zu schlucken, während er mit dem Finger weiter meine Klitoris massiert.

Ich zittere, als sämtliche Nervenbahnen in meinem Körper unter Strom stehen und Zach meinen Mund verschlingt.

Schließlich stoße ich einen Seufzer völliger Zufriedenheit aus. Er hebt den Kopf an und betrachtet mich mit einem feurigen und stolzen Ausdruck in den Augen. Einen Moment starren wir einander nur an, während wir uns nur mit Blicken verständigen.

„Wie fühlst du dich?", fragt er mit einem wissenden Lächeln.

„Unglaublich", antworte ich. „Du bist ein wahrer Magier mit deinem Mund und deinen Fingern."

Er nickt zustimmend und stemmt sich dann hoch, um sich auf die Fersen zu setzen. Sein harter Schwanz ragt in die Luft und aus seiner Eichel rinnt bereits ein wenig Sperma.

„Jetzt nimmst du meinen Schwanz in den Mund?", will er mit einem feurigen Blick wissen.

„Meine Güte, ja, und ob", erwidere ich ihm. „Man nennt es übrigens blasen. Bist du im Internet schon einmal auf diesen Begriff gestoßen?"

Mit einem Grinsen schüttelt er den Kopf. „Ich hatte noch nicht das Vergnügen. Aber bläst du auch? Ich dachte, du saugst daran?"

„Ja, ich werde daran saugen … und noch ein paar andere Dinge tun."

„Warum nennt man es dann blasen?", wundert er sich und legt den Kopf schief.

„Keine Ahnung, aber wir können es später googeln", erkläre ich und setze mich auf. „Jetzt leg dich auf den Rücken."

Zach hebt eine Hand und drückt mich zurück auf den Rücken. „Ich will, dass du vor mir kniest."

Er betrachtet mich dabei mit ernstem Blick. Ich hatte mir zwar vorgestellt, dass er auf dem Rücken liegen würde, während ich mich über seinen prächtigen Körper hermache, aber ich muss wohl noch etwas damit warten, denn Zach wird immer ein gewisses Maß an Kontrolle behalten wollen.

Zumindest im Moment noch, denke ich.

„Also schön. Ich werde vor dir knien", lenke ich ein, woraufhin er sofort aus dem Bett steigt und sich davorstellt.

Er umfasst seinen Schwanz und beginnt, ihn zu streicheln, während er darauf wartet, dass ich vom Bett rutsche. Ich versuche, mich so sinnlich wie möglich zu bewegen, doch ich bin mir nicht ganz sicher, ob es mir gelingt. Da Zach jedoch immer noch hart ist, glaube ich nicht, dass er sich daran stört.

Ich gehe auf Zach zu, ergreife seine Hände und führe sie an meinen Kopf. Dann lege ich meine Hände auf seine und übe leichten Druck aus, um ihm zu signalisieren, dass er mich auf die Knie zwingen kann.

Er zögert nicht, drückt mich mit mehr Kraft als nötig nach unten, bis meine Knie auf den Plüschteppich treffen.

Ich blicke zu ihm auf und sehe, dass er mit einem begierigen Ausdruck in den Augen auf mich herabstarrt, der mich fast zum Explodieren bringt. Er legt eine Hand an mein Gesicht und streicht mit dem Daumen über meine Unterlippe, dann schiebt er ihn in meinen Mund und lässt ihn über meine Zähne gleiten.

„Mund auf", befiehlt er mir, als er seine Hand zurückzieht.

Ich lecke mir über die Lippen, um sie zu befeuchten, und gehorche. Ich strecke die Hände aus, um seinen

Schwanz zu umfassen, doch er schüttelt den Kopf. „Nein, ich will dich mit meinem Schwanz füttern.“

Bei den Worten durchströmt mich ein heißer Schauer und ich lasse meine Augen vor Genuss in den Hinterkopf rollen. Ich nicke zustimmend, woraufhin Zach seinen Schwanz packt. Er schiebt die Hüfte vor und streicht mit seiner Eichel über meine Lippen, um sie mit seinem Sperma zu benetzen. Dann beginnt er, ihn langsam vorzuschieben. Ich muss den Mund weit öffnen, denn er ist so verdammt dick und lang, und schon bald stößt er hinten an meinen Rachen.

Ich gebe unwillkürlich einen Würgelaut von mir und Zach zieht seinen Schaft aus meinem Mund. „Ist alles in Ordnung?“

Ich nicke und lecke mir über die Lippen, wobei ich den salzigen Geschmack genieße und ihm ein Lächeln schenke. „Ja. Das ist nur mein Würgereflex. Ich kann deinen Schwanz nicht ganz so tief schlucken.“

„Verstanden“, sagt er bedächtig. „Mach den Mund auf. Wir probieren es gleich noch einmal.“

Ich öffne ihn weit und lasse mich von ihm mit seinem Schwanz füttern. Er stößt wieder sanft in mich hinein und hält inne, bevor er zu tief eindringt. Als er sich wieder zurückzieht, flache ich instinktiv die Zunge ab und sauge kräftig an ihm.

„Oh, verdammt“, keucht Zach, und zuckt am ganzen Körper.

Am liebsten hätte ich vor Stolz gelächelt, doch er füllt meinen Mund ganz aus. Zach packt meinen Kopf mit festem Griff und stößt zaghaft wieder in meine Mundhöhle hinein. Es juckt mich förmlich in den Fingern, ihn zu berühren, doch ich halte mich zurück. Ich muss zuerst sicher sein, dass er von all den Empfindungen nicht überwältigt wird.

Als er seinen Schwanz erneut zurückzieht, sauge ich wieder heftig daran und erfreue mich an dem zischenden Laut, den er ausstößt.

Er schiebt ihn weiter langsam in meinen Rachen, wobei er die Distanz genau abschätzt und mich kein einziges Mal zum Würgen bringt. Ich kann nicht viel mehr tun, als an ihm zu saugen, denn er hält meinen Kopf fest. Bei jedem seiner Stöße stöhne ich jedoch auf und höre an seinen lustvollen Lauten, wie sehr es ihn erregt.

Zögernd lasse ich meine Hand an seinem Oberschenkel hinaufwandern, während Zach immer wieder mit seinem Schwanz in meinen Mund stößt. Er spannt sich für einen Moment an, doch er hält nicht inne. Also umschließe ich mit den Fingern den Ansatz seines Schwanzes und drücke ihn leicht, während ich eine Drehbewegung mache. Er stöhnt erneut auf und seine Bewegungen werden schneller.

Mit der anderen Hand packe ich seine Hoden und massiere sie sanft mit den Fingerspitzen.

Ein erstickter Laut entweicht Zachs Kehle und ich übe noch etwas mehr Druck aus.

„Hör nicht auf", keucht er, woraufhin ich fest an seinem Schaft sauge und mit einem Finger über die empfindsame Stelle hinter seinen Eiern streiche. Zach zuckt zusammen und schiebt ruckartig die Hüfte nach vorn, doch er zieht sich sofort wieder ein Stück zurück, als meine Augen tränen.

„Entschuldigung", murmelt er, hört aber nicht auf und stößt seinen Schwanz weiter in meinen Mund.

Mit einer Hand drücke ich weiter seinen Schwanz, während ich mit der anderen seine Eier knete und stöhnend an ihm sauge. Zach atmet nur noch unregelmäßig und grunzt jedes Mal wie ein Stier, wenn er in meinen Mund stößt. Er packt mein Haar so fest, dass ich befürchte, er könnte es mir ausreißen. Dennoch ist diese wilde, ungehemmte Art, mit der er mich in den Mund fickt und die ihn so sehr erregt, mit das Beste, was ich je in meinem Leben getan habe. Zach glaubt zwar, die Oberhand zu haben, weil er das Tempo vorgibt, doch im Grunde habe ich die Kontrolle.

Er hat sie mir in dem Moment überlassen, als er mich gebeten hat, nicht aufzuhören.

Zachs Hoden ziehen sich in meiner Hand zusammen, und ich weiß, dass er kurz vor dem Höhepunkt steht. Ein kurzer Blick nach oben genügt und ich sehe den berauschten Ausdruck in seinem Gesicht.

„Es fühlt sich so verdammt gut an, Moira", flüstert er, bevor er die Augen schließt, noch einmal in meinen Mund stößt und dann erstarrt. Ich spüre die ersten Ergüsse seines Spermas in meiner Kehle und schlucke sie hinunter, bevor er noch mehr seines Lustsafts in meinen Mund spritzt. Er schmeckt salzig und erdig und ich genieße jeden Tropfen.

Zach stöhnt leise, während er in meinem Mund kommt, dann löst er seinen Griff um mein Haar und streichelt behutsam über mein Gesicht.

Er zieht sich aus meinem Mund zurück und fällt vor mir auf die Knie, wobei er mein Gesicht mit beiden Händen umfasst, um mich an sich zu ziehen. Er küsst mich leidenschaftlich und schiebt seine Zunge in meinen Mund. Ich weiß, dass er sich selbst schmecken kann und stöhne unwillkürlich auf, während ich seinen Kuss erwidere.

Als er schließlich den Kopf zurückzieht, betrachtet er mich mit einem warmen, zufriedenen Ausdruck in den Augen. „Das hat mir sehr gut gefallen."

„Mir auch", flüstere ich. „Mir auch."

Ich glaube, dies war nur der Anfang und wir werden noch eine Menge Dinge erforschen.

Kapitel 15

„**M**oira hat also gute Arbeit geleistet, indem sie dir geholfen hat, dich hier zu akklimatisieren?", will Randall wissen, während wir uns beim Frühstück unterhalten. Moira ist nicht hier und ich vermute, dass sie absichtlich nicht erschienen ist, damit wir ein wenig Zeit für uns allein haben.

„Sie ist eine sehr geduldige Lehrerin", antworte ich aufrichtig, während ich abwesend meine Eier auf dem Teller hin und her schiebe. „Sie drängt mich nicht und lässt mich die meiste Zeit meine eigenen Erfahrungen machen."

Mit dem letzten Satz will ich ihm signalisieren, dass er besser daran täte, ebenso zu verfahren. Niemand kann mich zwingen, etwas gegen meinen Willen zu tun.

Randall nickt mir verständig zu. „Ich wusste, dass sie perfekt für den Job ist. Ihre Qualifikationen sind hervorragend."

Dazu kann ich nichts sagen … zumindest nicht, was ihre Ausbildung und Erfahrung in diesen Dingen angeht. Allerdings weiß ich, dass sie eine fantastische Liebhaberin ist. Ich hätte nie gedacht, dass ich während meines Aufenthalts hier in einen solchen Genuss kommen würde.

Die letzte Nacht war unglaublich. Es war berauschend, ihren Mund um meinen Schwanz zu spüren. Falls es für sie ein ebenso verzückendes Gefühl ist, wenn ich sie mit meinem Mund verwöhne, dann werden wir beide so etwas in Zukunft wohl noch öfter tun. Wenn ich von meinen Kenntnissen über die menschliche Anatomie ausgehe, wette ich, dass wir es sogar gleichzeitig tun könnten. Ich werde sie später danach fragen müssen.

Nachdem ich wieder zu Atem gekommen war, strich ich mit den Fingern über die Vertiefung zwischen ihren Brüsten, während sie mich mit einem verträumten Blick ansah. Dann presste ich meine Lippen auf ihre Stirn und wünschte ihr eine gute Nacht.

Ich ging zurück in mein Schlafzimmer und schloss die Tür, doch zuvor sah ich einen gequälten Ausdruck über Moiras Gesicht huschen. Ich kann nicht verstehen, warum sie mich so angesehen hat, denn ich bin mir sicher, dass das Erlebnis für uns beide befriedigend war und sie einen ebenso heftigen Orgasmus hatte wie ich.

Doch dann lag ich während der Nacht wach und dachte darüber nach, welche Emotionen Moira in mir hervorrief. Mir kam der Gedanke, wie schön es wäre, wenn sie neben mir läge. Ich hatte einige Fragen an sie und nahm an, es wäre ein gutes Gefühl, mit den Fingern ihre Haut zu streicheln, während wir uns unterhielten. Ich überlegte kurz, in ihr Zimmer zu gehen und sie zu fragen, ob es angemessen wäre, neben ihr im Bett zu liegen, doch ich entschied mich dagegen. Die Vorstellung barg zwar einen gewissen Reiz, aber zugleich erschien sie mir seltsam und widersprach meiner Natur. Sie vermittelte mir das Gefühl, schwach und unmännlich zu sein.

Also ließ ich es dabei bewenden und schlief nach einiger Zeit endlich ein.

Als ich heute Morgen mit einem riesigen Ständer erwachte, rollte ich mich aus dem Bett und ging geradewegs zu Moiras Tür. Ohne zu klopfen, stieß ich sie auf und hatte die Absicht, zu ihr ins Bett zu klettern und meinen Schwanz in ihr zu versenken, wobei mir völlig egal war, ob sie gerade auf dem Rücken lag oder vor mir kniete.

Ich wurde von Enttäuschung gepackt, als mein Blick auf ihr leeres Bett fiel. Also stapfte ich in ihr Badezimmer, doch auch dort war sie nicht zu finden. Mit einem frustrierten Seufzer ging ich zurück in mein eigenes Badezimmer und stellte mich unter die Dusche, um meinen Kolben zu ölen, bevor ich mich auf den Weg nach unten machte, wo Randall im Esszimmer bereits auf mich wartete.

Er erzählte mir, dass Moira sich einen seiner Wagen geliehen hatte, um ein paar Besorgungen zu machen, sodass ich heute etwas Zeit mit ihm allein verbringen konnte. Ich verabscheute diesen Mann zwar, doch von Tag zu Tag duldete ich ihn etwas mehr. Mir war bewusst, dass ich ihm einen Teil meiner Aufmerksamkeit widmen musste, doch ich wollte Moira an meiner Seite haben, wenn ich mich meiner Vergangenheit stellte. Ich weiß, dass ich ein starker Mann bin, aber aus irgendeinem Grund werde ich von einer inneren Unruhe erfasst, wenn Moira nicht hier ist.

„Du siehst genauso aus wie deine Mutter“, teilt Randall mir mit und reißt mich damit aus meinen Gedanken. „Auch in einer riesigen Menschenmenge hätte ich dich sofort als ihren Sohn erkannt.“

Ich weiß nicht, was ich darauf erwidern soll, also nehme ich einen Schluck von meinem Kaffee.

„Du kannst mich alles über deine Eltern fragen … und über dein früheres Leben, an das du dich vielleicht nicht mehr erinnern kannst. Ich möchte, dass du diese Gelegenheit nutzt, um die Erinnerungslücken aufzufüllen und wieder etwas über deine Herkunft zu erfahren. Aber eins sollst du wissen, Zach: Ich werde dich nicht dazu drängen, hier zu bleiben. Ich möchte, dass du … Ich bin mir sicher, dass du das inzwischen verstanden hast, aber ich werde dich nicht unter Druck setzen. Kann ich dir sonst noch auf irgendeine Weise entgegenkommen?“

Dieser Mann … mein Patenonkel, hat es wieder einmal geschafft, mir einen Teil meiner Abneigung ihm gegenüber zu nehmen. Ich nicke ihm verständig zu. „Nur damit du es weißt, ich habe nicht die Absicht, hier dauerhaft zu bleiben. Meine Heimat ist bei den Caraica. Aber ich nehme dein Angebot an, mir etwas über meine Eltern zu erzählen. Und ich bin bereit, mir noch mehr Zeit dafür zu nehmen, bevor ich nach Hause zurückkehre. Mein Adoptivvater Paraila hat mich gebeten, ein Jahr zu bleiben. Ich bin mir nicht sicher, ob ich ihm diesen Wunsch erfüllen kann, aber ich werde mehr als nur ein paar Tage hier in Georgia bleiben, wenn dein Angebot noch steht.“

„Natürlich tut es das“, erwidert Randall mit einem Lächeln. „Wie wäre es, wenn wir nach dem Frühstück eine Runde drehen und ich dich zu deinem Haus bringe?“

Ich nicke zustimmend und knabbere an dem Speck auf meinem Teller. „Moira hat mir erzählt, dass mein Vater dir einmal das Leben gerettet hat.“

Randall tupft sich mit seiner Serviette den Mund ab, bevor er sie beiseitelegt und seinen Teller wegschiebt. „Im Gegensatz zu deinem Vater bin ich nicht religiös. Aber ich glaube, dass Gott dafür gesorgt hat, dass dein Vater zur richtigen Zeit am richtigen Ort war, um mich vor dem Tod zu bewahren.“

Ich höre fasziniert zu, als Randall mir von seinem hedonistischen Lebenswandel erzählt und mir schildert, wie er eines Tages mit dem Wagen sturzbetrunken in einen regennassen Graben geschleudert wurde. Er hatte das Gesicht meines Vaters durch das trübe Wasser vor der Scheibe sehen können, und Randall schwor sogar, dass es von einem Heiligenschein umrandet war. Bei der Vorstellung lächelte ich in mich hinein. Während meine Eltern eingefleischte Christen waren, hatte ich im Laufe der Jahre von den Lehren Christi Abstand genommen. Pater Gaul predigte mir zwar immer noch aus seiner Bibel, aber die spirituellen Riten des Stammes hatten mehr Einfluss auf mich als die unregelmäßigen Besuche von Pater Gaul.

„Es fällt mir schwer zu glauben, dass du eine so enge Bindung zu meinem Vater entwickelt hast, nur weil er dir das Leben gerettet hat. Ihr beide wart euch offenbar nicht sehr ähnlich", bemerke ich, nachdem Randall mir die Geschichte ihrer Freundschaft erzählt hat.

Randall gluckst und nickt verständnisvoll mit dem Kopf. „Du hast recht. Auf den ersten Blick hatten wir nicht viel gemeinsam und waren unterschiedlicher Meinung, wenn es um den religiösen Glauben und unsere politischen Überzeugungen ging. Doch ironischerweise waren dein Vater und ich in der Lage, tiefgründige Gespräche über genau diese Unterschiede zu führen. Dein Vater hat mich nie dafür verurteilt, dass ich nicht dieselben Glaubensvorstellungen hatte. Ich glaube sogar, dass ihn das zu einem so großartigen Missionar machte, denn er verstand, dass die Menschen ihre eigenen Überzeugungen haben, die nicht leicht zu ändern sind. Dein Vater war geduldig und freundlich, er war lustig und hatte eine schelmische Art. Er war ein Mann, den man leicht bewundern und respektieren konnte."

„Ich kann verstehen, warum du ihn mochtest. Offenbar war er ein toller Kerl", bemerke ich. „Ich selbst habe ihn immer als gut gelaunt und lachend in Erinnerung. Außerdem hat er dir das Leben gerettet. Deine Zuneigung ihm gegenüber ist nur allzu verständlich. Aber ich kann nicht ganz verstehen, warum er dich mochte."

Ich weiß, dass meine Worte unhöflich klingen, aber ich betrachte diese „familiäre" Bindung, von der Randall spricht, immer noch mit Misstrauen.

Randall lehnt sich in seinem Stuhl zurück, legt seine Hände auf die Tischkante und betrachtet mich mit einem warmherzigen Blick. In ruhigem Tonfall antwortet er mir: „Ich habe deinem Vater genau dieselbe Frage gestellt, denn ich habe es selbst nie ganz verstanden. Und weißt du, was er erwidert hat?"

Ich schüttele den Kopf, da ich keinen blassen Schimmer habe.

Randall lächelt mich mit funkelnden Augen an. „Dein Vater sagte mir, dass er trotz meiner exzessiven Lebensweise und der vielen Partys nie daran gezweifelt hat, dass ich tief im Inneren meiner Seele ein gutherziger Kerl bin. Angeblich hatte er diesen sanften Kern in mir erkannt. Natürlich dachte ich, dein Vater sei total verrückt und brach ihn Gelächter aus. Ich dachte, dass er sich wie so oft einen Scherz mit mir erlaubte. Aber etwa drei Jahre später … du warst noch ein Baby, und ich habe eines Abends auf dich aufgepasst, damit deine Eltern ausgehen konnten. Als sie nach Hause kamen, fanden sie mich auf der Couch sitzend vor, während du schlafend auf meiner Brust lagst. Deine Eltern gingen auf Zehenspitzen zu uns und beugten sich mit einem sanften Lächeln vor, um dich zu betrachten. Ich habe keine Ahnung, was für einen Ausdruck er auf meinem Gesicht sah, doch dein Vater schenkte mir ein wissendes Lächeln und sagte: „Siehst du … was habe ich dir gesagt, Randall? Ein gutmütiger Kerl, tief im Inneren deiner Seele.“

Ich ziehe überrascht die Augenbrauen in die Höhe. „Er hat nach all den Jahren haargenau dieselben Worte benutzt?“

„Ja, und in diesem Moment wurde mir klar, dass er sie aus voller Überzeugung ausgesprochen hat. Es war das erste Mal in meinem Leben, dass jemand wirklich an mich glaubte. Ich hätte nicht gedacht, dass es mir möglich wäre, deinen Vater noch mehr zu bewundern und zu lieben, aber von diesem Moment an hatte er meine absolute Loyalität. Ich wäre für ihn gestorben.“

Randalls Worte versetzten mir einen Stich im Herzen, denn mir wird klar, dass der Mann sich nicht nur einen Spaß erlaubt und aus Neugierde einen Blick auf den lange verschollenen Sohn seines Freundes wirft. Ich glaube, er fühlt sich meinem Vater gegenüber verpflichtet und will mich zu meinen Wurzeln zurückbringen, um sich nach all den Jahren endlich bei meinem Vater zu revanchieren. Denn mein Vater hat ihm nicht nur das Leben gerettet, sondern auch an seine Menschlichkeit geglaubt hat, an der Randall selbst immer gezweifelt hatte.

***

Nach dem Frühstück steigt Randall mit mir in einen silberfarbenen Wagen, den er als Aston Martin bezeichnet, und fährt zum Haus meiner Eltern.

Besser gesagt, zu meinem Haus.

Die Sommersonne hier in Georgia brennt heiß auf uns herab, und die feuchte Luft weckt in mir die Sehnsucht nach meinem Zuhause. Während der Fahrt wächst meine Neugier bezüglich Randall immer mehr.

„Woher hast du all deinen Reichtum?", frage ich ihn unverblümt.

Randall lacht übermütig. „Mein Urgroßvater gründete in den Zwanzigerjahren ein Kaufhaus namens Cannon's. Mittlerweile ist es ein großes Vermächtnis. Am Anfang war es nur ein kleines Geschäft in der Innenstadt von Atlanta, doch heute sind unsere Läden praktisch in jedem Einkaufszentrum in ganz Amerika zu finden."

„Was ist ein Kaufhaus?"

„Ein Ort, an dem man Kleidung, Schuhe und andere Haushaltswaren kaufen kann. Ich werde dir eines von ihnen zeigen, während du hier bist."

„Und du bist der alleinige Besitzer?"

„Mein Bruder Stanley besitzt einen Teil des Unternehmens, aber ich bin der Geschäftsführer, das heißt, ich leite das Unternehmen so gut wie allein. Stanley zieht es leider vor, das Geld, das wir verdienen, auszugeben, statt dafür zu arbeiten. Sein Anteil ist relativ gering.“

„Arbeiten Clint und Cara für die Firma?“

Randall stößt ein lautes Schnauben aus. „Wohl kaum. Sie treten in die Fußstapfen ihres Vaters und leben sozusagen von ihren Treuhandfonds.“

Ich schweige, während ich über seine Worte nachdenke. Mein erster Eindruck von Clint und Cara war nicht sehr positiv. Sie wirkten auf mich wie frivole Menschen, die sich über nichts anderes als Partys und teure Spielzeuge unterhalten wollen. Keiner von ihnen würde fünf Minuten im Regenwald überleben.

Moira würde sich jedoch wacker schlagen. Zwar war sie an jenem Tag, an dem wir die Caraica verließen, nicht sehr vorsichtig und wäre fast von einer Schlange gebissen worden, doch sie ist eine einfallsreiche Frau und würde sich letztendlich im Dschungel zurechtfinden, wenn sie auf sich allein gestellt wäre. Bei dem Gedanken wird mir klar, dass ich stolz auf Moira bin und sie sogar noch etwas mehr respektiere.

Wenig später biegt Randall in eine Wohngegend ein, die derjenigen, in der Moira lebt, sehr ähnlich ist. Die Bäume sehen ein wenig anders aus, aber die kleinen Häuser wirken sehr gepflegt. Nachdem er einige Straßen durchquert hat, hält Randall schließlich vor einem kleinen, gelben Haus mit schwarzen Fensterläden und einer schwarzen Haustür. Auf der weißen Veranda stehen zwei Schaukelstühle.

Ich erkenne es sofort als das Haus, in dem ich bis zu meinem siebten Lebensjahr gewohnt habe. Plötzlich werde ich von unzähligen Emotionen durchflutet, als mich die Erinnerung daran übermannt, wie ich damals mit kleinen Spielzeugsoldaten aus Plastik im Vorgarten gespielt habe. Ich weiß, dass im Hinterhof ein Pfirsichbaum steht, auf den ich immer geklettert bin, und dass meine Mutter mich immer davor warnte, die unreifen Früchte zu essen.

Ich muss schlucken, als Randall den Motor abstellt und seine Tür aufstößt. Ich steige ebenfalls aus dem Wagen und nehme jedes Detail in mich auf, einschließlich der kleinen roten und gelben Blumen, die den Weg zur Veranda säumen.

Randall kommt zu mir und streckt mir eine Hand entgegen. Ich strecke meine abwesend aus, woraufhin er mir einen Schlüssel in die Hand drückt. Ich werfe einen Blick darauf und sehe dann Randall an.

„Dann wollen wir mal hineingehen, einverstanden?", fragt er.

Ich nicke und setze mich in Bewegung. Meine Füße fühlen sich an wie Blei, als ich die Stufen zur Veranda erklimme. Der Schlüssel gleitet mit Leichtigkeit ins Schloss und ich entriegle die Tür. Kaum betrete ich das Haus, erkenne ich alles wieder. In dem winzigen Wohnzimmer steht noch immer dieselbe braune Couchgarnitur, die mit orangefarbenen Vogelmustern bedruckt ist. Wenn ich so darüber nachdenke, ist sie ziemlich hässlich. Ich gehe weiter, wobei die Dielen unter meinen Füßen leicht knarren. Augenblicklich stelle ich mir meinen Vater vor, wie er auf einem der Sofas sitzt und schweigend eine Bibelstelle liest.

Ich drehe mich um und werfe einen Blick in die kleine Küche, die noch immer buttergelb gestrichen ist, während weiße Spitzenvorhänge das Fenster über der Spüle zieren. Vor meinem geistigen Auge kann ich sehen, wie meine Mutter sich vorbeugt, um ein Blech Schokokekse aus dem Ofen zu holen, während sie leise vor sich hin summt.

Ich sehe sogar mich selbst, wie ich den schmalen Flur entlanglaufe und meiner Mutter zurufe: „Schau mal, was ich gemacht habe, Mami."

Ich reichte ihr ein Bild, das ich mit Buntstiften gemalt hatte. Darauf war ein kleines Strichmännchen zu sehen, zu dessen Füßen ein brauner Hund saß. „Können wir einen Hund haben?"

Meine Mutter lachte, als sie die Zeichnung betrachtete. „Das ist wunderschön, Zach, aber du weißt, dass wir keinen Hund haben können. Wir gehen nächsten Monat nach Brasilien, und dann wird sich niemand um ihn kümmern können."

„Onkel Randall kann auf ihn aufpassen. Ich bin sicher, er würde es tun."

Meine Mutter zerzauste mir das Haar und beugte sich zu mir herunter, um mir einen Kuss auf die Wange zu drücken. „Ich habe keinen Zweifel, dass er es tun würde, Schatz. Aber wenn du einen Hund haben willst, musst du dich selbst um ihn kümmern. Vielleicht können wir uns einen zulegen, wenn wir wieder zurück sind, in Ordnung?"

Ich wurde von Enttäuschung durchströmt, denn ich wollte meine Eltern nicht auf diese Missionsreise begleiten. Ich liebte Jesus und all seine Lehren, aber ich wollte mein Zuhause nicht verlassen … meine Freunde … Onkel Randall. Ich liebte mein Leben hier.

„Ich will nicht mitgehen", rief ich trotzig. „Ich will hier bei Onkel Randall bleiben, wie beim letzten Mal."

„Aber wir werden diesmal länger weg sein. Mindestens ein Jahr", erklärte mir meine Mutter mit einem zuversichtlichen Lächeln. „Wir können dich nicht so lange allein lassen. Ich würde dich zu sehr vermissen."

„Das ist mir egal", entgegnete ich ihr wütend. „Mir wird es dort nicht gefallen."

Meine Mutter hob mich hoch und liebkoste meinen Nacken. „Natürlich wird es dir gefallen, Dummerchen. Aber falls es dir wirklich nicht gefällt, werden wir dich nicht zwingen, uns beim nächsten Mal zu begleiten. Wie wäre das?"

Am liebsten hätte ich geweint und mit den Füßen aufgestampft, doch mir war klar, dass es nichts nutzen würde, denn wir hatten diese Unterhaltung schon häufiger geführt. Meine Eltern bereiteten sich schon seit einer Weile auf diese Reise vor, und es gab keine Möglichkeit, etwas an ihren Plänen zu ändern. Meine

Schlagartig werde ich aus der Erinnerung gerissen und
blinzle. Ich hatte völlig vergessen, dass ich nie mit meinen Eltern ins Amazonasgebiet reisen wollte. Ich war
deshalb wütend und wollte hier bei meinem Patenonkel
bleiben. Langsam drehe ich mich zu Randall um, der
mich mit einem freundlichen Ausdruck in den Augen
ansieht.

„Ich wollte meine Eltern nie nach Brasilien begleiten",
erkläre ich.

Randall nickt mir verständnisvoll zu. „Nein, du wolltest hierbleiben und deine Eltern haben das verstanden.
Du warst zu jung, um ihre Leidenschaft, den Indianern
das Christentum näherzubringen, zu teilen. Dennoch
konnten sie dich nicht einfach zurücklassen, denn sie
hatten eine lange Reise geplant. Sie liebten dich zu
sehr."

„Und doch haben sie mich schließlich verlassen … als
sie starben", erwidere ich mit einem verbitterten Tonfall, der mich selbst überrascht. „Sie haben mich in einer fremden Welt völlig ungeschützt zurückgelassen."

Randall geht ein paar Schritte auf mich zu und legt
seine Hände auf meine Schultern. „Sei deshalb nicht
wütend auf sie, Zach. Sie sind fort, und daran kannst
du nichts ändern. Du weißt, dass sie dir nie schaden
wollten. Sie waren überzeugt, das Richtige zu tun."

„Das Richtige für wen? Für sie?"

Seufzend drückt Randall meine Schultern. „Sie dach-
ten, es sei das Richtige für eure Familie, und das können
wir nicht ändern."

Ich entziehe mich Randalls Griff und gehe den Flur
entlang zu meinem Schlafzimmer. In meinem Kopf
dreht sich alles und ich empfinde Scham. Ich schäme

mich für den Groll, den ich gegenüber meinen verstorbenen Eltern empfinde und für die Bitterkeit, die in mir brodelt, weil ich dieses Haus verlassen habe. Es ist genau das gleiche Gefühl, das mich vor einem Monat durchströmte, als man mir mitteilte, ich müsste meine Heimat bei den Caraica verlassen.

Jetzt bin ich verwirrt. Ich weiß nicht mehr, wo mein Zuhause ist und habe das Gefühl, nirgendwo hinzugehören. Plötzlich scheint es, als würde mir der Boden unter den Füßen weggezogen und ich verliere den Halt.

Ich werfe einen Blick in mein Schlafzimmer. Alles ist genauso, wie ich es in Erinnerung habe. Ein winziges Einzelbett ist mit Bettwäsche mit einem Batman-Motiv bezogen. Auf einer Kommode liegen verschiedene Spielsachen verstreut und ein Baseballschläger mit Handschuh ist auf einem Schrank am Fußende meines Bettes platziert. Alles ist sauber und nirgendwo ist ein Staubkorn zu sehen. Ich nehme an, dass Randall dieses Haus all die Jahre instandgehalten hat.

Ich wende mich von meinem Zimmer ab und gehe den Flur entlang zum Schlafzimmer meiner Eltern. Ich erkenne es augenblicklich wieder. Auf ihrem schmiedeeisernen Bett ist eine blassblau-weiße Steppdecke ausgebreitet und auf der Kommode stehen Fotos unserer Familie. Ich versuche, so objektiv wie möglich zu bleiben, als ich die lächelnden und glücklichen Gesichter betrachte. Ich schließe die Augen und könnte schwören, das dezente süßliche Parfüm meiner Mutter riechen zu können. Ein Anflug von Schmerz und Sehnsucht durchzuckt mich und verdrängt etwas von der Bitterkeit, die ich noch vor wenigen Augenblicken empfunden habe.

Ich öffne eine der Schubladen und stelle fest, dass sie leer ist.

„Ich habe die Kleidung weggegeben, aber alles andere habe ich belassen. Jede Woche kommt jemand, um das Haus zu putzen.“

Ich nicke und werfe einen Blick aus dem Fenster in den Garten. Der Pfirsichbaum steht immer noch dort und wirkt zehnmal größer als in meiner Erinnerung, doch er trägt keine Früchte.

Ich drehe mich wieder zu Randall um und räuspere mich, damit er mir nicht anhört, wie zerrissen ich innerlich bin. „Danke, dass du mir das alles heute gezeigt hast. Aber ich glaube, ich habe genug gesehen.“

„Sicher“, murmelt Randall. „Ich lade dich zum Mittagessen ein, und wenn du willst, können wir noch ein bisschen plaudern.“

„Eigentlich … würde ich gern zurück zu dir nach Hause fahren und etwas Zeit allein verbringen, wenn es dir nichts ausmacht.“

Randall schenkt mir ein trauriges Lächeln. „Natürlich.“

Ich folge Randall aus dem Haus und steige schweigend in seinen Wagen. Er behauptet, das Haus gehöre mir, doch dem ist nicht so.

Nicht wirklich.

Mein wahres Zuhause ist ein Langhaus bei den Caraica, das ich mit meinen eigenen Händen gebaut habe und das direkt neben Parailas Behausung steht. Meine Hängematte bietet mir allen Komfort, den ich brauche, und der Wald versorgt mich mit Nahrung. Dort habe ich Freunde und einen Adoptivvater, der mich wie sein eigenes Kind liebt.

All das, was Randall mir heute hier gezeigt hat, will ich nicht.

Kapitel 16

Moira

Ich stehe zögernd vor Zachs Zimmertür. Ich mache mir Sorgen um ihn. Er ist nicht zum Abendessen erschienen, also habe ich einen ruhigen Abend mit Randall verbracht und mit ihm über die heutigen Ereignisse gesprochen.

Er ist ebenfalls um Zach besorgt.

Offenbar hat der Besuch seines Elternhauses bittere Gefühle in ihm geweckt. Randall erzählte mir, dass Zach sich an einige Dinge lebhaft erinnern kann. Zum Beispiel weiß er, dass er seine Eltern nicht ins Amazonasgebiet begleiten wollte und sie angefleht hat, bei seinem Onkel Randall bleiben zu dürfen.

Ich vermute, dass Zach nun nicht mehr genau weiß, wo er zu Hause ist. Zuvor hat er beharrlich darauf bestanden, dass er immer nur das Dorf der Caraica als sein Heim anerkennen wird. Und nun erinnert er sich plötzlich daran, dass er hier ein Zuhause hatte, das er sehr geliebt hat und nie verlassen wollte. Ich kann mir kaum vorstellen, in welchem Zwiespalt der Gefühle Zach sich momentan befinden muss.

Es macht mir Angst, wenn ich daran denke, dass er in diesem Moment in seinem Zimmer sitzt und vielleicht plant, sofort nach Brasilien zurückzukehren. Für ihn wäre es wahrscheinlich leichter, wenn er die Gefühle der Verbundenheit einfach verleugnet, die er zweifellos heute gegenüber seinem Elternhaus empfunden hat. Es wäre ein einfacher Ausweg, dorthin zurückzukehren, wo er sich wohl fühlt.

Ich klopfe leise an die Tür. „Zach, kann ich reinkommen?"

Auf der anderen Seite herrscht Schweigen, also drehe ich an dem Knauf und stelle fest, dass die Tür unverschlossen ist. Ich drücke sie auf und sehe, dass der Raum im Halbdunkeln liegt. Zach hat die schweren Vorhänge zugezogen und nur eine Nachttischlampe eingeschaltet.

Hastig lasse ich meinen Blick durch den Raum schweifen und entdecke Zach in einem Polstersessel sitzend, der mit königsblauer und goldener Seide bezogenen ist. Er hat sich hinein gefläzt und seine langen Beine von sich gestreckt. Eine seiner Hände ruht auf seinem Oberschenkel und die andere hat er mit dem Ellbogen auf die Armlehne gestützt und das Kinn nachdenklich in seine Handfläche gelegt. Er starrt mich mit halb geöffneten Augen und einem undurchdringlichen Blick an.

„Du bist nicht zum Essen erschienen“, sage ich leise.

Er antwortet nicht, sondern durchbohrt mich weiterhin mit einem emotionslosen Blick.

Ich schließe die Tür leise hinter mir und durchquere mit unsicheren Schritten den Raum, bis ich vor ihm stehenbleibe. Er hebt den Blick, um mich anzusehen, doch er sagt kein Wort.

„Geht es dir gut? Randall hat mir alles über euren Ausflug zu deinem Haus heute erzählt.“

Zach presst die Lippen zu einer dünnen Linie zusammen und starrt ins Leere. „Hat er dir erzählt, was dort vorgefallen ist?“

„Er hat nur davon gesprochen, dass du dich an etwas erinnert hast. Du wolltest deine Eltern nicht ins Amazonasgebiet begleiten.“

Zach stößt ein verächtliches Lachen aus, als er wieder zu mir aufblickt. „Es war so viel mehr als das. Ich habe meine Eltern immer wieder angefleht, mich nicht mitzunehmen. Ich wollte mein Zuhause und meine Freunde nicht verlassen. Ich wollte einen verdammten Hund und bei Onkel Randall bleiben, aber es war nicht meine Entscheidung.“

Ich verspüre einen Stich im Herzen, als ich den gequälten und wütenden Unterton in seiner Stimme höre. Er ist innerlich zerrissen, weil er nie eine Wahl hatte. Er durfte damals genauso wenig hierbleiben wie vor einem Monat bei den Caraica, als ich ihn dort aus seinem Leben riss.

„Es tut mir leid, Zach. Es war unfair, dir keine Kontrolle über die Geschehnisse zu lassen“, gestehe ich mit sanfter Stimme.

Er sieht mich einen Moment lang an und scheint den mitfühlenden Tonfall in meiner Stimme abzuwägen. Dann stützt er sich mit beiden Händen auf den Armlehnen des Stuhls ab und steht auf, um sich majestätisch vor mir aufzubauen.

„Es ist seltsam“, murmelt er, während er auf mich herabsieht und sein Blick weicher wird.

„Was ist seltsam?“, flüstere ich.

„Dass du ausgerechnet das Wort ‚Kontrolle‘ benutzt. Gerade du musst wissen, was es für mich bedeutet. Denn ich habe immer das Bedürfnis, die Kontrolle zu haben.“

„Ich verstehe dich sehr gut“, erwidere ich. „Jetzt sogar noch besser.“

Zach streckt eine Hand nach mir aus und streichelt sanft meine Wange. Sein Blick folgt der Bewegung seiner Hand, während er über meine Worte nachdenkt.

Als er mir wieder in die Augen sieht, ist der Hauch von Wärme verschwunden und einer unbeugsamen Härte gewichen.

Er lässt seine Hand fallen. „Zieh dich aus“, fordert er. Seine tiefe und gebieterische Stimme jagt mir einen Schauer über den Rücken.

Die moderne Frau in mir will sich ihm verweigern, denn ich weiß genau, worauf das hinauslaufen wird. Zach hat das Gefühl, die Kontrolle verloren zu haben, und er will sie zurückgewinnen. Und um das zu tun, muss er mich dazu zwingen, mich ihm ganz und gar hinzugeben. Damit will er sich beweisen, dass er immer noch derselbe Mann wie eh und je ist.

Doch in mir schlummert auch eine andere Frau. Sie hat gelernt, dass in der Unterwerfung völlige Freiheit liegt, die daher rührt, keine Entscheidungen treffen zu müssen und darauf zu vertrauen, dass Zach das Richtige tun wird. Diese Frau – diejenige, die schon feucht zwischen den Beinen wurde, als er mir befahl, mich auszuziehen – das ist die Frau, die jetzt die Oberhand gewinnt.

Denn diese Frau will dafür sorgen, dass Zach sich besser fühlt, indem sie seinen Forderungen nachgibt und ihm zu verstehen gibt, wie sehr sie sich nach seiner unzivilisierten Grobheit sehnt.

Ohne zu überlegen, greife ich nach dem Saum meiner Bluse und ziehe sie mir über den Kopf. Ich lasse sie auf den Boden fallen und öffne den Reißverschluss meines Rocks, der sogleich an meinen Schenkeln hinunterrutscht. Ich steige heraus, indem ich einen kleinen Schritt nach hinten trete.

Seine Augen funkeln und seine Nasenflügel beben, als er meinen schlichten weißen BH und mein Höschen betrachtet. Ich stehe wie angewurzelt da und warte auf seinen nächsten Befehl.

„Alles“, knurrt er.

Der Verschluss meines BHs befindet sich vorne, also öffne ich ihn schnell, rolle die Schultern und überlasse den Rest der Schwerkraft. Dann hake ich die Daumen unter den Bund meines Höschens und schiebe es an meinen Schenkeln hinunter. Auch diesmal steige ich heraus und trete einen Schritt zurück.

Zach begegnet kurz meinem Blick, bevor er meinen Körper von oben bis unten mustert. Ich warte auf seinen nächsten Befehl, während mein ganzer Körper voller Vorfreude vibriert. Was wird er tun? Wird er mich küssen? Mich berühren? Ich werde alles geschehen lassen, doch wenn er nichts tut, werde ich den Verstand verlieren.

Zach macht einen großen Schritt auf mich zu und legt seine Hand in meinen Nacken. Mit einer kraftvollen Bewegung dreht er mich um und drückt mich zu Boden. Mir stockt der Atem, als zuerst meine Knie und dann meine Wange den Teppich berühren. Ich höre, wie seine Knie mit einem dumpfen Laut auf dem Boden aufkommen und er langsam den Atem ausstößt.

Während er mich mit einer Hand im Nacken festhält, öffnet er seinen Reißverschluss. Ich schließe die Augen und stelle mir vor, wie er mit einer gekonnten Handbewegung seinem harten Schwanz zur Freiheit verhilft.

Er führt ihn an mein Geschlecht. Ich bin schon ganz feucht und spanne erwartungsvoll die Muskeln an. Er dringt kaum einen Zentimeter in mich ein und hält inne. Erneut saugt er die Luft ein und ich kann seinen Atem auf meinem Rücken spüren, als er ihn langsam wieder ausstößt.

Ich warte … Ich warte darauf, dass er ganz in mich eindringt. Als er sich jedoch immer noch nicht rührt, öffne ich die Augen, aber bis auf den Saum seiner Bettdecke kann ich nichts sehen. Ich wage es nicht, mich zu bewegen, denn ich weiß, dass Zach in diesem Moment die Oberhand übernehmen muss. Er muss sich nehmen, was er will, um ein Gefühl der Kontrolle wiederzuerlangen.

Dann stößt er zu.

Mein Unterleib wird von einem brennenden Schmerz durchzuckt, als er mit Wucht in mich eindringt. Ich verkrampfe mich augenblicklich, doch im nächsten Moment entspanne ich mich um seinen Schwanz und stoße einen lustvollen Seufzer aus. Mit einem Keuchen beiße ich mir auf die Unterlippe.

Ich wappne mich gegen seine harten Stöße, doch statt mich leidenschaftlich zu ficken, zieht er sich nur langsam zurück, um dann im gleichen Tempo wieder in mich einzudringen. Er legt dabei eine Gelassenheit an den Tag, die nichts mit der Wildheit gemein hat, mit der wir es bisher getrieben haben. Sofort fühle ich mich daran erinnert, wie er Tukaba bei den Caraica auf der Erde gefickt hat.

Gefühllos.

Kalt.

Für ihn war es nur wichtig gewesen, sich selbst zu befriedigen.

Ich kann zwar nicht leugnen, dass es sich gut anfühlt, aber es versetzt mir zugleich einen Stich im Herzen.

Es ist, als würde etwas fehlen.

Ich will mehr, denn Zach hat mir gezeigt, was er zu geben hat. Einerseits macht es mir nichts aus, mich Zachs Willen zu unterwerfen, doch ich muss auch wissen, dass ich mehr für ihn bin als nur ein Gefäß, in welches er sich ergießen kann.

Zach gibt keinen Laut von sich, während er in mich eindringt. Wenn er ein Stöhnen ausstieße oder sein Atem sich beschleunigte, würde ich zumindest wissen, dass ich für ihn begehrenswert bin und ich ihm gefalle.

Doch ich höre nichts dergleichen, während er mit gemessenen Bewegungen immer wieder in mich stößt.

Ich bin wie betäubt und mir steigen Tränen in die Augen, als mir klar wird, dass ich mit Zach so keine sexuelle Beziehung führen kann. Mir fehlt dabei die Intimität, nach der ich mich offensichtlich sehne.

Ich lege die Hände flach auf den Teppichboden und will mich gerade hochstemmen und ihm Einhalt gebieten, als Zach einen Fluch ausstößt und sich von mir losreißt.

Schlagartig richte ich mich auf und werfe einen Blick über meine Schulter. Zach sitzt mit angewinkelten

Knien auf dem Hintern und hat die Hände hinter sich aufgestützt.

Er starrt mich mit einem finsteren Ausdruck in den Augen an und keucht: „Es tut mir leid." In seiner Stimme schwingt Hass mit, der sich gegen ihn selbst zu richten scheint.

Ich bin wie erstarrt, als ich beobachte, wie er das Gesicht zu einer gequälten Miene verzieht.

„Es tut mir leid", wiederholt er leise und wendet den Blick ab. „Ich hätte das nicht tun dürfen."

Sofort reiße ich mich aus meiner Benommenheit, drehe mich um und robbe auf allen Vieren auf ihn zu. Ich knie mich zwischen seine Beine und richte den Oberkörper auf, um sein Gesicht mit beiden Händen zu umfassen. Dann beuge ich mich vor, um mit den Lippen über die seinen zu streichen und ihm einen Kuss auf seine Wange und auf seine Stirn zu pressen.

„Es ist alles in Ordnung", versichere ich ihm.

Als ich den Kopf zurückziehe, begegnet er zögerlich meinem Blick. „Ich weiß nicht mehr, wer ich bin", sagt er so leise, dass ich ihn kaum hören kann.

Es bricht mir das Herz, diesen schönen Mann derart verloren zu sehen. Ich setze mich rittlings auf seinen Schoß, schlinge meine Arme um seinen Nacken und vergrabe mein Gesicht an seiner Halsbeuge. Ich bin erleichtert, als er sofort die Arme um meine Taille schlingt und mich drückt.

„Du bist Zacharias Easton", sage ich mit beruhigender Stimme. „Als Junge musstest du dein Zuhause verlassen und als Mann wurdest du aus deinem gewohnten Leben gerissen. Beides macht dich zu dem Menschen, der du heute bist. Aber bitte vergiss nie, mein wunderbarer Mann, dass du nun die Möglichkeit hast zu sein, wer du sein willst. Deine Zukunft liegt allein in deiner Hand."

Ich spüre, wie Zachs Lunge sich ausdehnt und wieder entspannt, als er tief durchatmet. Im nächsten Moment fühle ich seinen harten Schwanz an meiner Haut und werde von dem Verlangen übermannt, diesen verlorenen Mann wieder in mir zu spüren. Ich beuge mich vor und presse einen Kuss auf seinen Hals, woraufhin sein Körper von einem Beben erfasst wird und er seinen Griff um meine Taille festigt. Mit der Zunge liebkose ich seine Haut und sauge sanft daran, bevor ich meine Zähne darüber gleiten lasse.

Zachs Kehle entweicht ein tiefes Knurren, als er seine Hände unter meine Schenkel schiebt und seine Beine anzieht. Dann stößt er sich mit einer kraftvollen Bewegung vom Boden ab und steht mit mir auf. Er trägt mich zu seinem Bett und legt mich mitten auf die Matratze.

Schamlos beobachte ich das Spiel seiner Muskeln, als er sich seiner Kleidung entledigt. Er wendet den Blick nicht vor mir ab, während seine blauen Augen begierig lodern. Mein Blut gerät in Wallung, als er auf das Bett kriecht und sich zwischen meinen Schenkeln auf die Fersen setzt.

Seine Erektion ragt in absoluter Perfektion in die Höhe, während er mich anstarrt. Es juckt mich förmlich in den Fingern, meine Hände über seinen Körper gleiten zu lassen.

Zach schiebt meine Beine behutsam auseinander, bevor er seine Hände langsam an meinen Schenkeln hinaufgleiten lässt. Er wandert damit weiter über meine Hüfte ... und meine Rippen, bis zu meinen Brüsten. Er drückt sie sanft und lächelt, als mir ein leises Stöhnen entfährt.

Er beugt sich über mich, führt seinen Mund an meine Lippen und küsst mich so zärtlich wie noch nie, wobei er seine Zunge über meine Zähne gleiten lässt. Dann vertieft er den Kuss und ich lasse meine Hände an seine

Brust gleiten, um ihn in seine Nippel zu zwicken. Er belohnt mich mit einem Stöhnen und stößt seine Zunge mit einem harschen Keuchen kraftvoll in meinen Mund.

Als Zach schließlich den Kopf anhebt, stützt er sich mit den Händen auf der Matratze ab und betrachtet mich aufmerksam. „Ich glaube, ich habe gerade etwas Wichtiges gelernt.“

„Und das wäre?“, frage ich, während ich mit beiden Händen seine Oberarme streichle.

„Wenn ich bei den Caraica eine Frau gefickt habe, waren dabei nie Gefühle im Spiel. Ich habe mich nur darauf konzentriert, wie es sich für mich anfühlt.“

„Und das ist jetzt anders?“

„Mit dir ist es anders“, gesteht er. „Noch vor wenigen Augenblicken habe ich versucht, dich zu ficken, wie ich eine Caraica ficken würde, wobei ich mich in Selbstbeherrschung übe und keinerlei Gefühle zeige. Ich wollte mir beweisen, dass ich mich unter Kontrolle habe.“

„Du hast alles unter Kontrolle“, versichere ich ihm und streiche ihm mit den Fingern über das Gesicht.

„Nicht mit dir“, murmelt er. „Nicht ganz.“

„Zach … Ich habe kein Problem damit, mich deinem Willen zu unterwerfen, wenn wir intim sind. Du kannst mich immer wieder auf die Knie zwingen, und ich werde es genießen. Aber nur, wenn du dich nicht zurückhältst. Du musst mir versprechen, dass du mir immer alles von dir geben wirst. Als moderne Frau … brauche ich das. Ich kann meine Gefühle nicht unterdrücken.“

Ein warmherziger Ausdruck tritt in seine Augen, als er mir ein sanftes Lächeln schenkt und verständig nickt. „Verstanden.“

Zach legt eine Hand an meine Brust und kneift in meine Brustwarze. „Nur weil wir uns gerade über unsere Gefühle unterhalten, heißt das nicht, dass ich dich jetzt nicht so hart ficken werde, dass du es bis in alle Ewigkeit spüren wirst. Ich werde dich zu einer Sklavin meines Schwanzes machen. Du wirst vielleicht ein paar blaue Flecken davontragen und ziemlich wund sein, wenn wir fertig sind, aber du wirst mich anflehen, es gleich wieder mit dir zu treiben. Das verspreche ich dir.“

Meine Augen weiten sich und ich schmelze praktisch dahin, als ich den aggressiven Unterton in seiner Stimme höre. „Da ist ja mein unzivilisierter Mann“, flüstere ich.

***

Ja … ich bin wund. Nachdem Zach meine Schenkel über seine Schultern geworfen hatte, stieß er mit roher Gewalt in mich hinein. Nachdem er mich auf diese Weise zweimal zum Höhepunkt gebracht hatte, drehte er mich um und fickte mich weiter. Jedes Mal, wenn er kurz davor war, selbst zu kommen, zog er seinen Schwanz zuweilen ganz aus mir heraus, um mich am ganzen Körper zu liebkosen und zu küssen. Es war die reinste Qual, bis er wieder in mich eindrang.

Er versklavte meinen Körper.

Und er hielt sich nicht zurück.

Er stöhnte, knurrte und fluchte, als er von der Lust überwältigt wurde. Er vergrub seine Finger in meinem Fleisch und peitschte mich förmlich mit seiner Zunge aus. Dank Google kannte er unzählige schmutzige Worte, die er mir an den Kopf warf und mich damit nur noch mehr erregte.

Als er schließlich von einer unbändigen Welle der Ekstase mitgerissen wurde, stieß er einen Schrei aus, der die Wände zum Beben brachte, bevor er auf mir zusammenbrach. Ich hatte schon Angst, dass Randall ins Zimmer stürmen würde, doch ich glaube, dass sich sein

Zimmer glücklicherweise in einem anderen Flügel des Hauses befindet.

Zach rollt sich von mir herunter und legt sich auf den Rücken. Er atmet schwer, und seine Haut ist schweißnass. Ich zögere nicht und schmiege mich an ihn, wobei ich meinen Kopf auf seine Schulter lege. Er bewegt sich weder, noch berührt er mich, während ich einfach daliege und lausche, bis sich seine Atmung endlich wieder beruhigt hat.

Ich lege eine Hand an seine Brust und streichle sanft über seine stahlharten Muskeln, die sich sofort anspannen.

„Schlafen Männer und Frauen erst dann zusammen im selben Bett, wenn sie verheiratet sind?", will Zach wissen. „Ich erinnere mich, dass meine Eltern zusammen in einem Bett geschlafen haben."

Ich lächle in mich hinein und setze mich auf, damit ich Zach ansehen kann. Während meine Hand immer noch auf seiner Brust liegt, antworte ich: „Nein, man muss nicht verheiratet sein, um in einem Bett zu schlafen. Warum fragst du?"

Zach zuckt mit den Schultern. „Ich wollte es nur wissen, denn wir haben noch nie nebeneinander geschlafen."

„Willst du neben mir schlafen? Willst du, dass ich heute Nacht bei dir bleibe?"

Zach packt meine Hand und führt sie an seinem Körper hinunter, bis meine Finger an seinen Schwanz stoßen. Er ist schlaff, aber trotzdem erstaunlich groß und noch feucht.

Zach übt Druck auf meine Finger aus und fordert mich auf, ihn zu umfassen und ich denke gar nicht daran, mich ihm zu verweigern.

Ich streichle ihn sanft, woraufhin seiner Kehle ein leiser, brummender Laut entfährt. „Ich glaube, es ist das Beste, wenn du heute Nacht hierbleibst", sagt er mit einem verschmitzten Grinsen, während sein Schwanz in meiner Hand pulsiert. „Ich glaube, ich bin noch nicht fertig mit dir.“

Mein Gott, ich hoffe, er wird niemals fertig mit mir sein.

Kapitel 17

Zach

Ich sitze im hinteren Teil des Bootes, während Clint es über den See steuert. Mein Blick schweift zwischen Moira zu meiner Linken und Cara zu meiner Rechten hin und her. Es fasziniert mich, dass ich mich in der Gesellschaft von zwei gleichermaßen schönen Frauen befinde, von denen mich aber nur eine wirklich anspricht.

Was also unterscheidet Moira von anderen Frauen?

Liegt es daran, dass ich ihren Körper bis ins Detail kenne? Hat es etwas damit zu tun, dass sie mich besser kennt als Cara?

Oder ist es der Tatsache geschuldet, dass Moira sich von mir dominieren lässt und damit mein Bedürfnis nach Kontrolle befriedigt?

Letztere Erklärung leuchtet mir nicht ganz ein, denn ich glaube, dass das Konzept der Kontrolle subjektiv ist.

Cara ist zum Beispiel sehr hübsch. Sie trägt einen pinkfarbenen Bikini, der aus kaum mehr als ein paar schimmernden Stofffetzen besteht, die ihre Brüste und Muschi nur spärlich bedecken. Ihr langes, blondes Haar weht offen im Wind. Ich wette, dass sie mit ihren vollen Lippen fantastisch blasen kann.

Was jedoch ihren Verstand angeht, hat sie nicht sonderlich viel zu bieten. Sie scheint nur über sich selbst reden zu wollen oder zu mutmaßen, welcher Nagellack am besten zu ihrem Teint passen würde. Ich musste ein Lachen unterdrücken, als Cara ihr langes Bein in die Höhe schwang und ihren Fuß auf meinem Oberschenkel abstellte, um mich zu fragen, was ich von der Farbe ihrer Fußnägel halte.

Als würde ich mich dafür auch nur die Bohne interessieren.

Moira verdrehte nur die Augen und ließ ihren Blick über das Wasser schweifen.

Während Cara so gut wie nackt ist, trägt Moira ein T-Shirt und eine Jeansshorts über ihrem Bikini. Mir fällt auf, dass ihre Zehennägel blassrosa lackiert sind, was in mir das Verlangen weckt, ihre Füße zu liebkosen. Möglicherweise macht die Farbe doch einen Unterschied.

Clint verlangsamt das Boot und lässt den Motor im Leerlauf tuckern, bevor er sich zu uns umdreht. „Okay, Moira. Jetzt bist du dran. Bist du bereit?"

Moira steht von ihrem Sitz auf und schenkt ihm ein spielerisches Lächeln. „Sicher. Ich habe dir ja gesagt, dass ich nicht sonderlich gut Wasserskifahren kann, aber ich werde es probieren."

Außer Moira sind wir bisher alle gefahren. Cara und Clint sind ziemlich gut, aber ich habe erfahren, dass sie jedes Jahr den Großteil des Sommers auf dem See verbringen, dabei Bier und Wein trinken und die Sonne genießen. Was für ein beschwerliches Leben.

Ich habe mich erstaunlich gut geschlagen, als ich an der Reihe war. Es war aufregend, hinter dem Boot hergezogen zu werden, während der Wind mir um die Ohren sauste und die kühle Gischt um mich aufpeitschte. Nachdem ich wieder zurück ins Boot geklettert war, hat Cara ihre Hand auf meinen Bizeps gelegt und behauptet, ich könne so gut Ski fahren, weil meine Oberarme so stark sind.

Moira verdrehte erneut die Augen und stieß sogar ein Schnauben aus, was Cara dazu veranlasste, sie finster anzustarren.

Es fällt mir schwer, den Blick abzuwenden, als Moira ihr T-Shirt über den Kopf zieht und ein schwarzes Bikini-Oberteil entblößt. Im Gegensatz zu Cara, bedeckt es auf sittsame Weise ihre Brüste, die zudem etwas kleiner sind als die der anderen Frau. Ich bin froh darüber, denn mir sind die lüsternen Blicke nicht entgangen, mit denen Clint Moira beäugt. Sie entledigt sich ihrer Shorts, unter der sie ein schwarzes Bikini-Höschen trägt, das ihren Hintern ausreichend verhüllt und mit dünnen Trägern an ihren Hüftknochen befestigt ist.

Verdammt, gestern Abend habe ich diesem Körperteil eine Menge Aufmerksamkeit geschenkt, als ich abwechselnd meine Zunge und meine Finger darin vergraben habe. Ich bin überrascht, dass sie keine blauen Flecken davongetragen hat.

Clint hilft Moira dabei, die Schwimmweste anzulegen, und ich hätte ihn am liebsten frustriert angeknurrt, als er die Gurte über ihrer Brust festzurrt. Allerdings kann ich nichts tun, denn Moira will niemanden wissen lassen, dass wir miteinander schlafen. Und wenn ich meinem Verlangen nachgeben und Clint auf das Bootsdeck stoßen würde, weil er ihr zu nahekommt, würde ich uns verraten.

Cara steht auf und verkündet: „Diesmal fahre ich.“

Während sie sich hinter das Steuer setzt, hilft Clint Moira dabei, die Skier anzuschnallen, woraufhin sie sich ins Wasser gleiten lässt. Ich drehe mich in meinem Sitz um und beobachte sie. Mit entschlossener Miene ergreift sie die Leine, während die Spitzen ihrer Skier vor ihr aus dem Wasser ragen.

Moiras Blick wandert zu mir, und ich schenke ihr ein ermutigendes Lächeln. Sie belohnt mich mit einem flüchtigen Grinsen, das so hell wie die Sonne strahlt. Ich verspüre einen Stich im Herzen, als ich von dem Wunsch übermannt werde, dieses Lächeln noch einmal zu sehen. Ja, dieses Lächeln ist ohne Zweifel ein Merkmal, das Moira von anderen Frauen unterscheidet.

Cara wirft einen Blick über ihre Schulter und ruft: „Ist sie bereit?“

Mit einem Nicken erwidert Moira lautstark: „Es kann losgehen.“

Der Motor heult auf, als Cara das Boot stetig beschleunigt, und ich beobachte, wie Moira sich mühelos aus dem Wasser hebt. Sie hält sich ohne Probleme auf den Skiern und hat den Blick auf das Boot gerichtet.

Cara erhöht die Geschwindigkeit ein wenig, und Clint ruft: „Das machst du gut. Beuge deine Knie ein wenig mehr.“

Moira tut wie ihr geheißen und nimmt eine stabile Haltung ein. Ein Lächeln huscht über ihr Gesicht, als sie über das Wasser gleitet. Ich lehne mich zurück und genieße den Anblick meiner schönen Geliebten.

Ich weiß, dass Moira nicht genügend Kraft in den Armen hat, um sich lange auf den Skiern halten zu können, und ich kann es kaum erwarten, es selbst noch einmal zu versuchen. Wasserskifahren ist eins der aufregendsten Dinge, die ich seit meiner Ankunft in den Vereinigten Staaten getan habe … fast so aufregend wie die intimen Momente mit Moira, wenn ich meinen Schwanz in ihr vergraben habe.

Plötzlich reißt Cara das Steuer herum. Moira schert unwillkürlich aus und trifft auf eine hohe Welle im Kielwasser des Bootes. Sobald die Skier über die Welle ragen, beobachte ich, wie Moira die Beine unter ihrem Körper weggezogen werden und sie kopfüber ins Wasser stürzt.

„Stell den Motor ab“, schreit Clint Cara an. Ich beobachte, wie sie den Motor drosselt und einen Blick über ihre Schulter wirft. Sie verzieht die Lippen zu einem bösartigen Grinsen, als sie Moira im Wasser treiben sieht.

„Ach, herrje“, sagt sie und wirft mir einen unschuldigen Blick zu. „Ich dachte, ich hätte einen Baumstamm im Wasser treiben sehen und wollte ihm ausweichen.“

„Mensch, Cara", sagt Clint mit einem gutmütigen Lachen. „Du bist wirklich ein Teufelsbraten. Von jetzt an fahre ich."

Cara wendet das Boot vorsichtig und fährt zurück zu Moira. Offenbar hat sie sich nicht verletzt, denn sie kichert, als wir uns ihr nähern. Ich lehne mich über den Bootsrand und packe sie, um sie hochzuziehen, damit sie sich auf die Kante setzen kann.

„Geht es dir gut?", will Cara voller vermeintlicher Fürsorglichkeit wissen.

„Ja, es ist alles in Ordnung", antwortet Moira mit einem Grinsen. „Zuerst habe ich einen Riesenschreck bekommen, aber ich habe mir nicht wehgetan. Ich will es gleich noch einmal versuchen."

Ich bemerke, dass Cara eine Grimasse zieht, aber ich grinse Moira nur an. Während Clint den Platz hinter dem Steuer einnimmt, beuge ich mich zu Moira hinunter und flüstere ihr ins Ohr: „Du bist wirklich eine Draufgängerin. Ich habe heute Abend etwas Besonderes mit dir vor. Ich hoffe, du bist dann noch genauso abenteuerlustig."

Moira schließt die Augen und stöhnt leise. Ich deute das als Zustimmung und richte mich wieder auf, als Cara auf uns zukommt.

„Zach … Ich bekomme langsam einen Sonnenbrand", schnurrt Cara, während sie mir eine Flasche mit einer Lotion reicht, die Moira schon vor einer Weile auf ihre Haut aufgetragen hat. Verdammt, wie sehr hatte ich mich danach gesehnt, derjenige zu sein, der das Zeug auf ihrem Körper verteilt. „Kannst du mir den Rücken eincremen?"

Ich muss Moira nicht ansehen, um zu wissen, dass sie erneut die Augen verdreht, und ich lache in mich hinein. Ich genieße die Tatsache, dass sie von Eifersucht geplagt ist, aber heute Abend werde ich es wieder gutmachen.

„Sicher“, antworte ich, nehme die Flasche entgegen und schraube den Deckel ab.

Ich bin sicher, ein „Unglaublich“ aus Moiras Mund zu hören, bevor sie sich vom Bootsrand ins Wasser gleiten lässt.

***

Cara und Clint haben uns gerade vor Randalls Haus abgesetzt. Moira war die ganze Fahrt über äußerst schweigsam. Ich glaube, es hat etwas damit zu tun, dass Cara sofort die Bänder ihres Bikinioberteils aufzog, nachdem ich ihr die Sonnenmilch abgenommen hatte. Sie ließ die Schnüre fallen und presste den Stoff vorsichtig an ihre Brüste, als sie mir den Rücken zuwandte.

„Ich will nicht, dass mein Bikini beschmiert wird“, erklärte sie.

Ich verteilte die Creme eilig auf ihrem Rücken, und als ich ihr die Bänder wieder um den Nacken binden wollte, senkte sie die Arme, um mir einen Blick auf ihre prallen Brüste zu gewähren. Sie warf mir einen lüsternen Blick zu und drehte sich mir zu, während sie die Schnüre um ihren Rücken band. Ich schenkte ihr ein höfliches Lächeln und wandte mich dann zu Moira um, die mich mit einem finsteren Blick durchbohrte. Ich grinste sie nur an, woraufhin sie die Lippen zu einer dünnen Linie zusammenpresste.

Seitdem zeigt sie mir die kalte Schulter.

Sam begrüßt uns in der Eingangshalle und teilt uns mit, dass Randall noch in einer geschäftlichen Besprechung ist und das Abendessen in einigen Stunden im Speisesaal serviert wird. Moira murmelt etwas zum Dank und stapft die Treppe hinauf. Ich beobachte sie eine Minute lang und bewundere ihren Hintern in ihrer engen Jeansshorts. Als sie die Treppe zur Hälfte erklommen hat, folge ich ihr, wobei ich zwei Stufen auf einmal nehme.

Sie beachtet mich jedoch nicht und geht geradewegs in ihr Zimmer. Ich bleibe direkt hinter ihr, drücke mit der Handfläche gegen die Tür, als sie versucht, sie vor meiner Nase zuzuschlagen.

„Ich gehe unter die Dusche", murrt sie. Ich betrete ihr Zimmer und schließe die Tür.

„Wunderbar", erwidere ich. „Ich werde dir Gesellschaft leisten."

„Ich bin nicht in der Stimmung, Zach", knurrt sie, während sie geradewegs auf das Badezimmer zusteuert. Ich folge ihr dicht auf den Fersen, denn ich will nicht, dass sie sich vor mir versteckt.

Ich lehne mich mit der Hüfte gegen den Badezimmertisch, während sie das Wasser aufdreht und ihre Hand unter den Strahl hält, bis es die gewünschte Temperatur erreicht hat. Dann wendet sie sich mir zu und zieht die Augenbrauen in die Höhe. „Was tust du hier? Ich stelle mich jetzt unter die Dusche, wir sehen uns unten beim Abendessen."

Ich ziehe mir das T-Shirt über den Kopf und lasse es lässig auf den Boden fallen. Und Moira kann nicht anders, als mich zu mustern. Sie lässt ihren Blick flüchtig über meine Brust schweifen, bevor sie mir wieder in die Augen sieht.

„Oh nein, das wirst du nicht tun", ermahnt sie mich und weicht einen Schritt zurück. „Ich sagte doch, ich bin nicht in der Stimmung."

„Natürlich bist du in der Stimmung", erwidere ich nur und beäuge ihre Brüste. „Ich kann deine Nippel durch dein Shirt sehen."

„Das liegt an der Klimaanlage", murrt sie. „Wenn du jemanden ficken willst, warum gehst du dann nicht zu Cara? Ich bin sicher, sie wird dir gern zu Diensten sein."

Aha, jetzt ist es raus. Meine kleine Tigerin ist immer noch wütend, weil Cara sich heute Nachmittag vor mir entblößt hat.

„Sie würde mir zweifellos zu Diensten sein und sich meinem Willen beugen“, bemerke ich und beobachte, wie sie vor Wut rot anläuft. „Aber ich will sie nicht. Ich will nur dich, also zieh deine Sachen aus. Und zwar sofort.“

In Moiras Augen blitzt ein feuriger Ausdruck auf, aber sie hebt trotzig ihr Kinn an. Ich weiß, dass sie mich will, dennoch verweigert sie sich mir. „Nein.“

„Nein?“, wiederhole ich mit einem finsteren Lächeln. Ich schiebe mir meine Badeshorts von den Hüften und lasse sie auf den Boden fallen. Mein Schwanz ist in dem Moment hart geworden, als ich ihr in ihr Zimmer gefolgt bin. Ich ergreife ihn, um mich zu streicheln und sie lässt ihren Blick sofort auf meine Hand gleiten.

Ich trete einen Schritt auf sie zu, woraufhin sie mir wieder in die Augen sieht.

„Nein?“, frage ich erneut. „Willst du dich mir etwa verweigern?“

„Ganz genau“, entgegnet sie, obwohl ich am Tonfall ihrer Stimme erkennen kann, dass sie mich reizen will.

„Wenn du dich nicht sofort ausziehst, werde ich es für dich tun“, ermahne ich sie.

„Du wirst mich schon zwingen müssen“, fordert sie mich heraus.

Wie du willst, denke ich. Ich will sie so dringend ficken, dass ich ihr vielleicht nur die Shorts und das Bikinihöschen vom Leib reiße, um so schnell wie möglich in sie einzudringen.

Ich packe ihre Taille und ziehe sie an mich. Dann schlinge ich die Arme um ihren Rücken und beuge mich vor, um sie zu küssen, als sie vor Schmerz aufschreit.

Ich lasse sie sofort los. „Was ist passiert?“

Moira zuckt zusammen und hebt vorsichtig ihr T-Shirt am Rücken an und wirf einen Blick über ihre Schulter, um sich im Spiegel zu betrachten. Ich folge ihrem Blick und sehe, dass ihr Rücken von der Sonne rosa gefärbt ist.

„Verdammt“, sagt sie bestürzt. „Ich habe einen Sonnenbrand.“

Vorsichtig greift sie nach hinten und presst einen Finger auf die Stelle oberhalb ihrer Hüfte. Als sie ihre Hand zurückzieht, verfärbt sich die Haut für einen Moment weiß, bevor sie nach wenigen Augenblicken wieder eine rosa Färbung annimmt.

Moira wendet sich wieder mir zu. Für einen Moment starren wir einander nur an und die aufgeheizte Stimmung, die noch vor wenigen Augenblicken zwischen uns geherrscht hat, ist verflogen. Dann verzieht sie die Lippen zu einem breiten Grinsen. Es ist so strahlend wie das Lächeln, das sie mir heute Nachmittag geschenkt hat. „Ich habe wohl den Moment irgendwie ruiniert, nicht wahr?“

Ich werfe den Kopf in den Nacken und lache schallend. „Du hast gar nichts ruiniert. Ich werde nur etwas behutsamer sein müssen.“

Vorsichtig ziehe ich ihr das Shirt über den Kopf und lege es beiseite, um sie auch ihres Bikinioberteils zu entledigen. Dann gehe ich in die Hocke und ziehe ihr die Shorts und ihr Bikini-Höschen aus, wobei ich darauf achte, ihre Haut so wenig wie möglich damit zu berühren. Als sie völlig nackt vor mir steht, presse ich einen Kuss auf ihren Bauch, bevor ich mich wieder aufrichte.

Ich greife in die Dusche und drehe die Temperatur etwas herunter, bis das Wasser nur noch lauwarm ist, um ihre empfindsame Haut nicht noch mehr zu reizen. Offenbar hat sie sich nur den Rücken verbrannt. Ich habe ein schlechtes Gewissen, weil ich Cara bereitwillig mit der schützenden Sonnenmilch eingerieben habe, Moira jedoch vernachlässigt habe.

„Tut es sehr weh?“, frage ich sie.

„Nein … es brennt nur ein bisschen. Ich habe etwas Aloelotion dabei, mit der ich mich nach dem Duschen eincremen kann.“

„Das werde ich übernehmen, doch wir sollten uns zuerst waschen“, erwidere ich, ergreife ihre Hand und führe sie durch die große Glastür.

So wie die Dusche in meinem Badezimmer, ist auch ihre überdimensional groß. Die Wände sind mit braunen und grauen Schieferfliesen gekachelt, während verschiedene Düsen das Wasser aus allen Richtungen spritzen lassen.

Moira neigt ihren Kopf nach hinten und hält ihn unter den Wasserstrahl, um ihr Haar zu befeuchten. Als sie den Kopf wieder hebt, haben sich kleine Tröpfchen in ihren Wimpern verfangen und rinnen ihr über die Wangen. Mit ihren funkelnden grünen Augen bietet sie einen umwerfenden Anblick.

Ich greife nach dem Duschgel, gebe eine großzügige Menge in meine Hand und schäume es auf. „Deine Vorderseite zuerst.“

Moira sieht mich mit großen Augen an, während ich die Seife auf ihrem Hals, ihren Schultern und ihren Armen verteile. Ihren Brüsten widme ich besondere Aufmerksamkeit, knete sie sanft und streiche mit den Daumenkuppen über ihre steifen Brustwarzen. Ich bin so erregt, dass ich förmlich spüren kann, wie der Saft meiner Lust aus meinem Schwanz tropft, doch ich lasse mir Zeit, während ich weiter ihren Körper einseife.

Mit einer Hand greife ich zwischen ihre Schenkel und massiere ihre Muschi, bevor ich einen Finger durch ihre Spalte gleiten lasse und damit in sie eindringe.

„Oh, Zach“, stöhnt sie und schiebt die Hüfte vor.

Ich ziehe meinen Finger wieder heraus, um ihre Klitoris zu streifen, woraufhin sie nach Luft schnappt. Sie ist so verdammt sexy.

„Dreh dich um“, befehle ich ihr. „Ich will deinen Rücken waschen.“

Sie tut wie geheißen und legt ihr langes Haar nach vorn über ihre Schulter, um ihre gerötete Haut zu entblößen. Ich berühre sie kaum, als ich die Seifenlauge sanft auf ihrem Rücken verteile und meine Hände bis zu ihrem schönen, runden Hintern gleiten lasse. Er ist immer noch geschmeidig weiß, da er durch ihre Shorts bedeckt war.

Ich umfasse mit beiden Händen ihre Pobacken und massiere sanft ihre Muskeln. Dann drehe ich meine Hände nach innen und lasse meine Finger zwischen den prallen Wölbungen entlanggleiten, um die empfindsame Haut zu streicheln.

Für einen Moment verkrampft sich Moira, doch kurz darauf stößt sie einen Seufzer aus.

Ich beuge mich vor, um noch einmal nach dem Duschgel zu greifen und gebe erneut eine großzügige Menge auf meine Hand.

„Rühr dich nicht vom Fleck“, befehle ich ihr. „Und nicht bewegen.“

Ich trete an ihre Seite und streichle mit einer Hand über ihren Bauch, während ich die andere über ihren Rücken gleiten lasse. Die Hand an ihrem Unterleib wandert auf ihre Muschi, wobei ich einen Finger zwischen ihre Spalte schiebe, um ihre Klitoris zu umkreisen.

Moira schreit vor Lust auf, während sie sich mit einer Hand an der Duschwand abstützt und mit der anderen meine Schulter packt. Ich schiebe meinen Zeigefinger zwischen ihre Pobacken und massiere sanft ihre Rosette, doch ihre Hüfte zuckt nach vorn, als sie versucht, sich meiner Berührung zu entziehen.

„Ich habe gesagt, du sollst dich nicht bewegen“, ermahne ich sie, während ich ihren Kitzler ein wenig kräftiger reibe.

Sie steht reglos da, während ich sie mit meinen Händen verwöhne. Mit einem Finger massiere ich ihre Klitoris, während ich mit dem anderen sanft ihre Rosette umkreise.

Ich beuge den Kopf vor und liebkose Moiras Hals, bevor ich meine Lippen an ihr Ohr führe und sage: „Ich will dich in den Arsch ficken.“

Moira stöhnt auf und schüttelt den Kopf.

„Nicht jetzt … nicht heute Abend. Aber bald wird er mir gehören“, erkläre ich ihr.

Sie schüttelt wieder den Kopf, während ihr ein tiefes Stöhnen entfährt. Ich lache leise und küsse noch einmal ihren Hals.

„Ich werde es tun“, versichere ich ihr und schiebe einen Finger ganz tief in ihre Muschi, während ich mit dem anderen nur einen Zentimeter in ihren Anus eindringe. „Du weißt, dass du es auch willst.“

„O Gott. Wo hast du das nur gelernt?“, schreit Moira auf.

Ich lache leise und presse einen Kuss auf ihren Mundwinkel. „Google.“

„Ich kann nicht, Zach. Ich kann dich nicht in mich aufnehmen. Dein Schwanz ist zu groß.“

„Schhh“, murmle ich in ihr Ohr. „Ich werde mir Zeit nehmen und dich vorbereiten.“

Ich ziehe meinen Finger aus ihrer Muschi und reibe ihn wieder über ihre empfindsame Klitoris, während ich den anderen bis zum zweiten Knöchel in ihrem Poloch versenke.

Ein erstickter Laut entfährt Moiras Kehle und sie schiebt mir begierig ihren Hintern entgegen. Dabei löst sich mein Finger von ihrer Klitoris, doch ich presse ihn sofort wieder auf ihre Spalte, während ich meinen anderen Finger ein Stück weit aus ihrem Anus ziehe und ihn kurz darauf wieder hineinschiebe.

„Oh, das fühlt sich gut an“, murmelt Moira und ich verziehe die Lippen zu einem triumphierenden Lächeln. Während ich mit einem Finger ihre Klitoris massiere, dringe ich mit dem anderen ganz in ihr Poloch ein. Sie ist so verdammt eng und heiß. Ich habe keine Ahnung, ob mich das Gefühl nicht überwältigen wird, wenn ich sie irgendwann auf diese Weise ficke. Allein der Gedanke daran lässt mich fast kommen.

Moiras Atmung beschleunigt sich und sie beginnt zu wimmern, während ich sie von beiden Seiten bearbeite. Ich stoße immer kraftvoller in ihren Hintern, während ich den anderen Finger immer schneller über ihre Klitoris kreisen lasse.

„Fuck“, stöhnt Moira. Mir wird schlagartig klar, dass ich dieses Wort zum ersten Mal aus ihrem Mund höre. „Ich komme gleich, Zach. Ich komme so heftig.“

„Ja, verdammt, das wirst du“, sage ich und bearbeite sie stürmisch mit beiden Fingern.

Im nächsten Moment spannt Moira ihren ganzen Körper an. Sie lässt eine Hand nach unten schnellen und umklammert meinen Oberschenkel. Ihre Fingernägel graben sich so tief in meine Haut, dass sie mich bluten lässt. Dann schreit sie auf, als ein unbändiges Beben ihren Körper erfasst.

Ich beobachte sie, während ich meine Finger immer noch in ihr vergraben habe. Doch ich halte es keinen Moment länger aus.

Ich löse meine Hände, trete hinter sie und beuge behutsam ihren Oberkörper nach vorn. Sie stützt sich mit beiden Händen am Duschsitz ab, um das Gleichgewicht nicht zu verlieren. Ich umfasse meinen Schwanz, führe ihn an ihre Muschi und dringe mit einem Stoß tief in sie ein.

„Halt dich fest, süße Moira“, warne ich sie. „Es wird nicht lange dauern.“

Ich ficke sie hart, wobei ich ihre Hüfte seitlich packe, um ihre verbrannte Haut nicht zu berühren. Dabei senke ich den Blick und beobachte, wie mein Schwanz sich immer wieder in ihrem warmen Unterleib vergräbt.

So gut.

Es fühlt sich so verdammt gut an.

Ich komme unerwartet schnell zum Höhepunkt und werde von einem heftigen Beben durchzuckt. Ich spanne jeden Muskel in meinem Körper an und drücke die Knie durch, um nicht zusammenzubrechen.

Mit einer Hand schlage ich gegen die Duschwand und stoße ein lautes „Fuck“ aus, als ich von einer Welle der Ekstase mitgerissen werde und mich heiß in Moira ergieße.

Unglaublich.

Ich habe mich noch nie so überwältigt gefühlt.

Moira hat mir die Freiheit gegeben, mit ihrem Körper anzustellen, was ich wollte. Sie hat sich mir ganz und gar hingegeben und zugelassen, dass ich sie an den intimsten Stellen berühre. Dabei tat sie es nicht, weil ich es von ihr verlangte, sondern weil sie es wollte und darauf vertraute, dass ich ihr nicht wehtun würde. Sie braucht mich nicht, nicht wie die Frauen der Caraica. Ich muss sie nicht ernähren oder ihr ein Dach über dem Kopf bieten. Nein, sie braucht mich auf eine ganz andere Art und Weise, und diese Erkenntnis lässt mich in Demut innehalten.

Ich betrachte Moiras Rücken, der von der Sonne gerötet ist, und ihre Brust, die noch immer vor Lust bebt. Ihr Kopf ist gesenkt und ihr Körper vertraut mir noch immer.

Ich streiche mit meinen Fingern sanft über ihre Haut und denke: *Es wird mich umbringen, sie eines Tages zu verlassen.*

Kapitel 18

Moira

Ich wasche mir die Hände im Waschbecken und betrachte mein Spiegelbild. Ein ernster Ausdruck schimmert in meinen Augen, während ich darüber nachdenke, was gestern Abend zwischen Zach und mir in der Dusche geschehen ist. Es war wundervoll … beängstigend … befreiend.

Es hat mich verändert.

Noch nie zuvor hat mich ein anderer Mann so berührt wie er, und doch habe ich ihm aus irgendeinem Grund vollkommen vertraut. Diesem wilden Mann, der sich noch nie um die Gefühle einer Frau geschert oder auf ihren Körper Rücksicht genommen hat. Es war unglaublich und ich spürte, wie sich etwas zwischen uns beiden veränderte, als er seinen Schwanz aus mir herauszog.

Danach stellte er mich unter den Wasserstrahl und spülte den restlichen Schaum von meinem Körper. Dann massierte er zuerst Shampoo in mein Haar und wusch es mit einer Spülung, wobei er gemächlich mit den Fingern durch die seidigen, nassen Strähnen fuhr. Er war so zärtlich.

Er führte mich aus der Dusche, wickelte mir ein Handtuch um die Schultern, wobei er darauf achtete, damit nicht über meinen empfindsamen Rücken zu reiben. Nachdem ich die Aloelotion geholt hatte, legte er mich aufs Bett und verteilte behutsam die Creme auf meinem Rücken. Ich stieß einen Seufzer aus, als der Balsam meine Haut kühlte, während er mit seinen Berührungen eine unbändige Begierde in mir weckte.

Während er meinen verbrannten Rücken mit äußerster Vorsicht behandelte, massierte er meinen Hintern etwas kraftvoller. Ich wand mich und flehte ihn im Stillen an, mich intim zu berühren, und er erfüllte mir den Wunsch. Er schob seine Finger zwischen meine Schenkel, bis ich feucht vor Erregung war, dann spreizte er meine Beine und drang von hinten in mich ein, während ich ausgestreckt auf dem Bett lag.

Zach fickte mich langsam, wobei er sich über mir abstützte und seine Hände in die Matratze grub. Am liebsten hätte ich seinen Körper dicht an meinem gespürt, doch ich weiß, dass er nur auf meinen Sonnenbrand Rücksicht nahm. Obwohl er sich in einem bedächtigen Rhythmus bewegte, war er alles andere als leise. Wie versprochen, hielt er sich nicht zurück.

Jedes Mal, als er in mich eindrang, stöhnte er voller Leidenschaft und gab sich ganz der Ekstase des Augenblicks hin. Ich kam heftig, aber fast lautlos zum Höhepunkt, und kurz darauf erreichte auch er den Gipfel der Lust. Dann beugte er sich vor und presste einen flüchtigen Kuss zwischen meine Schulterblätter.

Nachdem er sich von mir gelöst hatte, fragte ich mich, ob er in sein eigenes Zimmer zurückkehren würde. Er hatte in der Nacht zuvor bei mir geschlafen, aber ich war mir nicht sicher, ob er geblieben war, weil er zu erschöpft war oder weil er es wollte. Dennoch sprach ich ihn nicht darauf an, denn ich fürchtete mich vor der Antwort.

Aber er rollte sich auf die Seite, legte sich auf den Rücken und sagte: „Komm her.“

Ich drehte mich ihm zu und schmiegte mich an ihn, woraufhin er behutsam einen Arm um meinen Rücken legte, der dank der Aloe mittlerweile nicht mehr ganz so empfindlich war. Eine Weile lagen wir schweigend nebeneinander, bis ich das Wort ergriff.

„Woher hast du diese Narben?“, wollte ich wissen, als ich eine Hand über seinen Bauch und seinen rechten Hüftknochen bis hinunter zu seinem Oberschenkel gleiten ließ, auf dem ich vier Reihen kleiner, kreisförmiger Narben befühlte, die jede etwa zwölf Zentimeter lang waren. Sie waren mir gleich an dem Abend aufgefallen, an dem ich Zach zum ersten Mal bei den Caraica begegnet war. Obgleich an verschiedenen Stellen seines Körpers noch andere Narben zu finden waren, die wie Schnitte oder Kratzer anmuteten, interessierten mich diese am meisten.

Zach hob seinen Kopf an, um zu sehen, welche Narben ich meinte. „Ach die. Die stammen von einer grünen Anakonda, die mich verspeisen wollte."

Ich richtete den Oberkörper auf, um ihm ins Gesicht zu sehen, denn ich nahm an, er erlaubte sich einen Scherz mit mir. „Das soll wohl ein Witz sein."

Er betrachtete mich mit einem ernsten Ausdruck in den Augen. „Nein, nicht im Geringsten."

„Heilige Scheiße. Was ist denn passiert?"

Zach gluckste und legte den Kopf zurück auf das Kissen. „Ich glaube, ich war zwölf und mit ein paar anderen Jungen meines Alters auf der Jagd. Wir waren nicht sonderlich geschickt und schafften es hin und wieder, ein paar Affen zu erlegen, wenn wir genügend Pfeile auf sie abfeuerten. Am Ufer des Itui-Flusses stießen wir auf eine Anakonda. Sie hatte sich zu einer Spirale zusammengerollt und den Kopf vergraben, um sich zu tarnen."

„Sie? Woher weißt du, dass es eine weibliche Schlange war? Hast du etwa ihren Rock angehoben?", fragte ich mit einem Schnauben.

„Nein, du Schlauberger. Die Weibchen sind im Allgemeinen größer als die Männchen, und diese Schlange war riesig … Von der Anzahl ihrer Windungen ausgehend, war sie wahrscheinlich sechs Meter lang. Für gewöhnlich halten sie sich im Wasser auf, um zu jagen, und sind blitzschnell. Doch die Schlange am Ufer schien träge zu sein, vielleicht war sie alt, keine Ahnung

… Ich weiß nur, dass wir in ihr eine geeignete Mahlzeit für den Stamm sahen."

Der Gedanke ließ mich erschaudern. Aber nicht nur wegen all der Gefahren, denen Zach bereits in so jungen Jahren ausgesetzt war, sondern auch wegen der Verantwortung, die auf seinen Schultern lastete. Schon damals war es ihm wichtig gewesen, zur Nahrungsbeschaffung für seinen Stamm beizutragen.

„Wir alle waren mit Pfeil und Bogen bewaffnet, doch wir wussten, dass sie uns nicht von Nutzen waren, denn wir mussten der Schlange den Kopf abschneiden. Das Problem war nur, dass wir ihn nicht sehen konnten. Also saßen wir eine Weile etwa drei Meter von der Schlange entfernt und überlegten, wie wir vorgehen sollten, bis Kaurlo schließlich auf die brillante Idee kam, sie mit Steinen zu bewerfen, um sie hervorzulocken."

„Dann habt ihr also mit Steinen nach einer riesigen Schlange geworfen, damit sie den Kopf hebt. Ihr müsst verrückt gewesen sein."

Zach lachte leise. „Wahrscheinlich waren wir einfach nur dumm. Aber es hat funktioniert. Wir mussten sie mehrmals bewerfen, denn die Steine prallten alle an ihr ab, doch schließlich hob sie den riesigen Kopf und sah uns an. Doch sie schien nicht wütend, sondern nur schläfrig zu sein, und begann, in Richtung Fluss zu kriechen."

„Ich hätte sie gehen lassen", bemerkte ich, als mir abermals ein Schauer über den Rücken lief.

„Sie war unser Abendessen. Auf keinen Fall hätten wir sie entkommen lassen. Wir rannten alle mit gezückten Macheten hinter ihr her. Ich war der Schnellste und erreichte sie als Erster. Kurz bevor sie das Wasser erreichte, hob ich meine Waffe, um nach ihr zu schlagen, doch sie sprang mich so schnell an, dass ich nicht mehr reagieren konnte. Sie verbiss sich in meinem

Oberschenkel und ich stürzte zu Boden, wobei mir meine Machete aus der Hand flog."

„Großer Gott. Was hast du dann getan?"

„Ich habe mir die Seele aus dem Leib geschrien. Anakondas haben auf jeder Seite zwei Zahnreihen, wobei die Zähne nach hinten gebogen sind. Es ist fast unmöglich, sie herauszuziehen, wenn sie sich einmal in deinem Fleisch vergraben haben. Sie sind nicht giftig, aber das müssen sie auch nicht sein. Die Schlange will sich nämlich nur festhalten, bis sie sich um ihr Opfer wickeln kann, um es zu ersticken."

„Hat einer der anderen Jungs dich gerettet?"

Zach lachte belustigt. „Nein. Sie sind alle schreiend in den Dschungel gelaufen und haben um Hilfe gerufen. Glücklicherweise war Paraila ganz in der Nähe und eilte herbei. Als er mich mit der verdammten Schlange am Boden liegen sah, fing er an, mich auf Portugiesisch zu verfluchen: ‚Dummer Junge, dummer Junge'. Als er bei mir war, hatte sie sich bereits um meinen Bauch gewickelt, und er hatte Mühe, eine geeignete Stelle zu finden, um sie durchzuschneiden, ohne mich dabei zu verletzen."

„Oh, mein Gott. Aber offensichtlich hatte er Erfolg."

„In der Tat. Die Schlange war stinksauer, weil Paraila sie quasi durchsägen musste, während sie versuchte, mich zu erwürgen. Er hat sie schließlich getötet, aber es hat ewig gedauert, bis sie von mir abließ. Mehrere ihrer Zähne brachen ab und mussten mir einzeln aus dem Oberschenkel gezogen werden."

„Oje … du hättest sterben können."

„Das wäre ich fast, und zwar zweimal. Zum einen hätte mich die Schlange fast umgebracht, aber dann haben sich die Wunden entzündet und ich wurde ernsthaft krank. Aber ich habe es überlebt."

Mich überkam ein Gefühl von Traurigkeit, als ich daran dachte, wie viel Gewalt dieser Mann bereits erfahren musste. Er war nicht dazu bestimmt, so ein Leben zu führen. Er war nur ein niedlicher Junge aus Georgia gewesen, der nie ins Amazonasgebiet hatte reisen wollen.

„Du hast ein hartes Leben geführt", sagte ich leise.

„Nicht wirklich", entgegnete er und zuckte mit den Schultern. „Ich habe mich durchgeschlagen."

„Du hast überlebt."

„Manche würden sogar sagen, dass ich aufgeblüht bin", fügte er hinzu.

Ja … Zach ist tatsächlich aufgeblüht, denke ich, als ich in den Badezimmerspiegel blicke und unsere Unterhaltung noch einmal im Geiste durchspiele.

Nachdem er mir die Geschichte erzählt hatte, schwieg er, und ich schlief schließlich in seinen Armen ein. Heute Morgen weckte mich Zach vor nicht einmal zwanzig Minuten aus einem tiefen Schlaf, indem er seine Hand zwischen meine Schenkel geschoben hatte und mich auf den Gipfel der Ekstase katapultierte. Er ist unersättlich, doch ich will mich nicht beschweren.

Als das Beben meines Körpers schließlich nachließ, hatte er bereits seinen Schwanz tief in mir vergraben und stieß mit Wucht in mich hinein, bis auch er zum Höhepunkt kam. Er presste sein Gesicht in das Kissen neben meinem Kopf und schrie meinen Namen. Zum Glück wurde sein Schrei von den weichen Gänsedaunen gedämpft.

Danach ging ich auf wackeligen Beinen ins Bad, verrichtete meine Notdurft und stehe nun vor dem Spiegel.

Ich werde aus Zach nicht ganz schlau. Er wurde als lieber, unschuldiger Junge geboren und wuchs zu einem gefährlichen Mann von eiserner Zurückhaltung heran. Zudem zeichnet er sich durch ein rohes Wesen, vernarbtes Fleisch und einen maßlosen Lebenshunger aus. Statt aufzugeben, hat er sein Schicksal angenommen und das Beste daraus gemacht. Und ja, er war aufgeblüht.

Doch jetzt ist er hier, und das Einzige, was ihn an diese neue Welt bindet, scheint mein Körper zu sein. Ich bin mir absolut sicher, dass Zach bereits zu den Caraica zurückgekehrt wäre, hätten wir nicht eine sexuelle Beziehung zueinander aufgebaut. Ich sage das ohne jede Selbstüberschätzung, und es macht mich sogar traurig, wenn ich daran denke, dass er nur geblieben ist, weil der Sex phänomenal ist. Aber wie lange kann so etwas gut gehen?

Meine Augen starren mir entgegen, doch sie bergen keine Antwort auf meine Frage. Also trockne ich mir die Hände ab und schleiche zurück ins Schlafzimmer. Zach liegt nackt auf dem Bett und beobachtet mich. Er hat die Hände hinter dem Kopf verschränkt und die Beine auf der Matratze von sich gestreckt.

Ich zögere, denn ich bin mir nicht sicher, ob ich mich zu ihm legen soll. Die innige Zweisamkeit, die vor Kurzem noch zwischen uns geherrscht hat, scheint verflogen zu sein und ich fühle mich seltsam verletzlich.

„Komm zurück ins Bett", fordert mich Zach mit sanfter Stimme auf. „Wir haben heute nichts vor, und ich bin noch nicht fertig mit dir."

Mein Puls rast und mein Blick wandert zu seinem Schaft, der zwar erschlafft, aber immer noch beeindruckend lang ist. Als ich seinem Blick begegne, grinst er mich an. „Ich brauche nur ein paar Minuten, aber du kannst dich ja schon mal zu mir legen."

Ich lasse mich nicht zweimal bitten und klettere wieder ins Bett. Doch statt mich neben ihn zu legen, setzte ich mich rittlings auf ihn.

Zachs zieht überrascht die Augenbrauen in die Höhe und legt die Hände auf meine Oberschenkel. „Was tust du da?"

Ich zucke nur mit den Schultern, denn ich weiß es selbst nicht so genau. „Ich dachte mir, ich mache es mir gemütlich und bleibe eine Weile so sitzen.“

Zach verzieht die Lippen zu einem breiten Grinsen und ich genieße die unbeschwerte Stimmung zwischen uns. Für gewöhnlich ist Zach immer so ernst und gebieterisch, doch ich scheine ihn zu belustigen und das gefällt mir.

Ich ergreife seine Hände und verschränke meine Finger mit seinen. „Was willst du heute unternehmen?“

„Ich will mit dir im Bett bleiben … den ganzen Tag lang.“

„Kommt gar nicht infrage. Randall oder Sam würden sicher misstrauisch werden. Du musst dir schon etwas anderes einfallen lassen.“

Zach wendet für einen Moment den Blick ab und scheint über etwas nachzudenken. Als er mich wieder ansieht, betrachtet er mich eindringlich. „Es muss zwar nicht heute sein, aber ich hatte gehofft, wir könnten in eine Kirche gehen und irgendwann einen Gottesdienst besuchen.“

Ich drücke reflexartig seine Hände. „Das ist eine schöne Idee. Woher das Interesse?“

„Ich dachte mir, es wäre eine Möglichkeit, eine Verbindung zu meinen Eltern herzustellen. Ihr Glaube war ein wichtiger Teil von ihnen. Als ich bei den Caraica lebte, entfernte ich mich schnell von den Lehren des Christentums. Pater Gaul versuchte zwar, sie mir wieder näherzubringen, doch ich hatte mich bereits dem Mystizismus und der spirituellen Verbundenheit mit der Natur verschrieben, die die Caraica praktizierten. Dennoch dachte ich mir … es kann nicht schaden, etwas mehr über das Christentum zu lernen. Ich will mich bemühen, noch etwas über diese neue Welt in Erfahrung zu bringen.“

Ich hebe seine Hand an, die noch immer mit meiner verschränkt ist, führe sie an meine Lippen und küsse seine Fingerspitzen. „Ich finde, das ist eine wunderbare Art, das Andenken an deine Eltern zu ehren, Zacharias. Ich würde dich liebend gern zu einem Gottesdienst begleiten. Daher werde ich eine Kirche in der Nähe finden."

„Danke", sagt er und zieht unsere ineinander verwobenen Hände zu sich. Er presst einen Kuss auf meine Fingerkuppen und beißt mir in den Zeigefinger.

Ich schnappe nach Luft und schiebe die Hüfte vor, wobei ich spüre, wie sein Schwanz unter mir hart wird.

„Aber nun zu einem wichtigeren Thema", murmelt Zach mit feurigem Blick.

„Und das wäre?", flüstere ich.

„Lass uns darüber reden, wie du meinen Schwanz in deinen Mund nimmst, während ich meine Zunge zwischen deine Schenkel schiebe."

„Oh, das ist tatsächlich ein anregendes Thema", stimme ich lächelnd zu. „Man nennt das übrigens die Neunundsechzig."

Der feurige Ausdruck in Zachs Augen weicht einem neugierigen Funkeln. „Warum wird es Neunundsechzig genannt?"

Ich befreie eine meiner Hände und zeichne die Zahl mit meinem Zeigefinger auf seine Brust, während er den Bewegungen meines Fingers folgt. „Neunundsechzig ... siehst du, wie die beiden Zahlen sich zusammenfügen?"

Er nickt mit verständiger Miene und schenkt mir ein verschmitztes Lächeln. „Ich sehe es sehr wohl. Ich habe mich gefragt, ob so etwas möglich ist, aber ich hätte mir nie träumen lassen, dass es sogar eine Bezeichnung dafür gibt."

„Es ist eine sehr beliebte Stellung ... zumindest habe ich das gehört."

Zach hebt den Oberkörper an und schlingt seine Arme um meine Taille. Ich kann seinen harten, pulsierenden Schwanz an meinem feuchten Geschlecht spüren, als er mich auf den Rücken dreht und sich auf mich legt.

„Hast du es schon mal gemacht?“, will er wissen.

Ich schüttle den Kopf und beiße mir auf die Unterlippe. „Noch nie. Aber ich wollte es schon immer mal ausprobieren.“

„Dann werde ich der Erste sein, der es mit dir tut“, stellt er triumphierend fest.

Und der letzte, hoffe ich im Stillen, obwohl ich weiß, dass das wohl ein Wunschtraum bleiben wird.

„Was ist mit gestern Abend?“, fragt er und legt den Kopf schief. „Hat dir schon jemals ein Mann einen Finger in den Arsch gesteckt?“

Bei der Erinnerung werde ich von einem heißen Schauer durchflutet, und meine Muschi krampft sich unwillkürlich zusammen. „Noch nie“, flüstere ich.

Zach betrachtet mich mit einem besitzergreifenden Blick und beugt sich vor, um seine Lippen dicht über meinen schweben zu lassen, als er knurrt: „Ich kann es kaum erwarten, deinen Arsch zu ficken. Es wird unglaublich sein.“

Ich muss schlucken und nicke, obwohl ich es bei der Vorstellung immer noch mit der Angst zu tun bekomme. Sein Schwanz ist riesig, und ich befürchte, er könnte mich von innen heraus zerreißen, doch der Gedanke, mich ihm auf diese intime Weise hinzugeben, reizt mich ungemein. Vielleicht sollte ich noch ein paar Nachforschungen anstellen und herausfinden, wie ich seinen Bedürfnissen gerecht werden kann, ohne gleich im Krankenhaus zu landen.

Mit einem siegessicheren Lächeln streicht Zach mit seinen Lippen über die meinen. Gerade als er den Kuss vertiefen will, ertönt ein Klopfen an der Tür.

„Zach", höre ich Randall rufen. „Ich gehe gleich zur Arbeit und wollte fragen, ob du einen Moment Zeit hast, um dich mit mir zu unterhalten."

Bei der Vorstellung, Randall könnte jeden Moment eintreten, verkrampfe ich mich vor Schreck am ganzen Körper. Zach dreht jedoch nur träge den Kopf in Richtung Tür, wobei er die Lippen zu einem belustigten Lächeln verzieht.

Ich stoße Zach von mir, krieche aus dem Bett und reiße das Laken herunter, um es mir um den Körper zu wickeln. Panik durchflutet mich, doch Zach steht nur auf und ruft: „Einen Moment. Ich muss mir nur etwas anziehen."

Er deutet auf die Badezimmertür und flüstert: „Versteck dich."

Ich schreite so schnell und leise wie möglich über den Teppich, gehe in sein Badezimmer und schließe die Tür fast vollständig, um mich dahinter zu verstecken.

Ich kann nichts sehen, aber ich höre ein Rascheln, gefolgt von dem unverkennbaren Geräusch eines Reißverschlusses. Ich frage mich, wie er seinen riesigen Ständer verbergen will, doch im nächsten Moment überlege ich, dass Randall ihn mit seinem Erscheinen wahrscheinlich zunichte gemacht hat.

Ich höre, wie die Tür geöffnet wird und Randall Zach ein fröhliches „Guten Morgen" zuruft.

Seine Stimme klingt lauter. Verdammt … er hat das Zimmer betreten. Oh, scheiße. Riecht es hier drin nach Sex? Hat er gehört, wie wir uns miteinander unterhalten haben? Mir klopft das Herz bis zum Hals und ich bete zu Gott, dass er mich aus dieser misslichen Lage befreien möge. Ich will ihm gerade versprechen, die Hände von Zach zu lassen, falls er dafür sorgt, dass Randall mich hier nicht erwischt, doch dann halte ich inne. Dieses Versprechen kann ich Gott keinesfalls geben. Ich könnte die Hände nicht von Zach lassen, selbst wenn er von hundert grünen Anakondas umzingelt wäre.

„Was ist los?“, höre ich Zachs Stimme.

„Nun, ich habe mich gefragt, ob du Lust hättest, heute mit mir zur Arbeit zu gehen, um zu sehen, womit ich meinen Lebensunterhalt verdiene? Ich dachte, das würde dich vielleicht interessieren.“

„Ähm“, beginnt Zach zögerlich und ich stelle mir vor, wie er verzweifelt versucht, sich eine Ausrede einfallen zu lassen, um sich vor der Einladung zu drücken. Obwohl sich sein Verhältnis zu Randall etwas gebessert hat, ist Zach dem alten Mann gegenüber immer noch reserviert. „Okay … sicher. Warum nicht?“

„Ausgezeichnet. Wir sehen uns dann beim Frühstück“, erwidert Randall, und mein Herzschlag beruhigt sich wieder, während ich von Erleichterung durchflutet werde.

Doch im nächsten Moment sagt Randall: „Ich werde noch bei Moira vorbeischauen und sehen, ob sie sich uns anschließen möchte.“

O scheiße, scheiße, scheiße. Ich bin am Arsch.

„Sie ist nicht da“, platzt Zach heraus, wobei mir das Herz fast aus dem Brustkorb springt. „Ich habe sie vor einer Weile gehen hören. Ich glaube, sie ist joggen gegangen.“

Joggen? Seit wann gehe ich joggen?

„Wir können warten, bis sie zurückkommt“, sagt Randall freundlich. „Wir sehen uns dann beim Frühstück.“

„In etwa dreißig Minuten?“, fragt Zach.

„Großartig“, höre ich Randall antworten, dann verlässt er den Raum und die Tür schließt sich.

Ich warte gut dreißig Sekunden, bevor ich den Mut aufbringe, das Badezimmer zu verlassen, wobei ich das Laken immer noch schützend um meinen Körper gewickelt habe.

Zach liegt ausgestreckt mit dem Rücken auf dem Bett und spielt an seinem Schwanz herum, der trotz Randalls Besuch offenbar weder an Größe noch an Steifheit verloren hat. Er starrt mich mit einem feurigen Blick an. „Lass das Laken fallen."

Ich gehorche und lasse es zu Boden fallen.

„Jetzt komm ins Bett. Ich will Neunundsechzig mit dir ausprobieren."

„Aber du musst dich beim Frühstück blicken lassen. Und ich muss zurück in mein Zimmer und am besten ein Valium schlucken. Das eben hat mich zu Tode erschreckt."

„Komm sofort her, Moira. Ich verlasse diesen Raum erst, wenn ich dich verschlungen habe und du mich ganz geschluckt hast."

O Gott. Ich zittere am ganzen Körper, als ich mich allein durch die Kraft seiner Worte in Richtung Bett bewege.

Als meine Schenkel gegen die Matratze stoßen, halte ich inne und warte auf Zachs Anweisungen.

„Leg dich auf mich", sagt er mit einem verruchten Grinsen. „Ich will, dass du oben bist und deine wunderschöne Muschi auf mein Gesicht presst, während du mir den Schwanz lutschst."

Ich weiß nicht, was ich sagen soll. Mir fehlen die Worte. Er hat sich den sexuellen Slang der modernen Welt ziemlich gut angeeignet. Ich bin zwar sprachlos, doch ich kann mich immer noch bewegen. Ich klettere aufs Bett und lege mich auf ihn, wobei ich mich drehe und mit meinem Mund seinen Schwanz umschließe, wie er es von mir verlangt hatte.

Dann katapultiert Zach mich mit seinen Fingern und seiner Zunge zu den Sternen und zurück, während ich jeden einzelnen Tropfen seiner Lust in mich aufsauge.

Kapitel 19

Zach

Ehe ich mich versehe, ist eine Woche vergangen, und entgegen meinen anfänglichen Bedenken hinsichtlich des Besuchs bei Randall genieße ich meinen Aufenthalt in Georgia. Moira hat mich ziemlich auf Trab gehalten, indem sie mir eine Menge Sehenswürdigkeiten gezeigt hat, die ich nie zu Gesicht bekommen hätte, wäre ich bei den Caraica geblieben.

Zum Beispiel hat sie mich zu einem Profi-Baseball-spiel mitgenommen, das mich wirklich fasziniert hat, und ich hatte die Gelegenheit, die wunderbare Errungenschaft von Fassbier und Hotdogs kennenzulernen. Wir sahen uns eine Theateraufführung von Les Miserables an, die nur durch die Anwesenheit von Clint und Cara getrübt wurde, da ich den Großteil des Abends damit beschäftigt war, Caras Annäherungsversuche abzuwehren. Sie saß neben mir und versuchte immer wieder, mich in ein Gespräch zu verwickeln oder mit mir zu flirten, indem sie eine Hand auf mein Knie legte, wenn sie sich vorbeugte, oder ihre Brüste an meinen Arm schmiegte. Natürlich war das Gefühl ihrer zarten Haut nicht unangenehm, doch es wäre mir lieber gewesen, wenn Moira mich so berührt hätte. Währenddessen fiel mein Blick immer wieder auf Clint, der sich für meinen Geschmack ein wenig zu dicht zu Moira hinüberlehnte. Ich ballte unwillkürlich die Hände zu Fäusten und musste das Verlangen unterdrücken, ihm diese in sein übermäßig gebräuntes Gesicht zu rammen.

Abgesehen von den Stunden, die ich mit Moira im Bett verbrachte, war mein mit Abstand schönstes Erlebnis ein Gastvortrag eines Kollegen von Moira an der Emory University. Er sprach über die Verwendung von

Heilpflanzen bei den indigenen Schamanen des Amazonas, und ich war völlig fasziniert.

Darüber hinaus war ich gerührt, dass Moira sich die Zeit nahm, um mir während meines Aufenthalts auch etwas von meiner Kultur und meinem Vermächtnis zu vermitteln. Als der Vortrag zu Ende war, beugte ich mich instinktiv vor, drückte ihr einen Kuss auf den Hals und murmelte: „Danke dafür. Es war wunderbar."

Sie errötete und drückte meine Hand, dann gingen wir zurück zu Randalls Haus und fickten den ganzen Nachmittag lang wie wilde Tiere.

Wie versprochen, hatte Randall Moira und mich zur Arbeit mitgenommen und mit uns die Cannon's Firmenzentrale in der Innenstadt von Atlanta besucht. Zuvor hatte ich mit Moira abermals die Neunundsechzig-Stellung geübt und es war so berauschend gewesen, dass ich es in der darauffolgenden Nacht sofort wiederholte, nachdem ich mich in ihr Zimmer geschlichen hatte. Ich hätte nie gedacht, dass sich der Mund einer Frau an meinem Schwanz so verdammt gut anfühlen würde, oder dass Moiras empfindsames Geschlecht an meiner Zunge derart köstlich schmecken würde.

Der Ausflug mit Randall war äußerst interessant, aber ich hatte immer wieder das Gefühl, dass er etwas zu dick auftrug. Er legte sich wirklich ins Zeug, um mir das Unternehmen schmackhaft zu machen, indem er mir die Kundendienstplattform beschrieb und betonte, dass in seinen Läden hochwertige Produkte zu einem moderaten Preis angeboten werden. Er ist offensichtlich sehr stolz auf seine Arbeit, doch mir schien, als hoffte er, ich würde einen ebensolchen Stolz empfinden. Ich hörte ihm aufmerksam zu, stellte Fragen und ließ mich von seiner Neugierde anstecken. Als wir jedoch an diesem Abend gemeinsam beim Essen saßen, wurde mir einiges klar, denn Randall sagte wehmütig:

„Ich wünschte, ich hätte jemanden wie dich, Zach, der eines Tages die Geschäfte für mich übernimmt.“

Diese Bemerkung sagte alles. Er sah mich als sein Nachkomme, doch das bin ich nicht.

Moira hatte mir einen besorgten Blick aus dem Augenwinkel zugeworfen, denn die Bedeutung seiner Worte war ihr ebenso wenig entgangen.

Ich gebot ihm jedoch Einhalt, als ich ihm freundlich, aber bestimmt sagt: „Das weiß ich wirklich zu schätzen, Randall, aber das Thema interessiert mich einfach nicht.“

Wie könnte es mich interessieren? Mein Herz und meine Seele gehörten dem Regenwald.

Dennoch kann ich nicht leugnen, dass ich nicht anfing, über die Möglichkeit nachzudenken, hierzubleiben. Allerdings reizte mich dabei weniger die Aussicht, für Randall zu arbeiten, sondern der Gedanke, Moira tagein, tagaus an meiner Seite zu haben. Wie wäre es, mich an eine Frau zu binden und mich den berauschenden Freuden hingeben zu können, die sie mir seit unserer Ankunft in Atlanta jede Nacht und manchmal sogar tagsüber bereitet.

Ich hatte keine Antwort auf diese Gedanken.

Randall war zweifellos freundlicher zu mir, als ich es mir hätte erträumen können. Allerdings ruft seine Liebenswürdigkeit ein gewisses Maß an Unzufriedenheit in meinem Inneren hervor. An dem Tag, an dem er mir mein Elternhaus zeigte, teilte er mir mit, dass er mir für die Dauer meines Aufenthalts ein Bankkonto eingerichtet hatte. Dann reichte er mir ein kleines, rechteckiges Stück Plastik und erklärte mir, was eine Kreditkarte ist.

Ich versuchte, sie ihm zurückzugeben. Ich lehnte seine Hilfe entschieden ab, denn ich hatte dieses Geld nicht verdient. Doch dann wies er mich darauf hin, dass ich sie bereits angenommen hatte, indem ich mich bereit erklärt hatte, in die Vereinigten Staaten zurückzukehren. Außerdem hatte ich Moiras Unterstützung akzeptiert, für die er bezahlte, aß sein Essen und wohnte in seinem Haus.

Dabei lag kein Funken Feindseligkeit in seiner Stimme, er erinnerte mich nur freundlich daran, dass ich als sein Gast und vor allem als ein Mitglied seiner Familie hier war. Seine Worte lösten in mir eine seltsame Gefühlsregung aus, die ich aber schnell unterdrückte. Randall versicherte mir daraufhin, er hätte Geld wie Heu und würde es als Beleidigung auffassen, wenn ich seine Gastfreundschaft nicht in Anspruch nähme. Er sagte, es wäre ein Weg, um meine Eltern für die Freude zu ehren, die sie ihm in all den Jahren bereitet hatten.

Ich fühlte mich schrecklich, also nahm ich die Kreditkarte und steckte sie in meine Tasche, auch wenn ich es verabscheute, von Randall abhängig zu sein. Als jemand, der einen Großteil seines Lebens damit verbracht hatte, für das Wohlergehen eines ganzen Stammes zu sorgen, ärgerte es mich, etwas anzunehmen, was ich nicht verdient hatte.

Am nächsten Tag nahm Moira mich mit in ein Einkaufszentrum, in dem es so viele Geschäfte gab, dass mir der Kopf schwirrte. Wir kauften mir einen Laptop und ich verbrachte einen Großteil meiner Freizeit damit, mich über alles Mögliche zu informieren, angefangen mit Musik über Bücher bis hin zu … ganz genau, Sex. Ich wollte das Beste aus der mir hier verbleibenden Zeit machen und sämtliche Stellungen mit Moira ausprobieren.

Apropos Moira: Ich stehe von meinem Bett auf, nachdem ich für eine Weile Amazon durchstöbert habe – den Online-Shop, nicht das Regenwaldgebiet – und gehe in ihr Zimmer. Sie sagte, sie müsse noch ein paar E-Mails beantworten, und es ist schon spät. Ich verspüre das Bedürfnis, sie zu ficken, doch dieses Verlangen habe ich fast ständig, wenn sie in der Nähe ist.

Und auch, wenn sie nicht bei mir ist.

Sie sitzt an einem kleinen Schreibtisch in der Nähe des Ostfensters ihres Zimmers und liest etwas auf ihrem Bildschirm.

„Arbeitest du noch?“, frage ich, als ich mich ihr von hinten nähere.

Sie schreckt auf, dreht sich aber lächelnd zu mir um. „Alles erledigt. Ich lese gerade eine E-Mail von meiner Schwester.“

„Schwester?“ Wie kommt es, dass ich nichts von ihrer Schwester weiß? Vielleicht, weil ich sie nie danach gefragt habe.

„Ja … Lisa. Sie lebt in North Carolina. Wir versuchen gerade, ein Treffen zu arrangieren, während ich hier bin.“

„Kann ich sie kennenlernen?“, frage ich neugierig und beschämt zugleich. Moira widmet mir ihre ganze Zeit, doch außer sie nackt auszuziehen, habe ich kaum Interesse an ihr gezeigt.

Sie schenkt mir ein Lächeln, als sie sich von ihrem Stuhl erhebt und ihren Rücken durchdrückt, wobei sie ihre Brüste hervorreckt. Ich werde augenblicklich von dem Drang übermannt, sie härter zu ficken, als ich vorgehabt hatte. „Sicher. Vielleicht können wir sie dieses Wochenende besuchen, falls Randall keine Pläne hat.“

Ich ziehe Moira in meine Arme und beuge mich vor, um meine Nase in ihrem Haar zu vergraben. Es riecht nach Äpfeln und Sonnenschein. „Stehst du deiner Schwester nahe?“

Sie beugt sich vor und schmiegt ihre Wange an meine Brust. Die Geste ist so entzückend, dass mir der Atem stockt. „Ja“, antwortet sie. „Sehr nahe. Sie hat mich nach dem Tod unserer Eltern großgezogen.“

Ich zucke zurück und blicke Moira in die Augen, die mich fragend ansieht.

„Deine Eltern sind tot?“ Jetzt schäme ich mich noch mehr, weil ich nichts davon wusste. Zumal wir diesen Umstand gemeinsam haben.

„Mein Vater starb an einem Herzinfarkt, als ich dreizehn war. Und meine Mutter ist nur zwei Jahre später einem Krebsleiden erlegen. Lisa ist fünf Jahre älter als ich, also wurde sie zu meinem gesetzlichen Vormund.“

„Das tut mir leid“, sage ich ihr aufrichtig. „Ich hatte ja keine Ahnung.“

„Ist schon gut“, erwidert sie, während sie mich kurz an sich drückt und sich dann aus meiner Umarmung löst. „In dieser Hinsicht haben wir wohl etwas gemeinsam, nicht wahr? Unsere Eltern sind gestorben, als wir Kinder waren, und wir sind unter der Obhut anderer aufgewachsen.“

Ich denke an Paraila und die Fürsorge und Freundlichkeit, die er mir entgegenbrachte, als meine Eltern starben. Ich war verzweifelt, unglücklich und hatte alle Hoffnung verloren. Aber er nahm mich sofort auf und wurde für mich in jeder Hinsicht ein Vater. So wie Lisa für Moira wahrscheinlich eine Mutter war.

Ich mache eine Bestandsaufnahme meiner Gefühle … und versuche, mir ins Gedächtnis zu rufen, wie unsagbar wütend ich war, als ich erfuhr, dass ich meinem Stamm entrissen werden sollte. Meine Welt sollte auf den Kopf gestellt werden, doch ich wollte eine derartige Umwälzung meines Lebens nicht ein zweites Mal durchmachen. Ich erinnere mich an den Tag, an dem Paraila mir mitteilte, dass ich den Stamm verlassen würde.

Die Luft war drückend schwül und schwer, als ich mir einen Weg durch den Dschungel bahnte. Ich ging leichtfüßig über die verrotteten Blätter und wich dabei geschickt Wurzeln und Lianen aus, die sich entlang des schmalen Pfads schlängelten. Der Weg war nur durch die zertrampelte Vegetation und schlaff herunterhängenden Palmwedeln zu erkennen, die ich auf dem Hinweg abgebrochen hatte. Ich hatte den dreistündigen Marsch von unserem Dorf zum Pesapan Fluss auf mich genommen, um, wie ich hoffte, einen Kaiman zu erlegen, denn das Alligatorenfleisch würde Parailas altem, schrumpeligem Gesicht sicher ein Lächeln entlocken. Er war zu alt, um sich selbst auf die Jagd zu begeben und war darauf angewiesen, dass ich oder die anderen Krieger ihn mit Proteinen versorgten. Seine Frau, die gemeine alte Ziege, fütterte ihn mit reichlich Brot und Kochbananen, aber durch sein hohes Alter war Paraila geschwächt und brauchte noch weitere Nährstoffe.

Meine Suche nach einem faulen Kaiman blieb zwar erfolglos, aber ich brachte dennoch etwas zu essen mit nach Hause. Ich hatte mir meine Machete auf den Rücken geschnallt, da ich in einer Hand meinen Bogen und meinen Köcher mit den Pfeilen trug, während ich in der anderen Hand einen Korb aus Palmwedeln hielt. Ich hatte ihn geflochten, um die zwei Schlangen, die ich erlegt hatte, zu transportieren. Sie würden Paraila eine sättigende Mahlzeit bieten.

Der Rückweg zum Dorf dauerte nicht ganz so lange, da ich den Pfad auf dem Hinweg zum Fluss bereits freigeschlagen hatte. Einmal machte ich Halt, um einen Schluck Wasser aus einer Regenpfütze zu trinken und etwas Brot zu essen, das mir Paraila kurz vor meinem Aufbruch in die Hand gedrückt hatte. Seine Frau hatte es am Vortag auf ihrem großen Tonteller gebacken. Sie hatte mir nichts angeboten und hätte es auch nicht getan, doch als sie uns den Rücken zugewandt hatte, hatte Paraila sich ein Stück geschnappt und es mir mit einem Augenzwinkern zugesteckt.

Wäre Paraila nicht gewesen, hätte ich all die Jahre nicht überlebt. Und das nicht nur, weil ich im Alter von zwölf fast von einer Anakonda getötet worden wäre, sondern weil ich nach dem Tod meiner Eltern einfach verhungert wäre. Ich war ein weißer Junge mit blauen Augen in der Welt des braunen Mannes und damit ein Außenseiter, der niemals akzeptiert worden wäre. Ich mied die Geister und Götter der Caraica und zog es vor, in der Bibel zu lesen, die meine Eltern zurückgelassen hatten.

Nein, wenn Paraila nicht so gütig gewesen wäre, hätte ich die ersten Wochen als Waise nicht überlebt. Er gab mir zu essen von seinem Teller, auch wenn seine Frau murrte. Seine eigenen Söhne waren bereits erwachsen und, wie es im Stamm üblich war, mit mehreren Frauen verheiratet. Unter den Caraica gab es keinen Häuptling, doch Paraila war der Älteste und genoss daher ein gewisses Maß an Respekt. Während die Mehrheit der Stammesangehörigen mich verstoßen und dem Tod überlassen wollte, weigerte sich Paraila und zog mit mir in sein Langhaus zu seiner einzigen verbliebenen Frau, S'amair'a. Die anderen waren längst verstorben ... an Malaria, dem Biss einer Buschmeister-Schlange und an Altersschwäche, und zwar in dieser Reihenfolge.

Obwohl ich unter Parailas Schutz stand, war er nicht immer in der Nähe, um zu verhindern, dass ich während der ersten Jahre von anderen Stammesmitgliedern misshandelt wurde. Ich war von Kopf bis Fuß ein Außenseiter und darüber hinaus der Sohn der Missionare, die versucht hatten, die heidnischen Caraica zu bekehren. Das machte mich nicht gerade beliebt.

Natürlich wurde meine Familie im Dorf geduldet, weil meine Eltern die Errungenschaften der modernen Welt ins Amazonasgebiet brachten. Darunter waren Waffen wie Macheten und Messer, die uns die Jagd erleichterten, und einfache Dinge wie Scheren zum Haareschneiden und Töpfe zum Kochen. Diese Gegenstände wurden vom Stamm dankend angenommen, und im Gegenzug hörten die Menschen meinen Eltern zu, wenn sie aus einer ins Portugiesische übersetzten Bibel predigten. Das christliche Wort wurde vom Stamm nie wirklich akzeptiert, aber zumindest wussten die Caraica, wie sie meine Eltern bei Laune halten konnten und hörten ihnen mit einem Schmunzeln zu. Sie bemühten sich sogar, einige der englischen Wörter zu lernen, die meine Eltern ihnen beibrachten. Dennoch war mir klar, dass wir ohne all die Geschenke, die meine Eltern mitbrachten, nicht willkommen gewesen wären.

Ich war sieben Jahre alt, als meine Eltern beschlossen, dass ich alt genug war, um sie auf ihrer dritten Missionsreise nach Brasilien zu begleiten. Zu Anfang wurde ich von den Kindern des

Stammes nur am Rande akzeptiert. Ich war schockiert, dass sie alle vollkommen nackt waren, während sie sich im Gegenzug über mich lustig machten, weil mich meine Eltern in Cargohosen und Hemden gesteckt hatten, um mich vor Mosquitos und Zecken zu schützen. Sogar meine kleinen Wanderschuhe wurden belächelt, und ich wurde verspottet, weil ich nicht den R'acha hatte, barfuß durch den Dschungel zu gehen.

Im Vergleich zu den braunhäutigen, schwarzhaarigen Kindern wirkte ich seltsam. Mein Haar war schokoladenbraun, aber meine Augen waren blassblau. Ich war meiner Mutter wie aus dem Gesicht geschnitten, zumindest erinnere ich mich, dass ich ihr sehr ähnelte. Ich wollte unbedingt dazugehören und kam kaum zwei Wochen, nachdem wir uns im Dorf eingelebt hatten, mit nacktem Hintern und gefolgt von einer Schar Kinder auf meine Mutter zugelaufen.

„Mom … darf ich mit den anderen im Fluss spielen?", hatte ich sie gefragt.

Sie blinzelte mich überrascht an und fragte, wo meine Kleider seien.

Ich hatte ihr einfach gesagt, dass ich so sein wollte wie die anderen Kinder, und die trugen keine Kleider. Sie warf meinem Vater einen besorgten Blick zu, doch er zuckte nur mit den Schultern. Er war gerade damit beschäftigt, unsere eigene Hütte aus Bambus und Palmwedeln zu bauen, da er sich so weit wie möglich an den Stamm anpassen wollte. Es war an der Zeit, unser Drei-Mann-Zelt, in dem wir bisher geschlafen hatten, abzubauen.

„In Ordnung, Zacharias. Geh spielen, aber sei vorsichtig. "

Ich machte einen Freudensprung und lief mit den anderen Kindern los. Unser Dorf lag damals nur fünfundvierzig Meter vom Amazonas entfernt, aber es gab Gerüchte, dass wir bald umziehen würden, da die Rodung des Dschungels unaufhörlich fortschritt. Die Caraica lebten sehr zurückgezogen, und obwohl sie die Geschenke meiner Eltern in Form von Macheten, Kochtöpfen und Medizin annahmen, wollten sie nicht, dass die moderne Welt in ihr Leben Einzug hielt.

Wir spielten in der Nähe des Ufers, schubsten uns gegenseitig und quietschten vergnügt, als eine Pflanze unsere Knöchel streifte. Wir wussten um die Gefahren von Alligatoren, Schlangen und Piranhas, also waren wir nicht allzu erpicht darauf, ins tiefe Wasser zu waten.

Eines der anderen Kinder gab mir einen Schubs, woraufhin ich auf meinen Hintern ins Wasser fiel. Als ich prustend wieder auftauchte, musterte der Junge mich, zeigte auf meinen Penis und brach in Gelächter aus. Die anderen Kinder kamen auf mich zu und lachten, während sie alle das Körperteil von mir betrachteten, das mich von einem Mädchen unterschied.

Ich verstand nicht, was so lustig war. Mein Penis sah zwar anders als ihrer aus, denn ihrer war dunkler und die Spitze war vollständig bedeckt und lugte nur manchmal hervor. Der Meine war nackt und wurde nicht von einer schützenden Hülle verborgen. Ein paar Jahre später erfuhr ich von einem der Missionspriester, dass mein Penis beschnitten war. Er erklärte mir, dass mir als Säugling auf Wunsch meiner Eltern ein Stück Haut entfernt worden war. Es handelte sich um eine gesundheitsfördernde Hygienemaßnahme, die den Caraica jedoch völlig fremd war.

Ich wurde zwar oft deshalb ausgelacht, doch insgeheim lächelte ich in mich hinein. Zum einen war ich sauberer als die anderen Jungen und als ich alt genug war, um meine erste Frau zu nehmen, bemerkte ich, dass sie meinen Penis denen der unbeschnittenen Männer vorzogen. Wie sie sagten, war er nicht nur sauber und schön, sondern auch viel größer und fühlte sich besser an.

Schließlich erreichte ich das Dorf, als die Sonne gerade begann, am Horizont zu verschwinden. Wir verweilten nun seit etwas mehr als sechs Monaten an diesem Ort, den wir sorgfältig gerodet hatten, um dort unser Lager aufzuschlagen. Wir zogen etwa alle zwei Jahre weiter, entweder weil der Boden durch den Ackerbau ausgelaugt war oder weil die Rodung des Regenwalds immer näher auf uns zuschritt. Die Stelle behagte mir nicht sonderlich, da sie so weit vom Fluss entfernt war, an dem wir mit der Zeit gelernt hatten, mit anderen Stämmen und Entdeckern Handel zu treiben.

Im Dorf war es ruhig. Ich wusste, dass die anderen Krieger sich auf die Jagd nach einem Tapir begeben hatten und ein paar Tage weg sein würden. Ich hatte sie nicht begleitet, weil Paraila nicht wohlauf war und ich mich nicht zu weit von ihm entfernen wollte. Mittlerweile übertrafen meine Fähigkeiten als Jäger die der meisten Stammesangehörigen, von denen ich akzeptiert wurde. Mit einigen der Männer hatte ich sogar enge Freundschaft geschlossen. Nachdem ich im Alter von siebzehn Jahren meinen ersten Raubzug mit ihnen unternommen und mein Leben für den Stamm aufs Spiel gesetzt hatte, war ich als Mitglied der Caraica anerkannt worden. Nur nicht von S'amair'a, die im Grunde jeden hasste.

„Paraila ... ich bin wieder da", rief ich, als ich mich seiner Hütte näherte. Sie hatte keine Wände, sondern nur ein steil aufragendes Dach aus dicken Palmblättern, um den herabprasselnden Regen abzuhalten. Meine viel kleinere Hütte lag direkt daneben und war der seinen so nah, dass wir in unseren Hängematten liegen und uns unterhalten konnten.

S'amair'a war nirgendwo zu sehen, also nahm ich an, dass sie sich um die angebauten Feldfrüchte kümmerte. Paraila lag in seiner Hängematte und lächelte mir mit müden Augen zur Begrüßung zu.

„Was hast du dem alten Mann heute mitgebracht?", fragte er mich auf Portugiesisch. Die Caraica hatten zwar ihre eigene Sprache, doch sie war größtenteils ausgestorben, denn sie hatten vor fast siebzig Jahren begonnen, sich den portugiesischen Dialekt anzueignen. Einige Wörter wurden auch heute noch verwendet und verehrt, und Paraila hatte mir viele davon beigebracht, aber zum größten Teil unterhielten wir uns in der Muttersprache der Brasilianer.

„Zwei kleine Boas ... hast du Hunger? Ich werde sie zubereiten."

„Nein, mein cor'dairo ... S'amair'a soll sie kochen. Du ruhst dich aus, schließlich warst du den ganzen Tag auf der Jagd."

Mir wurde warm ums Herz, als ich das Wort ‚cor'dairo‘ aus seinem Mund hörte. So nannte er mich, seit er mich adoptiert hatte.

Ich stellte den Palmenkorb in der Nähe des verglühenden Feuers ab und setzte mich auf den Boden neben Parailas Hängematte, in der er mittlerweile viel Zeit verbrachte. Mir wurde schwer ums Herz, wenn ich daran dachte, wie alt er geworden war.

Ich sprach mit ihm auf Portugiesisch und fragte mit gedämpfter Stimme: „Wie geht es dir heute, Vater? Kann ich dir etwas bringen?“

Er streckte seine Hand aus und tätschelte mir den Kopf. „Du machst mich glücklich, Zacharias, und es fehlt mir an nichts. Du kümmerst dich gut um S'amair'a und mich, auch wenn sie es nicht zugeben will.“

Ich gluckste leise, und er erwiderte mein Lachen. Wir hätten es nie gewagt, über S'amair'a zu scherzen, wenn sie in der Nähe gewesen wäre. Sie tolerierte mich und nahm widerwillig die Nahrung an, die ich ihr brachte, doch Parailas Liebe zu mir war ihr ein Dorn im Auge.

„Wir müssen von Mann zu Mann reden“, sagte Paraila. „Pater Gaul wird bald zurückkehren, und ich muss dir etwas mitteilen, bevor er hier eintrifft.“

Mein Herz machte vor Aufregung einen Satz, denn Pater Gaul war ein interessanter Mann. Er besuchte unser Dorf, seit ich vierzehn war. Nach Auffassung der Caraica war ich damals kurz davor, zum Mann zu werden. Der Pater und Paraila lehrten mich, was das für mich bedeuten würde – Paraila aus der Sicht der Caraica und Pater Gaul aus einer modernen, religiösen Sicht.

Als ich fünfzehn Jahre alt wurde, war es mir erlaubt, eine Frau zu nehmen. Paraila erklärte mir, was ich im Rahmen ihres Brauchtums zu tun hatte und welche Frauen für mich infrage kamen. Pater Gaul klärte mich im Gegenzug über Enthaltsamkeit und ungewollte Schwangerschaften auf, aber ich hatte nur ein Schnauben für ihn übrig. Paraila versicherte mir, dass die sexuell verfügbaren Frauen ein abscheuliches Gebräu aus einer bestimmten Baumrinde tranken, welches die Zeugung eines Babys verhindern würde. Pater Gaul spottete über die Worte und riet mir, mich zu enthalten.

Ich lachte hinter seinem Rücken und hatte das erste Mal Sex. Es war ein so unglaubliches Gefühl, das ich nie wieder missen wollte, doch das habe ich Pater Gaul nie erzählt.

„Pater Gaul war schon lange nicht mehr hier", sinnierte ich. Die Caraica waren zwar der Vorstellung, sich zum Christentum zu bekehren, nicht ganz abgeneigt, doch sie verehrten immer noch ihre Geister und Gottheiten. Pater Gaul verbrachte stets einige Monate bei uns und zog dann weiter zu einem anderen Stamm. Er war der Einzige, der meiner Muttersprache mächtig war und sorgte dafür, dass ich sie nicht verlernte. Er schenkte mir Bücher und brachte mir die Grundrechenarten bei. Er lehrte mich die Geschichte und Geografie der alten und der neuen Welt. Er meinte, ich würde das Wissen wahrscheinlich eines Tages brauchen, doch ich bezweifelte es. Ich wusste alles, was nötig war, um ein friedliches, wenn auch zuweilen einsames Leben zu führen.

„Ja … er musste in einer wichtigen Angelegenheit zurück in die Vereinigten Staaten reisen", erklärte Paraila.

„Ich werde etwas Leckeres jagen, um ihn gebührend willkommen zu heißen", erwiderte ich, während ich mich auf dem schmutzigen Boden auf den Rücken legte und die Hände hinter dem Kopf verschränkte.

„Er wird noch jemanden mitbringen", informierte mich Paraila mit zögerlichem Tonfall.

Ich zuckte mit den Schultern und antwortete: „Das macht nichts. Ich werde genügend Fleisch besorgen, damit auch seine Gäste etwas zu essen haben."

„Die Leute kommen, um dich zu holen", sagte Paraila so leise, dass ich nicht sicher war, ob ich ihn richtig verstanden hatte.

Ich sprang auf, starrte ihn an und sah eine Mischung aus Angst, Traurigkeit und Bedauern in seinen Augen.

„Was meinst du damit, dass sie mich holen kommen?", wollte ich wissen, während mir vor Angst das Herz fast stehenblieb.

Paraila streckte erneut eine Hand aus und tätschelte meinen Kopf. Dann ließ er sie auf meine Schulter fallen und drückte sie.

Er bedachte mich mit einem traurigen, aber entschlossenen Blick. „Es wird Zeit, dass du nach Hause zurückkehrst … wo du hingehörst.“

Blinzelnd betrachte ich Moiras schönes Gesicht und versuche, die Wut und den Schmerz heraufzubeschwören, die ich damals empfunden habe.

Doch da ist nichts. Ich fühle nicht einmal einen Anflug von Verbitterung. Aber mich durchfluten andere Emotionen. Da ist die Sehnsucht nach meiner Heimat und die tiefe und beständige Liebe zu Paraila. Diese Gefühle werden nie verschwinden, aber plötzlich wird mir eines klar … Im Grunde bin ich dankbar, dass ich diese Reise unternommen habe und hierhergekommen bin.

Und als Moira mich mit ihren grünen Augen neugierig beobachtet, wird mir bewusst, dass ich das nur ihr zu verdanken habe.

Kapitel 20

„Und, wie fandest du es?", frage ich Zach, als wir wieder in den schwarzen Range Rover steigen, den Randall uns für die Dauer unseres Aufenthalts geliehen hat. Er besitzt mehrere Fahrzeuge, die alle in einer riesigen klimatisierten, freistehenden Garage untergebracht sind.

„Es war interessant. Aber es hat mich nicht sonderlich berührt", erklärt Zach und schnallt sich an.

Wir haben gerade die Kirche verlassen, nachdem wir den Gottesdienst am Mittwochabend besucht haben. Wir sind beide leger in Jeans gekleidet und hatten zuvor in einer Pizzeria in der Nähe zu Abend gegessen.

„Du klingst ein bisschen missmutig", bemerke ich.

Zach zuckt mit den Schultern. „Ich wusste nicht, was mich erwartet, aber es schien mir alles so fremd zu sein. Ich meine … ich erinnere mich an einiges, was meine Eltern mir über Christus beigebracht haben, und ich habe den Lehren von Pater Gaul zugehört, aber mir fehlt eine wirkliche Verbindung dazu."

„Das ist verständlich", erwidere ich und drücke seine Hand, bevor ich den Motor starte. „Ich denke, es braucht ein wenig Übung, um einen ehrlichen Glauben zu entwickeln, doch die hattest du nie."

„Es ist einfach nicht *meine* Art von Glauben", beteuert er.

Als ich den Wagen auf die Schnellstraße lenke, frage ich: „Und woran glaubst du?"

Zach ist einen Moment lang still und starrt aus dem Fenster. Schließlich antwortet er: „Ich glaube an mich selbst und an meinen Stamm."

Ich verspüre einen Stich im Herzen, denn ganz offensichtlich ist das für Zach das Wichtigste im Leben. Mit jedem Tag verfalle ich ihm ein wenig mehr und wünsche mir so sehr, dass er hierbleibt, denn selbst nach dieser kurzen Zeit hänge ich an ihm. Dabei würde mir nicht nur der Sex fehlen, wenn er wieder geht, denn mir ist schmerzhaft bewusst, dass ich so etwas nie wieder mit einem anderen Mann erleben werde. Nein, ich kenne Zach mittlerweile ziemlich gut und weiß, wie rein seine Seele ist und wie viel Mut er bewiesen hat, als er sich diesem neuen Leben stellte. Er ist gutmütig, geduldig und legt eine gesunde Neugier an den Tag. Er lacht immer häufiger, und wenn er mich mit seinen blauen Augen ansieht, sei es nun mit einem lustvollen oder mit einem heiteren Blick, dann lasse ich mich sofort in seinen Bann ziehen.

Er hat von mir Besitz ergriffen und weiß es nicht einmal. Er ahnt nichts davon, dass ich in seinem Bann stehe und dass meine Gefühle mit im Spiel sind. Ich wünschte nur, es wäre nicht so, denn es wird mich wahrscheinlich umbringen, wenn er mich wieder verlässt.

„Ich glaube an dich", sagt Zach leise, und ich sehe ihn an.

Er starrt mich mit einem durchdringenden Funkeln in den Augen an. Ich halte seinen Blick für einen Moment fest, bevor ich mich wieder der Straße zuwende.

„Wirklich?", frage ich mit erstickter Stimme. Bei dem Gedanken, er könnte mehr als nur einen willigen Körper in mir sehen, schnürt sich mir die Kehle zu.

„Wirklich", wiederholt er nur, doch fürs Erste genügt mir das.

Wir halten kurz an einem Drogeriemarkt, denn ich brauche Shampoo und dergleichen und muss für Zach einen Satz Rasierklingen besorgen.

Er trägt den Einkaufskorb, während ich in aller Ruhe durch die Gänge für Haarprodukte und Kosmetika schlendere. Im Gegensatz zu den meisten Männern, die lieber in ein Becken voller hungriger Haifische eintauchen würden, beweist Zach stets eine Menge Geduld, wenn wir einkaufen gehen. Ich nehme an, dass es für ihn verwunderlich ist, alles kaufen zu können, was das Herz begehrt. Es wird sicher noch eine Weile dauern, bis er sich daran gewöhnt hat.

Während ich die Shampoos betrachte, tut Zach es mir gleich, öffnet die Verschlüsse und riecht an jeder einzelnen Flasche. Dann reicht er mir eine und sagt: „Dieser Duft gefällt mir. Kauf es."

Ich muss lächeln, denn ich weiß, dass er mir gegenüber immer derart gebieterisch sein wird, doch ich gebe ihm nach. Wenn es ihm gefällt, macht mich das glücklich.

Als wir auf die Kasse zugehen, bleibt Zach plötzlich neben einem Regal stehen und nimmt etwas heraus. Ich wende mich ihm zu und reiße die Augen auf, als ich sehe, was er in der Hand hält. Er streckt es mir mit einem verruchten Blick entgegen.

Es ist eine Flasche mit Gleitmittel.

Er wirft sie in den Korb und sagt nur: „Wir werden es brauchen, wenn ich dich in den Arsch ficke."

Oh, mein Gott. Ich werde mich wohl nie daran gewöhnen, dass er mit ein paar einfachen Worten, einem Blick oder sogar mit einer flüchtigen Berührung mein Herz zum Rasen bringt und dafür sorgt, dass mein Höschen vor Begierde ganz feucht wird.

Er grinst mich an. Offenbar glaubt er, mich schockiert zu haben.

„Wo hast du das mit dem Gleitgel gelernt?", frage ich ihn entgeistert. „Woher weißt du, dass man es braucht?"

Er beugt sich zu mir vor. „Ich habe einiges darüber gelesen. Ich will dir nicht wehtun, und ich weiß mittlerweile, wie eng dein Poloch ist. Ich will sichergehen, dass du gut vorbereitet bist, wenn ich es in Besitz nehme."

Mein Körper geht fast in Flammen auf … genau hier … mitten in Gang fünf im Drogeriemarkt.

Ich stehe mit offenem Mund da, und als er an mir vorbeigehen will, packe ich ihn am Handgelenk. Er dreht sich zu mir um und legt den Kopf schief.

„Ändere dich nie", sage ich ihm mit eindringlicher Stimme.

Er kommt auf mich zu und streichelt mir über die Wange. „Was meinst du?"

„Ich meine … Ich liebe es, wenn du mir schmutzige Worte ins Ohr flüsterst. Es ist so sexy und erregt all meine Sinne. Ändere das bloß nie."

Ein warmherziger Ausdruck tritt in Zachs Augen, und er verzieht die Lippen zu einem Lächeln. Dann beugt er sich zu mir vor und gibt mir einen Kuss auf die Stirn. Die Berührung ist so zärtlich, dass mir unwillkürlich die Lider zufallen.

„Selbst wenn ich es wollte, könnte ich nichts daran ändern", murmelt er, als er den Kopf wieder zurückzieht. „Du bringst mich dazu, all das zu tun."

***

Zurück in Randalls Haus finden wir ihn in der Bibliothek, mit einer Zeitung in der Hand sitzend, vor. Zach tritt ein, um mit ihm zu reden, doch ich wünsche den beiden eine gute Nacht und gehe mit unseren Einkäufen auf mein Zimmer. Die Flasche mit dem Gleitmittel scheint eine Tonne zu wiegen, und obwohl ich es kaum erwarten kann, Zachs Wunsch nachzugeben, habe ich auch ein wenig Angst davor.

In der Hoffnung, die sexuelle Spannung etwas abzubauen, stelle ich mich unter die Dusche. Ich weiß ohnehin, dass ich in dem Moment, in dem Zach heute Abend mein Zimmer betritt, vor Erregung explodieren werde. Und ich weiß, dass er zu mir kommen wird.

Seit einer Weile tut er das an jedem Abend und es ist jedes Mal unglaublich. Er hat mich auf so viele verschiedene Arten genommen und mich so oft zum Höhepunkt gebracht, dass ich befürchte, süchtig nach dem Sex mit ihm werden zu können.

Ich trete aus der Dusche, trockne meine Haare und schlüpfe in einen Bademantel. Als ich mein Zimmer betrete, liegt Zach bereits splitternackt auf dem Bett und hat in seiner typisch lässigen Art die Hände hinter dem Kopf verschränkt.

„Zieh den Bademantel aus", befiehlt er mir und beobachtet mich mit einem begierigen Funkeln in den Augen, als ich das Kleidungsstück von meinen Schultern auf den Boden gleiten lasse.

Mein Blick fällt auf die Flasche Gleitgel, die ich auf den Nachttisch gestellt hatte. Als ich Zach wieder ansehe, schenkt er mir ein lüsternes Grinsen. Er zieht eine Hand hinter dem Kopf hervor und krümmt den Zeigefinger, um mich zu sich zu locken.

Ich gehe langsam zum Bett, wobei ich meinen Blick über seinen Körper schweifen lasse und feststelle, dass sein Schaft bereits hart ist. Ich frage mich, ob er sich selbst berührt hat, bevor ich aus dem Bad kam, oder ob ihn allein der Gedanke daran, mit mir zu schlafen, erregt. Sein Schwanz ist so schön … Er ist so groß, dass ich ihn nicht ganz mit der Hand umfassen kann, und dunkelrosa. Aus seiner Eichel tropft bereits der Saft seiner Erregung. Mir läuft das Wasser im Mund zusammen, doch bevor ich etwas unternehme, warte ich auf Zachs Befehl.

Als meine Knie gegen die Bettkante stoßen, streckt er eine Hand nach mir aus und ich ergreife sie, damit er mich auf die Matratze ziehen kann.

„Du bist so verdammt schön", knurrt er, während er mir direkt in die Augen starrt. Ich lasse mich von seinen Worten umschmeicheln und verspüre ein Kribbeln auf meiner Haut. Durch ihn fühle ich mich schön … lebendig und frei.

Zach packt meine Taille und zieht mich zu sich, bis ich rittlings auf ihm sitze. Ich spüre seinen Schwanz an meinem Hintern, doch er bleibt reglos liegen.

Er streckt die Hände aus und legt sie an meine Brüste. Mit den Augen folgt er den Bewegungen seiner Daumen, als er über meine Brustwarzen streichelt und sie dann kneift, bis sie steif sind und schmerzen.

„Gefällt es dir, wenn ich dir Befehle erteile?"

Mich durchflutet ein erregender Schauer, der eigentlich Antwort genug ist, doch ich gestehe im Flüsterton: „Ja."

„Willst du zur Abwechslung nicht auch die Kontrolle übernehmen?", fragt er mich, während er mit den Händen weiter meine Brüste bearbeitet und sie durchdringend betrachtet. Mir steigt die Hitze in den Nacken.

Bevor ich ihm antworte, schlucke ich einmal, um sicherzugehen, dass meine Stimme klar und deutlich zu hören ist: „Manchmal. Aber es ist auch unglaublich erregend, wenn du mir deinen Willen aufzwingst."

„Wie fühlst du dich, wenn ich das tue?"

„Befreit", antworte ich ohne zu zögern. „Ich habe nicht das Gefühl eingeschränkt zu sein, sondern fühle mich frei."

Er gibt ein leises, anerkennendes Brummen von sich und sieht mir in die Augen. „Wenn ich dir also befehlen würde, dich auf Händen und Knien abzustützen, und meinen Schwanz mit Gleitmittel beschmieren würde, würdest du mich dann deinen Arsch ficken lassen?"

Bei dem Gedanken bebe ich am ganzen Körper. Obwohl mich ein Anflug von Furcht packt, antworte ich: „Ja."

Zach löst seine Hände von meinen Brüsten und legt eine Hand an meinen Nacken. „Braves Mädchen", lobt er mich und zieht mich dann an sich, um mich leidenschaftlich zu küssen. Er schmeckt nach

Pfefferminzzahnpasta und irgendeinem süßen Gewürz, das ich jedoch nicht einordnen kann.

Als er an meinen Haaren zieht, um meine Lippen von den seinen zu lösen, betrachtet er mich mit einem düsteren Funkeln in den Augen. „Nur um dich vom Haken zu lassen, ich werde deinen süßen Arsch heute Abend nicht ficken."

Ich stoße den Atem aus und weiß nicht, ob ich enttäuscht oder erleichtert bin. Wahrscheinlich ist es eine Mischung aus beidem. „Tatsächlich?"

Er schüttelt den Kopf und grinst. „Nein, du bist zu nervös. Ich denke, du solltest vorher ein paar Drinks nehmen, um dich zu entspannen. Außerdem befehle ich dir zwar mit Vorliebe, dich mir zu unterwerfen, doch ich glaube, in diesem Fall möchte ich, dass du darum bettelst."

O Gott! Ich denke, ich bin schon bereit, zu betteln.

Ich lecke mir über die Lippen und schmiege meine Hüfte an seine Erektion. „Was willst du heute Abend stattdessen tun?"

Während er mit einer Hand immer noch meinen Nacken gepackt hat, lässt er die andere zwischen meine Schenkel gleiten. Er dringt mit dem Mittelfinger tief in mich ein und presst seinen Daumen auf meine Klitoris. Ich schiebe das Becken vor und stöhne laut auf. Meine Güte, er ist mittlerweile wirklich gut darin.

„Ich glaube", sagt er nachdenklich, während er seinen Blick nach unten auf seine Hand gleiten lässt, „ich will dich heute auf mir haben. Bisher haben wir es auf diese Weise noch nicht getrieben und es war interessant, was du gerade gesagt hast."

Was habe ich denn gesagt? Ich wünschte, ich wüsste es, denn in meinem Kopf dreht sich alles, während mein Körper von unzähligen Empfindungen durchströmt wird.

„Du willst, dass ich oben liege?", keuche ich, als er
weiter den Daumen um meine Klitoris kreisen lässt,
aber etwas mehr Druck ausübt, woraufhin ich jeden
Muskel in meinem Körper anspanne.

„Ich will, dass *du* die Kontrolle übernimmst", knurrt
er. Mit diesen Worten hat er mir gerade seine ganze
Macht übertragen und bringt mich damit zum Höhepunkt. Ich werde von einer heftigen Welle der Ekstase
mitgerissen und stoße einen Schrei aus, wobei ich keine
Rücksicht darauf nehme, ob mich jemand hören kann.
Ich schluchze fast und lasse meine Hüfte an seiner
Hand kreisen, während ich jedes Beben und jedes Pulsieren auskoste.

Als ich mich etwas beruhigt habe und wieder klar sehen kann, fällt mein Blick auf Zach, der mich mit lüs-
terner Miene und einem ehrfürchtigen Blick betrachtet.
„So verdammt sexy."

Ich starre schweigend auf ihn herab. Mir fehlen die
Worte, um auszudrücken, wie viel mir bedeutet, was er
sagt. Dennoch beweist er mir, dass er mir nicht die voll-
ständige Kontrolle überlassen wird.

„Setz dich auf meinen Schwanz, Moira, und reite
mich", befiehlt er mir.

Ja, ich werde ihm gehorchen. Aber von diesem Moment an, zumindest für diese eine Nacht, werde ich das
Steuer in der Hand halten. Ich werde diejenige sein, die
das Sagen hat.

Ich lege beide Hände auf seine Brust und drücke mich
ab, um den Oberkörper aufzurichten. Zach lässt seinen
Blick auf meine Brüste gleiten und streckt eine Hand
danach aus.

„Nicht doch", ermahne ich ihn und schlage sanft seine
Hand beiseite. „Leg die Hände hinter den Kopf. Offenbar gefällt dir diese Position."

Zach verzieht die Lippen zu einem belustigten Lächeln, während sich in seinen Augen ein erregtes

Funkeln widerspiegelt. Für einen Mann, der es gewohnt ist, eine Frau zu dominieren und die totale Kontrolle über sie zu haben, scheint er sich richtiggehend zu freuen. Er verschränkt die Hände hinter dem Kopf, wobei er jedoch die Hüfte anhebt, um mich anzuspornen.

Ich beuge mich vor und presse meine Lippen auf seine. Ich küsse ihn sanft und zärtlich, doch nur für einen kurzen Moment. Sobald er den Mund öffnet, beiße ich ihm auf die Unterlippe und ziehe daran. Ihm entfährt ein Stöhnen und er bäumt die Hüfte auf.

Ich löse mich von seiner Lippe und lecke über die Bissstelle, um den Schmerz zu lindern, dann lasse ich meine Zunge über sein Kinn und seinen Hals gleiten. Er neigt den Kopf nach hinten und ich genieße das Kratzen seiner Bartstoppeln auf meiner Haut.

Für gewöhnlich ist Zach beim Sex nicht sehr gesprächig, daher überrascht es mich, als er murmelt: „Ich liebe das Gefühl deiner Lippen auf meinen. Du bist die einzige Frau, die mich jemals geküsst hat.“

Mein Herz setzt einen Schlag aus und ich gerate fast ins Stocken, doch dann gewinnt wieder das Verlangen die Oberhand, ihn zu befriedigen. Ich sauge an der Stelle knapp über seinem Schlüsselbein, bevor ich ihn beiße.

Zach stößt ein Zischen aus und zieht eine Hand hinter seinem Kopf hervor, um meinen Hinterkopf zu umfassen. Ich lecke wieder über seine Haut und packe seine Hand, um sie wegzuziehen. „Behalte deine Hände bei dir. Nicht anfassen.“

Er stöhnt frustriert auf, doch er gehorcht mir. Es ist ein berauschendes Gefühl. Obwohl ich erst vor ein paar Minuten einen gewaltigen Orgasmus hatte, spüre ich bereits, wie mein Unterleib sich vor Verlangen wieder anspannt.

Ich lasse meine Lippen über seine Brust wandern und liebkose seine Brustwarzen mit meiner Zunge und meinen Zähnen. Zach stößt einen Fluch aus und spannt die Muskeln an, als ich weiter nach unten rutsche, um über seinen Rippenbogen und seinen Bauch zu lecken. Ich stecke meine Zunge in seinen Bauchnabel und lasse sie kreisen, bevor ich mich auch seinem Hüftknochen widme.

Mit geöffnetem Mund presse ich einen Kuss auf seine Haut, während meine Brüste sich hin und her wiegen. Als sie seinen Schwanz streifen, spüre ich einen Tropfen seines Spermas auf meiner Haut. Die Gewissheit, dass ich ihn so sehr errege, veranlasst mich, fest an seinem Fleisch zu saugen. Zach bäumt die Hüfte auf und murmelt: „Mein Gott, Moira. Würdest du mich bitte endlich ficken?"

Mir entfährt unwillkürlich ein leises Lachen und ich presse ihm noch einen Kuss auf die Hüfte, bevor ich den Kopf anhebe. Er starrt mich mit einem so durchdringenden Blick an, dass ich spüre, wie ich feucht werde.

Ich rutsche ein Stück nach vorn und setze mich auf die Knie, sodass mein Geschlecht direkt über seinem Schwanz schwebt. Mit einer Hand umfasse ich seine stahlharte Männlichkeit und lasse meinen Daumen über seine Eichel gleiten. Ich senke mein Becken ein Stück weit ab und führe die Spitze seines Schafts an meine Muschi, um ihn über meine Spalte zu reiben. Mir entfährt ein leises Stöhnen, denn er fühlt sich so gut an. Ich wette, dass ich innerhalb von wenigen Minuten zum Höhepunkt kommen würde, wenn ich so weitermache.

„Moira …", knurrt Zach warnend.

Ich begegne seinem Blick und bin überwältigt, als ich den fast wahnsinnigen Ausdruck des Verlangens in seinen Augen sehe. Für den Bruchteil einer Sekunde denke ich darüber nach, von ihm herabzugleiten, damit er mit mir anstellen kann, was er will. Ich weiß, dass er sofort über mich herfallen würde, wenn ich ihn gewähren ließe, aber ich schiebe diesen Gedanken beiseite. Ich bin mir nicht sicher, ob ich noch einmal die Gelegenheit haben werde, Zach zu reiten. Ich lebe jeden Tag mit ihm, als wäre es mein letzter, weil ich weiß, dass er jeden Moment beschließen kann, nach Hause zurückzukehren.

Ich setze mich auf Zachs Schwanz und lasse ihn langsam in mich eindringen. Der Saft meiner Erregung lässt ihn problemlos in mich gleiten, wobei meine Muschi sich für ihn dehnt und ihn fest umschließt.

Seiner Kehle entfährt ein tiefes Stöhnen, das ich so noch nie aus seinem Mund gehört habe. Es erinnert mich an den schmerzverzerrten Ruf eines Tieres, als ich beobachte, wie er die Augen fest zusammenkneift. Ich senke mein Becken noch weiter ab, bis es sich an das seine schmiegt und er bis zum Anschlag in mir vergraben ist.

Dann halte ich inne und warte … bis Zach die Augen öffnet und mich ansieht. Ich kann einen Ausdruck sehnsuchtsvoller Begierde in seinem Blick erkennen und rede mir für einen kurzen, törichten Moment ein, dass dieses Verlangen meiner Person und nicht nur meinem Körper gilt. An dieser Vorstellung halte ich mich fest, auch wenn ich weiß, dass ich verletzt werde, wenn ich vorgebe, er würde etwas für mich empfinden.

Als ich diesen Blick nicht länger ertragen kann, hebe ich mein Becken an und senke mich wieder auf ihn herab, wobei ich beobachte, wie sich das Blau seiner Iriden vor Lust und Erleichterung verdunkelt.

Ich hebe und senke mich, hebe und senke mich und reite seinen Schwanz, wie er es mir befohlen hat. Doch ich bewege mich nur langsam und zeige ihm eine andere Art, Liebe zu machen, indem ich unsere Lust in die Länge ziehe. Erstaunlicherweise hat Zach sich unter Kontrolle. Er bleibt ruhig liegen und versucht nicht, das Tempo zu beschleunigen. Aber es ist nicht zu übersehen, wie sehr er es genießt, von mir gefickt zu werden. Er atmet schwer und spannt die Kiefermuskeln an, während er mich mit einem lüsternen Blick durchbohrt, der feuriger ist als je zuvor.

Ich beschließe, etwas Abwechslung in die Sache zu bringen und lasse mich mit Wucht auf seinen Schwanz fallen, wobei ich keuchend das Gefühl genieße, vollständig von ihm ausgefüllt zu werden. Zach zieht die Hände hinter seinem Kopf hervor und packt meine Oberschenkel, wobei er die Finger in meinem Fleisch vergräbt. Ich hebe langsam den Körper an und lasse mich dann wieder fallen. Ich genieße das Gefühl, ihn zu dominieren, als Zach schreit: „Scheiße, Moira."

Ich senke mich wieder und wieder auf ihn herab, wobei meine Bewegungen nicht nur an Intensität, sondern auch an Tempo gewinnen. Meine Brüste wippen auf und ab, während meine Schenkel vor Ermüdung zittern. Ich greife mit einer Hand hinter mich und umfasse seine Hoden, um sie zu massieren.

Zachs Hüfte hebt sich ruckartig, während er wie ein Mantra immer wieder *ja, ja, ja, ja* stöhnt.

Ich bewege mich immer schneller und schon bald stößt Zach mir seine Hüfte entgegen, um noch tiefer in mich einzudringen und dabei meine empfindsamsten Stellen zu treffen. Er packt mit beiden Händen meine Hüfte und zieht mich mit aller Kraft auf seinen Schwanz hinunter.

Ich kann an meiner Handfläche spüren, wie sich seine Hoden zusammenziehen und weiß, dass er kurz davorsteht, zum Höhepunkt zu kommen.

„Gib es mir, Zach", flüstere ich, während ich ihn weiter reite. „Komm für mich, Baby."

Zach zieht mich ein letztes Mal auf ihn, dann wirft er den Kopf nach hinten und bäumt seinen Oberkörper auf, während jeder Muskel und jede Sehne an seinem Hals deutlich hervortreten. Ein heftiges Stöhnen dringt aus seiner Kehle, als ich spüre, wie er beginnt, sich in mir zu ergießen. Fasziniert beobachte ich, wie die Lust seine Miene verzerrt und höre, wie das raue Keuchen seiner Erleichterung den Raum erfüllt.

Ich hebe noch einmal das Becken an und lasse mich langsam auf ihn gleiten, woraufhin sein Körper von einem weiteren heftigen Beben erfasst wird.

„O Gott", stöhnt Zach zitternd. „Ich komme immer noch."

Ich hebe mich erneut an und lasse mich fallen, während Zach am ganzen Körper zuckt und von einem weiteren Schauer durchströmt wird.

„Was zum Teufel machst du da mit mir?", fragt er verwundert, als er die Augen öffnet und mich ungläubig anstarrt, während er immer noch heftig schnauft.

Ich streiche mit den Fingern über seine Lippen und starre ihn nachdenklich an. „Ich befreie dich, mein unzivilisierter Mann."

Kapitel 21

Ich bin in einer düsteren Stimmung, als ich meinen Blick durch diesen dämlichen, beschissenen Nachtclub schweifen lasse, in den Clint und Cara mich geschleppt haben. Die Einladung galt wieder nur mir, aber ich habe Moira dennoch mitgenommen. Als wir in dem VIP-Bereich ankamen, in dem wir die beiden treffen sollten, konnte ich Caras Miene sofort entnehmen, dass sie nicht erfreut war, Moira zu sehen. Und da Moira steif neben mir stand, wusste ich, dass sie ebenfalls nicht gerade glücklich war, in Caras Nähe zu sein.

Aber einen Abend mit Clint und Cara ohne Moira an meiner Seite würde ich auf keinen Fall ertragen. Nein, das ist nicht ganz richtig. Um ehrlich zu sein, würde ich wahrscheinlich keinen Abend ohne sie verbringen wollen. Auch dieser Gedanke ruft in mir düstere Gefühle hervor.

Ich leide geradezu unter einer Flut von Emotionen, wenn es um die schöne, rothaarige Frau geht, die ich regelmäßig ficke …, und zwar richtig ficke. Sie verzehrt mich förmlich, und ich hasse und liebe dieses Gefühl zugleich.

Jeden Morgen wache ich vor ihr auf, und da ich mich nicht nur daran gewöhnt habe, auf einer weichen Matratze zu schlafen, sondern auch daran, ihren Körper an meinem zu spüren, nutze ich meine Morgenlatte und sorge dafür, dass wir beide den Tag mit einem oder zwei fantastischen Orgasmen beginnen.

Da wir im Grunde fast jede freie Minute zusammen verbringen, komme ich ihr näher, als ich irgendeiner anderen Person in meinem Leben je gekommen bin, mit Ausnahme von Paraila. Wir führen lange Gespräche und unterhalten uns über die unglaublichen Dinge, die ich entdecke. Erst gestern saßen wir vor einem kleinen Café in der Innenstadt von Atlanta, tranken Eiskaffee und sprachen über Terrorismus. Ich habe viel über die Anschläge vom 11. September gelesen und war zutiefst entsetzt. Der Gedanke, dass sich ein derart ungeheuerliches Ereignis zugetragen hat, während ich zurückgezogen bei meinem Stamm gelebt und davon nichts mitbekommen hatte, rückt die Dinge für mich in ein neues Licht. Diese neue und moderne Welt strahlt hell und ist voller Wunder und Potenzial.

Aber sie ist zugleich brutal und viel gewalttätiger, als es der Regenwald je sein könnte. Ich frage mich, warum die Menschen überhaupt in einer solchen Gesellschaft leben wollen und werde in dem Wunsch bestätigt, nach Hause zurückzukehren.

Inzwischen habe ich eine Menge über Moira erfahren. Ihr Vater und ihre Mutter waren beide Anthropologen, daher rührte ihr Wunsch, in deren Fußstapfen zu treten. Ihre Schwester Lisa ist Hausfrau und Mutter und hat einen Elektroingenieur geheiratet – was immer das auch heißen mag. Sie lebt mit ihrer Familie an der Küste von North Carolina und ist glücklich damit, ihre beiden Kinder großzuziehen. Ich stelle ihr unzählige Fragen über ihr Privatleben und bis auf die Tatsache, dass sie wahrscheinlich die einzige Frau ist, die je meine Lust befriedigen wird, weiß ich, dass sie lustig und klug ist und eine schelmische Seite hat. Sie liebt alte Western, denn sie hat sich die Filme früher mit ihrem Vater angeschaut, und aus irgendeinem Grund hat sie Angst vor Katzen, während sie sich vor Spinnen überhaupt nicht fürchtet. Ich weiß, dass sie leise schnarcht, wenn sie auf dem Rücken schläft, doch solange sie sich seitlich an mich schmiegt, ist kein Mucks von ihr zu hören. Ihr Lieblingsbuch ist *Fifty Shades of Grey*. Sie hat es mir geliehen, aber ich habe nicht mehr als ein Kapitel gelesen.

Als ich ihr davon erzählte, bedachte sie mich mit einem Grinsen und meinte, dass mir wertvolle Lektionen in sexueller Lust entgehen würden. Also habe ich es sofort wieder aufgeschlagen und mich gezwungen, es zu lesen. Ehrlich gesagt habe ich nichts gelernt, was ich nicht auch von selbst herausgefunden hätte.

Die Nächte mit Moira sind die besten, weil wir uns entweder in ihrem oder meinem Schlafzimmer einigeln und ich mit ihrem Körper anstellen kann, was ich will. Am liebsten bringe ich sie mit meinem Mund zum Höhepunkt. Manchmal beginne ich mit meinem Gesicht zwischen ihren Schenkeln, aber hin und wieder dringe ich zuerst tief in sie ein und ficke sie wild, bis ich zum Orgasmus komme. Noch bevor sich meine Atmung wieder beruhigt hat, ziehe ich mich aus ihr heraus und presse meinen Mund auf ihre Muschi, um sie zu lecken, bis sie von der Welle der Ekstase mitgerissen wird.

Der Nachtclub, in dem wir uns jetzt befinden, entspricht nicht im Geringsten meinen Erwartungen. Er erstreckt sich über drei Stockwerke und an der Tür steht ein riesiger schwarzer Mann mit dicken Muskeln und Piercings im Gesicht. Ein Seil aus Samt versperrt den Eingang, vor dem eine lange Menschenschlange wartete. Ich folgte Caras Anweisung und nannte dem riesigen Kerl meinen Namen, woraufhin er Moira und mir mit einem strahlend weißen Lächeln Zutritt gewährte.

Der Innenraum gleicht einer riesigen Halle, die sich über drei Stockwerke ausdehnt. In der Mitte befindet sich eine Tanzfläche und am Rand eine verspiegelte Bar an insgesamt drei Wänden. Ich werfe einen Blick nach oben und sehe mehrere Balkone, die entlang der Wand verlaufen und über private Treppen erreichbar sind. Cara hatte mir mitgeteilt, dass sie im VIP-Balkon Nummer drei zu finden seien und ich den Barkeeper einfach bitten sollte, mir den Weg zu weisen. Offenbar kommen Cara und Clint regelmäßig hierher und haben einen

Raum für sich, in dem sie ihre schicken Cocktails schlürfen und die Tanzenden am Boden beobachten können.

Nachdem Moira und ich kurz an der Bar Halt gemacht haben, wobei sie sich einen sogenannten Screwdriver bestellt und ich mir ein Bier hole, folgen wir den Anweisungen des Barkeepers und erklimmen eine Treppe in den dritten Stock. Oben erreichen wir eine große, rote Tür. Ich stoße sie auf und erblicke Cara und Clint, die nebeneinandersitzen, ihre blonden Köpfe zusammengesteckt haben und miteinander tuscheln. Obwohl der Club mit lauter Musik beschallt wird, ist es in dem kleinen Raum relativ ruhig, was den geschlossenen Glastüren zu verdanken ist, die der Tanzfläche zugewandt sind. Sobald Cara und Clint uns hereinkommen hören, wenden sie sich uns zu.

Als sie mich sieht, verzieht Cara die Lippen zu einem breiten Lächeln, das beim Anblick von Moira jedoch erstirbt. Clint springt sofort auf, klopft mir auf den Rücken und zieht Moira in seine Arme. Am liebsten würde ich das Arschloch auf der Stelle umbringen.

Während der nächsten zwei Stunden stehe ich am Balkon und trinke gemächlich ein paar Biere, während ich die tanzenden Menschen unter mir beobachte. Ich lasse die Türen geschlossen, weil die Musik mir in den Ohren schmerzt. Ich sehne mich nach den sanften Klängen der Lieder, die die Stammesfrauen während unserer Feste immer singen. Ich wollte mich nicht mit den anderen auf der Tanzfläche vergnügen. Von hier oben beobachte ich Moira, während sie ihre Hüften mit derart sinnlichen Bewegungen kreisen lässt, dass ich einen Dauerständer bekomme. Cara geht noch einen Schritt weiter und bewegt ihren Körper auf anzügliche Weise, wobei sie die Arme über den Kopf gestreckt hat. Hin und wieder stellt Clint sich hinter seine Schwester, packt ihre Hüfte und wiegt sich mit ihr hin und her. Es ist widerlich, die Geschwister derart aufreizend miteinander tanzen zu sehen. Falls er auf den Gedanken kommt, auch mit Moira so zu tanzen, dann ist er ein toter Mann.

Während ich sie beobachte, frage ich mich, wann Moira und ich endlich gehen können. Ich habe das starke Verlangen, sie zu nehmen, aber das ist nichts Neues. Inzwischen ist sie fast schon zu einer Notwendigkeit geworden, und diese Erkenntnis steigert meine düstere Stimmung umso mehr.

Schließlich verlässt Moira die Tanzfläche und drängt sich in Richtung der Toiletten durch die Menge. Die Schlange ist fast so lang wie die vor dem Eingang, daher weiß ich, dass es eine Weile dauern wird, bis sie zurückkommt. Ich seufze frustriert, als ich sehe, wie Clint und Cara die Treppe zu unserem Balkon ansteuern.

Kaum ist Cara durch die Tür getreten, kommt sie direkt auf mich zu. Sie ergreift meine Hand und führt mich zur Couch. Ich bringe es nicht über mich, mich ihr zu widersetzen. Clint geht währenddessen zu der Minibar hinüber und schenkt sich einen weiteren Drink ein. Er und Cara haben sich bei den Spirituosen nicht zurückgehalten und sind beide betrunken.

Cara lässt sich auf das Sofa fallen und zieht mich auf den Sitz neben sich. Sie schlingt ihre Arme um meinen Hals und schnurrt mit geschmeidiger Stimme: „Also, Zach … Clint und ich haben uns gefragt, ob du und Moira uns nach Hause begleiten wollt, um noch ein wenig mit uns zu feiern.“

Ich finde es interessant, dass sie auch Moira eingeladen hat, denn so wie Cara sie behandelt, hätte ich geglaubt, sie ist ihr lästig. „Was meinst du mit ‚feiern‘?“

Sie klimpert mit den Wimpern. „Ach, weißt du … vielleicht ein bisschen Koks … ein bisschen Ecstasy. Etwas, um die frigide Ziege aufzulockern.“

Ich habe keine Ahnung, was sie damit meint, aber es klingt weder nach etwas, was mir Spaß machen würde, noch würde ich wollen, dass Moira mit den beiden feiert. „Nein, danke, wir verzichten.“

Clint kommt zu uns und stellt sich hinter die Couch. Während er in einer Hand seinen Drink hält, streckt er die andere Hand nach Cara aus und streichelt ihr sanft über den Nacken. „Wenn du keine Lust auf einen Vierer hast, können wir uns auch getrennt voneinander vergnügen.“

„Getrennt?“, frage ich dümmlich. Ich glaube zwar zu wissen, was er damit sagen will, aber die Vorstellung bringt mein Blut zum Kochen.

„Ja“, bestätigt Clint und starrt mich mit glasigen Augen an. „Cara und ich stehen zwar auf Gruppensex, aber wenn dir das nicht behagt, kannst du es ja mit Cara treiben, während ich Moira ficke, bis sie kaum noch aufrecht stehen kann.“

Mir wird schwindelig vor Wut und ich sehe rot. Dabei bringt mich weniger ihr Angebot, es zu viert zu treiben in Rage, denn das überrascht mich nicht im Geringsten. Nur diese geistlosen Idioten wären pervers genug, um mir einen solchen Vorschlag zu unterbreiten. Aber die Tatsache, dass Clint glaubt, er hätte das Recht, dieselbe Luft wie Moira zu atmen, geschweige denn, sie zu ficken, bringt mich zur Weißglut.

Ich stehe von der Couch auf und wende mich Clint mit einem mörderischen Blick zu. „Was hast du gerade gesagt?“

Er hat keine Ahnung, in welcher Gefahr er sich befindet, und ich bemerke, dass Cara mich mit einem lüsternen Schimmer in den Augen beobachtet. „Moira“, wiederholt Clint, als ob ich zu dämlich wäre, seine Worte zu verstehen. „Ich will sie ficken. Ich wette, sie hat die süßeste, engste Muschi …“

Ich springe mit einem Satz über die Lehne der Couch und verpasse ihm mit beiden Händen einen Stoß gegen die Brust. Er prallt mit dem Rücken gegen die Wand neben der Minibar, sodass die Gläser wackeln und zwei Flaschen auf dem Boden zerschmettern. Ihm selbst fliegt sein Drink aus der Hand und im nächsten Moment stürze ich mich auf ihn. Ich lege ihm beide Hände um den Hals, drücke zu und beobachte, wie er verängstigt die Augen aufreißt.

„Oh, Zach … ist dieses Theater denn wirklich nötig?", lallt Cara, die noch immer seelenruhig auf der Couch sitzt und uns mit vagem Interesse beobachtet. „Wenn du keine Lust hast, musst du es nur sagen. Obwohl ich keine Ahnung habe, was du in Moira siehst. Sie scheint mir ein bisschen wie ein graues Mäuschen zu sein."

Ich schließe die Augen und atme tief durch. Als ich sie wieder öffne, betrachte ich Clint mit durchdringendem Blick. „Sprich nie wieder so über Moira, verstanden? Denk nicht einmal daran, sie anzufassen. Wenn ich dich noch einmal dabei erwische, wie du sie auch nur ansiehst, werde ich dir den Garaus machen, du elendes Stück Scheiße."

Clint nickt hastig und der betrunkene Glanz in seinen Augen weicht einem verängstigten Ausdruck. Ich löse meinen Griff um seinen Hals, woraufhin er sich sofort die Kehle reibt.

Hinter mir stößt Cara ein Lachen aus, das lauter wird, als sie sich mir nähert. Sie legt eine Hand an meinen Nacken und kratzt mir mit den Fingernägeln über die Haut. Ich weiche zurück und starre sie argwöhnisch an.

„Oh, wie entzückend", ruft Cara in spöttischem Tonfall. Sie stellt sich zu ihrem Bruder, schlingt die Arme um seinen Hals und lässt ihre Zunge von seinem Schlüsselbein bis zu seinem Kinn hinaufgleiten. „Hast du es noch nicht verstanden, Clint? Zach und Moira ficken miteinander. Deshalb ist er so durch den Wind."

Clint reißt die Augen auf, doch er bringt keinen Ton hervor. Offenbar stecken ihm meine warnenden Worte noch in den Gliedern.

„Siehst du", trällert Cara, während sie mit einer Hand über die Brust ihres Bruders streicht. Er schlingt besitzergreifend einen Arm um ihre Taille und zieht sie dicht an sich. „Er leugnet es nicht."

Ich balle die Hände zur Faust, bis sich meine Fingernägel in meine Handflächen graben. Noch nie hatte ich das Bedürfnis, eine Frau zu schlagen … bis zu diesem Augenblick.

„Lass uns gehen, Schätzchen", sagt Cara und ergreift Clints Hand, um ihn in Richtung Tür zu ziehen, wobei sie mir noch einen abschätzenden Blick über die Schulter zuwirft. „Das war sehr aufschlussreich, Zach. Ich bin sicher, Onkel Randall wird es interessieren, dass Moira nicht ganz so professionell ist, wie er es angenommen hat."

Ich zögere mit meiner Antwort keine Sekunde. „Und es wird ihn sicher interessieren zu erfahren, dass du und dein Bruder kranke Wichser seid, die miteinander vögeln."

Als ich sehe, wie Cara erbleicht, weiß ich, dass ich den Nagel auf den Kopf getroffen habe. Clint zerrt sie zur Tür. „Lass uns gehen, Cara."

„Haltet euch verdammt noch mal von Moira fern", warne ich die beiden. „Ihr wollt euch ganz sicher nicht meinen Zorn zuziehen."

Keiner der beiden gibt einen Ton von sich, sondern sie treten nur schweigend durch die Tür. Mit einem Seufzer der Erleichterung lasse ich mich wieder auf die Couch fallen. Ein leises Glucksen entweicht meiner Kehle und schwillt langsam an, bis ich aus vollem Halse lache.

Ich kann nicht glauben, was gerade passiert ist. Es ist unglaublich, dass diese beiden kranken Arschlöcher wirklich geglaubt haben, Moira und ich würden uns auf ein solches Angebot einlassen. Außerdem bin ich selbst überrascht, dass ich Clint nicht umgebracht habe. Moira wäre sicher stolz auf mich.

Ich stehe wieder auf, gehe zur Minibar und hole mir noch ein Bier aus dem Kühlschrank. Ich drehe den Deckel ab, werfe ihn in den Müll und nehme einen großen Schluck.

Im nächsten Moment wird die Tür geöffnet und Moira tritt ein. Sie hat sich heute passend für einen Nachtclub gekleidet … als wollte sie ihren Körper beim Tanzen zur Schau stellen. Sie trägt ein hautenges silberfarbenes Kleid, dessen Träger um ihren Nacken gebunden sind. Es besticht durch einen tiefen Ausschnitt und bedeckt kaum ihren Hintern, wobei der Rock etwas weiter ist und beim Gehen locker hin und her schwingt. Dazu hat sie ein Paar schwarze hochhackige Schuhe angezogen, deren breite Lederriemen ihre Knöchel umfassen. Als ich sie das erste Mal sah, musste ich sofort daran denken, wie gut sie auf meiner Schulter aussehen würden, während ich mit Wucht in sie eindringe.

Sämtliche Gedanken an Clint und Cara treten bei ihrem Anblick in den Hintergrund und mein Körper reagiert wie immer auf sie. Dabei ist es völlig egal, ob sie in Jeans und ein T-Shirt gehüllt ist, oder ein aufreizendes Kleid trägt, mein Schwanz wird sofort hart.

Als sie die Tür hinter sich schließt, stelle ich die Bierflasche auf dem Tresen ab und schreite mit großen Schritten auf sie zu. Mit lächelnden Augen öffnet sie den Mund, um etwas zu sagen, doch ich schneide ihr das Wort ab, indem ich meine Lippen auf ihre presse. Ich küsse sie leidenschaftlich voller Lust und Verlangen, schiebe meine Zunge tief in ihren Mund und ziehe sie an mich, damit ich meine Erektion an ihrem Körper reiben kann.

Sie legt ihre Hände an meine Brust und drückt sich keuchend ab: „Was ist denn in dich gefahren?"

„Ich will dich ficken … jetzt sofort“, erwidere ich und küsse sie erneut. Für einen Moment gibt sie sich mir hin, doch dann stemmt sie sich wieder gegen meine Brust.

„Nein … das geht nicht. Clint und Cara könnten jeden Moment hereinkommen. Oder wir werden von einer Kellnerin erwischt.“

Ich ergreife Moiras Hand und führe sie zum Balkon, dann öffne ich die Flügeltüren und lasse mich von der pulsierenden Musik überwältigen. Mit einem Ruck ziehe ich Moira dicht an mich und führe meine Lippen an ihr Ohr, damit sie mich über den Lärm hinweghören kann. „Clint und Cara sind gegangen und werden nicht zurückkommen. Und ich werde dich jetzt sofort ficken.“

Moira zuckt in meinen Armen zusammen, doch sie scheint sich nicht darum zu scheren, dass Clint und Cara nicht mehr da sind. Vielmehr lässt sie der begierige Unterton in meiner Stimme erschaudern. „Wie bitte? Nein, das geht nicht. Nicht hier in der Öffentlichkeit.“

„Das hier ist ein privater VIP-Raum“, entgegne ich und beuge mich vor, um sie erneut zu küssen. Sie lässt sich fallen und schiebt ihre Zunge in meinen Mund, während sie sich in meinen Bizeps krallt.

Ich liebe es, wie leicht sie sich mir jedes Mal ergibt und nicht einmal daran denkt, mir auch nur einen Wunsch zu verwehren.

„Die Couch“, murmelt sie an meinen Lippen.

„Zu weit weg“, knurre ich und reiße den Kopf zurück. Ich drehe sie in meinen Armen um, sodass wir beide auf den Nachtclub hinausblicken. Laserscheinwerfer beleuchten die tanzenden Menschen unter uns. Ich lasse meinen Blick über die umliegenden Balkone schweifen, doch dank der mangelnden Beleuchtung kann ich nichts erkennen. Genauso wie unser Raum, sind sie zwar von der Tanzfläche aus zu sehen, liegen aber im Dunkeln.

Einfach perfekt.

Ich presse meine Brust gegen Moiras Rücken und schiebe sie nach vorn, bis sie mit dem Bauch gegen das schmiedeeiserne Geländer des Balkons stößt. Ich schmiege mich dicht an sie und stelle sicher, dass sie meine Erektion spüren kann, die gegen ihren unteren Rücken presst.

Ich streiche mit der Nase sanft über ihren Hinterkopf und atme den Duft des Shampoos ein, zu dessen Kauf ich ihr geraten habe. Ich beuge den Kopf seitlich vor, um ihren Hals zu küssen, und lasse die Zähne über ihre empfindsame Haut gleiten. Sie zittert in meinen Armen und neigt den Kopf, während sie mit den Händen das Geländer fest umklammert, sodass ihre Fingerknöchel weiß hervortreten.

„Ich will, dass du so stehenbleibst … und jetzt spreize die Beine noch ein wenig weiter für mich.“

Ihre Brust hebt und senkt sich vor Erregung, als sie mir den Wunsch erfüllt. Ich lege eine Hand an die Rückseite ihres Oberschenkels und lasse sie nach oben unter den Saum ihres Kleides gleiten, um ihren prallen Hintern zu umfassen, der sich völlig nackt anfühlt. Verwundert beuge ich mich ein Stück zur Seite und werfe einen Blick unter ihren Rock, um zu sehen, ob sie Unterwäsche trägt. Dann erblicke ich den dünnen, spitzenbesetzten Stoffstreifen, der zwischen ihren Pobacken verschwindet.

Ahhh … ein Stringtanga. Das ist verdammt sexy.

Ich schiebe meinen Finger unter den Riemen ihres Höschens und ziehe ihn aus ihrer Porille, um ihn zur Seite zu schieben und mir ihre geschmeidige Muschi zugänglich zu machen. Ich lasse einen Finger durch ihre Spalte gleiten und spüre, wie feucht sie bereits ist.

Mein Verlangen nach ihr ist überwältigend und ich glaube, jeden Moment explodieren zu müssen. Ich kann keine Sekunde länger warten, also öffne ich hastig meine Hose und ziehe meinen Schwanz heraus. Dabei drückt der Reißverschluss gegen meine Hoden, doch ich ignoriere das Stechen, denn ein wenig Lustschmerz kann nicht schaden.

Ich beuge die Knie und presse meinen Schwanz gegen Moiras feuchtes Geschlecht, dann dringe ich mit einer fließenden Bewegung bis zum Anschlag in sie ein.

Moira schnappt nach Luft und keucht: „O Gott. Ich kann nicht glauben, dass wir das tun."

Mit einem Lächeln gebe ich ihr einen Kuss auf den Hinterkopf, schlinge einen Arm um ihre Taille, um sie aufrecht zu halten und stütze mich mit der anderen Hand auf dem Balkongeländer ab.

Während ich meine Knie gebeugt halte, beginne ich, in sie zu stoßen. Falls jemand von der Tanzfläche aufblickt und uns durch den Dunst im Halbdunkel sehen könnte, würde es für ihn wahrscheinlich so aussehen, als stünde ich hinter meiner Freundin, um sie innig zu umarmen. Immerhin ist Moira vollständig bekleidet und ihr Unterleib ist dank ihres locker sitzenden Rocks ausreichend verhüllt. Es ist also nichts Auffälliges zu erkennen, bis auf die Tatsache, dass ich meine Hüfte immer wieder langsam vorschiebe, was aber bedeuten könnte, dass ich mich nur zur Musik hin und her wiege.

Vielleicht würde er auch sehen, dass ich sie langsam von hinten ficke.

Ich weiß es nicht, aber es ist mir egal. Zu sehr lasse ich mich von ihrem Körper in den Bann ziehen und gebe mich ganz dem Rausch des Augenblicks hin. Nichts könnte mich in diesem Moment von ihr wegreißen.

Ich dringe langsam immer wieder in Moira ein und keuche heftig. Wir starren beide auf die Tanzfläche hinab und lassen uns von unserer Erregung mitreißen.

Ich stoße wieder bis zum Anschlag in sie hinein, woraufhin Moira ihren Kopf nach hinten auf meine Schulter fallen lässt. Sie schließt die Augen und hat den Mund leicht geöffnet, während sie das Gesicht lustvoll verzogen hat. Allerdings ist sie für meinen Geschmack immer noch nicht laut genug. Sie hat zu viel Angst, sich gehen zu lassen, selbst wenn niemand sie über den Lärm der Musik hören könnte.

Ich löse meinen Arm von ihrer Taille und schiebe die Hand vorne unter ihr Kleid. Mit dem Finger gleite ich unter den Saum ihres Höschens, um ihn auf ihre geschwollene Klitoris zu drücken und sie im Rhythmus meiner Stöße sanft zu massieren.

„Verdammt, Zach", schreit Moira und beginnt, ihre Hüfte an meiner Hand kreisen zu lassen.

Falls in diesem Moment jemand zu uns aufblickte, würde er ohne Zweifel sehen, dass wir ficken. Der Gedanke ist unglaublich erregend.

Moira packt mein Handgelenk und reckt den Kopf. Sie lehnt sich zur Seite, während sie ihre Hüfte weiterhin im Takt mit der meinen wiegt, doch sie betrachtet mich mit einer Mischung aus Angst und Lust.

„Hör auf", fleht sie mich an. „Jemand könnte uns sehen."

„Auf keinen Fall", erwidere ich und stoße noch schneller in sie hinein, während ich weiterhin ihre Klitoris massiere.

„O Gott, o Gott, o Gott", ruft sie. Obwohl sie befürchtet, entdeckt zu werden, schiebt sie mir immer wieder ihren Hintern entgegen.

„Sag mir, dass du gleich kommst, Baby", knurre ich eindringlich in ihr Ohr. „Denn ich bin kurz davor, in dir abzuspritzen, und ich kann mich nicht mehr lange zurückhalten."

Moira nickt heftig und ich dringe wieder in sie ein, wobei ich sie gegen das Balkongeländer drücke. Sie spannt die Muskeln um meinen Schwanz herum an, als sie ihren Kopf auf meine Schulter fallen lässt und ihrer Kehle ein Schrei lustvoller Ekstase entfährt. Ein Beben durchzuckt ihren Körper und ich spüre, wie der Saft ihrer Erregung meinen Schaft abermals benetzt.

Und dann komme auch ich zum Höhepunkt. Ich stoße noch einmal tief in sie hinein, schließe die Augen und konzentriere mich auf das Zucken von Moiras Körper, während ich mich in ihr ergieße.

Ich stöhne leise auf und ziehe ihre Hüfte zu mir, um meinen Schwanz noch tiefer in ihr zu vergraben. Dann schlinge ich einen Arm um ihre Taille und den anderen um ihre Brust, wobei ich sie fest an mich drücke. Einen Moment lang verharren wir in dieser Position, während die Zeit für uns beide stehenzubleiben scheint. Ich höre die Musik nicht mehr und bin blind gegenüber den blinkenden Lichtern und tanzenden Menschen. Sie haben keinerlei Bedeutung für mich.

Alles, was in diesem Moment zählt, ist diese Frau in meinen Armen und das Gefühl ihrer warmen Muschi, die sich immer noch sanft um meinen Schwanz schließt.

Ich liebkose ihren Nacken, der nach wilden Orchideen und Frühlingsregen duftet, und flüstere ihr zu: „Ich glaube nicht, dass ich jemals von dir lassen kann, Moira."

Kapitel 22

Moira

Ich gehe in meinem Zimmer auf und ab und kaue auf einem Daumennagel. Zum zehnten Mal während der vergangenen zehn Minuten werfe ich einen Blick auf die Uhr, laufe zur Zimmertür und drehe mich dann um, um erneut hin und her zu tigern.

Die Verbindungstür zu Zachs Zimmer wird geöffnet und er tritt mit einem befriedigten Lächeln hindurch. „Bist du bereit, um runter zum Frühstück zu gehen?"

Sein zufriedener Gesichtsausdruck ist der Tatsache geschuldet, dass er mich noch vor einer Stunde wie so oft mit seiner Zunge tief in meiner Muschi geweckt und mich bis an den Rand des Orgasmus getrieben hat. Als ich kurz davor war, zu kommen, zog er den Kopf zurück, drehte mich auf den Bauch und hob meine Hüfte an, um tief in mich einzudringen. Ich fiel augenblicklich über den Abgrund der Ekstase und dämpfte meine Schreie in meinem Kissen, während Zach weiter stöhnend und fluchend in mich stieß.

Und dann tat er etwas, das mich zutiefst schockierte und mir noch einen weiteren heftigen Orgasmus bescherte. Kurz bevor er zum Höhepunkt kam, zog er sich aus mir heraus und spritzte sein warmes Sperma über meinen Hintern und mein Kreuz. Er stöhnte auf und benetzte dann seine Finger damit, um sie über meinen Rücken und zwischen meine Pobacken gleiten zu lassen. Er verteilte seinen Saft auf meinem Rektum und führte dann seinen Finger sanft in mich ein, womit er ein weiteres Feuerwerk in mir entfachte. Er stieß mit dem Finger ein paarmal in mein Poloch, während ich vor Erregung zitterte und schrie und ihn schließlich anflehte, aufzuhören, bevor ich ohnmächtig würde.

Er lachte leise, zog seinen Finger heraus und beugte sich vor, um mir einen Kuss zwischen die Schulterblätter zu drücken. Dann zog er mich wieder in seine Arme, und wir lagen schweigend aneinandergeschmiegt im Bett, während die klebrige Sauerei auf unserer Haut trocknete.

Bald darauf gab er mir einen spielerischen Klaps auf den Hintern, schob mich aus dem Bett und sagte mir, ich solle mich unter die Dusche stellen, damit wir uns mit Randall zum Frühstück treffen könnten. Und aus diesem Grund bin ich jetzt so aufgeregt.

Ich muss Randall gegenübertreten.

Gestern Abend hat mir Zach auf dem Heimweg berichtet, was vorgefallen war. Er sagte mir, dass Clint und Cara ihn zum Gruppensex überreden wollten und ihm Koks und Ecstasy angeboten haben. Ich musste Zach erklären, was das ist, woraufhin er angewidert die Lippen verzog und die beiden ganze fünf Minuten lang verfluchte.

Doch das Schlimmste daran war, dass Cara gedroht hatte, Randall von uns zu erzählen. Zach hatte mir jedoch versichert, dass sie nichts dergleichen tun würden, denn er hatte ihnen gedroht, Randall gegenüber zu offenbaren, wie nah sie sich als Geschwister wirklich standen. Der Gedanke ihrer intimen Beziehung jagt mir einen angewiderten Schauer über den Rücken.

„Ich bleibe einfach hier", beharre ich. „Wahrscheinlich hat Cara ihn heute Morgen angerufen. Möglicherweise sieht er es mir sogar an der Nasenspitze an."

Zach kommt auf mich zu und zieht mich in seine Arme. Er legt eine Hand an meinen Hinterkopf und drückt mein Gesicht an seine Brust, um mir einen Kuss auf den Kopf zu drücken. Jedes Mal, wenn er mich auf eine so liebevolle und sanfte Weise berührt, explodiere ich fast vor Emotionen und weiß, dass das Schicksal meines Herzens für immer besiegelt ist.

„Wäre es denn so furchtbar, wenn er es wüsste?", fragt Zach in einem beruhigenden Tonfall, während er mir über den Rücken streichelt.

Ich ziehe unwirsch den Kopf zurück und fauche ihn fast an, als ich antworte: „Ja, es wäre schrecklich und könnte schlimmer nicht sein. Du verstehst das nicht, Zach. Randall hat mich engagiert, um einen Job für ihn zu erledigen, und ich würde alles aufs Spiel setzen. Er könnte meine Karriere ruinieren und was hätte ich dann? Rein gar nichts."

„Du hättest immer noch mich", erwidert er schlicht, doch macht mein Herz bei seinen Worten keinen Satz.

Also schenke ich ihm ein höhnisches Grinsen. „Und was genau hätte ich dann, Zach? Einen Mann, der weiß, wie er mich bis zur Besinnungslosigkeit vögeln kann, der jedoch vorhat, eines Tages nach Brasilien zurückzukehren?"

„Du könntest mitkommen", murmelt er, wobei er mich mit einem entschlossenen Blick durchbohrt.

Ich hätte am liebsten ein Schnauben ausgestoßen, denn allein der Gedanke ist lächerlich. Ich habe mein ganzes Leben lang in der modernen Welt verbracht und viel Zeit und Energie investiert, um Wissenschaftlerin zu werden und mir einen Namen zu machen. Ich könnte meinen Beruf niemals aufgeben, um … um … um was zu tun? Um Madenwürmer aus verrotteten Baumstämmen zu sammeln, und sie zu dem Fleisch essen, das Zach für mich jagt?

Doch ich spreche die Worte nicht laut aus, denn im Moment ist es Zach mit seinem Angebot ernst. Aber ich weiß auch, dass er es im Grunde nicht bedacht hat. Denn sobald er in den Regenwald zurückkehrt, wird er sich wieder in eine Stammesgesellschaft einfügen, die nicht einmal die Monogamie praktiziert. Wir würden nicht zu zweit glücklich in unserem Heim leben und uns stundenlang lieben. Nein. Er würde mich auf die Knie zwingen und mich ohne jegliche Emotionen auf dem dreckigen Boden ficken. Es würde mich umbringen.

Ich atme tief durch, wende mich von ihm ab und gehe zu dem kleinen Frisiertisch. Ich nehme mir einen Moment Zeit, um mir meine Armbanduhr und meine Ohrringe anzulegen. Ich werde von Traurigkeit durchströmt, als mir bewusstwird, dass es keine Zukunft für Zach und mich gibt. Wir haben nur das Hier und Jetzt.

„Moira … Randall würde es nichts ausmachen, wenn wir beide zusammen wären“, sagt Zach mit dem Brustton der Überzeugung.

Als ich mich umdrehe, sehe ich Zach ungläubig an. „Das kannst du nicht wissen. Das kannst du unmöglich wissen.“

Mit einem Lächeln kommt er auf mich zu. Er streicht mir die Haare hinters Ohr und sieht mich nachdenklich an. „Ich weiß es, weil ich Randall mittlerweile kenne. Er ist ein guter Mann und ich glaube, er will vor allem, dass ich glücklich bin.“

„Und bist du glücklich, Zach? Bist du wirklich glücklich hier in einer Welt, vor der du eigentlich weglaufen willst?“

„Aber ich bin doch nicht weggelaufen, nicht wahr?“, entgegnet er mit unnachgiebiger Stimme.

„Bisher nicht, aber du wirst sie eines Tages verlassen. Du hast doch selbst gesagt, dass du irgendwann in den Dschungel zurückkehren wirst.“

Zach verzieht den Mund und seine Stimme nimmt einen traurigen Tonfall an. „Ja, ich werde nach Brasilien zurückgehen. Dort gehöre ich hin.“

Ich stoße resigniert den Atem aus und lege eine Hand an seine Brust. „Ich weiß. Ich weiß, dass du nicht hierhergehörst, selbst wenn ich wünschte, es wäre so.“

Er zieht überrascht die Augenbrauen in die Höhe. „Du willst, dass ich hierbleibe?“

Ich bin auf diese Unterhaltung nicht vorbereitet und befürchte, mir könnte etwas Törichtes über die Lippen kommen, wie: *Ja, ich möchte, dass du bleibst. Ich bin dabei, mich in dich zu verlieben, und ich kann den Gedanken nicht ertragen, dass du gehst.*

Aber ich sage nichts dergleichen und erwidere stattdessen: „Es spielt keine Rolle, was ich will. So wie Randall will ich einfach nur, dass du glücklich bist, und ich werde dich in deinem Vorhaben, zu deinem Stamm zurückzukehren, unterstützen, wenn das dein Wunsch ist.“

Zach mustert mich mit einem durchdringenden Blick und scheint verärgert über meine Worte zu sein. Offenbar wartet er darauf, dass ich noch etwas hinzufüge, doch ich starre ihn nur an, weil ich nicht in der Lage bin, ihm meine wahren Gefühle zu offenbaren. Denn um ehrlich zu sein, fällt es mir leichter, meine Emotionen mit Sex auszudrücken, als offen zuzugeben, was ich mir von Herzen wünsche.

Zach wendet sich von mir ab und geht in Richtung Tür. „Lass uns frühstücken gehen, und danach können wir packen.“

Ja, wir sollten unsere Sachen packen, denn Zach und ich werden über das Wochenende nach North Carolina zu meiner Schwester fahren. Ich kann es kaum erwarten, sie zu sehen. Sie wird ein offenes Ohr für mich haben, wenn ich ihr mein Herz ausschütte und die Dinge für mich vielleicht ins rechte Licht rücken.

***

Ich schneide ein Stück von der Waffel auf meinem Teller ab und schiebe mir den Bissen in den Mund. Mein Magen krampft sich immer noch vor Angst zusammen, weil ich befürchte, dass Randall mir jeden Moment die

Leviten lesen könnte, da ich sein Patenkind verführt habe.

Doch Randall ist genauso freundlich und beschwingt wie immer, während er sich mit Zach über seine Pläne unterhält, Cannon's Kaufhäuser weltweit zu expandieren. Ich habe keine Ahnung, ob Zach wirklich an dem Thema interessiert ist oder ob er den alten Mann einfach nur bei Laune halten will. Wie dem auch sei, ich kann mit Sicherheit behaupten, dass Zach eine gewisse Zuneigung für seinen Patenonkel entwickelt hat. Er fühlt sich wohl in seiner Nähe und reißt sogar Witze auf Randalls Kosten, der wegen Zachs Dreistigkeit jedes Mal in schallendes Gelächter ausbricht.

„Also, Moira … sind Sie bereits dabei, Ihre Studie über Zach zu verfassen und zu veröffentlichen, oder wollen Sie damit noch warten, bis er wieder ins Amazonasgebiet zurückgekehrt ist?“

Ich schlucke den Bissen Waffel hinunter und trinke einen Schluck Orangensaft. „Ich arbeite während Zachs Aufenthalt kontinuierlich an der Studie. Sie unterscheidet sich von meinen anderen Forschungsarbeiten über die Indianer, die in der modernen Gesellschaft gelebt haben, daher funktioniert die Methode in diesem Fall besser.“

„Wie das?“, fragt Randall interessiert. Zach hört aufmerksam zu, während er sein Frühstück verspeist, doch er hat das alles schon einmal gehört. Wir haben erst neulich darüber gesprochen, als wir eines Mittags beschlossen haben, im Park zu picknicken.

„Nun, meine anderen Studien drehten sich um Ureinwohner, die noch nie zuvor einen Fuß in die zivilisierte Welt gesetzt hatten. In Zachs Fall verhält es sich anders. Er wurde hier geboren und hat viele Erinnerungen, die ihm die Umstellung erleichtert haben. Der größte Unterschied liegt jedoch in der sprachlichen Fähigkeit. Zach spricht Englisch. Die Indianer, die ich studierte, sprachen alle nur Portugiesisch, und ich musste mit einem Dolmetscher arbeiten. Und im Gegensatz zu Zach, hatte ich keinen direkten Kontakt mit ihnen. Ich war zwar in der Lage, einige Interviews mit dem Dolmetscher zu führen und sie ein paar Fragebögen ausfüllen lassen, aber ich konnte sie nicht beobachten. Die Arbeit war sehr unpersönlich und ich habe eine Menge schriftlicher Daten analysiert.“

„Ich kann mir vorstellen, dass es für Sie einfacher ist, sich Notizen zu machen, während sie Zach beobachten“, bemerkt Randall scharfsinnig.

„Ganz genau“, pflichte ich ihm bei. Und da ich unter erdrückenden Schuldgefühlen leide, nachdem ich eine sexuelle Beziehung zu meiner Testperson eingegangen bin, füge ich hinzu: „Und ich möchte noch einmal betonen, Randall, dass ich Ihnen nicht genug für diese Gelegenheit danken kann. Es bedeutet mir viel, dass sie mir dieses Projekt anvertraut haben.“

Bei meinen letzten Worten wendet Zach sich mir zu und verengt die Augen zu dünnen Schlitzen. Ich zucke innerlich zusammen, denn obwohl ich weiß, dass Zach weit mehr ist als nur eine Testperson in einem Forschungsprojekt, kann ich mir vorstellen, wie schmerzlich es für ihn ist, diese Worte aus meinem Mund zu hören.

Zach beobachtet mich einen Moment und ein unnachgiebiger Ausdruck tritt in seine Augen. Ich fühle mich noch schuldiger und will gerade etwas sagen, um meine Worte abzumildern, doch Zach schiebt seinen Teller von sich und wendet sich Randall zu.

„Randall … du solltest wissen, dass Moira und ich in einer intimen Beziehung zueinanderstehen. Sie hilft mir zwar weiterhin bei der Eingewöhnung“, erklärt er und wirft mir einen vielsagenden Blick zu, „und sie beobachtet auch immer noch die Fortschritte meiner

Akklimatisierung, aber wir sind ein bisschen mehr als nur eine Wissenschaftlerin und eine Testperson.“

Ich bin schockiert, dass Zach unser Geheimnis derart unverblümt preisgegeben hat. Mein Gesicht läuft hochrot an, obwohl ich der Meinung bin, dass Zach sich zu Recht zur Wehr setzt.

Ich wende mich langsam Randall zu, der Zach mit einem überraschten Blick anstarrt. „Oh, nun ja … ich verstehe.“

„Wahrscheinlich verstehst du es nicht“, erwidert Zach mit sanfter Stimme. „Aber du musst wissen, dass ich derjenige bin, der Moira verführt hat. Sie hat sich heftig gewehrt, denn sie wollte nicht gegen ihr Berufsethos verstoßen und hat nicht einmal den Gedanken an eine Beziehung mit mir in Betracht gezogen.“

Randall sieht mich kurz an, dann wendet er sich wieder Zach zu, wobei er die Lippen zu einem breiten Lächeln verzieht. „Du hast nicht lockergelassen? Und sie verführt?“

„Ja, Sir. Ich wollte sie und habe nicht aufgegeben, bis sie sich mir hingegeben hat“, erklärt Zach, wobei er mir ein verruchtes Grinsen zuwirft, denn nur Zach und ich wissen, was er mit „hingegeben“ wirklich meint.

„Randall … Es tut mir so leid“, werfe ich ein. „Ich habe Ihr Vertrauen missbraucht. Es gibt keine Entschuldigung für mein Verhalten.“

Mit einem amüsierten Lächeln erwidert Randall: „Nun, Zachs Worten nach zu urteilen, hatten Sie keine andere Wahl.“

Ich stehe auf, wobei ich meine Fingerspitzen auf die Tischkante lege, um das Gleichgewicht nicht zu verlieren. Ich habe das Gefühl, kurz vor einer Panikattacke zu stehen. „Aber das stimmt nicht, ich hatte eine Wahl. Und ich habe mich entschieden, meinen Gefühlen für Zach nachzugeben. Es war falsch, und ich habe kein Recht, auch nur einen Moment länger hierzubleiben.

Sie können sicher jemand anderen finden, der für mich übernimmt. Ich werde all meine bisherigen Aufzeichnungen zur Verfügung stellen. Es gibt eine Menge qualifizierte Leute, die Zach helfen können."

Ich wende mich ab und gehe in Richtung Tür. Bevor ich den Speisesaal verlassen habe, ruft Zach mir zu: „Moira … warte."

Ich höre das Scharren seines Stuhls auf dem polierten Hartholzboden und beschleunige meine Schritte. Als ich die Treppe erreiche, erklimme ich die Stufen im Dauerlauf. Ich nehme an, dass Zach mir dicht auf den Fersen ist, und will mein Zimmer erreichen und beide Türen verriegeln, bevor er auftaucht.

Sobald ich mich im Raum eingeschlossen habe, sehe ich mich gehetzt um und versuche verzweifelt herauszufinden, was ich nun tun soll. Ich weiß, dass es das Richtige war, zu kündigen. Ich kann meine Arbeit nicht mit gutem Gewissen fortsetzen. Ich hätte gleich beim ersten Mal, nachdem Zach mich gefickt hatte, zurücktreten sollen.

Aber ich war egoistisch.

So egoistisch.

Ich wollte Zach nicht aufgeben. Doch das hatte nichts mit dem wissenschaftlichen Aspekt zu tun und den Möglichkeiten, die sich mir dadurch boten, sondern weil ich ihn begehrte und so viel Zeit wie möglich mit ihm verbringen wollte. Und um das zu erreichen, habe ich Randalls Vertrauen in meine Fähigkeiten und seine Großzügigkeit ausgenutzt.

Ein leises Klopfen ertönt an der Tür, dann höre ich Randalls gedämpfte Stimme: „Moira … Ich würde mich gern kurz mit Ihnen unterhalten."

Oh, Scheiße. Scheiße, Scheiße, Scheiße. Ich kann ihm nicht gegenübertreten.

Mit bleiernen Füßen gehe ich zur Tür und schließe sie auf. Als ich sie aufziehe, steht Randall mit einem freundlichen Lächeln im Gesicht vor mir. „Darf ich reinkommen?"

Ich nicke und trete zur Seite, dann schließe ich die Tür hinter ihm.

„Sie haben völlig recht", beginnt Randall, als ich mich ihm zuwende. „Es gibt viele fähige Wissenschaftler. Einige sind sogar weitaus besser qualifiziert als Sie. Ich habe mit zwei weiteren Anthropologen gesprochen, die zusätzlich zu ihren Doktortiteln in Anthropologie auch einen Doktortitel in Psychologie nachweisen konnten. Die beiden wären mit Sicherheit die weitaus bessere Wahl gewesen, um mit den psychologischen Belastungen umzugehen, denen Zach ausgesetzt ist."

Ich nicke einsichtig. „Ich stimme zu. Ich bin sicher, einer von ihnen wäre mehr als glücklich, von jetzt an einzuspringen. Immerhin ist dies eine einmalige Gelegenheit."

„Ja, das ist wahr", pflichtet Randall mir bei. „Aber um ehrlich zu sein, ist es mir nicht wichtig, welche berufliche Chance sich für die beiden oder sogar für Sie ergibt. Mir geht es nur um die Möglichkeit, die sich Zach bietet."

Ich senke beschämt den Blick, denn ich habe alles für ihn ruiniert.

„Und ich denke, Sie sind am besten geeignet, um das Beste aus dieser Möglichkeit für ihn zu machen", erklärt Randall abschließend.

Ich hebe verwirrt den Blick. „Das verstehe ich nicht."

„Ich habe Sie gezielt ausgewählt, Dr. Reed. Glauben Sie, ich hätte einfach jemanden blindlings zu den Caraica geschickt und auf das Beste gehofft? Nein, ich wusste alles über den Stamm der Caraica, bevor ich mich überhaupt um anthropologische Hilfe bemühte. Ich verbrachte viel Zeit mit Pater Gaul und anderen Wissenschaftlern, die verschiedene indigene Stämme studiert hatten, um mehr über ihre Bräuche und

Verhaltensregeln zu erfahren. Ich musste verstehen, was auf Zach zukommen würde, bevor ich ihn dem Dschungel entreißen konnte. Und erst als ich mir sämtlicher Aspekte bewusst war, machte ich mich auf die Suche nach der geeigneten Person, um ihn nach Hause zu bringen."

Ich stehe fassungslos da und bringe keinen Ton hervor. Aber selbst, wenn ich meine Sprache wiederfinden würde, wüsste ich nicht, was ich sagen sollte.

„Sie waren die geeignete Person, Moira. Diejenige, die für Zach am besten ist."

Langsam dämmert mir, was er mir sagen will. „Weil ich eine Frau bin?"

„Weil Sie eine schöne, starke und unabhängige Frau sind, und weil Sie fast im gleichen Alter sind wie er. Sie sind jung und idealistisch und können ihm die Welt aus einem neuen Blickwinkel zeigen. Sie sind das Gegenteil von dem, was Zach kennt. Ich denke, Sie sind das beste Beispiel für jemanden, der seine Chancen in dieser Welt zu nutzen weiß. Außerdem sind Sie sachlich und engagiert. Sie haben ein freundliches Wesen und eine sanfte Stimme, und mir war klar, dass Zach hin und wieder wie ein verwundetes Tier leiden würde. Sie waren damals meine erste Wahl, und Sie sind es auch heute noch, also werde ich Ihre Kündigung nicht akzeptieren."

„Aber … aber …"

„Nichts aber", entgegnet Randall mit einem Schnauben. „Ich weiß, dass Sie nicht allein für den erstaunlichen Wandel verantwortlich sind, den Zach in den vergangenen Wochen durchlaufen hat, aber Sie haben größtenteils dazu beigetragen. Zach ist mittlerweile der Vorstellung offen gegenüber, in der zivilisierten Welt zu bleiben. Er hat mir eine Chance gegeben, obwohl er allen Grund hatte, mich zu hassen. Und das habe ich überwiegend Ihnen zu verdanken."

„Sie irren sich, Randall. Zach denkt nicht daran, hierzubleiben. Er hat es mir gerade erst heute Morgen gesagt.“

Randall mustert mich einen Moment und geht dann auf die Tür zu. Als er sie öffnet, dreht er sich noch einmal zu mir um und sagt: „Zach zieht die Möglichkeit, hierzubleiben, durchaus in Betracht. Ich erkenne es jedes Mal an seinem Blick, wenn er Sie ansieht. Ich weiß, dass Sie der Meinung sind, Sie hätten Ihre Beziehung vor mir geheim gehalten, aber ich habe sofort gesehen, dass ihr einander gefunden habt. Außerdem seid ihr des Nachts nicht gerade leise.“

Ich laufe hochrot an und mir tritt der Schweiß auf die Stirn. Randall schenkt mir nur ein Grinsen und fügt hinzu: „Und nun packen Sie Ihre Sachen und genießen Sie das Wochenende bei Ihrer Schwester. Wir sehen uns dann am Montag wieder.“

Mit diesen Worten verlässt Randall mein Zimmer und schließt die Tür, während ich mit rotem Gesicht und offener Kinnlade dastehe.

Kapitel 23

Fast während der gesamten Fahrt nach North Caroline strafte Moira mich mit Schweigen. Als Randall ihr Zimmer verließ, wartete ich draußen auf dem Flur.

Er schenkte mir ein Lächeln und klopfte mir auf die Schulter. „Sie ist eine besondere Frau, Zach. Behandle sie gut."

Ich nickte ihm nur verständnisvoll zu, denn ich fühlte mich verdammt mies. Ich hatte Moiras Vertrauen in mich gebrochen, indem ich unser Geheimnis ausgeplaudert hatte, aber ich war es so leid, mir ihre Bedenken anhören zu müssen. Ich wusste, dass Randall kein Problem mit unserer Beziehung haben und er sich sogar darüber freuen würde. Aber ich konnte sie nicht davon überzeugen, also nahm ich die Sache selbst in die Hand. Ich wusste, dass sie wütend sein würde, doch das hat mich nicht davon abhalten können.

Randalls Mahnung, sie gut zu behandeln, trifft mich mitten ins Herz. Der Gedanke, ihr wehzutun, zerreißt mich innerlich, doch ich weiß, dass ich sie gerade verletzt habe. Und mir ist bewusst, dass ich sie verletzen werde, wenn ich sie verlasse.

Aber ich muss zurück zu den Caraica. Bis auf Moira hält mich hier nichts. Und was sollte sie tun? Soll sie für mich sorgen? Soll sie mich im Austausch für sinnliche Freuden bei ihr wohnen lassen? Ich habe ihr nichts zu bieten. Außer jagen und plündern habe ich keinerlei Fähigkeiten, doch in dieser Gesellschaft sind sie absolut nutzlos.

Als ich ihr Schlafzimmer betrat, packte sie gerade ihren Koffer, der auf ihrem Bett lag. Für einen kurzen Augenblick befürchtete ich, dass sie an ihrer Kündigung festhalten würde, doch dann sagte sie knapp: „Du solltest packen gehen, wenn du immer noch mit mir zu Lisa fahren willst."

Ich musste unwillkürlich grinsen, so erleichtert war ich, dass sie ihren Job nicht aufgeben wollte.

Und mich auch nicht.

Sie bedachte mich daraufhin mit einem finsteren Blick.

„Wie lange willst du noch wütend auf mich sein?", fragte ich.

„Das weiß ich noch nicht", schniefte sie, und mein Grinsen wurde noch breiter. Fürs Erste würde ich sie nicht bedrängen, doch wenn sie mir heute Abend beim Zubettgehen immer noch die kalte Schulter zeigte, würde ich von ihr verlangen, mir zu vergeben. Wenn nötig, würde ich ihre Wut aus ihr herausficken, nur damit ich sie wieder lachen sehen kann.

Während der Fahrt versuchte ich mehrmals, sie in ein Gespräch zu verwickeln, indem ich sie über Lisa und ihre Familie ausfragte. Offenbar wollte sie nicht unhöflich sein, also antwortete sie mir in knappen Sätzen und teilte mir nur das Nötigste mit, während sie keinen Zweifel daran ließ, dass sie immer noch wütend auf mich war.

Die Hälfte der Fahrt über hatte ich einen Ständer und dachte daran, sie zu vögeln, um sie zu besänftigen.

Als sie in die Einfahrt vor dem niedlichen Strandhaus ihrer Schwester in Wilmington einbiegt, das mit einer weißen Fassade und grauen Dachschindeln besticht, wende ich mich ihr zu. Sie stellt den Motor ab und will gerade die Fahrertür öffnen, doch ich lege eine Hand an ihr Kinn und halte sie fest. Ich drehe ihr Gesicht zu mir und warte, bis sie mir ihre volle Aufmerksamkeit schenkt, bevor ich sage: „Es tut mir leid."

Sie starrt mich nur an, also ziehe ich ihr Gesicht zu mir und streiche mit meinen Lippen über ihren Mund. „Es tut mir leid", wiederhole ich mit aufrichtigem Tonfall.

Dennoch bleibt Moira stocksteif sitzen, und ich weiß, dass sie mir noch nicht vergeben hat. Ich küsse sie erneut und sage noch einmal: „Es tut mir leid."

Sie zieht den Kopf zurück und durchbohrt mich mit einem vorwurfsvollen Blick. „Du hättest meine Karriere ruinieren können, Zach. Du hast dieses ganze Projekt in Gefahr gebracht."

Eine Woge der Wut durchflutet mich, denn ich bin es leid, von ihr als Testobjekt betrachtet zu werden. Ich bin mir sicher, dass sie mehr in mir sieht, wenn ich meinen Schwanz bis zum Anschlag in ihr vergraben habe. „Oh, verdammt noch mal, Moira. Dein Projekt ist mir scheißegal. Ich wusste, dass Randall nicht sauer sein würde, und ich hatte recht, nicht wahr?"

„Darum geht es nicht", faucht sie, woraufhin ich sie erneut küsse, um sie zum Schweigen zu bringen.

Dann ziehe ich den Kopf zurück und umfasse ihr Gesicht mit beiden Händen. „Ich bin nicht mehr dein Testobjekt. Ich brauche deine verdammte Hilfe nicht, um mich hier anzupassen, denn seien wir mal ehrlich … ich komme ganz gut zurecht. Ich habe mich an all deine dummen Regeln gehalten. Ich esse mit Besteck, und ich bringe nicht einfach aus einer Laune heraus Leute um. Ich verstehe die Verhaltensregeln, die dieser Welt zugrunde liegen, und nichts davon macht mir Angst. Ich hatte es satt, unsere Beziehung vor allen zu verheimlichen. Weißt du, wie schwer es mir fällt, dich nicht berühren zu können, wann ich will? Weißt du, wie sehr es mich quält, meinen Blick von dir abwenden zu müssen, nur weil jemand erraten könnte, dass wir miteinander ficken? Ich bin froh, dass ich es erzählt habe, und ich würde es wieder tun. Von mir aus kannst du wütend auf mich sein, aber heute Abend werde ich diese Verbitterung aus dir herausficken."

Mein Zorn verfliegt schließlich, als Moira mich mit großen Augen anstarrt. Ihre Brust hebt und senkt sich im Einklang mit der meinen.

„Du brauchst mich nicht mehr?", fragt sie mit gedämpfter Stimme.

Ich ziehe sie in meine Arme, sodass ihr Gesicht in meiner Halsbeuge vergraben ist, dann drücke ich sie an mich und knurre: „Ich brauche dich verdammt noch mal, mehr als ich mir eingestehen will. Aber ich brauche dich nicht als Testobjekt einer Anthropologin, sondern als Mann."

„Aber das hast du doch schon", erwidert sie. „Ich gebe es dir bereits."

„Vielleicht will ich noch mehr", platze ich heraus, denn möglicherweise ist es langsam an der Zeit, dass ich offen sage, was ich denke und meinen Gefühlen Ausdruck zu verleihen.

„Mehr?", fragt sie zögerlich, als sie den Kopf zurückzieht und mich anstarrt. Es bringt mich um, den zuversichtlichen Blick in ihren Augen zu sehen, in dem sich der Wunschtraum eines Happy Ends widerspiegelt. Ich habe keine Ahnung, ob ich ihr diesen Wunsch erfüllen kann, doch ich weiß, dass ich noch nicht bereit bin, mich von ihr zu lösen. Ich bin ein egoistischer Mistkerl.

Ich fahre mir mit der Hand durch das Haar, stoße den Atem aus und versuche, meine Gedanken zu ordnen. „Hör zu … Paraila wollte, dass ich der Sache ein Jahr gebe, bevor ich darüber nachdenke, nach Brasilien zurückzukehren. Ich weiß, dass ich mich noch nicht wirklich mit dieser Idee auseinandergesetzt habe, aber was wäre, wenn ich es täte? Was, wenn ich ein Jahr hierbleibe … bei dir … und wir sehen, was passiert?"

Hoffnung blitzt in Moiras Augen auf, und ich fühle mich wunderbar und erbärmlich zugleich, denn ich habe ihr gerade ein Angebot gemacht, das ich vielleicht gar nicht werde erfüllen können. Ich weiß nur, dass ich es verabscheue, wenn sie wütend auf mich ist und dass ich mit absoluter Sicherheit jetzt bei ihr sein will.

„Du willst wirklich ein Jahr hierbleiben?", fragt sie.

„Ja. Wir könnten in Atlanta leben, bis du im Wintersemester zurück an die Uni musst. Wir werden im Haus meiner Eltern wohnen, denn so sehr ich Randall auch mag und respektiere, ich möchte ihm nicht auf der Tasche liegen. Ich werde mir einen Job suchen. Und wenn du deine Arbeit an der Northwestern wieder aufnehmen musst, können wir zurück nach Evanston ziehen. Wir bleiben bis zum Sommer nächsten Jahres und entscheiden dann, was wir tun werden."

Ich weiß, dass ich mir mit den letzten Worten eine Art Absicherung geschaffen habe, denn ich habe meine Meinung nicht geändert. Zumindest nicht in diesem Augenblick, denn tief in meinem Herzen fühle ich, dass ich zu den Caraica zurückkehren muss. Dort liegt meine wahre Heimat, und so viel mir Moira auch bedeutet und so sehr ich auch glaube, sie zu brauchen … meine Loyalität gilt immer noch Paraila und dem Stamm. Der größte Teil meines Herzens gehört nach wie vor ihnen.

Moira stößt zitternd den Atem aus und sagt mit bebender Stimme: „In Ordnung. Ich denke, das ist ein guter Plan."

Ich schenke ihr ein Lächeln, denn fürs Erste ist die Situation gerettet. „Dann haben wir eine Abmachung."

Moira überrascht mich, als sie mein Gesicht mit beiden Händen umfasst und mich leidenschaftlich küsst. Sie lässt ihre Zunge in meinen Mund gleiten und ich kann nicht anders, als den Kuss zu erwidern. Ich bin dankbar dafür, dass wir unser gegenseitiges Bedürfnis füreinander wieder geweckt haben und bereit sind, im Hier und Jetzt zu leben. Ich kann ohne Weiteres ein Jahr lang hierbleiben, solange ich Moira an meiner Seite habe.

Moira löst ihre Lippen von meinen und flüstert: „Ich glaube, ich bin immer noch ein bisschen sauer auf dich. Du solltest meine Wut auf jeden Fall heute Abend aus mir herausficken.“

Bei dem Gedanken entweicht mir ein Stöhnen und ich frage mich, ob ich sie einfach am helllichten Tag hier im Auto ficken könnte. Ich lasse meine Hand an die Vorderseite ihrer Jeans gleiten und mache mich an ihrem Knopf zu schaffen. Zumindest könnte ich sie schnell zum Höhepunkt bringen.

Ein Klopfen ertönt an der Tür.

Moira zuckt zusammen und weicht zurück. Sie blickt ruckartig zum Fenster auf der Fahrerseite, an dem eine Frau steht und ins Wageninnere späht. Das muss Lisa sein, denn sie hat die gleichen roten Haare und grünen Augen wie Moira. Sie ist etwas älter, aber sie sehen sich verblüffend ähnlich. Allerdings ist Lisa um die Brüste und Hüfte etwas rundlicher, was wahrscheinlich daher rührt, dass sie zwei Kinder zur Welt gebracht hat. Mir ist aufgefallen, dass einige Frauen der Caraica ebenfalls fülliger werden, nachdem sie Mutter geworden sind.

Moira würdigt mich keines weiteren Blickes und stößt die Fahrertür auf, um ihrer Schwester in die Arme zu fallen. Ich beobachte die beiden einen Moment durch das Fenster, zupfe meine Hose zurecht, um meinen Ständer zu verbergen und steige aus dem Wagen.

Dann drehe ich mich um und betrachte sie über das Autodach hinweg, während sie sich gegenseitig anlächeln.

Lisa wirft mir einen Blick zu und wendet sich dann wieder an Moira. „Tut mir leid, dass ich euch … äh … unterbrochen habe. Aber ich habe seit eurer Ankunft am Fenster gestanden und konnte nicht eine Sekunde länger warten, meine kleine Schwester endlich in die Arme zu schließen.“

Moira lacht und drückt Lisa noch einmal an sich, bevor sie sich aus der Umarmung löst. Ich schließe die Tür und gehe hinten um den Wagen herum. Als ich mich zu den beiden Schwestern geselle, stellt Moira uns einander vor. „Lisa, das ist Zach. Und Zach, das ist meine Schwester Lisa."

Lisa streckt mir eine Hand entgegen und ich ergreife sie. „Es ist mir ein Vergnügen, Zach. Moira hat mir schon viel von dir erzählt."

Dann wendet sie sich wieder Moira zu und gibt ihr einen Klaps auf den Oberarm. „Aber offenbar nicht alles. Der Kuss, den ich da gerade gesehen habe, war nicht von schlechten Eltern."

„Hör auf, Lisa", sagt Moira lachend und ergreift meine Hand. Ich zögere keine Sekunde und verschränke meine Finger mit ihren, um zum ersten Mal vor jemandem, den wir kennen, unsere Zuneigung füreinander zur Schau zu stellen. Es fühlt sich gut an, meine Gefühle für Moira nicht länger verbergen zu müssen.

„Nun, kommt schon rein", ergreift Lisa wieder das Wort und geht dann in Richtung der Treppe, die zur Veranda ihres Hauses führt, das auf Stelzen gebaut ist. „Adam sollte bald nach Hause kommen. Ich habe ein paar Steaks vorbreitet, die wir später grillen können. Die Kinder freuen sich schon so darauf, dich zu sehen."

Wie aufs Stichwort fliegt die Haustür auf und zwei rothaarige Kinder eilen schreiend die Treppe hinunter: „Tante Moira". Moira hat mir auf der Fahrt erzählt, dass das kleine Mädchen acht und der Junge erst sechs Jahre alt ist. Ich beobachte, wie sie auf die Knie fällt und ihre Arme ausbreitet, woraufhin beide Kinder auf sie zustürzten.

Sie drückt sie fest an sich, vergräbt ihre Nase in den Haaren des kleinen Mädchens und atmet ihren Duft ein. Ich verspüre einen Stich im Herzen, als ich von dem Anblick überwältigt werde. Bisher habe ich noch nie an Moira im Zusammenhang mit Kindern gedacht, doch sie liebt ihre Nichte und ihren Neffen eindeutig. Ich frage mich, was für eine Mutter sie sein würde, aber ich glaube, die Antwort darauf bereits zu kennen.

Ein Anflug von Sehnsucht überkommt mich, während mir bewusst ist, dass ich mit Moira niemals Kinder haben werde. Um ehrlich zu sein, habe ich noch nie wirklich über das Thema nachgedacht. Unter den Caraica herrscht sexuelle Freiheit, und obwohl Frauen und Männer heiraten und die Frau sich dem Mann unterordnen muss, existiert Untreue nicht. Sowohl Frauen als auch Männer dürfen außerhalb ihrer Ehe mit anderen verkehren. Es geschieht im gegenseitigen Einvernehmen, und obwohl hin und wieder auch Eifersucht eine Rolle spielt, ist es im Allgemeinen ein akzeptierter Brauch. Wenn eine Frau schwanger wird, während sie mehr als einen Liebhaber hat, wird das Kind als ein Nachkomme des gesamten Stammes behandelt, wobei sich alle der Erziehung des Kindes annehmen. Nun, die Frauen kümmern sich um das Kind, während die Männer für Nahrung und Schutz sorgen. Die Männer der Caraica haben im Grunde nicht viel mit ihren Sprösslingen zu tun, insbesondere mit den kleinen Mädchen. Sie zeigen etwas mehr Interesse an den Jungen, sobald sie alt genug sind, um zu lernen, wie man jagt und für sich selbst sorgt.

„Colleen … Samuel … Ich möchte euch meinen Freund Zach vorstellen“, höre ich Moira sagen. Sie richtet sich auf, legt jedem Kind eine Hand auf die Schulter und wendet sich mir zu.

„Du bist der Mann, der im Dschungel gelebt hat“, sagt Samuel zu mir, während Colleen nur schüchtern zu Boden blickt.

„Das ist richtig“, erwidere ich und schenke dem Jungen ein Lächeln.

„Gibt es dort Löwen?“, will er mit großen Augen wissen.

Lachend zerzause ich sein Haar. „Nein, es gibt dort keine Löwen, aber Jaguare. Und Alligatoren und riesig große Schlangen.“

Samuel verzieht seine Lippen staunend zu einem „o“. „Was ist ein Jaguar?“

Mit einem Lachen nimmt Moira beide Kinder an der Hand und führt sie die Treppe hinauf. „Wir werden ein Bild auf dem Computer suchen. Aber jetzt lasst uns erst einmal reingehen.“

Im nächsten Moment wirft sie mir einen Blick über die Schulter zu und schockiert mich mit den Worten: „Vergiss nicht, dass ich immer noch sauer bin. Du solltest heute Abend etwas dagegen unternehmen.“

Scheiße … Gerade hatte ich meinen Ständer unter Kontrolle gebracht, und nun ist er wieder da.

***

Während ich drei Finger tief in Moiras Muschi vergraben habe, presse ich meine Lippen auf ihre Klitoris und sauge fest daran. Sie fällt augenblicklich über den Abgrund der Ekstase und beißt sich auf die Faust, um ihre Schreie zu dämpfen, denn die Kinder schlafen im Zimmer nebenan.

Ich lasse meine Zunge behutsam um ihre Lustperle kreisen und ziehe meine Finger aus ihr heraus. Dann setzte ich mich auf die Knie, führe meinen Schwanz an ihr Geschlecht und dringe mit einem leisen Stöhnen in sie ein.

Ich packe ihre Fußknöchel, lege sie auf meine Schultern und beuge mich vor, um mich mit den Händen zu beiden Seiten ihrer Brüste auf der Matratze abzustützen. Dadurch vergrabe ich meinen Schwanz noch tiefer in ihr, woraufhin sie einen erstickten Laut von sich gibt.

„Bist du immer noch wütend auf mich?", frage ich mit gedämpfter Stimme, während ich mich langsam aus ihr herausziehe, um dann wieder in sie einzudringen.

Sie schüttelt heftig den Kopf und kneift die Augen zusammen.

„Ich bin mir da nicht so sicher", sage ich zweifelnd und stoße immer wieder in sie hinein. „Ich denke, du bist vielleicht noch etwas verärgert. Vielleicht musst du noch einmal kommen … nur um auch das letzte bisschen Wut zu vertreiben."

„Ich kann nicht", stöhnt sie, als sie die Augen öffnet und mich ansieht. „Du hast mir gerade den Rest gegeben."

Lachend stoße ich weiter in sie hinein und betrachte mit Stolz die Röte an ihrem Hals und den Glanz in ihren Augen, die sie einem überwältigenden Orgasmus zu verdanken hat. Ich lehne mich zur Seite und stütze mich auf einem Arm ab, dann packe ich ihr Handgelenk und schiebe ihre Hand zwischen ihre Schenkel.

„Befriedige dich selbst", befehle ich ihr. „Ich will, dass du noch einmal kommst, während ich dich ficke."

Sie schüttelt erneut den Kopf, doch ich sehe, wie sie mit den Fingern ihr empfindsames Fleisch bearbeitet. Ich stoße einen lustvollen Seufzer aus, während ich sie dabei beobachte und spüre, wie ihre enge Muschi mich umklammert.

„Braves Mädchen", lobe ich sie und stoße etwas fester zu. Ich bin dankbar, dass Colleens kleines Einzelbett nicht lautstark ächzt.

Ich spüre, wie sich der Druck in meinem Unterleib aufbaut, als Moira mit ihrer freien Hand meinen Bizeps packt und sich mit den Fingernägeln in meine Haut krallt.

„Ich komme schon wieder", flüstert sie, und bäumt sich auf. Sie wirft den Kopf zurück und reckt mir dabei ihren schlanken Hals entgegen. Ich beuge mich vor, sodass sich ihr Körper praktisch in der Mitte zusammenfaltet, und streiche mit der Zunge über ihre Haut. Meine Hoden ziehen sich für einen herrlichen Moment zusammen und ich beiße ihr in den Hals, als ich im nächsten Moment beginne, mich in ihr zu ergießen, während ihre Muschi immer noch um meinen Schwanz herum zuckt.

Während ich weiter langsam in sie eindringe, bis ich auch den letzten lustvollen Tropfen aus mir herausgepresst habe, richte ich den Oberkörper wieder auf, sodass Moiras Beine schlaff auf die Matratze fallen.

Dann sacke ich völlig entkräftet auf ihr zusammen. Ich schmiege mein Gesicht an ihren Nacken und drücke sie an mich, während ich langsam wieder Atem schöpfe. Mein Schwanz ist immer noch in ihr vergraben und halbwegs erschlafft.

Ich drehe mich auf die Seite und ziehe Moira näher zu mir, wobei ich ihren stoßweisen Atem an meiner Brust spüre. Das verdammte Bett ist so klein, dass meine Füße einige Zentimeter herausragen und mein Hintern über die Seite hängt.

„In diesem Bett werden wir auf keinen Fall zusammen schlafen können", brumme ich und drücke ihr einen Kuss auf die Schläfe. „Sobald ich mich wieder bewegen kann, werde ich mich auf den Boden legen."

„Lass uns die Decken auf den Boden werfen, damit ich mich zu dir legen kann."

„Auf keinen Fall, du solltest in dem weichen Bett liegenbleiben."

„Ich schlafe lieber neben dir, wenn es dir nichts ausmacht", entgegnet sie ein wenig ungehalten und zaubert mir damit ein Lächeln auf die Lippen.

Ich packe ihr Haar und ziehe ihren Kopf nach hinten, damit ich ihr in die Augen sehen kann. „Dann bist du mir nicht mehr böse?"

„Ganz und gar nicht", antwortet sie mit einem zufriedenen Lächeln. „Meine Wut ist völlig verflogen."

„Das ist aber schade", erwidere ich leise und beuge mich vor, um ihren Hals zu küssen. „Ich war noch nicht fertig mit dir."

Sie stößt ein Kichern aus, das Musik in meinen Ohren ist und mich wie ein wohliger Schauer durchströmt. „Oh …, wenn das so ist, bin ich sicher noch etwas verärgert."

„Braves Mädchen", murmle ich, bevor ich meine Lippen wieder auf ihren Mund presse.

Kapitel 24

Moira

Also schön, das ist das erste Mal, dass wir uns unter vier Augen unterhalten können, seit du „hier bist … also raus mit der Sprache", sagt Lisa, woraufhin ich meinen Blick von Zach losreiße, der gerade im Atlantik schwimmt.

Ich wende mich meiner Schwester zu, die neben mir am Strand in einem Liegestuhl sitzt und einen großen Schlapphut auf dem Kopf hat. Ich schenke ihr ein flüchtiges Lächeln und blicke dann wieder zu Zach aufs Meer hinaus. „Da gibt es nicht viel zu erzählen."

Meine Güte, er sieht einfach umwerfend aus. Er trägt eine marineblaue Badeshorts, die ihm tief auf der Hüfte sitzt, und ich kann meine Augen nicht von den V-förmig verlaufenden Muskeln auf seinem Unterleib abwenden, die in ihrer Schönheit nur von seinem Waschbrettbauch übertroffen werden. Er ist einfach perfekt … mit einem muskulösen, aber nicht zu stämmigen Körper und einer geschmeidigen, haarlosen Brust. Und seine kräftigen Beine sind für seine Körpergröße bestens proportioniert.

„Meine Güte, Moira … dir hängt ja praktisch die Zunge aus dem Mund", bemerkt Lisa mit einem Schnauben und gibt mir einen Klaps auf den Arm. „Also los, ich will alles wissen."

Ich reiße meinen Blick von Zach los, lasse ihn kurz zu Adam schweifen, der mit Colleen und Samuel im seichten Wasser spielt, und wende mich dann Lisa zu. Sie hat sich auf die Seite gedreht, starrt mich aufmerksam an.

„Es ist verrückt", gestehe ich, denn so kann man meine Beziehung zu Zach wohl am besten beschreiben. „Ich meine … kurz nachdem ich ihn in die Staaten gebracht hatte, konnte er mich nicht ausstehen. Er hat sich schlichtweg geweigert, sich auf mich einzulassen und hat sich bei jeder sich bietenden Gelegenheit widersetzt."

„In welcher Weise?", will sie neugierig wissen.

„Zum Beispiel weigerte er sich, mit Besteck zu essen und Kleidung zu tragen."

Lisa steht der Mund offen. Als sie sich wieder gefangen hat, flüstert sie: „Er hat sich nackt ausgezogen?"

Ich nicke und antworte: „Ja, zu Hause."

„Oh, mein Gott … das ist ja ein wahr gewordener Traum", murmelt sie. „Du glückliches Miststück."

„Ich hatte mich eigentlich nicht sonderlich glücklich geschätzt", erkläre ich wahrheitsgemäß. „Es war verdammt frustrierend, denn ich konnte schließlich diese Grenze des Verbotenen nicht überschreiten."

„Aber irgendwann hast du es offensichtlich getan", stellt sie fest. Sie weiß genau Bescheid, denn als ich heute Morgen in die Küche kam, reichte sie mir eine Tasse Kaffee mit den Worten: „Ich muss nicht einmal fragen, ob du gestern einen schönen Abend hattest, denn ich habe es eindeutig *gehört*."

Ich lief hochrot an und war im nächsten Moment furchtbar besorgt, dass die Kinder uns gehört haben könnten. Lisa beschwichtigte mich jedoch sofort und versicherte mir, dass sie die ganze Zeit geschlafen hatten. Dann versetzte sie mir einen Stoß mit dem Ellbogen und flüsterte mir zu: „Aber Adam und mich hat es irgendwie erregt, also danke ich dir."

Oje. Jetzt rege ich mit meinen sexuellen Eskapaden auch noch das Sexleben anderer an. Großartig.

„Und was hat sich geändert?", will Lisa nun wissen.

„Ich konnte ihm einfach nicht widerstehen und begehrte ihn zu sehr. Also habe ich der Versuchung nachgegeben und mich ihm hingegeben." Dabei gehe ich nicht näher darauf ein, denn sie muss nicht wissen, auf welche Weise ich mich ihm hingegeben habe. Ich verschweige ihr lieber, dass er mich auf die Knie zwang und ohne jegliche Emotionen von hinten fickte. Das erste Mal war zwar unglaublich gewesen, doch wenn ich heute daran zurückdenke, möchte ich es nie wieder erleben. Mittlerweile weiß ich, wie viele tiefe Gefühle im Spiel sind, wenn Zach und ich miteinander schlafen und will das nie wieder missen. Ich habe ihn dazu gebracht, sich mir zu öffnen … und das will ich nicht rückgängig machen.

„Was wirst du jetzt tun?", fragt Lisa. Ich weiß genau, was sie wissen will. Wir schreiben uns fast täglich und telefonieren ein paar Mal pro Woche. Ich habe sie über Zachs Fortschritte auf dem Laufenden gehalten, daher ist sie sich der Tatsache bewusst, dass er ins Dorf der Caraica zurückkehren will.

„Zach hat sich gewissermaßen verpflichtet, ein Jahr hierzubleiben. Also werde ich das Beste daraus machen", antworte ich schlicht.

„Und was wird dann passieren?"

„Er kehrt in seine Heimat zurück … zu den Caraica", erkläre ich traurig.

„Und was wirst du dann tun?"

„Wahrscheinlich an einem gebrochenen Herzen sterben."

„Oh, Süße", sagt Lisa mitfühlend und schwingt die Beine über die Seite ihres Liegestuhls. Sie stellt ihre Füße in den Sand, beugt sich vor und ergreift meine Hände. „Es tut mir leid. Vielleicht entschließt er sich ja doch noch, zu bleiben."

Ich zucke mit den Schultern und drücke ihre Finger. „Das bezweifle ich. Ich glaube nicht, dass er hier etwas findet, was mit der Liebe zu seiner Heimat mithalten kann."

Lisas betrachtet mich mit einem mitleidigen Blick. „Liebst du ihn?"

„Ich bin auf dem besten Wege, mich zu verlieben“, gestehe ich niedergeschlagen. „Aber das Gefühl beruht nicht auf Gegenseitigkeit.“

Lisa greift in die Kühlbox, die vor den Stühlen steht und zieht zwei Flaschen Bier heraus. Sie reicht mir eine davon und öffnet dann ihre eigene. „Ihr steht noch ganz am Anfang. Ein Jahr ist eine lange Zeit. Gefühle können wachsen.“

„Oder seine Sehnsucht nach seiner Heimat wird stärker“, entgegne ich und drehe den Deckel meiner Flasche auf. Ich nehme einen großen Schluck und lehne mich dann in meinem Stuhl zurück, bevor ich mein Gesicht der heißen Sonne zuwende und mich von der Wärme umhüllen lasse.

„Ich würde sagen, so wie er dich ansieht, hegt Zach wesentlich tiefere Gefühle als du ihm zutraust.“

Ich wende mich Lisa zu und frage: „Wie meinst du das?“

Sie nickt nur in Richtung Ufer. Ich folge ihrem Blick und sehe, wie Zach aus dem Meer watet und auf uns zukommt.

Besser gesagt, auf mich. Er lässt seinen Blick über meinen Körper schweifen und schenkt mir ein eindringliches Lächeln. In seinen Augen liegt ein begieriges Brennen, als er mit einer Hand durch sein nasses Haar fährt. Mein Gott, bei seinem Anblick könnte ich auf der Stelle tot umfallen.

Während er weiter auf uns zukommt, starrt mich Zach die ganze Zeit über an, woraufhin Lisa murmelt: „Meine Güte … allein dieser Blick sollte verboten werden. Nehmt euch ein Zimmer.“

Lachend beobachte ich, wie Zach in die Kühlbox greift und sich ein Bier herausholt.

„War es schön im Meer?“, frage ich ihn.

„Ja, aber es wäre noch schöner, wenn du mit mir kommen würdest“, erwidert er mit einem lüsternen Grinsen.

„Auf keinen Fall. Ich habe dir bereits erklärt, dass ich nicht ins Wasser gehe, solange ich meine Füße nicht sehen kann. Du weißt schon, dass es da draußen Haie gibt, oder?“

Mit einem Lachen lässt Zach sich auf den Stuhl neben mir fallen, streckt seine langen Beine von sich und stellt sein Bier auf seinem straffen Bauch ab, auf dem unzählige Wassertropfen glitzern.

„Mommy“, ruft Colleen vom Ufer aus. „Komm her und schau mal … Sandkrebse.“

Lisa wirft mir einen angewiderten Blick zu und schüttelt sich dramatisch. „Ich hasse die Dinger, aber die Kinder lieben es, sie zu fangen.“

Sie steht auf und beugt sich vor, um ihre Bierflasche in den Sand zu stecken. „Die Pflichten einer Mutter kennen keine Grenzen.“

Zach und ich beobachten, wie sie zu Adam und den Kindern geht, die in der Nähe des Ufers hocken, mit den Fingern durch den nassen Sand fahren und die Krebse begutachten.

„Habe ich dir schon gesagt, wie heiß du in diesem Bikini aussiehst?“, fragt Zach, woraufhin ich ihm den Kopf zudrehe und ihn ansehe. Er lässt seinen Blick auf meine Brüste wandern und leckt sich über die Lippen.

Ich hebe die Hand und lasse einen Finger über den Saum an meiner Brust gleiten. „Wie bitte? Dieses alte Ding?“

Zachs blaue Augen verdunkeln sich, als er mit rauer Stimme murmelt: „Lass uns zurück zum Haus gehen.“

Ich schenke ihm ein bezauberndes Lächeln. „Ausgeschlossen. Heute verbringen wir den Tag mit meiner Schwester und ihrer Familie am Strand. Da bleibt keine Zeit für Sex.“

Er beugt sich mit einem finsteren Blick zu mir vor und streicht mit einem Finger an meinem Oberschenkel hinauf. „Das wirst du mir später büßen."

Ich packe seinen Finger, führe ihn an meinen Mund und beiße in die Kuppe. Er stößt zischend den Atem aus, also lecke ich über die Spitze und er stöhnt leise auf. „Vielleicht wirst du es mir später büßen."

Zach weicht ruckartig zurück und lehnt sich seitlich über den Stuhl. Er schnappt sich ein Handtuch aus einer der drei großen Taschen, die wir mit diversen Utensilien gepackt haben, wirft es sich über den Schoß und murrt: „Verdammt, jetzt habe ich einen Ständer und kann nichts dagegen tun."

Ich lehne mich in meinem Stuhl vor und streiche mit einer Hand über seinen Arm. „Armes Baby. Wie wäre es damit … ich werde dir einen blasen, wenn wir später ins Haus gehen und uns unter die Dusche stellen. Wie hört sich das an?"

Zach stöhnt erneut und lehnt den Kopf zurück, wobei er die Augen zusammenkneift. „Du bringst mich noch um, Moira. Du bringst mich wirklich um."

„Warum bringt sie dich um?", höre ich jemanden sagen und blicke auf, als Adam auf uns zukommt. Er greift in die Kühlbox und holt sich ein Bier heraus, dreht den Deckel auf und nimmt einen großen Schluck. Er lässt sich in Lisas Stuhl fallen und stellt die Füße seitlich in den Sand.

„Habt ihr die Sandkrabbenjagd aufgegeben?", will ich von ihm wissen, um seiner Frage auszuweichen, denn ich habe keine Lust ihm zu erzählen, dass Zach meinetwegen eine Erektion hat.

Adam erschaudert genauso wie Lisa zuvor, doch seine Abneigung scheint weniger gespielt zu sein. „Ich hasse diese kleinen Scheißer. Sie sind wie kleine Spinnen mit Panzern."

Lachend stichle ich ihn: „Dann überlässt du es also den Frauen, mit diesen Dingen fertig zu werden?“

„Darauf kannst du wetten“, antwortet er mit einem schiefen Grinsen. „Ich habe kein Problem damit, so etwas meiner Frau zu überlassen. Ich bringe sie sogar dazu, die Spinnen im Haus zu töten. In Zachs Augen wirke ich deshalb sicher wie ein Feigling.“

Zach schenkt ihm ein gutmütiges Lachen. „Nicht doch, Mann. Von Spinnen bekomme ich auch eine Gänsehaut.“

„Ja“, stimmt Adam zu und wedelt mit seiner Bierflasche herum. „Aber dir steht es zu, so etwas zu sagen. Immerhin jagst du riesige Anakondas und kämpfst gegen Alligatoren. Da kannst du ruhig Angst vor Spinnen haben. Mir fehlt es da an Glaubwürdigkeit.“

Wir lachen im Chor, während wir Lisa dabei beobachten, wie sie mit den Kindern den Sand nach Krabben durchkämmt.

„Und was wirst du jetzt mit deiner restlichen Zeit hier anstellen?“, will Adam von Zach wissen.

„Ich werde versuchen, einen Job zu finden. Mir ist es unangenehm, Randalls Geld auszugeben.“

„Werdet ihr beide in Atlanta bleiben?“, fragt Adam, während er abwesend Sand von seinen Beinen wischt.

„Fürs Erste“, antworte ich. „Und wenn die Vorlesungen im Wintersemester beginnen, gehen wir zurück nach Evanston.“

Adam nickt verständig. „Aber du gehst auf jeden Fall zurück zu den Caraica? Willst du nicht hierbleiben?“

Bei der Frage versteife ich mich. Seine Worte sind keinesfalls unangemessen, doch ich werde nervös. Zach hat erst kürzlich zugestimmt, seinen Aufenthalt zu verlängern, und ich befürchte, er könnte seine Meinung ändern.

„Das habe ich vor, aber ich werde mindestens ein Jahr hierbleiben“, stimmt Zach mit geschmeidiger Stimme zu. Natürlich schmerzt es, ihn darüber reden zu hören, dass er mich eines Tages wieder verlassen wird. Doch ich bin erleichtert, dass sich an seinen Plänen nichts geändert hat.

„Alles klar", erwidert Adam, dann dreht er sich in seinem Stuhl um und blickt über mich hinweg auf Zach. „Also, erzähl mal … wie ist es eigentlich da, wo du herkommst? Wie sieht ein typischer Tag in der Wildnis aus?"

Zach steht kurz auf und dreht seinen Stuhl Adam zu. Ich kann sehen, wie sehr er sich darüber freut, dass sich jemand für seine Heimat interessiert. Ganz offensichtlich ist er begierig darauf, davon zu berichten.

„Zum einen ist es der schönste Ort, den man sich vorstellen kann", beginnt Zach mit ehrfürchtigem Tonfall. „Er ist grün, so weit das Auge reicht. Die Luft ist schwer und umhüllt den Körper wie eine weiche Decke. Manchmal duftet sie dank der Wildblumen nach Parfüm. Leuchtend bunte Vögel fliegen am Himmel. Hin und wieder ist der Dschungel gespenstisch ruhig, doch wenn die Tiere heulen und rufen, kann es sehr laut werden. Aber es lauern auch überall Gefahren und ich muss ständig auf der Hut sein, denn selbst ein kleiner Fehltritt kann schwerwiegende Folgen haben. Es ist schwer zu beschreiben … doch wenn man sich stets der Tatsache bewusst ist, dass das Leben in einer solchen Umgebung äußerst zerbrechlich ist, fühlt man sich lebendiger und beschwingter."

Adam lauscht Zach wie hypnotisiert, mit weit aufgerissenen Augen, während dieser sein Leben in schönen Bildern malt. Ich weiß jedoch, dass es viel härter ist, als Zachs Schilderungen vermuten lassen, denn er und sein Stamm müssen jeden Tag um ihren Zusammenhalt und ihr Überleben kämpfen.

„Womit beschäftigst du dich dort tagein, tagaus?"

„Die Hauptaufgabe des Mannes ist es, den Stamm zu beschützen.“

„Vor wilden Tieren?“, fragt Adam neugierig.

„Manchmal“, antwortet Zach. „Aber auch vor anderen Stämmen, die versuchen, uns zu überfallen.“

„Ernsthaft? So etwas kommt vor?“

„Durchaus“, erwidert Zach. „Mit einigen Stämmen bekriegen wir uns eigentlich ständig.“

Ich hoffe, Adam fragt ihn nicht noch weiter aus, denn ich will unter allen Umständen vermeiden, dass Zach ihm von den Menschenleben erzählt, die besagten Überfällen zum Opfer fallen. Adam darf nicht erfahren, dass Zach andere Männer getötet hat. Obwohl ich Zach inzwischen gut kenne und dank meiner Ausbildung und meines Fachwissens verstehe, was ihn dazu bewogen hat, ist eine solche Information für viele nicht leicht zu verdauen.

Stattdessen fragt Adam: „Dann bleibt ihr also in der Nähe eures Dorfes, um es zu beschützen?“

„Nein, wir müssen fast täglich auf die Jagd gehen, um uns mit Proteinen zu versorgen. Wir ziehen in großen Jagdtrupps los, lassen aber ein paar Männer zum Schutz der restlichen Bewohner zurück.“

„Und was jagt ihr?“, will Adam wissen, der als Mann fasziniert von der Vorstellung ist.

„Tapire, Wildschweine und Alligatoren. Das sind einige der größeren Tiere, aber wir jagen auch Affen und Schlangen. Zudem fischen wir, wobei uns die Frauen behilflich sind.“

Ich horche interessiert auf, denn es ist mir neu, dass die Frauen bei der Nahrungsbeschaffung behilflich sind. Ich weiß, dass sie sich um die angebauten Feldfrüchte kümmern, doch das ist ebenso Aufgabe der Männer.

„Dann zieht ihr also alle mit Angelruten aus und verbringt einen Tag am Fluss?“, frage ich Zach.

„Nein, es steckt viel mehr dahinter. Die Frauen flechten Körbe aus Palmwedeln, in die wir eine giftige Pflanze legen. Dann machen wir kleine Tümpel ausfindig und tauchen die Körbe unter Wasser. Das Gift betäubt die Fische vorübergehend, verursacht aber keine dauerhaften Schäden. Sobald sie an der Oberfläche treiben, schießen wir mit kleinen Bögen und Pfeilen auf sie. Auf diese Weise lernen die Jungen, mit ihren eigenen Bögen umzugehen. Im Grunde ist es ein Ereignis, um unseren Zusammenhalt innerhalb des Stammes zu festigen.“

Ich lausche andächtig, während ich zugleich einen Stich im Herzen verspüre. Die Zuneigung und Sehnsucht in Zachs Stimme sind nicht zu überhören. Er hat lange in einer Gesellschaft gelebt, die großen Wert auf das Leben in der Gemeinschaft legt. So etwas praktizieren wir in diesem Land schon lange nicht mehr.

„Das ist alles so faszinierend“, bemerkt Adam mit einem Lächeln. „Ich würde verhungern, wenn ich mich im Amazonasgebiet verirren würde.“

„Genauso wie ich hier wahrscheinlich verhungern würde“, erwidert Zach. Ich kann einen Anflug von Verbitterung in seiner Stimme ausmachen und drehe ihm ruckartig den Kopf zu.

Er begegnet meinem Blick und ich kann einen Ausdruck von Unsicherheit, Angst und einem geringen Selbstwertgefühl in seinen Augen erkennen, den ich noch nie zuvor an ihm gesehen habe.

„Auf keinen Fall, Kumpel“, sagt Adam lachend. „Hier gibt es doch an jeder Ecke einen Lebensmittelladen.“

Es ist eine so einfache Antwort, doch das Problem ist viel komplexer.

Natürlich gibt es hier überall etwas zu essen, doch Zach wollte mit seinen Worten ausdrücken, dass er keine Möglichkeit hätte, sich die Lebensmittel zu kaufen. Er verfügt über keinerlei Fähigkeiten, die sich auf das Leben hier übertragen ließen und hat weder eine Ausbildung genossen, noch Berufserfahrung gesammelt. Im Grunde ist er nicht beschäftigungsfähig und könnte höchstens körperliche Arbeit verrichten, doch selbst in einem solchen Job bräuchte er gewisse Fähigkeiten und Kenntnisse.

Ist das der Grund, warum Zach zu den Caraica zurückkehren will? Weil er dort gebraucht wird und überleben kann? Denn hier wäre es mühsam, in einer Gesellschaft Fuß zu fassen, die ihn vor so langer Zeit im Stich gelassen hat.

Ich bin überzeugt davon, dass Randall Zach ein Dach über dem Kopf und jeden erdenklichen Komfort bieten würde. Doch mir ist bewusst, dass Zach ein derartiges Angebot niemals annehmen würde. Eher wäre er obdachlos und würde verhungern, denn er ist viel zu stolz, um sich auf so etwas einzulassen.

Andererseits weiß ich, dass Randall es sicher nicht zulassen würde, wenn Zach seine Hilfe einfach annimmt. Er hat Zach das Angebot unterbreitet, bei Cannon's zu arbeiten, falls Zach an einer Anstellung interessiert ist. Ich wette, Randall würde zudem alles daransetzen, dass Zach die Schule abschließt.

Das sind interessante Überlegungen, die es abzuwägen gilt, und vielleicht sollte ich mich mit Zach eingehender darüber unterhalten. Vielleicht würde er die Vereinigten Staaten nicht verlassen wollen, wenn er hier eine Möglichkeit sähe, wie er überleben und gedeihen könnte.

Vielleicht würde er hier bei mir bleiben und sich mit mir gemeinsam ein Leben aufbauen.

Wahrscheinlich ist es nur ein Wunschtraum, doch ein Wunsch ist besser als nichts, und im Moment habe ich sonst nichts zu bieten, um ihn zum Bleiben zu bewegen.

Kapitel 25

Zach

Frustriert durchforste ich die Rubrik „Aushilfe gesucht" der Kleinanzeigen und sehe eine Stelle nach der anderen, für die ich entweder nicht qualifiziert bin oder auf die ich mich bereits beworben habe.

Nichts. Nicht eine einzige Einladung zu einem Vorstellungsgespräch.

Ich fühle mich wie ein Versager, wenn ich die Bewerbungen ausfülle und wirklich nur meinen Namen, meine aktuelle Adresse und zwei Referenzen angeben kann.

Moira und Randall. Meine Geliebte und mein Patenonkel.

Keine Ausbildung oder Berufserfahrung.

Kein Vorstellungsgespräch.

Die Tür zum Haus meiner Eltern – nein, zu meinem Haus – wird geöffnet und ich sehe von meinem Platz am Küchentisch auf, als Moira mit zwei Einkaufstüten in jeder Hand eintritt. Sie begegnet meinem Blick und schenkt mir ein strahlendes Lächeln.

„Ich habe uns ein paar leckere Steaks gekauft, die wir morgen Abend grillen können. Randall sagte, er kommt zum Essen. Oh, und für dich habe ich noch mehr Cocoa Puffs besorgt und mir selbst eine Packung Lucky Charms mitgenommen."

Moira hat eine solche Freude an ihrem Einkauf, dass ich am liebsten laut gelacht hätte. Seit wir vor einer Woche in dieses Haus gezogen sind, scheint sie von innen heraus zu strahlen. Im Handumdrehen hat sie sich an das gemeinsame Leben mit mir gewöhnt und genießt die Rolle der Hausfrau. Sie kocht und hält das Haus sauber, sie hat Blumen im Vorgarten gepflanzt und sogar die Küche und das Wohnzimmer frisch gestrichen.

Während sie die Einkaufstüten auf der Anrichte abstellt, erzählt sie mir im Plauderton, wie sie im Laden eine Frau getroffen hat, die gerade erst Zwillinge bekommen hat. In ihrer Stimme schwingt keinerlei Sehnsucht mit, doch sie berichtet fröhlich, wie niedlich die kleinen Jungen in ihren identischen Outfits aussahen und sogar passende Schnuller im Mund hatten.

Meine Stimmung verfinstert sich zusehends. Während Moira in unserem neuen Zuhause überglücklich zu sein scheint, wachsen meine Frustration und Verbitterung zusehends. Ein Tag scheint in den anderen überzugehen, während ich von Langeweile und Unruhe geplagt werde.

Natürlich verlassen Moira und ich weiterhin fast jeden Tag das Haus, um die Umgebung zu erkunden. Wir gehen einkaufen, sehen uns ausländische Filme an, betrachten die Bilder in Galerien und picknicken im Park. Wir lesen gemeinsam Zeitungen und diskutieren über die interessantesten Artikel oder wir fahren mit dem Auto aufs Land und genießen in Gasthöfen die Küche der Südstaaten. Meine Tage mit Moira sind ausgefüllt, und dennoch erscheint mir alles so belanglos.

Außer, wenn ich Moira ficke. Jedes Mal, wenn ich ihre zarte Haut streichle oder sie küsse, während sie mir hingebungsvolle Worte ins Ohr flüstert, wird unsere Verbindung inniger. Sie ermutigt und motiviert mich, weiterzukämpfen und mich in dieses neue Leben einzufügen.

„Hattest du heute Erfolg bei der Jobsuche?", fragt Moira, während sie die Steaks und eine Flasche Milch in den Kühlschrank stellt.

Ich schiebe die Zeitung von mir und stoße einen frustrierten Seufzer aus. „Nein. Es sind immer dieselben Stellen, auf die ich mich schon beworben habe."

Mit fröhlicher Stimme versucht sie, mich zu ermutigen. „Keine Sorge, Baby. Du wirst bald etwas finden, da bin ich mir sicher."

„Es ist verdammt schwer, ohne Berufserfahrung einen Job zu finden", blaffe ich, woraufhin sie zusammenzuckt, als hätte ich ihr eine Ohrfeige verpasst.

Ich bleibe sitzen, wobei ich mich am ganzen Körper anspanne und warte, dass sie die Augen zu dünnen Schlitzen zusammenkneift und mir etwas entgegensetzt. Doch sie starrt mich nur einen Moment an, und ihr Blick erweicht sich. Sie kommt auf mich zu, setzt sich rittlings auf meinen Schoß und schlingt die Arme um meinen Hals. Dann schmiegt sie ihre Wange an meine Schulter. „Es tut mir leid. Bitte gib noch nicht auf. Es kann eine Weile dauern, bis man einen Job findet, es ist selbst für Leute mit Berufserfahrung nicht leicht. Außerdem …, wenn es dir wirklich wichtig ist, wird Randall dich bei Cannon's einstellen."

Ein Anflug von Verbitterung durchströmt mich wie kochende Lava, und ich stoße Moira von meinem Schoß. Ich springe auf und strecke die Hände seitlich von mir. „Natürlich ist es mir wichtig, einen Job zu finden. Verstehst du denn nicht, wie frustriert ich deshalb bin? Und hör auf, Randall ins Spiel zu bringen. Wenn ich mich von ihm einstellen lasse, kann ich auch gleich das Geld annehmen, das er in mein Bankkonto einzahlt. Aber das will ich nicht."

Ich wende mich von ihr ab und gehe in Richtung unseres Zimmers.

Ja, es ist unser Zimmer. Tatsächlich haben meine Eltern es früher bewohnt, aber es beherbergt das größte Bett im Haus, also haben wir es zu unserem Schlafzimmer gemacht. Moira hat die Matratze mit neuen Laken und einer Bettdecke in Braun- und Beigetönen bezogen … und hat behauptet, es wäre nun viel männlicher. Ich gehe zum Schrank und hole den Smoking heraus, den ich für die Dinnerparty heute Abend anziehen muss, die Randall mir zu Ehren gibt.

Scheiße, ich habe überhaupt keine Lust, daran teilzunehmen. Große Menschenmengen sind nicht mein Ding, vor allem, weil die Leute mir neugierig Fragen darüber stellen, wie es ist, als Heide zu leben, während sie sich wundern, dass ich in den Dschungel zurückkehren will. Ständig muss ich mich vor allen für meine Wünsche rechtfertigen.

Vor allen außer Moira. Sie hat meine Entscheidung stillschweigend akzeptiert, doch ich kann den traurigen Ausdruck in ihren Augen sehen, wenn ich von meiner Rückkehr spreche.

„Es tut mir leid, Zach“, ertönt ihre gedämpfte Stimme hinter mir, als sie ihre Arme um meine Taille schlingt und die Hände an meinen Bauch legt. Sie presst ihre Wange an meinen Rücken und hält mich fest. „Ich weiß, dass das schwer für dich ist. Was kann ich tun, um dir zu helfen?“

Für einen Augenblick lege ich meine Hände auf ihre und streichle mit dem Daumen ihre Haut. Sie fühlt sich so gut an, wenn sie sich an mich schmiegt. Sie vermittelt mir ein warmes Gefühl der Geborgenheit und Trost. Ich werde es vermissen, Moira zu ficken, wenn ich gehe, aber … das hier wird mir auch fehlen. So etwas habe ich zuvor nie gespürt, doch da ich das Gefühl jetzt kenne, werde ich den Verlust kaum verkraften können.

Zum millionsten Mal hadere ich mit mir selbst und bin wütend, weil mir alles so ungerecht erscheint. Schon vor langer Zeit habe ich mein Herz und meine Loyalität den Caraica geschenkt. Ich kann gar nicht anders als zu ihnen zurückzukehren, denn ich fühle mich ihnen gegenüber verpflichtet. Doch ich weiß, dass ich am Boden zerstört sein werde, wenn ich Moira verlassen muss.

Zweifellos wird mich die Erinnerung an sie verfolgen, wobei ich nicht nur an den unglaublichen Sex denken werde, denn unsere Beziehung geht mittlerweile so viel tiefer. Mit ihr kann ich stundenlang über alles Mögliche reden oder in angenehmem Schweigen beisammensitzen. Ich habe so etwas noch nie zuvor erlebt, nicht einmal mit Paraila.

Dieser Gedanke trübt meine Stimmung noch mehr, bis ihre Umarmung fast erdrückend auf mich wirkt.

Ich löse mich von ihr und wende mich ihr zu. „Du solltest dich besser fertig machen. Wir müssen bald zu der Party."

Ich sehe ihr an, wie enttäuscht sie ist, doch sie nickt verständnisvoll und macht sich auf den Weg ins Bad. Ich überlege kurz, ob ich mich zu ihr unter die Dusche stellen soll, entscheide mich dann aber dagegen. Ich glaube nicht, dass ich in diesem Moment ertragen kann, ihr so nah zu sein.

***

„Daraufhin wirft der Priester einen Blick auf die Flasche und sagt: ‚Großer Gott! Er hat es schon wieder getan'."

Die Leute um mich herum lachen schallend und ich bemühe mich um ein Lächeln. Ich habe den Witz nicht verstanden, genauso wenig wie die beiden anderen, die der rundliche Idiot der gesellschaftlichen Elite von Atlanta erzählt hat.

Ich lasse meinen Blick durch den riesigen Ballsaal im Ostflügel von Randalls Herrenhaus schweifen und suche den Raum nach Moira ab. Sie ist vor ein paar Minuten zur Toilette gegangen, und ich hoffe, dass sie so schnell wie möglich zurückkommt. Ich fühle mich unwohl, denn ich habe nicht das Geringste gemein mit diesen Menschen und kann ihre prüfenden Blicke kaum ertragen.

Endlich betritt sie wieder den Saal und kommt mit selbstbewussten und anmutigen Schritten auf mich zu. Sie trägt ein trägerloses, weißes Kleid mit tiefem Ausschnitt, in dessen Mitte eine strassbesetzte Kristallblume prangt. Ein seitlicher Schlitz gibt den Blick auf eines ihrer langen Beine frei, wenn sie sich bewegt, wobei ihre Füße in kristallen glitzernden Sandalen mit zehn Zentimeter hohen Absätzen stecken. In diesen Schuhen könnte ich sie im Stehen ficken, ohne die Knie beugen zu müssen.

Ich entferne mich unbemerkt von der Gruppe und gehe auf sie zu, wobei ich mir auf dem Weg zwei Gläser Champagner von dem Tablett eines Kellners schnappe. Als Moira meinem Blick begegnet, verzieht sie die Lippen zu einem strahlenden Lächeln voller Zärtlichkeit.

Ich reiche ihr eines der Gläser. Sie nimmt es mit ihren zarten Fingern entgegen und trinkt einen kleinen Schluck.

„Du siehst aus, als bräuchtest du den Drink dringender als ich“, murmelt sie.

„Diese Leute sind seltsam“, bemerke ich. „Wenn mich noch jemand fragt, wie ein Affe schmeckt oder ob ich in den Dschungel kacke, werde ich jemanden erwürgen.“

„Ist es wirklich so schlimm?“, fragt sie mitfühlend.

Ich spüre erneut eine Welle der Wut durch meine Adern rauschen, doch ich halte sie im Zaum, denn Moira kann nichts dafür. „Diese Leute behandeln mich so herablassend. Die Hälfte von ihnen spricht ganz langsam mit mir, als wäre ich ein Schwachkopf.“

Moira verzieht verärgert das Gesicht. „Wer war das? Ich werde ihm den Kopf abreißen. Und Randall ebenfalls.“

„Ganz ruhig, Schätzchen“, beschwichtige ich sie. Mir wird warm ums Herz, weil sie für mich in die Bresche springen will. „Ich verstehe ja, dass ich so etwas wie eine Attraktion hier bin. Aber ich hasse diese verdammte Party."

Moira schenkt mir ein Lächeln und legt eine Hand an meine Brust. „Wir werden bald gehen. Ich bin sicher, Randall hat nichts dagegen."

Ich strecke meine freie Hand nach ihr aus und streiche mit den Fingern über ihre Wange. „Es tut mir leid, dass ich dich vorhin angeschnauzt habe. Ich sollte meinen Frust nicht an dir auslassen."

Sie umfasst meine Hand mit ihrer und schließt für einen Moment die Augen, wobei sie ihre Wange in meine Handfläche schmiegt. „Ist schon gut. Wir alle brauchen jemanden, bei dem wir uns hin und wieder Luft machen können."

„Und du willst dieser Jemand für mich sein?", frage ich sie in belustigtem Tonfall.

Sie starrt mich mit ernstem und entschlossenem Blick an. „Ich werde alles für dich sein, wenn du das willst."

Verdammt, ja, genau das will ich.

Verdammt, nein, das ist unmöglich. Vor allem, da wir irgendwann auf zwei verschiedenen Kontinenten leben werden.

Statt ihr zu antworten, ziehe ich unsere verschränkten Hände von ihrem Gesicht und beuge mich vor, um sie zärtlich zu küssen. Sie stößt einen leisen Seufzer aus, der mich an eine Blume erinnert, die ihre Blüte öffnet, und ich würde sie am liebsten ganz dicht an mich schmiegen.

„Wie süß", ertönt eine Frauenstimme hinter mir. „Es sieht so aus, als hättet ihr euer kleines Geheimnis gelüftet. Ich gratuliere euch."

Ich drehe mich zu Cara um und ziehe Moira schützend an meine Seite. Es ist wirklich erstaunlich, dass diese Frau, die jetzt vor mir steht, in meinen Augen vor einiger Zeit noch schön war. Aber nach allem, was ich über sie weiß, steigt nichts als Wut in mir auf. Sie hat sich Moira gegenüber abscheulich verhalten und wollte sie mit Gruppensex und Drogen verführen.

Cara trägt ein blutrotes Kleid und hat das Haar elegant hochgesteckt. Sie hält ein Whiskeyglas mit einer bernsteinfarbenen Flüssigkeit in der Hand, und ich erkenne an dem Glanz in ihren Augen und der Art, wie sie leicht schwankt, dass sie betrunken ist.

„Wo ist dein Date heute Abend?", entgegne ich mit einem Grinsen. „Oh, warte … ich meinen deinen Bruder."

Cara zieht eine perfekt gestylte Augenbraue in die Höhe. Obwohl ich es bevorzuge, mit meinen Fäusten und Waffen zu kämpfen, kann ich, wenn nötig, auch meinen Worten Schärfe verleihen.

„Wie kannst du es wagen, über mich zu urteilen?", fragt Cara verächtlich. „Du bist nichts weiter als eine Dschungelratte und versuchst, dich in eine Gesellschaft einzufügen, die deinesgleichen niemals akzeptieren wird. Du bist ein Nichts und wirst es hier nie zu etwas bringen, so sehr du dich auch bemühst. Also, genieße deine Zeit hier, solange du kannst, Tarzan. Dann kannst du zurück nach Hause laufen und dich daran erinnern, wie du hier auf ganzer Linie versagt hast. Ich wette, Moira wird dankbar sein, wenn sie dich endlich los ist, du Blutsauger. Obwohl sie scheinbar eine dieser Frauen ist, die leicht zu befriedigen sind. Sobald du weg bist, wird sie wahrscheinlich den nächsten Indianer ficken."

„Du verdammte Schlampe", knurrt Moira und macht einen Schritt auf Cara zu, doch ich halte sie zurück.

Im nächsten Moment ertönt eine männliche Stimme hinter mir: „Was zum Teufel ist in dich gefahren, Cara?"

Ich drehe mich um und erblicke Randall, der vor Wut schäumt. Er geht um mich herum, packt Cara am Oberarm und beugt sich zu ihr vor. „So darfst du mit Zach nicht sprechen. Er gehört zur Familie."

Cara zieht ihren Arm aus Randalls Griff und blickt ihn empört an. „Er gehört nicht zur Familie. Du bist ja völlig verblendet.“

„Ich bin nicht verblendet“, murmelt Randall enttäuscht. „Und im Moment sehe ich ganz genau, was hier los ist. Ich denke, du solltest jetzt gehen, Cara.“

„Wie bitte?“, ruft sie ungläubig. „Du wirfst mich aus deinem Haus?“

„Ich bitte dich zu gehen, bevor du eine Szene machst und ich gezwungen bin, dich rauszuwerfen. Geh nach Hause und schlaf deinen Rausch aus, und morgen kannst du dich bei Zach und Moira entschuldigen.“

„Kommt nicht infrage“, zischt sie und macht auf dem Absatz kehrt, wobei sie fast das Gleichgewicht verliert. Dann geht sie auf die Tür zu und ich sehe, wie Clint zu ihr eilt. Er ergreift ihren Arm, um sie zu stützen, doch sie stößt ihn von sich. Er folgt ihr aus dem Saal, und ich hoffe inständig, dass ich die beiden nie wieder sehen muss.

„Es tut mir so leid, Zach“, wendet sich Randall an mich. „Sie hat zu viel getrunken und hat es sicher nicht so gemeint.“

Moira legt eine Hand auf meinen Arm, aber ich spüre, wie sie zittert. Unbehagen breitet sich in meiner Brust aus und droht mich zu erdrücken. „Du musst dich nicht für sie entschuldigen, Randall. Außerdem … hat sie im Grunde die Wahrheit gesagt.“

„Das ist lächerlich“, entgegnet Randall entrüstet. „Ihre Worte sind nichts weiter als bedeutungsloses Gefasel einer betrunkenen und selbstverliebten Frau.“

„Trotzdem“, erwidere ich in freundlichem Tonfall und lege ihm eine Hand auf die Schulter. „Du musst dich nicht für ihr Verhalten entschuldigen. Wenn es dir nichts ausmacht, werden Moira und ich uns jetzt verabschieden.“

Moira ergreift meine Hand und verschränkt ihre Finger mit meinen, wobei sie sie leicht drückt. „Danke, dass Sie für Zach diese Party veranstaltet haben. Es war ein schöner Abend."

Ich weiß, dass Moira Randall mit diesen freundlichen Worten beschwichtigen will und beobachte, wie ein trauriger Ausdruck über sein Gesicht huscht. „Die Party war eine dumme Idee, nicht wahr? Was habe ich mir nur dabei gedacht? Diese Leute sind nicht deine Freunde. Verdammt, neunzig Prozent von ihnen sind nicht einmal meine Freunde."

„Ist schon okay", versichere ich ihm. „Allein die Geste zählt."

„Es tut mir leid", wiederholt Randall mit wehmütigem Blick. „Ich wollte mit dir angeben. Ich bin einfach … sehr stolz auf dich, Zach. Es gibt sonst niemanden in meiner Familie, der mich so stolz macht. Das ist alles."

Ein Teil der Dunkelheit, die mich bei Caras Worten zu übermannen drohte – die zweifellos genauso wahr waren wie all die anderen, die ich seit meiner Ankunft gehört habe –, beginnt sich zu verflüchtigen. Anstelle dieses schwarzen Lochs empfinde ich Zuneigung für diesen Mann, der mir in der Tat eine erstaunliche Möglichkeit geboten hat, durch die ich Moira kennengelernt habe. Ja, ich werde auch ihn vermissen, wenn ich gehe.

Sehr sogar.

***

Auf der Heimfahrt sitzt Moira rittlings auf mir. Sie hat gerade einen Knopf in der Limousine gedrückt, woraufhin eine verdunkelte Scheibe hochfuhr, die die Vordersitze von der Rückbank trennte. Dann zog sie den Rock ihres Kleids hoch, schwang ihr nacktes Bein über die meinen und kletterte auf meinen Schoß.

Ich zögere keine Sekunde und ziehe ihr Oberteil nach unten, um ihre cremefarbenen Brüste zu entblößen. Sie schlingt die Arme um meinen Kopf und drückt mein Gesicht an ihren Busen. Mit der Zunge umkreise ich ihre Brustwarze, bis sie steif wird und sauge sie dann in meinen Mund.

Ich lasse meine Hände an ihren Schenkeln hinaufgleiten und schiebe den seidigen Stoff ihres Kleides weiter nach oben, bis ich einen Blick nach unten werfe und einen Hauch von weißer Seide sehe, der ihre Muschi bedeckt. Ich schiebe einen Finger unter den Saum und fahre damit durch ihre feuchte Spalte, bis Moira den Kopf nach hinten wirft.

„Das fühlt sich gut an", stöhnt sie leise.

Ein bisschen zu leise für meinen Geschmack, also dringe ich mit einem Finger tief in sie ein, woraufhin sie aufschreit.

„Wie fühlt sich das an?", frage ich und lehne mich zurück, um zu beobachten, wie ich meinen Fingern immer wieder in ihrer Muschi vergrabe.

„O verdammt … es ist so gut", keucht sie. Ich schiebe noch einen zweiten und dann einen dritten Finger in sie hinein.

Sie ist immer noch zu leise … Ich will mehr hören, also lehne ich mich zur Seite und lege mich flach auf den Rücken, wobei ich Moira mit meiner freien Hand festhalte.

„Komm her", befehle ich ihr und ziehe meine Finger aus ihr heraus. „Ich will dich mit meiner Zunge ficken."

Moira kriecht über meine Brust und zerrt unbeholfen an ihrem Kleid, um den Rock zu raffen. Sie wirft einen flüchtigen Blick aus dem Fenster und verkündet: „Wir sind etwa fünf Minuten von zu Hause entfernt."

„Das wird reichen", versichere ich ihr und packe ihre Hüfte, um sie auf mich zu ziehen. Ich winkle die Knie an und rutsche ein Stück nach unten, damit sie genug Platz hat, um ihre Schenkel zu spreizen.

Als sie sich über meinem Gesicht positioniert hat, befehle ich ihr: „Und jetzt setz dich auf meinen Mund, Süße. Ich bin am Verhungern."

Sie stützt sich mit den Händen an der Tür ab und senkt sich langsam ab. Ich strecke meine Zunge heraus, bis sie an ihr Geschlecht stößt, und dringe damit in sie ein, als sie sich noch weiter auf mich herabsenkt.

„Oooooohhh", stößt Moira hervor und lässt ihr Becken kreisen.

Ich schiebe meine Arme zwischen ihre Schenkel und ziehe die geschwollenen Falten ihrer Muschi auseinander. Wenn ich sie so schnell wie möglich zum Höhepunkt bringen will, sollte ich sofort ihre Klitoris bearbeiten.

Ich umschließe ihre Lustperle mit meinen Lippen und sauge heftig daran, während ich meine Zunge über ihre Spalte gleiten lasse. Moira stößt einen fast gequälten Schrei aus, doch dann keucht sie: „O verdammt … ich komme gleich."

Ihre Worte spornen mich an und ich lecke sie immer schneller. Ich schaffe es, eine Hand zu drehen und mit dem Daumen in sie einzudringen, wobei Moira sich aufbäumt. Also ziehe ich sie wieder auf mich und konzentriere mich darauf, ihre Klitoris mit meiner Zunge zu verwöhnen, wobei ich sie so fest an meinen Mund drücke, dass ich zu ersticken drohe.

Ich spüre, wie sie kommt, als sie ihre Schenkel um meinen Kopf herum zusammenpresst und ihr Becken vor und zurück schiebt. Ich strecke meine Zunge nach oben und halte sie still, damit sie auf ihr reiten kann, bis die Welle der Ekstase verebbt ist. Schließlich lässt sie sich mit dem Rücken auf mich fallen und starrt an die Decke des Wagens.

„O Zach … du machst mich fertig", sagt sie leise.

In diesem Moment bemerke ich, dass die Limousine zum Stehen gekommen ist. Ich setze mich auf, wische mir mit dem Ärmel meines Jacketts den Saft ihrer Erregung aus dem Gesicht und erblicke durch das Fenster mein kleines Haus, das von der Straßenlaterne beschienen wird.

Ich habe keine Ahnung, wie lange wir schon hier stehen, aber ich sehe, dass der Fahrer geduldig vor der Wagentür steht und uns den Rücken zugewandt hat.

„Heilige Scheiße", bemerke ich baff. „Ich wette, er hat uns gesehen und gehört."

Moira kichert, während sie das Oberteil ihres Kleides hochzieht und sich zur Seite lehnt, um den Rock zu glätten. „Hier drin riecht es förmlich nach Sex. Er wird den Rücksitz reinigen müssen."

Ich packe sie an den Schultern und ziehe sie an mich, um ihr einen flüchtigen Kuss zu geben. „Ich liebe diesen Geruch. Er ist genauso süß wie du. Wir sollten so schnell wie möglich reingehen, damit ich das gleich noch einmal mit dir tun kann."

Ich will gerade die Wagentür öffnen, doch Moiras Worte lassen mich innehalten. „Eigentlich hatte ich gehofft, dass wir heute Abend etwas anderes probieren könnten."

Ich wende mich ihr zu und sehe sie mit erwartungsvoll hochgezogenen Augenbrauen an. „Woran hast du denn gedacht?"

„Nun ja", beginnt sie gedehnt. „Ich hatte ein paar Drinks … und du hast mich gerade heftig kommen lassen. Ich bin total entspannt."

Ich durchbohre sie mit einem neugierigen Blick und warte darauf, dass sie zur Sache kommt.

„Tatsächlich bin ich so entspannt", fährt sie zögerlich fort, um mich auf die Folter zu spannen, „dass ich mich heute Abend von dir in den Arsch ficken lassen will."

Meiner Kehle entfährt ein Stöhnen, als ich von einer Woge der Lust durchströmt werde. Mein Schwanz wird steinhart und ich habe das Gefühl, ich könnte damit Stahl durchschneiden. Ich packe ihre Hand und drücke die Tür so plötzlich auf, dass der Fahrer aufschreckt und einen Satz zur Seite macht, als ich Moira aus dem Auto zerre.

„Danke für die Fahrt", rufe ich ihm zu, während ich mich bücke, um Moira über meine Schulter zu werfen.

„Ja, danke fürs Mitnehmen", sagt sie, als ich mit ihr die Verandastufen hinaufeile und fast die Tür eintrete.

Kapitel 26

Moira

Zach trägt mich über seiner Schulter ins Haus und schließt die Tür hinter uns mit einem Fußtritt. Dann geht er den kleinen Flur entlang direkt aufs Badezimmer zu.

Er setzt mich behutsam ab und ich blicke zu ihm auf. In seinen Augen liegt ein entschlossener Ausdruck, während er am ganzen Körper bebt.

„Zieh dich aus“, befiehlt er und dreht das Wasser in der Dusche auf.

„Aber … ich bin bereit …“

„Sei ruhig, Moira“, entgegnet er mit unbändiger Begierde. „Heute Abend werde allein ich das Sagen haben.“

Ich drehe ihm den Rücken zu und sage leise: „Du musst mir den Reißverschluss öffnen.“

Zach stellt sich dich hinter mich und legt seine Hände auf meine Schultern, die spürbar zittern. Die Erkenntnis, dass er all seine Kraft aufbringen muss, um nicht auf der Stelle zu kommen, zwingt mich fast in die Knie. Er beugt sich vor und beißt mir in die Schulter, wobei er den Reißverschluss aufzieht. Dann schiebt er mir sanft das Oberteil von meinen Brüsten, sodass es über meine Rippen und Hüfte gleitet und schließlich zu Boden fällt.

Dann tritt er einen Schritt zurück und beginnt, sich selbst auszuziehen, wobei er mich die ganze Zeit über anstarrt.

In der Dusche ist kaum Platz für uns beide, doch ich liebe das Gefühl, wie er sich von hinten dicht an meinen Rücken schmiegt. Mit seinen starken Händen ergreift er das Duschgel und gibt eine große Menge davon in seine Handfläche. Er streckt seine Arme vor mir aus, damit ich sehen kann, was er tut, während er sich die Hände einseift. Mir stockt der Atem, denn ich weiß genau, was er mit seinen glitschigen, seifigen Fingern tun wird.

Das warme Wasser rieselt auf uns herab, als Zach mir befielt: „Beug dich vor und stütz dich mit den Händen an der Wand ab.“

Ich gehorche sofort und schnappe nach Luft, als er beginnt, die Seife in meine Pobacken zu massieren. Als er einen Finger näher an meinen Anus gleiten lässt, überrascht er mich, als er die andere Hand vorschiebt und mit dem Finger in meine Muschi eindringt, wobei er mich von innen massiert und mir ein lustvolles Seufzen entlockt. Er zieht den Finger wieder heraus und umkreist damit meine Klitoris, während er mit der anderen Hand weiterhin eine meiner Pobacken knetet.

Schneller und schneller reibt er meine empfindsame Lustperle, bis ich bebend und zitternd zum Höhepunkt komme, der meine Begierde jedoch nicht schmälert.

Denn ich weiß, dass wir gerade erst begonnen haben.

„Wunderschön“, murmelt Zach, als er seinen Finger wieder an mein Rektum gleiten lässt, um es sanft zu umkreisen. Da der Schaum mittlerweile weggespült ist, greift er noch einmal nach dem Duschgel und gibt es diesmal direkt auf meinen Hintern, wobei er mit dem Finger meine Pofalte hinaufgleitet, um ihn mit der zähen Flüssigkeit zu benetzen.

Als er seinen Finger wieder an meinen Anus führt, stößt er damit sanft gegen die Öffnung und dringt dann bis zum Anschlag in mich ein. Meine Muskeln dehnen sich um ihn herum und ich stöhne auf, als all meine Nervenenden in Flammen stehen. Instinktiv beginne ich, mich gegen ihn zu stemmen.

Mit seiner freien Hand gibt Zach mir einen Klaps auf den Hintern, der mich aufschreien lässt. Er lacht leise und sagt mit finsterer Stimme: „Halt still. Ich habe noch einiges mit dir vor und will nicht, dass du verletzt wirst.“

Wie zum Beweis seiner Worte zieht Zach den Finger aus meinem Anus, um sogleich zwei in mich zu schieben.

O … okay, das fühlt sich schon etwas anders an. Ich spüre ein leichtes Brennen, doch er geht ganz behutsam vor. Als ich tief durchatme, schiebt er beide Finger in mich hinein. Dann hält er einen Moment inne, bevor er beginnt, sie immer wieder sanft in mich zu stoßen, um meine enge Öffnung zu dehnen. Als das Brennen nachlässt, entweicht meiner Kehle ein leises Stöhnen, und Zach weiß, dass ich bereit bin, noch mehr aufzunehmen. Es ist eine Qual, reglos stehenzubleiben, doch ich halte absolut still, damit er das Tempo vorgeben kann.

Zach zieht seine Finger aus mir heraus, gibt noch mehr Duschgel auf mein Rektum und sagt: „Halt dich fest, Baby. Ich schiebe noch einen weiteren Finger in dich hinein.“

Mit einem beklommenen Gefühl in der Brust wappne ich mich, doch er geht so langsam und so sanft vor, dass es nicht schmerzhafter ist, als wenn er zwei Finger in mich einführt. Er dringt tief in mich ein und zieht sie behutsam wieder heraus. Er macht immer so weiter, bis mich ein lustvoller Schauer durchfährt. Unwillkürlich stemme ich mich ihm entgegen, denn ich will ihn noch tiefer in mir spüren. Er belohnt mich, indem er mir erneut einen Klaps auf den Hintern gibt.

„Oooohhh“, stöhne ich, denn der Schmerz fühlt sich so gut an.

Zach stößt immer wieder mit den Fingern tief in mich hinein und hält dann inne. Plötzlich spüre ich eine intensive Fülle, wie ich sie noch nie zuvor erlebt habe, als er beginnt, seine Finger zu spreizen und mich noch weiter zu dehnen. Es fühlt sich fantastisch an. Ich habe fast den Eindruck, ich könnte auf diese Weise zum Höhepunkt kommen, wenn er nicht aufhört.

Er schlingt einen Arm um meine Brust und zieht meinen Oberkörper nach oben, während er seine Finger immer noch tief in mir vergraben hat. Er beugt sich vor und drückt mir einen Kuss auf die Schläfe. „In Ordnung, ich will, dass du jetzt meine Finger reitest."

Ich lasse meinen Kopf auf seine Schulter zurückfallen und beginne, mit den Hüften zu kreisen, wobei ich den Hintern immer wieder gegen seine Hand schiebe. Er greift nicht ein, sondern hält seine Hand absolut still, bis ich in einen stetigen Rhythmus verfalle. Ich reibe mich an ihm und spüre seine Fingerknöchel gegen meine Schamlippen pressen.

Ich höre Zach hinter mir zischen: „O verdammt, das ist so sexy."

Er lässt seine Hand von meiner Brust nach unten gleiten, fährt mit den Fingern durch meine feuchte Spalte und kneift meine Lustperle mit Daumen und Zeigefinger. Ich schreie auf, als ich von der Welle der Ekstase mitgerissen werde.

„Ja, o ja", entfährt es meiner Kehle immer wieder. „Verdammt."

Als das Beben meines Körpers langsam verebbt, zieht Zach seine Finger aus mir heraus und beugt sich vor, um das Wasser abzustellen. Er steigt als Erster aus der Dusche und hebt mich hoch. Ich bin dankbar, dass ich nicht selbst laufen muss, denn ich bin völlig entkräftet.

Zach trägt mich ins Schlafzimmer und wirft mich praktisch aufs Bett, obwohl ich immer noch klatschnass bin. Ich will mich gerade auf den Bauch drehen, als er mir Einhalt gebietet: „Nein, ich will, dass du dabei auf dem Rücken liegst."

„Auf dem Rücken?", frage ich verwirrt und befürchte, dass der letzte Orgasmus mir den Verstand geraubt hat. Ich hatte angenommen, dafür auf alle viere gehen zu müssen.

„Vertrau mir“, erwidert er nur mit einem Grinsen, als er sich vorbeugt, um die Nachttischschublade aufzuziehen. Mein Herz macht einen Satz, als ich sehe, dass er das Gleitgel herauszieht und es neben mich aufs Bett wirft. Dann bringt er einen fleischfarbenen Vibrator zum Vorschein, der nicht mir gehört. Ich habe ihn noch nie zuvor gesehen. Zach wendet sich mir mit einem sündigen Blick zu, als er den Sockel dreht und das Gerät zu summen beginnt.

Er streckt es mir entgegen, damit ich es begutachten kann. „Ich habe ihn bei Amazon gekauft“, erklärt er. „Vorne befindet sich ein Stimulator für die Klitoris. Er ist zwanzig Zentimeter lang und ich werde deine Muschi damit ausfüllen, wenn ich deinen Arsch ficke.“

Bei dem Gedanken erschaudere ich am ganzen Körper. Zachs schmutzige Worte und die hemmungslose Begierde in seinen Augen bringen mich fast um den Verstand. Ich senke den Blick und bemerke, dass sein Schwanz fast senkrecht nach oben steht. Ich glaube nicht, dass ich ihn je so hart gesehen habe. Ich strecke eine Hand aus, um ihn zu berühren, doch er weicht zurück.

„Finger weg. Ich wäre eben in der Dusche schon fast gekommen“, gesteht er. „Und jetzt leg dich hin und spreiz deine Beine für mich.“

Ich lehne mich zurück auf die Matratze und achte darauf, dass er genug Platz zwischen meinen Schenkeln hat. Mein Herz explodiert fast in meiner Brust, als ich vor Aufregung kaum an mich halten kann. Gleich werde ich Zach etwas schenken, was ich noch nie einem anderen Menschen gegeben habe und was er noch nie im Leben hatte.

Zach kniet sich auf die Matratze zwischen meine Schenkel. Er schaltet den Vibrator aus und legt ihn neben meiner Hüfte ab, wobei ich ihn fasziniert mustere. Dann streckt Zach die Hände nach mir aus und knetet sanft meine Brüste. Nach einer Weile lässt er seine Finger an mein Gesicht wandern und beugt sich vor, um mich leidenschaftlich und begierig zu küssen.

Als er den Kopf wieder zurückzieht, packt er mit den Händen meine Knie und spreizt meine Beine noch weiter. Er hebt sie an und schiebt sie weit nach hinten, um meine Oberschenkel gegen meine Brüste zu pressen, wobei sich mein Hintern vom Bett hebt und ich völlig entblößt vor ihm liege.

„Halte deine Beine fest", befiehlt Zach und deutet mit einem Nicken auf meine Knie. „Ich will, dass du sie für mich offen hältst."

Ich stoße den Atem aus und schnappe sofort wieder nach Luft. „Wo in aller Welt hast du das gelernt?", will ich verblüfft wissen, als ich die Hände auf meine Knie lege, um sie in Position zu halten. Zach scheint genau zu wissen, was er tut.

Er greift nach dem Gleitgel und schenkt mir ein breites Grinsen. „Ich habe ein Video mit Anleitungen im Internet gefunden, in dem ein Paar die einzelnen Schritte zeigt. Ich folge den Instruktionen zwar nicht ganz genau, außerdem haben sie diese seltsam aussehenden Dinger benutzt, die man Analperlen nennt, aber ich habe es im Wesentlichen verstanden."

„O Gott", murmle ich. Zach hat alles über Analsex aus einem Lehrvideo im Internet gelernt. Kaum zu glauben.

Ich horche auf, als er den Deckel des Gleitgels aufdrückt. Er spritzt etwas von der klaren Flüssigkeit auf seine Finger und senkt die Hand. Ich mache mich darauf gefasst, dass er meinen Anus damit einreibt, doch er verteilt das Gel auf meiner Muschi und dringt mit zwei Fingern in mich ein. Dann zieht er sie wieder heraus, um meine Klitoris zu massieren. Meine Lustperle ist so empfindsam, dass ich am ganzen Körper zucke, doch dann zieht er seine Hand zurück und gibt noch mehr von der Gleitcreme auf seine Finger.

Ich beobachte fasziniert und auch ein wenig verängstigt, wie er das Gel auf seinen Schwanz schmiert, indem er ihn mit seiner großen Hand umfasst und ihn streichelt. Dann nimmt er die Tube und spritzt noch etwas von der Creme auf die Stelle unterhalb meiner Muschi, und ich spüre, wie es über meine Rosette rinnt.

Zach klappt den Deckel des Gleitmittels mit dem Daumen zu und wirft die Tube aufs Bett. Er führt eine Hand zwischen meine Schenkel und reibt mit dem Finger das Gel über meinen Anus. Dann dringt er mit drei Fingern langsam in mein Poloch ein. Ich bin erstaunt und gerührt zugleich, als ich nicht einmal einen Anflug von Schmerz empfinde. Offenbar hat er mich vorhin zur Genüge gedehnt und mich gut vorbereitet, um mir nicht wehzutun.

Ich habe kaum die Gelegenheit, das Gefühl seiner Finger zu genießen, denn als er merkt, wie leicht er in mich gleitet, zieht er sie wieder heraus und umfasst seinen Schwanz. Als ich das erregte Funkeln in seinen Augen sehe, muss ich schlucken. Ich spüre das Pulsieren seiner warmen Eichel, als sie auf meine Rosette trifft und werde von einer Mischung aus Angst und Erregung durchzuckt.

Zach sieht mir in die Augen und murmelt: „Vertraust du mir?"

„Bedingungslos", antworte ich mit dem Brustton der Überzeugung.

Ein atemberaubendes Lächeln breitet sich auf Zachs Gesicht aus. „Du vertraust mir wirklich, nicht wahr?"

„Ich weiß, dass du mir nie wehtun würdest."

Zach bestätigt meine Worte mit einem Nicken, bevor er sagt: „Tief Luft holen, Baby. Und dann atme langsam wieder aus."

Ich tue wie geheißen und atme ein, bis sich mein Brustkorb fast bis zum Bersten dehnt. Dann stoße ich langsam die Luft aus. Als ich den ganzen Sauerstoff aus meiner Lunge herausgepresst habe, schiebt Zach behutsam die Hüfte vor und dringt mit der Eichel ganz langsam in mein Poloch ein.

Oh, dieses Brennen. Es schmerzt ein wenig, denn sein Schwanz ist dicker als seine drei Finger zusammen, doch im nächsten Moment hat er den Widerstand überwunden und seine Eichel durch den engen Muskelring gepresst.

Ich schnappe nach Luft, woraufhin Zach mir in beruhigendem Tonfall zuflüstert: „Ganz ruhig, Baby. Das war noch nicht alles.“

„Ich weiß nicht, ob ich noch mehr verkraften kann“, erwidere ich, obwohl mein Körper ihn anfleht, in mich zu stoßen.

„Doch, das kannst du. Und du wirst es tun“, bemerkt er mit konzentrierter Miene.

Er legt die Hände an die Rückseiten meiner Oberschenkel und beginnt, tiefer in mich einzudringen.

Ein animalisches Stöhnen entfährt seiner Kehle. Es klingt wie ein Schnurren, das immer mehr anschwillt, je tiefer er in mich eindringt.

Mein Blick ist auf seinen dicken Schwanz geheftet, der Zentimeter für Zentimeter in mein Rektum eindringt und sich in der dunkelsten, geheimsten Stelle meines Körpers vergräbt. Das anfängliche Brennen lässt nach und weicht einer angenehmen Wärme, als sein pulsierender Schaft die Nervenenden meines Darms massiert.

Dann ist er endlich bis zum Anschlag in mich eingedrungen und ich blicke zu ihm auf. Er hat das Gesicht lustvoll verzerrt und die Kiefermuskeln angespannt, während er auf die Stelle starrt, an der wir miteinander vereint sind.

Im nächsten Moment hebt er langsam den Kopf und begegnet meinem Blick. Wir betrachten einander voller Ehrfurcht … mit gegenseitigem Respekt … und Lust und ich erkenne etwas in Zachs Augen, was ich noch nie zuvor an ihm gesehen habe. Er hat mich in sein Herz geschlossen, ich kann es deutlich erkennen und schmelze förmlich dahin.

„Das fühlt sich so verdammt gut an, Moira", sagt er mit zusammengebissenen Zähnen.

Ich will ihm beipflichten, denn es fühlt sich unglaublich an, doch ich bringe keinen Ton heraus. Ich bin zu überwältigt von all den Emotionen, die mich durchfluten.

Zach zieht seinen Schaft vorsichtig aus mir heraus, um ihn erneut in mir zu vergraben. „Ist alles in Ordnung?", fragt er mich mit fast schmerzverzerrter Stimme.

Ich nicke und senke wieder den Blick, um zu beobachten, wie er langsam in mich hineinstößt. Zach gibt einen zischenden Laut von sich, während mir unwillkürlich ein lustvolles Wimmern über die Lippen kommt. Der Druck … das Gefühl, ganz ausgefüllt zu sein und das Vibrieren der Nervenenden in meinem Rektum bringen mich noch um den Verstand.

„O Gott", stöhnt Zach, als er seinen Schwanz bis zum Anschlag in mir versenkt und dann innehält. „Ich werde mich nicht lange beherrschen können."

„Kein Problem", keuche ich, als ich spüre, wie sein Schwanz in mir vor Erregung zuckt. „Lass dich einfach gehen."

Zach schüttelt energisch den Kopf. „Nicht, bevor du noch einmal gekommen bist. Halte deine Beine fest."

Ich festige meinen Griff und achte darauf, dass meine Schenkel gespreizt sind und mein Hintern sich vom Bett hebt. Zach greift nach dem Vibrator und gibt schnell etwas Gleitmittel darauf. Er dreht den Sockel, woraufhin das Gerät summend vibriert und meine Muschi vor Lust zuckt.

Zach verteilt das Gel mit einer Hand auf dem Vibrator, obwohl das gar nicht nötig wäre. Ich kann fühlen, wie feucht ich bin, denn die Klimaanlage kühlt mein empfindsames Fleisch. Er presst das zwanzig Zentimeter lange Gerät, das etwas kleiner als Zachs Schaft ist, an mein Geschlecht. Dann lässt er die Spitze ein paar Mal um meine Klitoris kreisen, und entlockt mir einen Schrei.

Im nächsten Augenblick schiebt er den Vibrator mit einer fließenden Bewegung tief in meine Muschi und presst den Stimulator an meine Lustperle. Ich stoße einen gequälten Lustschrei aus und bäume die Hüfte auf.

„Schhh", flüstert er. „Ganz ruhig."

Mein Körper wird von einem Beben erfasst, weil ich sowohl von Zachs Schwanz und zugleich von einem riesigen Vibrator ausgefüllt werde. Der Stimulator summt an meiner empfindsamen Lustperle, und ich weiß, dass ich jeden Moment über den Abgrund der Ekstase und wahrscheinlich ins Koma fallen werde. Die Empfindungen sind so stark, dass ich nicht weiß, ob ich sie ertragen kann.

„Bist du bereit?", fragt Zach, und ich sehe ihm in die Augen. „Bist du bereit, hart gefickt zu werden?"

„O Gott", flüstere ich. „O Gott."

Zach beginnt, den Dildo in mich hinein zu schieben und wieder heraus zu ziehen. Zuerst geht er ganz behutsam vor, doch dann werden seine Stöße immer kräftiger. Als er mit einem stetigen Rhythmus immer wieder damit tief in mich eindringt, fängt er an, seine Hüften vorzuschieben. Das Gefühl seines pochenden Schafts in meinem Arsch lässt mich am ganzen Körper heftig erzittern.

„Mehr", entfährt es meinen Lippen, als ich bemerke, dass Zach sich noch zurückhält.

„Verdammt", murmelt er und stößt mit Wucht in mich hinein, wobei seine Hoden an meiner Haut ein klatschendes Geräusch von sich geben.

Die Muskeln in meinem unteren Rücken ziehen sich zusammen und der flammende Druck zwischen meinen Schenkeln nimmt zu. Zach fickt mich mit dem Vibrator genauso hart wie mit seinem Schwanz, stößt von vorn und hinten in mich hinein, während der vibrierende Aufsatz meine Klitoris massiert.

Eine Explosion tief in meinem Inneren schießt meine Wirbelsäule hinauf und ergreift Besitz von meinem Gehirn, wobei ich die Finger schmerzhaft in der zarten Haut meiner Oberschenkel vergrabe.

Ich schreie lauter, als ich je in meinem Leben geschrien habe, während ich mich am ganzen Körper anspanne und von Kopf bis Fuß zittere. Plötzlich kann ich meine Beine nicht länger festhalten und Zach lässt den Vibrator los, der noch immer tief in meiner Muschi steckt. Er packt die Rückseite meine Oberschenkel und schiebt sie noch weiter nach hinten, damit er sich über mich beugen kann. Er stößt weiter in meinen Arsch hinein und drückt dabei den Vibrator noch tiefer, während der Stimulator erneut auf meiner Klitoris landet.

Ich komme noch einmal zum Höhepunkt und stoße einen lustvollen Schrei aus, der mir Tränen in die Augen treibt. Ich schluchze vor Erleichterung … Erlösung … Lust … Liebe, während Zach immer wieder in mich eindringt und dabei vor sich hinmurmelt.

O Moira … ich habe mich noch nie so gefühlt.

Alles hat sich verändert.

Es ist so verdammt gut. Wie ist das möglich?

Schließlich dringt er bis zum Anschlag in mich ein und vergräbt die Finger in meinen Schenkeln. Er wirft seinen Kopf zurück und spannt die Muskeln in seinem Nacken an, wobei die Vene an seiner Schläfe heftig pocht. Mit geschlossenen Augen stößt er einen animalischen Schrei aus und zuckt am ganzen Körper, als er sich in mir ergießt, wobei er versucht, sich noch tiefer in mir zu vergraben.

Er kommt und kommt und kommt … er ist so wunderbar … erstaunlich schön … mein wilder Mann.

Schließlich öffnet er die Augen und neigt den Kopf, um mich mit glasigem Blick anzustarren. Als unsere Blicke sich treffen, durchfährt ihn ein weiterer Schauer und er stößt zitternd den Atem aus.

Als er langsam wieder zu sich kommt, tritt ein besorgter Ausdruck in seine Augen. „O Gott … ist alles in Ordnung? Habe ich dir etwa wehgetan?“

Ich schüttle hastig den Kopf und antworte ihm mit emotionsgeschwängerter Stimme: „Nein. Es war unglaublich. Du bist unglaublich.“

Zach streckt seine Hand aus und entfernt vorsichtig den Dildo, schaltet ihn aus und wirft ihn auf den Boden. Langsam zieht er seinen Schwanz aus meinem Arsch, und ich erzittere, als ein Schwall warmer Flüssigkeit aus mir herausfließt. Ich fühle mich plötzlich so leer, doch er schafft sofort Abhilfe, indem er sich auf mich fallen lässt und seine Arme um meinen Körper schlingt. Er rollt sich auf die Seite, zieht mich mit sich und flüstert in mein Haar: „O Moira. Moira. Moira. Moira.“

Fast schon verzweifelt drückt er mich an sich und schmiegt sein Gesicht in meine Halsbeuge, woraufhin ich ihm über den Kopf streichle.

Plötzlich spüre ich etwas Feuchtes an meinem Schlüsselbein, als Zach in meinen Armen zu beben beginnt. Er atmet tief ein und stößt dann zitternd die Luft aus.

„Ich will dich nicht verlassen“, sagt er mit fast niedergeschlagenem Tonfall.

Ich verspüre einen Stich im Herzen, dann setzt es einen Schlag aus, als ich den Schmerz in seiner Stimme höre. Denn obwohl er sagt, dass er mich nicht verlassen will, bedeutet das nicht, dass er nicht gehen wird.

Ich beschließe, alles auf eine Karte zu setzen, denn wenn ich es nicht tue, könnte ich alles verlieren, was mir lieb und teuer geworden ist. Ich packe sein Haar, ziehe seinen Kopf zurück und blicke in seine tränenfeuchten Augen, in denen sich ein sehnsüchtiger und gequälter Ausdruck widerspiegelt.

Ich recke den Kopf, presse meine Lippen auf eines seiner Augen und küsse sanft die zarte Haut seines geschlossenen Lids, wobei ich das Salz seiner Tränen schmecke.

Dann ziehe ich den Kopf zurück und warte, bis er seine wunderschönen blauen Augen öffnet, um ihm voller Emotionen zu sagen: „Ich liebe dich, Zach. Ich will nicht, dass du gehst."

Er seufzt leise, verzieht die Lippen zu einem zärtlichen Lächeln und presst seinen Mund auf meinen. „Lass uns noch eine Weile so liegen bleiben. Ich will nicht, dass dieser Moment endet. Für mich scheint immer alles zu Ende zu gehen."

Ich gebe ihm nach und will ihn nicht weiter bedrängen. Ich habe ihm meine Gefühle gestanden und nun hält er mein Herz in seinen Händen. Er muss nun selbst entscheiden, was er damit tun will.

Kapitel 27

„**Z**ach?", höre ich Randalls Stimme und blicke von der Zeitschrift auf, die ich in seinem Empfangsraum gelesen habe. Ich musste nicht lange auf ihn warten und stehe von der Couch auf.

„Hey … es tut mir leid, dass ich einfach so unangemeldet auftauche, aber ich würde mich gern kurz mit dir unterhalten."

Randall strahlt mich an und winkt mich in sein Büro. „Für dich habe ich alle Zeit der Welt. Komm doch rein."

Als ich Randall folge, klopft mein Herz vor Aufregung und Angst wild in meiner Brust. Als ich heute Morgen in Moiras Armen aufwachte, stand mein Entschluss fest. Ich würde hier bleiben … bei ihr … und ein neues Leben beginnen. Ein Leben, das ich vielleicht schon immer hätte haben sollen und das ich nun zurückgewonnen habe.

Tief in meinem Herzen wusste ich, dass Paraila sich genau das erhofft hat.

Aber dafür brauche ich Randalls Hilfe … also muss ich zuerst meinen Stolz hinunterschlucken und ihn darum bitten.

Heute Morgen war ich vorsichtig aus dem Bett gestiegen, um Moira nicht zu wecken. Ich weiß, dass ich sie am Abend zuvor erschöpft hatte. Ich war selbst am Ende meiner Kräfte gewesen, nachdem ich den intensivsten, sinnlichsten und überwältigendsten Orgasmus meines Lebens hatte. Seit dem Tag meiner Geburt hatte ich noch nie so fest und friedlich geschlafen.

Ich wusste, dass es nichts damit zu tun hatte, dass ich von Moiras Arsch Besitz ergriffen hatte, sondern der Tatsache geschuldet war, dass sie mich liebte. Und ich war mir verdammt sicher, dass ich ohne sie sterben würde. Also stellte ich mich unter die Dusche, zog mich an und rief Sam an, um ihn zu bitten, mich zu Randalls Büro in der Innenstadt von Atlanta zu fahren.

Randall führt mich in sein Büro und schließt leise die Tür hinter uns. Statt sich hinter seinen Schreibtisch zu setzen, nimmt er auf der Ledercouch Platz, woraufhin ich es mir ihm gegenüber bequem mache. Ich bin innerlich so unruhig, dass ich mich verkrampfe und steif die Hände auf meine Knie lege.

„Was ist los?", will Randall mit besorgtem Blick wissen. „Du siehst aus, als würdest du jeden Moment explodieren."

„Ich will hierbleiben … in den Vereinigten Staaten. Mit Moira."

In Randalls Augen spiegelt sich ein verständiger Ausdruck und überschwängliche Freude wider, als er mir ein strahlendes Lächeln schenkt. Er klatscht einmal in die Hände und ruft: „Mein Junge, das sind fantastische Neuigkeiten. Ich bin sicher, Moira ist überglücklich. Ich wusste, dass euch beide etwas Besonders verbindet."

„Eigentlich … habe ich ihr noch nichts davon erzählt. Ich muss mir erst über ein paar Dinge klar werden."

Randall lehnt sich vor und wird todernst. Er stützt die Ellbogen auf die Knie und verschränkt die Hände ineinander, bevor er fragt: „Wie kann ich helfen?"

„Ich brauche einen Job, denn ich will …", erkläre ich, doch ich gerate ins Stocken. Wie soll ich es nur formulieren, ohne wie ein Idiot zu klingen? „Ich will für Moira sorgen können. Nein … das ist nicht richtig, denn sie kann für sich selbst sorgen. Aber ich will etwas zu unserem Unterhalt beisteuern und mich nützlich machen. Ich brauche einen Job und würde gern für dich arbeiten. Vielleicht in einem der Läden. Ich könnte Regale einräumen oder so etwas in der Art."

So.

Nun ist es raus.

Ich habe ihn um Hilfe gebeten, und nun kann ich nur abwarten und sehen, was er mir anbieten wird.

„Zach, du hast immer einen Platz bei Cannon's. Du wirst ganz unten anfangen und dich hocharbeiten, damit du alle Facetten des Geschäfts kennenlernen kannst. Denn wenn du hierbleibst und für mich arbeitest, erwarte ich, dass du es weit bringen wirst und eines Tages mit mir das Unternehmen leitest. Doch im Moment … will ich dich nicht im Laden haben."

Ich blinzle ihn überrascht an, denn ich war mir sicher, dass er mir sofort einen Job in dem Kaufhaus anbieten würde, das nur wenige Kilometer von meinem Haus entfernt liegt. „Aber … ich brauche jetzt sofort Arbeit. Ich brauche eine Möglichkeit, um Geld zu verdienen."

„Was du brauchst, ist eine Ausbildung", erwidert er mit ernstem Blick. „Und ich würde dir gern dabei helfen. Du müsstest zuerst dein Abitur machen und dann das College besuchen. Du bist intelligent und ich sehe keinen Grund, warum du in einer akademischen Umgebung nicht aufblühen solltest. Du wirst ein wenig im Rückstand sein, aber ich werde dir einen Tutor zur Seite stellen, der dir helfen wird, aufzuschließen."

„Schule? College?", frage ich verblüfft. Das hatte ich noch gar nicht in Erwägung gezogen.

„Ja, und wenn du dein Studium abgeschlossen hast, werde ich dich hier arbeiten lassen. Ich möchte, dass du einen Abschluss in Betriebswirtschaftslehre machst, aber das kannst du tun, während du Teilzeit arbeitest."

Ich weiß seine Zuversicht zu schätzen, doch für mich wird das nicht funktionieren. Ich habe keine Zeit für eine Ausbildung. „Ich muss jetzt meinen Lebensunterhalt verdienen. Ich muss einen Beitrag leisten können", erkläre ich Randall aufrichtig. „Ich kann keine Almosen von dir annehmen."

Randall lehnt sich auf seinem Sitz zurück und tippt sich mit einem Finger an die Lippen, während er mich mustert. „Wie wäre es damit … du kannst Teilzeit bei Cannon's arbeiten, während du deine Ausbildung machst. Es wird nicht reichen, um die Studiengebühren und Bücher zu bezahlen, aber wenn du mich dafür aufkommen lässt, kannst du zu deinem und Moiras Unterhalt beisteuern. Ich nehme an, dass du bei ihr wohnen wirst?"

„Das hatte ich vor. Also müsste ich irgendwo in der Nähe ihres Hauses zur Schule gehen, wenn ich es irgendwie einrichten kann."

„Glaub mir … Als ich Moira engagiert habe, habe ich der Northwestern eine Menge Geld gespendet und bin sicher, dass sie dir einen Studienplatz zusichern werden, solange du gute Noten schreibst."

Gute Noten? O verdammt. Bin ich wirklich dazu in der Lage? Werde ich mich ins Zeug legen und das College besuchen können?

Verdammt, ja, ich kann es schaffen, dröhnt eine Stimme in meinem Kopf, denn ich würde alles tun, um bei Moira bleiben zu können.

„Ich nehme dein Angebot an", erkläre ich Randall und schenke ihm ein dankbares Lächeln. „Und ich werde dir jeden Cent, den du in mich investierst, zurückzahlen."

Randall lacht leise und steht von der Couch auf. „Das wird nicht nötig sein. Ich betrachte es als Investition in Cannon's Zukunft. Aber ich werde einen herzlichen Händedruck akzeptieren, um das Geschäft zu besiegeln", sagt er und streckt mir die Hand entgegen.

Ich stehe von meinem Stuhl auf, und aus einem Impuls heraus lege ich meine Arme um seine Schultern und ziehe ihn kurz an mich. „Danke, Randall. Das bedeutet mir wirklich viel."

Als ich den Kopf zurückziehe, sehe ich, dass seine Augen feucht vor Rührung sind. Er räuspert sich. „Ja, nun

… es ist mir ein Vergnügen. Und nun kann ich endlich sagen … willkommen zu Hause, mein Junge.“

***

Sam setzt mich vor meinem Haus ab, und ich sprinte die vier Stufen zur Veranda hinauf. Ich stoße die Tür auf und rufe Moiras Namen.

Mein Blick fällt auf sie, wie sie am Küchentisch sitzt. Ihr Laptop steht aufgeklappt vor ihr und das Handy liegt daneben. Sie dreht sich mir zu und ich blicke in ihr leichenblasses Gesicht. Dann steht sie von ihrem Stuhl auf, geht auf mich zu und streckt mir ihre Hände entgegen. Ich ergreife sie und frage mit einem mulmigen Gefühl im Bauch: „Was ist los?“

„Es tut mir so leid, Zach“, platzt sie heraus, wobei ihre Augen sich mit Tränen füllen. „Pater Gaul hat vorhin angerufen. Die Matica haben die Caraica vor zwei Tagen überfallen. Pater Gaul ist sofort zu einem Dorf entlang des Flusses gewandert, in dem es ein Satellitentelefon gibt.“

„Was ist mit Paraila?“ Meine Kehle ist plötzlich staubtrocken und mein Herz explodiert fast in meiner Brust.

„Er ist verletzt. Ein Pfeil hat ihn in die Schulter getroffen, doch Pater Gaul meint, die Wunde sieht gut aus und er wird wieder gesund.“

„Und die anderen?“, bringe ich heiser hervor.

Moira senkt den Blick zu Boden und schweigt.

„Moira“, schreie ich sie an. „Was ist mit den anderen?“

„Einige sind tot … ich bin mir nicht sicher, wer genau sein Leben gelassen hat. Aber einige der Kinder wurden entführt und das Dorf wurde niedergebrannt.“

Ich neige den Kopf nach hinten, als ich das Gefühl habe, dass mein Hals ihn kaum noch halten kann. Ich öffne den Mund und stoße ein schmerzverzerrtes Brüllen aus. „NEIN!“

Moira schlingt ihre Arme um mich und drückt mich fest an sich. Sie schmiegt sich so dicht wie möglich an mich. „Ich kann dir gar nicht sagen, wie leid es mir tut, Zach."

Ich lasse die Arme schlaff herabhängen, denn ich bin nicht in der Lage, mich von ihr trösten zu lassen. Eine unbändige Wut durchströmt mich. Ich hege einen Groll gegen Paraila, weil er mich gezwungen hat, mein Dorf zu verlassen, ich bin wütend auf Randall, weil er darauf bestanden hat, dass ich in die Staaten reise, und schließlich empfinde ich Verbitterung gegenüber Moira, weil sie mich von den Menschen, die mich brauchen, ferngehalten hat.

Ich stoße sie von mir und gehe ins Schlafzimmer, um den Schrank zu durchforsten, aus dem ich meinen Rucksack ziehe. Ich werfe ihn aufs Bett und stopfe wahllos die Cargohose und das Buschhemd hinein, die Moira mir gekauft hatte. Dazu packe ich noch ein Paar Socken und meine Wanderschuhe. Dann greife ich in die oberste Schublade meines Nachttischs, um meinen Reisepass herauszuholen.

Aus dem Augenwinkel sehe ich, wie Moira den Raum betritt. Ich wende mich ihr ruckartig zu und blaffe sie an: „Du musst dafür sorgen, dass ich so schnell wie möglich zurück zu den Caraica komme. Sieh zu, dass du einen Flug findest, der mich so nah wie möglich an das Dorf bringt, den Rest des Weges werde ich zu Fuß zurücklegen. Ich brauche ein paar von diesen Trockenrationen und Wassertabletten. Und alles andere, was dir sonst noch einfällt."

„Zach … es gibt keinen Grund zur Eile. Die Matica kommen nicht zurück und Paraila wird wieder gesund. Wenn du noch wartest, werde ich …"

„Tu es einfach, verdammt", schreie ich sie an und balle wütend die Hände zu Fäusten. „Das ist das Mindeste, was du für mich tun kannst, nachdem du mich meinem Dorf entrissen hast."

Moira wird blass, und Tränen steigen ihr in die Augen. Ich habe das Gefühl, als hätte sich ein Pfeil in mein Herz gebohrt, denn ich fühle mich furchtbar, nachdem ich ihr diese Worte an den Kopf geworfen habe.

Doch ich nehme sie nicht zurück, denn ich bin so verbittert, dass ich keinen weiteren Ton herausbringe.

Wie konnte ich nur so dumm sein und meine Heimat verlassen? Es war egoistisch von mir, die Menschen im Stich zu lassen, die mich am meisten brauchen. Paraila hätte sterben können. *Viele sind gestorben*, denke ich, während der Schmerz mich innerlich fast zerreißt.

Warum nur habe ich mich nur von dieser Welt mit all ihren Sinnesfreuden und Nichtigkeiten einlullen lassen? Ich habe mich von meinem Volk abgewandt, nur weil ich wie besessen von ein bisschen Pussy war.

Mein Herz krampft sich zusammen, als mir diese abscheulichen Gedanken durch den Kopf gehen. Ich weiß, dass sie Moira gegenüber nicht fair sind, doch ich werde von Schuld- und Schamgefühlen überwältigt und muss meine Liebe und mein Verlangen nach ihr aufgeben. Dafür ist kein Platz in meinem Leben … vor allem nicht, solange ich von unbändiger Wut, einem quälenden Schmerz und einem unstillbaren Bedürfnis nach Rache erfüllt bin.

„Zach", fleht Moira mich leise an. „Kannst du nicht noch etwas warten … lass uns zuerst darüber reden?"

Ich atme tief durch. „Es gibt nichts zu bereden. Ich gehe zurück nach Hause, und wenn du mir nicht dabei helfen willst, dann werde ich Randall darum bitten."

Moira nickt verständnisvoll und wendet sich der Schlafzimmertür zu. „Natürlich, ich kümmere mich um alles. Ich werde dich begleiten."

„Nein", gebiete ich ihr mit eisiger Stimme Einhalt. „Das will ich nicht."

Denn es wäre sinnlos.

Sie kann nichts tun, um zu helfen und würde nur ihr Leben in Gefahr bringen, denn ich weiß so sicher, wie ich hier stehe, dass der Stamm bereits einen Vergeltungsschlag plant.

Moira lässt die Schultern hängen. Ein resignierter und trauriger Ausdruck huscht über ihr Gesicht, während sie die Tränen wegblinzelt. „In Ordnung", sagt sie leise. „Ich werde mich um alles kümmern. Du solltest Randall anrufen und ihm Lebewohl sagen."

Ja, das ist eine gute Idee.

Ich kann nicht glauben, dass ich noch vor einer Stunde in seinem Büro saß und große Pläne für meine Zukunft schmiedete. Jetzt würde ich ihn anrufen, um diese Pläne zu begraben und zu meinem alten Leben zurückzukehren.

***

Mittlerweile habe ich mich wieder ein wenig beruhigt. Ich weiß, dass ich das Dorf der Caraica erst in drei Tagen erreichen werde und habe beschlossen, mich nicht verrückt zu machen. Moira hat es geschafft, mich auf den nächsten Flug nach Georgetown, Guyana, zu buchen, von wo aus mich zwei Charterflüge direkt an den Amazonas in Brasilien bringen werden. Dort werde ich mir ein Einbaum besorgen müssen, um auf dem Wasserweg zu den Caraica zu gelangen. Doch darüber zerbreche ich mir jetzt nicht den Kopf, denn wenn es sein muss, werde ich eins stehlen.

Indem sie mich via Guyana reisen lässt, hat Moira meine Reisezeit um etwa einen Tag verkürzt, wofür ich ihr sehr dankbar bin. Allerdings habe ich es noch nicht über mich gebracht, ihr für ihre Bemühungen zu danken, denn ich habe meine Stimme noch nicht wiedergefunden. Ich habe Angst, mit ihr zu sprechen und befürchte, sie könnte versuchen, mich umzustimmen. Der Schmerz über das, was meinem Stamm widerfahren ist, sitzt tief, doch der Gedanke, Moira zurückzulassen, zerreißt mich innerlich.

Ich lasse all meine Hoffnungen und Träume zurück, die vor einigen Stunden noch in mir schäumten.

Sie sind durch eine schwerwiegende Veränderung der Umstände zu Asche zerfallen.

Moira hat darauf bestanden, mich zum Flughafen zu fahren. Die Stille erfüllt den Innenraum des Wagens, während sie das Lenkrad so fest umklammert, dass ihre Knöchel weiß hervortreten. Sie kaut nervös auf ihrer Unterlippe herum, und ich würde am liebsten die Hand nach ihr ausstrecken, ihr Haar streicheln, ihr Gesicht berühren … und ihr sagen, dass alles gut werden wird.

Aber das wird es nicht.

Für keinen von uns.

Die Ausfahrt des Flughafens liegt vor uns, und sie setzt den Blinker. Mein Herz krampft sich vor Angst und Frustration über die Ungerechtigkeit des Ganzen zusammen, aber ich schiebe meine Gefühle beiseite. Ich muss stark sein … für mein Volk. Für Paraila.

Und ich hoffe, dass Moira um ihrer selbst willen stark sein wird.

Sie schlängelt sich durch den Verkehr und navigiert zum richtigen Terminal. Direkt vor dem Eingang von United Airlines hält sie neben dem Bordstein.

Wir steigen beide aus dem Wagen und ich warte, bis sie ihn umrundet hat und vor mir steht. Sie gibt mir meine Tickets, die sie zu Hause ausgedruckt hat, und drückt mir dann einen weiteren Umschlag in die Hand.

„Hier ist etwas Bargeld", erklärt sie.

„Das wird mir nichts nützen", entgegne ich und versuche, ihr den Umschlag zurückzugeben. „Ich werde etwas anderes eintauschen müssen, um ein Kanu zu bekommen."

Sie schüttelt den Kopf und durchbohrt mich mit einem gequälten Blick. „Das Geld ist nicht für ein Kanu. Wenn du in der Nähe des Flusses landest, finde jemanden, dem du ein paar Gewehre abkaufen kannst. Nimm dir etwas Zeit, um zu lernen, wie man damit umgeht, bevor du weiterziehst.“

Ich blinzle sie überrascht an. „Gewehre?“

„Ihr werdet euch doch an den Matica rächen, nicht wahr?“, fragt sie.

„Das weißt du doch.“

„Dann möchte ich, dass ihr die Oberhand behaltet und die moderne Technologie zu eurem Vorteil nutzt.“

Mir schwirrt der Kopf. „Du willst, dass ich Waffen kaufe?“

Moiras Augen füllen sich mit Tränen, während sie mir zunickt. „Ich will, dass du in Sicherheit bist, Zach. Ich will vermeiden, dass du getötet wirst. Und mit Waffen kannst du dich schützen.“

Ich umklammere den Umschlag und schlinge einen Arm um Moira, um sie an mich zu ziehen. Zum letzten Mal beuge ich mich vor, rieche ihr duftendes Haar und spüre ihren Herzschlag. Ich schmiege meine Wange an ihren Kopf und nehme mir einen Moment Zeit, um in ihrer Berührung zu schwelgen … ihrer Liebe … ihrer Traurigkeit.

Diese Traurigkeit werde ich mit ins Grab nehmen. Vielleicht schon bald, wenn wir die Matica überfallen, oder erst nach vielen Jahren, wenn ich wahrscheinlich an meinem gebrochenen Herzen sterben werde.

„Du wirst nicht zurückkommen, nicht wahr?“, fragt sie leise.

„Nein“, erwidere ich. „Das werde ich nicht.“

Moira zieht den Kopf zurück, stellt sich auf die Zehenspitzen und drückt mir einen sanften Kuss auf die Lippen. „Dann geh mit meiner Liebe und wisse, dass ich keinen einzigen Moment, den wir zusammen verbracht haben, bereue. Du wirst immer in meinem Herzen sein, Zacharias."

Ein unbändiger Schmerz erfüllt mich, als ich mich von Moira löse. Sie blinzelt mich mit ihren himmlischen Augen an, die so grün sind wie der Dschungel im Amazonas. Tränen rinnen ihr über die Wangen, die glitzern wie Kristalle. Mein Magen krampft sich zusammen und es zerreißt mir fast das Herz.

Ein letztes Mal strecke ich die Hand aus und streiche mit den Fingern über ihre Wange. „Leb wohl, Moira."

Sie wendet sich von mir ab und geht auf die Fahrerseite des Wagens, wobei sie nicht einmal zurückblickt, während ich beobachte, wie sie einsteigt und wegfährt.

Sie entfernt sich von mir für immer.

Ich atme tief durch, recke das Gesicht gen Himmel und lasse mich ein letztes Mal von der Sonne der zivilisierten Welt bescheinen. Dann drehe ich mich um und betrete den Flughafen, um ins wirkliche Leben zurückzukehren.

Kapitel 28

Moira

Frustriert klappe ich meinen Laptop zu und schiebe ihn so weit wie möglich von mir über den Küchentisch, denn er liefert mir keine Antworten.

Vor zwei Wochen habe ich eine E-Mail an Pater Gaul geschickt, in der verzweifelten Hoffnung, er würde sie lesen. Ich bin krank vor Sorge um Zach und frage mich ständig, ob er gut bei den Caraica angekommen ist.

Aber ich bin sicher, dass er das Dorf erreicht hat. Er ist der selbstsicherste und fähigste Mann, den ich kenne und ist im Dschungel zu Hause. Es gibt also keinen Grund, warum er es nicht dorthin geschafft haben sollte.

Nein, ich mache mir viel größere Sorgen darüber, was nach seiner Rückkehr geschehen ist. Haben die Caraica sich bereits an den Matica gerächt? Ist Zach noch am Leben?

Während der vergangenen zwei Wochen habe ich kaum einen Bissen hinuntergebracht. Ich schlafe nur einige Stunden pro Nacht und wälze mich die meiste Zeit über unruhig hin und her.

Vor lauter Kummer schaffe ich es kaum, den Alltag zu bestreiten, denn ich vermisse Zach so sehr. Manchmal glaube ich, es wäre das Beste, wenn ich einfach sterben würde, dann hätte dieses Elend zumindest ein Ende.

Ich stehe von meinem Stuhl auf und gehe zum Kühlschrank. Ich öffne ihn und starre lustlos hinein, wobei ich feststelle, dass er fast leer ist. Mit einem Seufzer schließe ich die Tür wieder und gehe ins Wohnzimmer, um mich mit einem Film abzulenken.

Ein Klopfen ertönt an meiner Tür, und ich schrecke überrascht auf. Niemand weiß, dass ich wieder in

Evanston bin. Wahrscheinlich ist es nur ein Hausierer, also ignoriere ich das Geräusch. Als das Klopfen nicht verstummt, setzte ich mich auf die Couch und greife nach der Fernbedienung.

Im nächsten Moment höre ich ein Summen in meiner Tasche, ziehe mein iPhone heraus und öffne eine Nachricht von Lisa.

Mach deine verdammte Tür auf.

Was zur Hölle?

Ich springe von der Couch auf, eile zur Tür und reiße sie auf. Lisa steht mit einem kleinen Koffer in der Hand vor mir und verzieht die Lippen zu einem verschmitzten Lächeln. „Hey, kleine Schwester.“

Ich trete einen Schritt zurück und blinzle überrascht, als Lisa eintritt und ihren Koffer abstellt. Nachdem ich die Tür geschlossen habe, wende ich mich ihr zu: „Was machst du hier?“

„Mal sehen, meine kleine Schwester reagiert seit zwei Wochen nicht auf meine Anrufe, Nachrichten und E-Mails und ich mache mir Sorgen um sie.“

„Woher wusstest du, dass ich hier bin?“, frage ich und bin immer noch völlig verblüfft, dass sie mitten in meinem Wohnzimmer steht.

„Weil ich Randall angerufen habe und er mir erzählte, was passiert ist. Wie konntest du nur, Moira? Weshalb hast du mir nichts davon gesagt und alles allein mit dir ausgetragen? Warum hast du mich dir nicht helfen lassen?“

In ihrer Stimme schwingt ein tadelnder Unterton, doch auch eine Menge Mitgefühl mit. Als meine Unterlippe zu beben beginnt, breitet sie die Arme aus und zieht mich an sich.

Ich schluchze an ihrer Schulter, während sie mir über den Rücken streichelt und mir tröstende Worte zuflüstert.

„Lass es raus, Süße", beschwichtigt sie mich. „Wein dich ruhig aus."

Und das tue ich. Zum ersten Mal, seit Zach mich verlassen hat, verleihe ich meinem Kummer und meiner Einsamkeit Ausdruck, indem ich meinen Tränen freien Lauf lasse.

Als ich mich endlich wieder beruhigt habe, atme ich tief durch und löse mich aus ihrer Umarmung. Sie beäugt mich kritisch. „Meine Güte, du siehst ja furchtbar aus."

Ich starre sie einen Moment an, dann brechen wir beide in schallendes Gelächter aus. Nachdem wir wieder verstummt sind, schlage ich mir eine Hand vor den Mund, während Lisa mich mit einem sanften Ausdruck in den Augen mustert.

„Wir werden Folgendes tun. Du gehst duschen … denn du stinkst. Dann gehen wir schön essen, und du wirst mir alles erzählen. Einverstanden?"

Ich nicke ihr zu, während mir noch ein paar vereinzelte Tränen über die Wangen rinnen. „Ich bin so froh, dass du hier bist."

„Ich bin immer für dich da", versichert sie mir und schiebt mich in Richtung Badezimmer.

***

„Die Ungewissheit bringt mich noch um, denn ich habe keine Ahnung, wie es Zach geht", erkläre ich meiner Schwester, während ich in dem Hähnchengericht auf meinem Teller herumstochere. Ich habe keinen Appetit, doch immerhin habe ich vor dem Essen zwei Gläser Wein getrunken und bin leicht angeheitert.

„Es wundert mich nicht, dass es dich verrückt macht", erwidert sie mitfühlend. „Und gleichzeitig musst du mit deinem gebrochenen Herzen fertig werden. Du hast eine Menge um die Ohren, Süße."

Ich nicke, spieße mit der Gabel ein Stück Hähnchen auf und schiebe es mir vorsichtig in den Mund. Oh, verdammt … es schmeckt köstlich. Nachdem ich den Bissen gekaut und hinuntergeschluckt habe, steche ich in ein weiteres Stück Fleisch und wedle mit der Gabel in der Luft herum. „Er ist so plötzlich gegangen. Dabei wollte er nicht mit mir reden und hat nur verkündet, dass er nicht zurückkommt.“

Ich werde von meinen Gefühlen überwältigt und lasse die Gabel fallen, woraufhin sie laut klappernd auf meinen Teller fällt.

„Wie lange willst du eigentlich in deinem Elend versinken, denn ehrlich gesagt … ist dein Gejammer ziemlich lästig.“

„Wie bitte?“, rufe ich entrüstet aus und weiche zurück.

„Ach, komm schon, Moira. Du bist doch nicht der Typ, der sich in Selbstmitleid suhlt. Dein Mann hat dich verlassen, und das ist beschissen. Du bist krank vor Sorge, weil er in Gefahr sein könnte. All das kann ich verstehen. Aber meine kleine Schwester ist ein Stehaufmännchen. Sie würde nicht einfach dasitzen und darauf warten, bis eine Hiobsbotschaft eintrifft.“

„Was zum Teufel soll ich denn deiner Meinung nach tun?“, frage ich verbittert. „Ich kann ihn wohl schlecht auf seinem Handy anrufen.“

„Ach, was du nicht sagst, Schlaumeier. Also beweg deinen Arsch und finde heraus, was passiert ist.“

„Ich soll herausfinden, was passiert ist?“, wiederhole ich dümmlich.

„Hör zu …, wenn er tot ist, musst du es wissen. Wenn er noch lebt, musst du es ebenfalls wissen. Also geh und finde es heraus.“

„Du meinst, ich soll zu den Caraica reisen?“

„Warum nicht? Du bist eine verdammte Anthropologin. Du warst schon einmal im Amazonasgebiet und kennst den Weg. Außerdem stehen dir die nötigen

Mittel zur Verfügung, denn ich bin sicher, dass Randall für die Reise aufkommen wird. Und letztlich hast du genügend Zeit, es sei denn, du willst im Herbst wieder unterrichten?"

Kopfschüttelnd greife ich nach meinem Wein, denn ich werde ihn brauchen. „Nein, die Universität hat bereits für eine vorübergehende Vertretung für mich gesorgt. Ich fange erst im Winter wieder an."

„Dann steht dir ja nichts mehr im Wege", stellt sie fest.

„Bis auf die Tatsache, dass Zach mich verlassen hat. Er wollte nicht, dass ich ihn begleite, obwohl ich es ihm angeboten habe. Er hat sich weder bei mir entschuldigt … noch hat er mir gesagt, dass er mich vermissen wird oder sich wünschte, dass alles anders gekommen wäre. Er hat kaum ein Wort mit mir gesprochen", schimpfe ich, wobei sich meine Wut jetzt gegen Zach richtet.

„Komm schon, Moira. Du darfst nicht vergessen, was er durchgemacht hat. Er hatte gerade erfahren, dass sein Zuhause angegriffen wurde und einige seiner Freunde tot sind. Du weißt, dass er ohnehin den Wunsch hegte, nach Hause zurückzukehren und dass er sich in jenem Moment sicher auf nichts anderes konzentrieren konnte, als zu seinem Volk zu gelangen. Also hab ein wenig Nachsicht mit ihm."

Ihre Worte sind schwer zu verdauen, doch ich weiß, dass sie recht hat. Ich war so sehr in meinem Schmerz versunken, dass ich kaum einen Gedanken daran verschwendete, was Zach durchmachte. Alles, woran ich denken konnte, war mich an ihm festzuhalten, doch das war nicht gerade hilfreich.

„Ich weiß nicht recht", sage ich ausweichend, denn obwohl mich die Vorstellung, Zach könnte tot sein, mit Entsetzen erfüllt, befürchte ich ebenso sehr, dass er mich überhaupt nicht sehen will, falls ich ihn lebend finde. Zum Abschied erklärte er mir, dass er für immer ins Amazonasgebiet zurückkehren würde und hat mit seinen Worten ein klaffendes Loch in mein Herz gebrannt. „Vielleicht sollte ich einfach darüber hinwegkommen."

Lisa stößt ein Schnauben aus und ich begegne ihrem Blick. „Was ist? Was soll dieses passiv-aggressive Verhalten?"

„Ich bin nicht passiv-aggressiv. Vielmehr werde ich dir jetzt ganz aggressiv die Meinung sagen, wie wäre das? Im Moment plagt dich vor allem die Tatsache, dass du nicht weißt, was los ist. Die Angst vor der Ungewissheit ist eines der schlimmsten Gefühle überhaupt. Du hast keine Ahnung, ob Zach in Sicherheit ist oder ob er deine Gefühle erwidert hat. Und du kannst dir nicht sicher sein, ob eine Beziehung mit ihm auf lange Sicht funktioniert hätte. Auf all diese Fragen brauchst du eine Antwort, sonst wirst du nie zur Ruhe kommen."

Nun stoße ich ein Schnauben aus. „Auf eine Frage kenne ich die Antwort bereits, denn wir hätten auf Dauer nie zusammengepasst. Er hat nur zugestimmt, für ein Jahr hierzubleiben, daher ist es in gewisser Hinsicht besser, dass er jetzt schon gegangen ist. Stell dir vor, wie viel schwieriger es gewesen wäre, wenn er mich nach einem Jahr verlassen hätte … nachdem sich meine Gefühle für ihn noch vertieft hätten?"

Lisa blinzelt mich mit offenem Mund an. „Du weißt es nicht, oder?"

„Was weiß ich nicht?", frage ich höhnisch, während mich der Wein von innen heraus wärmt. „Dass Zach mich wahrscheinlich nur für Sex benutzt hat und dass die Aussicht, einen blutigen Krieg zu führen, reizvoller war, als hierzubleiben und mich zu ficken?"

„Ach du meine Güte", stöhnt Lisa und verdreht die Augen. „Sei nicht so dramatisch. Offenbar weißt du nicht, dass Zach beschlossen hatte, dauerhaft hierzubleiben."

„Wie bitte?", schreie ich fast und lehne mich über den Tisch. „Wie kommst du denn darauf?"

Lisa lehnt sich in ihrem Stuhl zurück und fährt nachdenklich mit dem Finger über den Rand ihres Weinglases. Sie lächelt mich verschmitzt an. „Oh, das ist köstlich. Du hast wirklich keine Ahnung, dass Zach offenbar tiefere Gefühle für dich hegt, als du ihm zugestehen willst."

Ich ziehe eine Augenbraue in die Höhe. „Das hat er ja eindrücklich bewiesen, indem er mich verlassen hat", entgegne ich abfällig.

„Nein, das hat er bewiesen, indem er sich mit Randall getroffen hat, um ihm mitzuteilen, dass er hier, bei dir, bleiben wollte. Er hat Randall um Hilfe und um einen Job gebeten, damit er etwas zum Unterhalt beisteuern kann."

„Du willst mich wohl veräppeln?", mutmaße ich mit einem mulmigen Gefühl im Magen. „Sag mir, dass das ein Scherz ist. Ich will wirklich nicht hören, dass er Gefühle für mich hatte, denn es würde mir besser gehen, wenn ich wütend auf ihn sein könnte."

„Tut mir leid, Schwesterherz. Er und Randall haben Pläne geschmiedet, damit er seinen Schulabschluss machen und dann aufs College gehen kann. Zach bestand jedoch auf die Möglichkeit, sein eigenes Geld zu verdienen, also wollte Randall ihn in einer der Filialen von Cannon's einstellen und ihn sozusagen ganz unten anfangen lassen, damit er sich hocharbeiten kann."

Mir bleibt der Mund offenstehen. „Woher weißt du das alles?"

„Weil ich mir die Mühe gemacht habe, mich mit Randall zu unterhalten. Du würdest es auch wissen, wenn du seine Anrufe entgegengenommen und seine E-Mails beantwortet hättest. Er macht sich große Sorgen um dich."

Beschämt lasse ich den Kopf hängen. Es ist wahr … ich habe alle um mich herum ignoriert. Nachdem ich Zach am Flughafen abgesetzt hatte, fuhr ich zurück zu seinem Haus und packte meine Sachen. Ich schickte Randall eine kurze E-Mail, um ihm mitzuteilen, dass ich nach Evanston zurückkehre und dass der Schlüssel zu Zachs Haus unter der Fußmatte läge. Er hatte mir sofort geantwortet und mit mir reden wollen, doch ich habe die E-Mail gelöscht. Er schickte mir noch weitere E-Mails, die ich alle ungelesen in den Papierkorb verschob. Ich ignorierte auch all seine Anrufe und löschte seine Sprachnachrichten von meinem Telefon, ohne sie abzuhören. Ich brauchte sein Mitleid nicht und wollte meinen Kummer mit mir selbst austragen.

„Zach hat Randall wirklich gesagt, dass er für immer hierbleiben wollte?", frage ich ungläubig. Ich weigere mich zu hoffen, dass er tiefere Gefühle für mich hegte, als ich vermutet hatte.

„Offenbar hat er Randall an dem Tag seiner Abreise in seinem Büro besucht."

Ich erinnere mich, dass ich an jenem Morgen aufwachte und Zach nicht neben mir lag. Ich hatte mich behutsam im Bett aufgesetzt, denn meine Hüftgelenke schmerzten ein wenig, nachdem er am Abend zuvor meine Beine in die Höhe gehalten hatte. Außerdem brannte mein Hintern noch leicht.

Mein Gott. Das war die unglaublichste sexuelle Erfahrung meines Lebens. Ich hatte gehofft, dass es für Zach genauso erregend war wie für mich, denn ich wollte es unbedingt wiederholen. Er war so animalisch und roh, und zugleich so zärtlich und fürsorglich. Als er von mir wissen wollte, ob ich ihm vertraute, hatte ich seine Frage ohne zu zögern bejaht. Und das Lächeln, das er mir daraufhin geschenkt hatte, verriet mir, dass ihm das mehr bedeutete als alles andere.

Ich hatte keine Ahnung, wohin Zach gegangen war, und hatte angenommen, dass er nur einen Spaziergang machte. Vielleicht war er zu der Bäckerei geschlendert, die wir beide liebten, um uns Brötchen zum Frühstück zu holen. Ich hatte mir eine Tasse Kaffee gekocht und mich an den Küchentisch gesetzt, um meine E-Mails zu lesen. Dann rief Pater Gaul an und alles geriet außer Kontrolle.

Als er mir erzählte, was mit Paraila und dem Stamm geschehen war, war mir klar, dass Zach für mich verloren war. Ich wusste, dass ich niemals mit der Liebe und Loyalität konkurrieren könnte, die Zach für sein Volk empfand.

Umso mehr schmerzt es mich nun zu erfahren, dass Zach tatsächlich bei mir bleiben wollte. Für einen kurzen Augenblick hatte er sich geöffnet und mich an erste Stelle gesetzt, und ich hatte es nicht einmal gewusst. Er hatte sich nicht die Mühe gemacht, mich zu wecken und es mir zu erzählen. Stattdessen zog er allein los und schmiedete Pläne, die er dann vor mir geheim hielt. Er hatte nicht einmal so viel Anstand, es zu erwähnen, bevor er ging. Denn vielleicht … nur vielleicht, hätte es mir einen Funken Hoffnung für die Zukunft gegeben.

Doch er hat sich vor mir zurückgezogen und mir mitgeteilt, dass er nicht zurückkommen würde, also kann ich nur vermuten, dass er es sich anders überlegt hatte und ich nicht wichtiger war als das, was im Dorf der Caraica auf ihn wartete.

Mit einem tiefen Seufzer schiebe ich meinen Teller von mir. „Ich bin ziemlich müde", sage ich mit gedämpfter Stimme. „Ich würde jetzt gern gehen."

„Moira … verschließ dich nicht vor mir. Lass uns darüber reden. Ich sehe doch, wie unglücklich du bist."

Ich schenke ihr ein trauriges Lächeln. „Ich bin unglücklich und liebe dich dafür, dass du dich so um mich sorgst, aber ich denke, es ist das Beste, wenn wir die

Sache auf sich beruhen lassen. Zach hat seine Entscheidung getroffen, und ich muss sie respektieren. Manche Wünsche sind einfach nicht dazu bestimmt, in Erfüllung zu gehen.“

„Das glaube ich nicht. Ich glaube, dass eure Beziehung noch nicht vorbei ist“, erwidert sie mit entschlossener Stimme.

„Nein, da muss ich dir widersprechen. Wenn ich ehrlich zu mir selbst bin, hat Zach sich richtig entschieden. Er hätte nicht mehr in den Spiegel schauen können, wenn er nicht zurückgekehrt wäre.“

„Dann willst du also nicht nach ihm suchen? Willst du die Möglichkeit nicht einmal in Erwägung ziehen?“

Ich schüttle den Kopf und stehe auf. „Nein. Bei den Caraica wartet rein gar nichts auf mich. Könnest du die Rechnung übernehmen? Ich werde jetzt zum Wagen gehen, denn ich brauche etwas frische Luft und Zeit für mich allein.“

Ich wende mich von meiner Schwester ab und höre sie noch „Dummkopf“ murmeln, bevor ich das Restaurant verlasse.

Kapitel 29

Der Schweiß rinnt mir übers Gesicht und läuft mir an Hals und Brust hinunter. Es ist glühend heiß und mir ist klar, dass es angenehmer wäre, wenn ich mich meiner Kleidung entledigen würde. Doch während meines Aufenthalts in den Vereinigten Staaten bin ich zu einem Weichei geworden und bin dankbar für den Schutz, den mir die lange Cargohose, die Wanderschuhe und das Baumwollhemd gegen Sonne, Insekten und scharfe Palmwedel bieten.

Ich hebe die geflochtenen Palmblätter hoch und lege sie auf die abgeschrägten Bambusstützen, um ein weiteres Stück des Daches über Parailas neuem Langhaus zu befestigen. Dann werfe ich einen Blick auf Paraila, der in seiner Hängematte liegt und mir bei der Arbeit zusieht. Er hat eines seiner dünnen Beine vor sich ausgestreckt, während er das andere auf den Boden gestellt hat, um sich abzustoßen und hin und her zu wiegen. Die Pfeilwunde an seiner Schulter ist mit einer winzigen Kompresse verbunden.

„Das ist gute Arbeit … du hast nichts von deinen Fähigkeiten eingebüßt, während du weg warst", bemerkt er.

Ich antworte in fließendem Portugiesisch und schenke ihm ein strahlendes Lächeln. „Ich war doch gar nicht so lange weg."

„Nicht so lange, wie ich gehofft hatte", murmelt Paraila, doch ich ignoriere ihn. Ihm stand der Schock ins Gesicht geschrieben, als ich die ausgebrannte Lichtung betreten hatte und meinen Rucksack, die Machete und drei Gewehre in den Staub fallen ließ. Ich hatte die Waffen mit einem Teil des Geldes gekauft, das Moira mir gegeben hatte, und hatte vor, sie gegen die Matica einzusetzen. Ich ging direkt zu Paraila, der auf dem Boden lag, doch er war nicht glücklich über meine Rückkehr und traf bei mir einen Nerv.

„Cor'dairo, was hast du hier zu suchen?", fragte Paraila und ergriff meine ausgestreckte Hand, als ich neben ihm auf die Knie sank.

„Ich bin zurückgekehrt", antwortete ich nur, während ich vorsichtig den Verband an seiner Schulter anhob, um die Wunde zu betrachten. Sie war sauber, und ich konnte keine Infektion riechen, also deckte ich sie wieder zu und blickte ihm in die Augen. „Wie geht es dir?"

„Es ging mir schon besser", murmelte er, „und S'amair'a ist alles andere als zärtlich, wenn sie meine Wunde versorgt. Aber ich bin am Leben."

„Ich hätte nie fortgehen sollen", sagte ich traurig. „Das alles wäre nicht passiert, wenn ich hier gewesen wäre. Es tut mir so leid."

Paraila schockierte mich, indem er mich mit einem spindeldürren Finger in die Mitte meiner Brust stach und sagte: „Du dummer, hochmütiger Junge … das wäre auch passiert, wenn du hier gewesen wärst. Ich war froh zu wissen, dass du weit weg von alldem warst."

„Du wolltest also, dass ich mich verstecke wie eine Frau?", knurrte ich und war überrascht, weil er wütend auf mich war. Ich hatte erwartet, von meinem Adoptivvater mit offenen Armen empfangen zu werden, doch stattdessen tadelte er mich, weil ich nach Hause zurückgekehrt war.

Parailas Blick erweichte sich, und er tätschelte mir den Arm. „Niemand würde dich jemals für eine Frau halten, Zacharias. Du hast immer wieder bewiesen, dass du ein starkes Mitglied dieses Stammes bist. Aber ich hatte mir mehr für dich gewünscht … mehr als dieses Leben. Es hat mich glücklich gemacht zu sehen, dass du diese Chance ergreifen würdest."

Ein Teil meines Zorns schmolz dahin, als ich seine Worte hörte, denn ich wusste, dass er als mein Vater nur das Beste für mich *wollte. Allerdings war ich nicht seiner Meinung und hielt es für das Beste, zurückzukehren.*

Mehr oder weniger.

Nachdem Moira mich am Flughafen abgesetzt hatte, hatte ich meine Entscheidung immer wieder überdacht. Bevor ich in das Flugzeug stieg, hätte ich sie fünfmal beinahe angerufen, um sie zu bitten, mich wieder abzuholen. Letztendlich hatte mir jedoch mein Gewissen befohlen, zu dem Dorf der Caraica zurückzukehren, während mein Herz von mir verlangte, zu Moira zu gehen.

Die beiden trugen einen harten Kampf aus, den mein Herz schließlich verlor.

Das Dorf war dezimiert worden. Jedes einzelne Langhaus war bis auf die Grundmauern niedergebrannt. Einige der Männer waren verletzt worden, als sie das Dorf beschützen wollten, und vier waren tot. Darunter zwei der Ältesten. Fünf der Kinder, drei Jungen und zwei der älteren Mädchen, waren in den Dschungel verschleppt worden, und ihre Mütter waren verzweifelt.

Ich kam anscheinend gerade noch rechtzeitig, denn die Einwohner waren gerade dabei, die letzten noch verwertbaren Dinge zusammenzupacken und bereiteten sich darauf vor, mehrere Meilen entlang des Jutai flussabwärts zu ziehen.

Ich nahm an, sie würden einen Rachefeldzug vorbereiten, und war bereit, in den Kampf zu ziehen. Doch Paraila schockierte mich, indem er mir mitteilte, dass die verbliebenen Ältesten und einige der jüngeren Männer eine friedliche Lösung mit den Matica aushandeln wollten. Sie waren größer und stärker als wir, und die Caraica befürchteten, dass eine Fortsetzung des Krieges letztlich unsere Auslöschung bedeuten würde. Pater Gaul, der damit beschäftigt war, bei der Ernte einiger Feldfrüchte und Samen für den Transport zu helfen, war offenbar die treibende Kraft hinter dieser Idee. Er wollte eine Art Abkommen mit den Matica schließen, da er gute Beziehungen zu ihnen aufgebaut hatte.

Die Idee entsetzte mich, denn ich verspürte ein unstillbares Bedürfnis, denjenigen Gewalt anzutun, die es gewagt hatten, mein Volk anzugreifen.

Letztendlich hatte ich jedoch keine andere Wahl, als mich der Meinung der anderen Stammesangehörigen anzuschließen und mit ihnen flussabwärts zu ziehen. Nachdem wir am Ufer angelegt hatten, hackten wir uns einen Weg durch den Dschungel und fanden eine Stelle, um unser Dorf zu errichten. Wir brauchten drei Tage, um eine neue Lichtung freizuschlagen und verbrannten die Wurzeln der Pflanzen und Bäume, die wir abgeschnitten hatten. Währenddessen sammelten wir den Bambus und die Palmblätter, mit denen wir unsere Langhäuser errichten wollten.

Für eine Weile würden die Nahrungsmittel knapp werden, zumindest bis wir eine neue Gemüseernte einfahren konnten, aber wir hatten im Laufe meines Lebens schon oft unser Lager gewechselt und würden die Zeit einfach durchstehen müssen.

Meine erste Aufgabe war es, Parailas neues Langhaus zu bauen, damit er ein Dach über dem Kopf hatte. Zwei der Stammesangehörigen halfen mir dabei, das Bambusgerüst zu errichten, doch dann jagte ich sie davon, damit sie an ihren eigenen Behausungen arbeiten konnten, während ich das Palmendach fertigstellte.

„Ärgerst du dich immer noch, weil wir beschlossen haben, die Matica nicht zu überfallen?", fragt Paraila in belustigtem Tonfall.

„Die Entscheidung ist noch nicht endgültig", entgegne ich. „Möglicherweise kehrt Pater Gaul zurück und teilt uns mit, dass die Matica an einem Abkommen nicht interessiert sind. Dann wird es Krieg geben."

Paraila grinst mich an. „Du bist starrköpfig. Aber dieser alte Mann will Frieden. Er will unsere Kinder zurückhaben, und dann will er ein Leben frei von Sorgen führen.“

Ich werde rot vor Scham, als mir bewusstwird, dass Paraila sich etwas wünscht, was ihm zusteht. Doch ich biete ihm die Stirn, weil ich von dem brennenden Bedürfnis nach Rache angetrieben werde. Frieden ist ein seltsames Konzept. In der zivilisierten Welt hatte ich zwar in Frieden gelebt, doch ich habe genug gesehen, um zu wissen, dass er in keiner Gesellschaft wirklich umsetzbar ist. Überall bekämpfen und töten die Menschen einander, streiten sich um Ländereien, Rechte und Geld. In dieser Hinsicht unterscheidet unsere Gesellschaft sich nicht von der modernen, und ich war nicht bereit, mein Verlangen nach Gerechtigkeit aufzugeben.

„Wie ich sehe, beobachtet Tukaba dich“, bemerkt Paraila mit einem schelmischen Unterton in der Stimme.

Ich drehe mich zu den Frauen um, die um ein Lagerfeuer sitzen und Maniokbrot für das Mittagessen backen. Ihre Blicke sind tatsächlich auf mich gerichtet, doch in dem Moment, in dem ich sie ansehe, senken sie sie unterwürfig zu Boden.

„Kein Interesse“, sage ich zu Paraila, während ich ein weiteres Stück geflochtener Palmblätter auf das Dach hebe und beginne, es an den Stützen zu befestigen. „Ich habe zu tun.“

Paraila gluckst und bricht dann in schallendes Gelächter aus.

„Was ist denn so lustig?“, blaffe ich ihn an.

„Du bist wirklich komisch“, erwidert er kichernd. „Der Zacharias, den ich kenne, hätte sich nur zu gern von der Arbeit abhalten lassen. Er hätte Tukaba in den Dreck gestoßen und seinen mächtigen …“

„Genug, alter Mann“, brülle ich. „Seit wann bist du so verdorben?“

Paraila lacht weiter und schaukelt faul in seiner Hängematte hin und her. „Ach, Zacharias“, seufzt er amüsiert. „Du gehörst nicht hierher.“

Ich blicke ihn ruckartig an und verenge die Augen zu dünnen Schlitzen. „Warum sagst du so etwas?“

„Weil dein Herz woanders schlägt“, antwortet er nur.

Mit einem Schnauben befestige ich ein weiteres Geflecht aus Palmblättern am Dach, bevor ich mir mit dem Ärmel meines Hemds den Schweiß von der Stirn wische. Dann gehe ich zu einer mit Wasser gefüllten Kalebasse und trinke einen großen Schluck. Ich drehe mich zu Paraila um und sage: „Das bildest du dir nur ein. Mein Herz ist hier, wo es hingehört, Vater.“

Daraufhin wende ich mich von Paraila ab, schnappe mir meine Machete und stapfe in den Dschungel, um noch weitere Palmblätter zu schneiden. Ich muss mich seinem wissenden Blick und seinen weisen Worten entziehen, denn er hat recht. Möglicherweise versuche ich es zu leugnen, doch mein Herz gehört Moira. Schon einen Tag nach meiner Rückkehr wurde mir klar, dass ich den größten Fehler meines Lebens begangen hatte.

Doch dieser lag nicht darin, zu den Caraica zurückzukehren. Ich hatte diese Reise unternehmen müssen, um mich zu vergewissern, dass es Paraila gut ging und um meinem Stamm zu helfen, die Gefallenen zu rächen und die gestohlenen Kinder zurückzuholen. Nein, mein Fehler war es, Moira meine Gefühle zu verschweigen und ihr zu sagen, dass ich sie nie wiedersehen würde. Nun hatte ich jegliche Verbindung zu dem einen Menschen gekappt, der mir im Leben am wichtigsten war. Ich habe großen Mist gebaut und habe keine Ahnung, wie ich das Problem lösen soll. Wenn ich daran denke, wie leichtfertig Moira meinen Abschied hingenommen hat, bin ich mir nicht einmal sicher, ob es ein Zurück gibt. Denn obwohl ihr Tränen übers Gesicht kullerten, hatte sie mir den Rücken zugewandt und ihn entschlossen durchgedrückt. Sie hatte nicht ein einziges Mal zurückgeblickt.

Es ist vorbei. Daran gibt es keinen Zweifel. Ich muss einen Weg finden, um mein Herz zu verschließen, denn dies ist jetzt mein Leben. Und irgendwie muss ich es ohne sie an meiner Seite bestreiten.

∗∗∗

Drei Tage später kehrte Pater Gaul in unser Dorf zurück und hatte zu unser aller Überraschung die fünf gestohlenen Kinder dabei. Sie liefen zu ihren Müttern, während sämtlichen Einwohnern, einschließlich mir, Tränen der Freude in den Augen standen. Außer den Kindern überbrachte er uns Friedensangebote der Matica, darunter Saatgut, Mehl und Gegenstände wie Decken und Plastikplanen. Die Matica unterhielten Handelsbeziehungen zu anderen Stämmen und zu Flusshändlern. Sie waren weiter fortgeschritten als wir, wenn es darum ging, ihr Leben mit solcherlei Errungenschaften zu erleichtern.

Alle waren erstaunt darüber, dass die Matica der Möglichkeit, Frieden mit uns zu schließen, derart offen gegenüberstanden. Es hatte allerdings seinen Preis. Im Gegenzug mussten wir uns verpflichten, keine weiteren Überfälle gegen sie zu verüben, und die Idee in Betracht ziehen, Angehörige ihres Stammes mit denen unseres Stammes zu verheiraten. Damit sollte eine dauerhafte Beziehung gefestigt und die Zahl ihrer Einwohner erhöht werden. Obwohl sie sich Frieden mit uns wünschten, führten sie immer noch Krieg mit anderen Stämmen und erwarteten von uns, uns mit ihnen zu verbünden.

Ich war verärgert, als ich von den Bedingungen hörte, denn ich dürstete immer noch nach Rache. Die Ältesten und meisten anderen Stammesangehörigen stimmten jedoch überein, dass es das Beste wäre.

Nun feiern wir ein Fest, während der Mond tief über unserem neuen Dorf hängt. Die meisten Langhäuser sind fertig gebaut, und wir haben uns gut eingelebt. Ich trage immer noch die Kleidung, die ich mitgebracht habe, wobei ich mir selbst nicht erklären kann, warum ich sie nicht ausgezogen habe. Einige der Stammesangehörigen haben sich deshalb auf gutmütige Weise über mich lustig gemacht.

Vielleicht liegt es daran, dass ich mich dadurch Moira näher fühle, weil ich weiß, dass sie mir die Klamotten gekauft hat. Außerdem ist die Kleidung ein Teil ihrer Kultur, von der ich einst glaubte, ihr dauerhaft angehören zu können. Damals, als ich in die Vereinigten Staaten kam, habe ich versucht, an meinen alten Gewohnheiten festzuhalten und nun halte ich an den neuen fest, die ich vor Kurzem gelernt habe.

Aus dem Augenwinkel nehme ich eine Bewegung wahr und sehe, dass Tukaba auf mich zukommt. Sie hat den Blick zu Boden gesenkt und streckt mir ein Bananenblatt entgegen, das mit Fleisch und Früchten gefüllt ist.

Ich nehme es ihr entgegen und bedanke mich bei ihr.

Sie wendet sich ab, doch dann dreht sie sich wieder zu mir um. Mit gesenkten Lidern fragt sie: „Brauchst du noch etwas?“

„Nein, danke“, antworte ich mit einem sanften Lächeln. „Das ist mehr als genug. Du solltest dir selbst etwas zu essen holen.“

Im nächsten Moment lässt sie sich vor mir auf die Knie fallen, sieht mir zu meiner Überraschung direkt in die Augen und sagt: „Du hast mich seit deiner Rückkehr nicht mehr berührt. Ich stehe dir zur Verfügung.“

Dann dreht sie sich auf den Knien um und wendet mir ihren Hintern zu, als sie langsam den Oberkörper absenkt, bis ihre Wange den Boden berührt.

Mit ihrer dunklen, karamellfarbenen Haut und glänzenden, schwarzen Haaren, die jetzt nach vorne um ihr Gesicht fallen, ist sie immer noch wunderschön in meinen Augen. Ihre Muschi ist entblößt, und ich kann sie durch ihre Schamhaare hindurch im Mondlicht glitzern sehen, doch mein Schwanz zuckt nicht einmal.

Denn er gehört Moira.

„Es tut mir leid, Tukaba", sage ich zu ihr. „Bitte steh auf."

Sofort erhebt sie sich und wendet sich mir zu. „Ich verstehe das nicht. Du wolltest mich doch immer."

„Ich weiß", erwidere ich leise. „Aber ich habe mich verändert. Ich will eine andere."

In den meisten anderen Kulturen würden diese Worte als grausam empfunden werden, doch in unserer Gesellschaft waren sie völlig normal. Tukaba empfindet sich selbst nur als ein Gefäß, in dem ich mich entladen kann, denn in unseren kulturellen Normen ist kein Platz für Verführungen oder Zärtlichkeiten. Frauen waren dazu da, genommen zu werden, das war ihre Aufgabe. Wenn ein Mann sich mit einer Frau verheiraten wollte, dann tat er es. Wenn nicht, war sie zufrieden, die anderen Stammesangehörigen zu befriedigen.

Es war wirklich sehr einfach.

So viel einfacher als die Gefühle, die ich für Moira empfunden hatte. Diese waren komplex, verwirrend und überwältigend, und ich vermisste sie furchtbar.

Tukaba schenkt mir ein verständnisvolles, wenn nicht sogar anerkennendes Lächeln, und geht davon. Ich sehe ihr einen Moment lang nach und werfe dann einen Blick auf die Speisen in meinen Händen. Ich nehme ein Stück gebratenes Wildschwein, stecke es mir in den Mund und kaue den Bissen nachdenklich. Dann lasse ich meinen Blick durch das Dorf schweifen und stelle fest, dass alle glücklich sind. Sie sind glücklich darüber, dass ihre Söhne und Töchter zurückgekehrt sind und dass sie keine weiteren Menschenleben an die Matica verlieren werden. Sie sind zufrieden, und mir wird plötzlich klar, dass das auch mich zufriedenstellt.

Zumindest bis zu einem gewissen Grad, denn in meinem Herzen klafft immer noch ein Loch, das nur von einer Frau gefüllt werden kann.

„Wie ich sehe, hast du Tukabas Annäherungsversuche erneut verschmäht", sagt Paraila, als er sich neben mir auf den Boden setzt.

Ich ignoriere seine Bemerkung und zeige mit einem Nicken auf seine Schulter. „Wie geht es dir?"

„Die Wunde schmerzt, aber ich kann damit umgehen. Dieser alte Mann hat noch eine Menge Jahre vor sich."

Wir sitzen schweigend da und lauschen dem Gesang der Frauen. Ich schiebe ihm das mit Essen gefüllte Bananenblatt zu, und Paraila nimmt etwas von der Frucht und kaut darauf herum.

„Wann wirst du zurückgehen?", fragt er mich plötzlich, wobei in seiner Stimme ein wissender Unterton liegt.

Ich wende mich ihm überrascht zu, doch er starrt mich nur an. Dann verzieht er die Lippen zu einem strahlenden und verständigen Lächeln.

„So bald wie möglich", antworte ich und bin selbst verblüfft. Bis zu seiner Frage war mir nicht einmal bewusst, dass ich den Entschluss gefasst hatte, zu Moira zurückzukehren. Es scheint, dass Paraila mir immer einen Schritt voraus ist.

„Also, erzähl mir von ihr", drängt er.

„Wie kommst du darauf, dass es um eine Frau geht?", frage ich verschmitzt.

Paraila stößt ein Schnauben aus. „Weil ich dich kenne, mein Sohn. Weil ich dich kenne."

Wir teilen uns die Mahlzeit vor dem Feuer und ich erzähle Paraila alles über Moira. Ich lasse ihn wissen, warum ich meinem Herzen folgen muss, und versichere
ihm, wie sehr ich ihn und meine Familie hier vermissen
werde. Wir reden bis tief in die Nacht, denn es wird die
letzte sein, die wir gemeinsam verbringen.

Denn schon morgen früh reise ich ab … zurück in die
Zivilisation. Zurück zu Moira.

Kapitel 30

Moira

Meine Güte, bin ich erschöpft. Ich bezweifle, dass ich es bis in mein Zimmer und ins Bett schaffe. Meine Couch wäre genau richtig, ich muss nur noch ein paar Schritte gehen. Wenn nicht, tut es auch der Boden. Ich möchte nur noch in einen tiefen Schlaf versinken und für … nun vielleicht vier oder fünf Jahre nicht mehr aufwachen.

Der Taxifahrer hat mich gerade vor meinem Haus abgesetzt. Ich werfe mir den Rucksack über die Schulter und öffne den Briefkasten. Kelly hat sich bereit erklärt, alle paar Tage nachzusehen, ob Post gekommen ist. Sie muss heute Morgen hier gewesen sein, denn er ist leer.

Meine Reise zu den Caraica war reine Zeitverschwendung. Als ich endlich meine Trauer überwunden hatte, wurde mir klar, dass Lisa recht hatte. Die Ungewissheit raubte mir den Verstand und ich musste mich auf die Suche nach Zach machen, um mich zu vergewissern, dass es ihm gut ging.

Aber ich konnte ihn nicht finden. Der Fremdenführer, den ich angeheuert hatte, nachdem ich aus dem Flugzeug gestiegen war, behauptete, genau zu wissen, wo sich das Dorf der Caraica befände. Eineinhalb Tage lang paddelten wir und gingen den Rest zu Fuß weiter, bevor wir die Siedlung erreichten, insgesamt viereinhalb Tage, nachdem ich die Vereinigten Staaten verlassen hatte.

Als wir die Lichtung betraten, was sie menschenleer. Mein Herz schlug mir bis zum Hals, als ich die verkohlten Überreste der Langhäuser und die von Unkraut überwucherten Felder sah.

Ich hatte keine Ahnung, wohin der Stamm gezogen war … oder ob er überhaupt noch existierte.

Unbändige Angst packte mich, als ich mir vorstellte, dass sie möglicherweise alle bei einem Rachefeldzug abgeschlachtet wurden.

Das ergab jedoch keinen Sinn, denn die Männer wären allein losgezogen, um die Matica zu überfallen und hätten die Frauen und ein paar Männer zu ihrem Schutz zurückgelassen. Wo waren sie also?

Mein Fremdenführer erklärte sich bereit, die Nacht in dem verlassenen Dorf zu verbringen, während ich mir überlegte, was ich tun sollte. Ich wusste, dass ich nicht das gesamte Amazonasgebiet durchkämmen konnte, um nach Zach zu suchen. Es war siebeneinhalb Millionen Quadratkilometer groß, und ich würde zehn Leben brauchen, um ihn zu finden.

Am nächsten Morgen beschloss ich, mich auf den Weg zurück zu dem kleinen Dorf am Fluss zu machen, in der mein Charterflug gelandet war. Vielleicht würde ich dort mehr erfahren.

Nach der eineinhalbtägigen Rückreise blieb ich noch zwei weitere Tage am Fluss und sprach mit verschiedenen Indianern, die dort Handel trieben. Ich fand lediglich heraus, dass das Gerücht in Umlauf war, die Matica und die Caraica hätten einen Friedenspakt geschlossen und ihren Zwist beigelegt. Doch niemand schien zu wissen, wohin die Caraica gegangen waren.

Da ich keine andere Wahl hatte, nahm ich einen Charterflug nach São Paulo und kehrte in die USA zurück. Ich hatte nichts in Erfahrung bringen können, was mir meinen Kummer hätte nehmen können, und so nagte Verbitterung an mir. Zach war für mich für immer verloren und mir blieb nichts anderes übrig, als zu versuchen, die Scherben aufzusammeln und mich von diesem Schmerz zu heilen.

Als ich São Paulo erreichte, rief ich sofort Randall an, um ihn über meine gescheiterte Mission zu informieren. Wie Lisa vermutet hatte, hatte er die Expedition bereitwillig finanziert und konnte es kaum erwarten, Neuigkeiten von Zach zu hören. Er wusste so gut wie ich, dass Zach nicht zurückkehren würde, aber er machte sich große Sorgen um ihn und hoffte, dass ich zumindest etwas herausfinden würde, um uns beide zu beruhigen.

Die Verbindung war schlecht, und ich hatte Schwierigkeiten, ihn zu verstehen. „Moira … sind Sie das?"

„Hallo, Randall", begrüßte ich ihn und versuchte vergeblich, ein Lächeln in meiner Stimme mitschwingen zu lassen. „Ich bin wieder in São Paulo."

„Wie geht es Ihnen?", wollte er wissen. Das erschien mir seltsam, denn ich hätte erwartet, dass er mich zuerst nach Zach fragen würde.

Letztendlich war ich zu müde, um weiter darüber nachzudenken, also teilte ich ihm mit: „Mir geht es gut, aber ich konnte Zach nicht finden. Es tut mir leid, Randall."

„Oh … nun. Sie haben es versucht, mehr können Sie nicht tun", erwiderte er mit abwesender Stimme.

„Geht es Ihnen gut?", wollte ich wissen, denn er klang seltsam.

„Es ist alles in Ordnung", versicherte er mir. „Ich bin nur ein bisschen … enttäuscht, denke ich. Wann werden Sie zurückkommen?"

„Ich fliege noch heute Abend und sollte morgen früh in Chicago landen", erklärte ich und unterdrücke ein Gähnen. Ich hoffte, mich auf einen der Stühle im Terminal legen und ein kleines Nickerchen machen zu können.

„Okay, meine Liebe. Dann wünsche ich Ihnen einen guten Flug. Wir sprechen uns, wenn Sie zurück sind", sagte er nur.

Völlig verwirrt beendete ich das Telefonat. Vielleicht war er einfach nur traurig und hatte Schwierigkeiten, die Neuigkeiten zu verarbeiten. Ich dachte, er würde wissen wollen, was ich unternommen hatte, um Zach zu finden, aber vielleicht nahm er nur Rücksicht auf mich und wollte damit bis zu meiner Rückkehr warten. Er musste doch wissen, wie niedergeschlagen ich war.

Ich fische meine Schlüssel aus der Tasche und mache mich auf den weiten Weg zu meinem Haus. Nun, so weit ist er nun auch wieder nicht, aber ich bin hundemüde, daher ist er definitiv zu weit. Entschlossen hebe ich das Kinn an, als ich den Schlüssel ins Schloss stecke. Ich beschließe, dass ich zu müde bin, um es bis ins Schlafzimmer zu schaffen, aber ich will auch nicht auf dem Boden schlafen. Also entscheide ich mich für die Couch.

Ich drehe den Knauf und drücke die Tür auf, lasse meinen Rucksack auf den Boden fallen und richte meinen Blick auf die Couch. Mit schweren Beinen stapfe ich hinüber und mache mir nicht einmal die Mühe, meine Schuhe auszuziehen. Ich stütze ein Knie auf das Polster und lasse mich mit dem Gesicht voran in die Kissen fallen.

Ich kuschle mich ein, schließe die Augen und stoße einen Seufzer aus, als ich sofort in einen tiefen Schlaf falle.

„Moira", höre ich Zachs Stimme im Traum.

Oh, sie klingt wunderbar. Mit einem reichen, gefühlvollen Timbre. Ich sehe seine schönen Augen und seinen umwerfenden Körper vor mir. Ich erinnere mich an das letzte Mal, als wir zusammen waren und er mich gefickt hat. Danach hielt er mich im Arm und hat mit seinen Tränen meine Haut benetzt.

„Moira", sagt er etwas lauter. Seine Stimme klingt diesmal deutlicher.

Ich reiße die Augen auf und höre erneut meinen Namen. „Moira."

Ich setze mich auf die Knie und spähe über die Lehne der Couch … in meine Küche. Dort sitzt Zach an meinem Küchentisch. Er trägt eine dunkle, verwaschene Jeans und ein olivgrünes T-Shirt. Seine Füße sind nackt und sein Haar ist nass, während er mich mit einem durchdringenden Blick aus seinen blauen Augen durchbohrt.

Ich reibe mir die Augen und blinzle.

Ja … er ist immer noch da.

Vielleicht habe ich Halluzinationen. Möglicherweise habe ich mir im Dschungel irgendein Fieber oder eine Infektion zugezogen. Dazu kommen die Appetitlosigkeit und der Schlafmangel der letzten Tage, die an mir gezehrt haben. Ich bilde mir sicher nur ein, dass Zach in meiner Küche sitzt.

Frustriert lasse ich mich auf den Rücken fallen und schließe fest die Augen, um wieder einzuschlafen.

„Komm schon, Moira. Hör auf mit den Spielchen", ertönt Zachs Stimme.

Heilige Scheiße.

Er ist wirklich hier.

In meinem Haus.

Während ich auf der Suche nach ihm den Dschungel durchkämmt habe.

Ich springe auf und umrunde die Couch mit einer Geschwindigkeit, die meine Erschöpfung Lügen straft. Zach starrt mich an und verzieht die Lippen zu einem Lächeln, als ich mit großen Schritten auf ihn zugehe. Er steht auf und breitet die Arme aus, als ich mich auf ihn stürze.

Ich strecke die Hände aus und stoße sie mit aller Kraft gegen seine Brust. Er sieht mich überrascht an und taumelt rückwärts, wobei er den Küchenstuhl mit den Kniekehlen anstößt. Mit einem dumpfen Aufprall fällt er mit dem Stuhl um.

Ich beuge mich vor und stoße erneut gegen seine Brust, doch diesmal rührt er sich keinen Zentimeter.

„Du Arschloch“, fauche ich wütend. „Was tust du hier?“

Ich erwarte von Zach eine kleinlaute Entschuldigung dafür, dass er mir das Herz gebrochen und mich verlassen hat. Dafür, dass ich mir Sorgen um ihn gemacht habe, und vor allem dafür, dass ich eine halbe Weltreise unternommen habe, nur um mich zu vergewissern, dass es ihm gut geht.

Stattdessen springt er auf und umfasst mein Gesicht mit beiden Händen. Er zieht mich an sich, presst seine Lippen auf meine, schiebt seine Zunge in meinen Mund und gibt mir den heißesten, feuchtesten und innigsten Kuss meines Lebens. Als ihm ein tiefes Knurren entfährt, schmelze ich dahin.

Oh, es ist ein so wundervolles Gefühl, seine Hände auf mir zu spüren. Er zieht den Kopf zurück und versengt mich mit einem feurigen Blick, bevor er mich erneut leidenschaftlich küsst, wobei unsere Zähne heftig aufeinanderprallen. Er beißt mir auf die Unterlippe und saugt sie in seinen Mund, während er meine Hüfte an sich zieht und seine Erektion an mir reibt.

Im nächsten Moment reißt er sich los und packt den Saum meines T-Shirts, um es mir über den Kopf zu ziehen. Ich öffne den Mund, um ihm die Leviten zu lesen, doch er presst wieder seine Lippen auf meine. Er macht sich an meinem Gürtel zu schaffen, öffnet den Knopf meiner Hose und zieht den Reißverschluss hinunter. Dann schiebt er mir die Jeans zusammen mit meinem Höschen bis zu den Knien hinunter.

„Was ist nur in dich …?“, beginne ich, doch er bringt mich mit einem Kuss zum Schweigen und raubt mir die Fähigkeit zu sprechen, indem er wieder seine Zunge in meinen Mund schiebt. Ich keuche heftig, als er seine Hände über meinen Körper wandern lässt und durch meinen BH hindurch in meine Brustwarzen kneift.

Dann fasst er mir zwischen die Schenkel und dringt mit einem Finger in mich ein. „Mm, Baby. Ich wusste, du würdest feucht sein."

In meinem Kopf dreht sich alles, während eine winzige Stimme in meinem Inneren mich auffordert, mich gegen ihn zu wehren. Doch die restlichen neunundneunzig Prozent meines Körpers schreien ihn förmlich an, sich zu beeilen und mich endlich zu ficken.

Zach verschwendet keine Zeit. Er schlingt eine Hand um meinen Nacken und drückt mich auf den Küchenboden. Meine Knie treffen auf das kühle Linoleum und ich weiß schon jetzt, dass es sich kalt an meiner Wange anfühlen wird, während Zach mich in dieselbe Position zwingt, mit der alles zwischen uns begonnen hat.

Unser Keuchen erfüllt den Raum, als wir vor Erregung kaum noch an uns halten können. Ich höre das Geräusch seines Reißverschlusses, und im nächsten Moment packt er meine Hüfte. Er presst seine Eichel gegen mein Geschlecht und beginnt, sein Becken zu kreisen, um langsam in mich einzudringen. Als er seinen Schwanz etwa einen Zentimeter in mir vergraben hat, festigt er seinen Griff um meine Hüfte und stößt mit Wucht in mich hinein.

Ich schreie auf: „O Zach."

Seiner Kehle entfährt ein Stöhnen, bevor er sagt: „Ich habe dich so sehr vermisst."

Mit den Worten bringt er mein Herz zum Schmelzen. Kurz darauf schmilzt auch mein Körper dahin, als er mich festhält und immer wieder in mich eindringt.

„O Moira", keucht er, während er behutsam in mich stößt. „Du hast ja keine Ahnung. Du hast absolut keine Ahnung", sagt er mit erstickter Stimme.

Im nächsten Moment spüre ich, wie der Druck sich in meinem Unterleib aufbaut, dann komme ich explosionsartig zum Höhepunkt. Mein Herz schwillt über vor

Freude, dass Zach in diesem Moment … in genau diesem Moment … zu mir zurückgekehrt ist.

Er stößt ein weiteres Mal in mich, gräbt seine Finger in meine Haut und verleiht seiner Erlösung mit einem ekstatischen Schrei Ausdruck, während er sich in mir ergießt. Er beugt sich über mich, zieht mich in seine Arme und rollt uns auf die Seite, um mir einen Kuss auf den Hinterkopf zu pressen. Ineinander verschlungen liegen wir eine Weile auf dem Boden, bis sich unsere Atmung beruhigt hat.

Ich weiß nicht, was ich sagen soll. Er ist hier.

In meinem Haus.

Er lebt.

Plötzlich werde ich von unbändiger Freude durchströmt.

Ja, er ist am Leben.

Und … er ist hier bei mir.

Zach löst sich von mir und erhebt sich vom Boden. Ich beobachte ihn dabei, wie er seinen Schwanz in seine Jeans steckt und den Reißverschluss zuzieht. Dann beugt er sich zu mir hinunter und hebt mich in seine Arme.

Er geht wortlos mit mir ins Bad und setzt mich sanft auf dem Boden ab. Dann wendet er sich kurz ab, um das Wasser in der Dusche aufzudrehen und die Temperatur zu regeln.

Als er sich mir wieder zuwendet, beugt er sich vor und küsst mich sanft. „Ich habe dich vermisst.“

„Das sagtest du bereits“, murmle ich, während mir immer noch der Kopf schwirrt. Ich kann kaum glauben, dass er hier vor mir steht.

„Ich werde es dir noch viel öfter sagen, also gewöhnst du dich besser dran“, erwidert er grinsend.

Zach geht vor mir auf die Knie, um mir die Wanderschuhe und Socken auszuziehen. Er entledigt mich auch meiner Jeans und meines Höschens, wobei ich die

Gelegenheit nutze, ihn zu berühren, indem ich mich mit beiden Händen an seinen Schultern abstütze. Ich lasse meine Finger durch sein Haar gleiten und genieße das Gefühl seiner weichen Locken, die mittlerweile etwas länger sind. Ich kann das Vibrieren seines Körpers unter meinen Fingerspitzen spüren, als er meinen Bauch liebkost.

Dann steht er wieder auf, befreit er mich von meinem Sport-BH und entledigt sich selbst seiner Kleider, bevor er mich unter den heißen Wasserstrahl zieht.

Zach wäscht mich mit sanften Berührungen. Mit großer Sorgfalt massiert er das Shampoo in mein Haar und arbeitet die Spülung ein, sodass jede Strähne mit der seidigen Flüssigkeit umhüllt ist. Er schäumt seine Hände ein und lässt sie über jeden Quadratzentimeter meines Körpers gleiten, wobei er mit dem Blick den Bewegungen seiner Finger folgt. Dann streichelt er mich sanft zwischen den Schenkeln, aber nicht, um mich zu verführen, sondern, um mich zu umsorgen, wie nie zuvor.

Als er damit fertig ist, mich zu waschen, wickelt er mich in ein Handtuch. Im nächsten Moment hebt er mich wieder hoch und trägt mich ins Schlafzimmer. Er schlägt die Bettdecke zurück und bettet mich behutsam auf die Matratze, bevor er sich neben mich legt und mich dicht an sich zieht, wobei wir einander ansehen.

Ich schmiege meine Wange an seine Brust und lausche dem gleichmäßigen Schlag seines Herzens, während wir einfach nur schweigend nebeneinander liegen. Zach streichelt mir über den Rücken und küsst immer wieder meine Stirn. Meine Lider werden schwer und ehe ich mich versehe, bin ich eingeschlafen.

***

Ich öffne die Augen und bemerke, dass es draußen dunkel ist. Rechts neben mir brennt eine Nachttischlampe, die den Raum jedoch nur schwach beleuchtet. Ich kann kaum etwas erkennen.

Ich drehe mich zur Seite und stelle fest, dass die andere Hälfte des Bettes leer ist. Für einen kurzen Augenblick kommt mir der Gedanke, dass Zachs Rückkehr vielleicht nur ein Traum war. Aber nein … ich liege nackt in meinem Bett, und das zerknitterte Laken verrät mir, dass jemand neben mir geschlafen hat.

Ich hebe den Kopf und wende mich nach rechts, woraufhin mein Herz einen Schlag aussetzt. Zach sitzt in einem kleinen Sessel vor meinem Fenster. Das Mondlicht fällt auf sein dunkles Haar und lässt es silbern schimmern. Er ist splitterfasernackt und hat seine langen Beine vor sich ausgestreckt. Eine Hand hat er auf den Oberschenkel gelegt, während er den Ellbogen seines anderen Arms auf die Stuhllehne und das Kinn in seine Hand gestützt hat.

„Was tust du da?“, frage ich mit verschlafener Stimme.

„Ich habe dir beim Schlafen zugesehen“, antwortet er. „Du warst sicher völlig erschöpft.“

Ich nicke und reibe mir die Augen. „Ja, das ist wahr.“

Zach steht auf und stellt sich ans Ende des Bettes. Meine Kehle ist wie ausgetrocknet, als er sich in seiner ganzen Pracht vor mir aufbaut. Sein Körper wirkt, als wäre er aus Marmor gemeißelt, während die dunkeln Schatten jeden Muskel kantig hervorheben. Sein Schwanz ist halb erigiert, und ich lecke mir über die Lippen, während ich ihn fasziniert anstarre.

„Sieh mich an“, befiehlt mir Zach mit tadelndem Unterton. Ich erröte, als ich seinem Blick begegne.

Er beugt sich vor und zieht die Bettdecke weg, um meinen Körper zu entblößen. Meine Brustwarzen werden steif, als sie von der kühlen Luft umhüllt werden, während Zach mich mit einem feurigen Blick anstarrt.

Langsam hebt er ein Knie an, klettert aufs Bett und bahnt sich seinen Weg zu mir, um meine Schenkel zu spreizen.

Er kommt direkt zur Sache und legt seine Hände an meinen Schamhügel, um meine Schamlippen auseinanderzuziehen. Er beugt sich vor und presst seinen Mund auf mein Geschlecht, wobei er mit seiner heißen Zunge in mich eindringt. Mir entfährt ein tiefes Stöhnen, und ich packe sein Haar, um ihn festzuhalten.

Zach liebkost mich weiter und ist mittlerweile so geschickt mit seiner Zunge und seinen Lippen, dass er mich innerhalb weniger Minuten über den Abgrund der Ekstase treibt. Dennoch lässt er nicht von mir ab und leckt mich weiter, während er abwechselnd sanft und hart an meiner Klitoris saugt. Er bringt auch seine Finger zum Einsatz und presst sein Gesicht für gefühlte Stunden zwischen meine Schenkel, bis ich noch einmal zum Höhepunkt komme.

Ich packe sein Haar und hebe seinen Kopf an. Seine Lippen sind mit dem Saft meiner Erregung benetzt und glitzern im Schein der Lampe, als er sie zu einem sündigen Lächeln verzieht.

„Mehr?", fragt er.

Ich schüttele den Kopf, woraufhin er mich enttäuscht ansieht.

„Was tust du hier, Zach?", will ich wissen, denn ich brauche Antworten.

Seufzend kriecht Zach weiter hinauf, legt seine Hüfte auf meine und stützt sich zu beiden Seiten meines Brustkorbs mit den Ellbogen auf. Er beugt sich vor und küsst mich so zärtlich, dass ich kaum meinen eigenen Körpersaft schmecken kann, der an seinen Lippen haftet.

„Ich bin deinetwegen zurückgekommen", erklärt er, als er den Kopf wieder zurückzieht. „Ich hätte nie so einfach gehen sollen. Es war falsch und ich werde es bis in alle Ewigkeit bereuen.“

„Ich habe nach dir gesucht“, flüstere ich, als ich mich schmerzhaft daran erinnere, wie er mich verlassen hat.

„Ich weiß“, sagt er und starrt auf mich herab. „Ich habe Randall angerufen, als ich in den Staaten landete. Er hat mir erzählt, dass du ins Amazonasgebiet geflogen bist. Am liebsten wäre ich sofort wieder in ein Flugzeug gestiegen, um nach dir zu suchen, aber er überredete mich zu warten.“

„Und du warst die ganze Zeit über hier in meinem Haus?“

Er schenkt mir ein verlegenes Grinsen. „Drei Tage. Übrigens … äh … musste ich sozusagen einbrechen. An deiner Hintertür fehlt eine kleine Glasscheibe, aber ich habe das Loch mit Klebeband überklebt.“

„Du bist in mein Haus eingebrochen?“, frage ich amüsiert.

„Es gab keinen anderen Ort, an den ich hätte gehen können“, erklärt er und beugt sich zu mir herunter, um mich erneut zu küssen.

„Das stimmt nicht. Du hättest bei Randall bleiben oder in einem Hotel wohnen können.“

„Nein, das konnte ich nicht tun. Ich musste so nah wie möglich bei dir sein. Ich habe dich so sehr vermisst, also gab es keinen anderen Ort, an dem ich lieber gewesen wäre. Außerdem war ich verrückt vor Sorge um dich, weil du allein und ungeschützt im Dschungel umhergewandert bist. Es war die reinste Qual, auf dich warten zu müssen.“

„Jetzt weißt du, wie ich mich gefühlt habe, als du mich verlassen hast“, entgegne ich in tadelndem Tonfall.

„Ich weiß“, erwidert er und schmiegt sein Gesicht an meine Brust. Unwillkürlich schlinge ich meine Arme um seinen Kopf und drücke ihn fest an mich. „Es tut mir so leid, Moira. Ich war außer mir vor Sorge und

Kummer und habe dich weggestoßen. Das hätte ich nie tun dürfen."

Ich spüre seine Haut an meiner ... spüre seinen warmen Atem an meinen Brüsten. „Randall hat mir gesagt, dass du dich entschieden hast, bei mir zu bleiben ... gerade an dem Tag, an dem du gegangen bist."

Zach hebt den Kopf und sieht mich mit ernstem Blick an. „Ja. Ich wollte unbedingt bei dir bleiben. Ich will es immer noch ..., wenn du einverstanden bist."

„Du würdest deine Heimat verlassen ... für immer ... um mit mir zusammen zu sein?"

„Immerhin bin ich hier, nicht wahr?"

„Ja, aber für wie lange? Vielleicht hast du die Gelegenheit nur ergriffen, um mich noch einmal zu ficken", sage ich leise.

Zach beugt sich vor, umschließt meine Brustwarze mit seinen Lippen und zieht sanft daran. Als er seinen Mund wieder von mir löst, durchbohrt er mich mit einem sinnlichen Blick. „Ja, ich habe durchaus vor, dich häufig zu ficken, und zwar hart. Außerdem werde ich schon bald wieder von deinem Arsch Besitz ergreifen, denn es gibt nichts Schöneres, als mich auf diese Weise in dir zu vergraben. Aber ... wir wissen beide, dass es hier um viel mehr als nur um Sex geht, denn unsere beiden Herzen sind im Spiel."

Besagtes Herz macht einen Satz, zieht sich dann zusammen und schmilzt dann voller Hoffnung dahin. „Tatsächlich?"

„Das weißt du genau", entgegnet er voller Zuversicht. „Ich habe mich so sehr in dich verliebt, dass ich nirgendwo anders sein kann als an deiner Seite. Nichts bedeutet mir so viel wie du, Moira. Weder das Dorf der Caraica noch Paraila, noch der Stamm selbst. Nur du. Es wird immer nur dich geben."

Tränen steigen mir in die Augen, denn ich bin überglücklich, diese Worte aus Zachs Mund zu hören. Ich streiche über sein Gesicht und ziehe ihn wieder zu mir, um ihn zu küssen.

Er erwidert den sanften Kuss, der voller Liebe, Fürsorge und Zärtlichkeit ist.

„Sag mir, dass du mich auch liebst“, fleht Zach eindringlich. „Bisher habe ich es nur einmal von dir gehört, und ich muss wissen, dass du immer noch genauso fühlst … ganz tief hier drin.“ Er beugt sich herunter und drückt einen Kuss auf mein Herz.

„Ja, Zach“, hauche ich. „Ich liebe dich. Ich wäre fast gestorben, nachdem du mich verlassen hast. Ich war so niedergeschmettert. Bitte tu mir das nie wieder an.“

„Nie wieder“, gelobt er, bevor er seinen Mund auf meinen presst und mich leidenschaftlich küsst. Mit einem Stöhnen bäume ich die Hüften auf. Sein harter Schwanz liegt schwer auf meinem Unterleib, und ich reibe mich daran.

Zach stößt ein Zischen aus, richtet den Oberkörper auf und zieht mich in seine Arme. Dann rollt er sich herum, sodass ich rittlings auf ihm sitze.

„Reite mich, Moira“, befiehlt er.

Ich muss schlucken, als ich eine Hand auf seine Brust lege, um mich abzustützen, während ich mit der anderen seinen Schwanz packe. Ich drücke fest zu und entlocke Zach damit ein Stöhnen, dann führe ich ihn an meine Muschi und lasse mich auf ihn herabgleiten.

Ich spüre, wie er mich vollständig mit seinem riesigen Schaft aufspießt und meine enge Muschi bis zum Anschlag ausfüllt. Bevor ich beginne, die Hüfte zu bewegen, umfasst Zach mit beiden Händen mein Gesicht. Er zieht mich zu sich und kommt mir auf halbem Weg entgegen, um seine Lippen auf meinen Mund zu pressen und mich noch einmal zu küssen, als bekäme er nicht genug von dieser innigen Geste.

Dann lässt er sich wieder nach hinten fallen, legt sich auf den Rücken und packt meine Hüfte.

„Erinnerst du dich daran, als wir uns zum ersten Mal
auf diese Weise geliebt haben?“

Ich nicke mit einem Lächeln.

„An jenem Tag hast du mich befreit und mir gezeigt,
dass ich nicht immer die Kontrolle haben muss. Du hast
mich gezähmt und mich gelehrt, ein zivilisierter Mann
zu sein.“

Ich stoße ein tiefes Lachen aus und streichle ihm über
die Brust. „Das ist doch albern … ich wäre nie imstande, dich zu zivilisieren. Das würde ich gar nicht wollen.“

„Ich bin nicht mehr der wilde Mann, den du aus dem
Dschungel geholt hast. Ich habe gelernt, mich anzupassen … mein Leben hier anzunehmen … und Neues zu
erfahren.“

„Weil du ein erstaunlicher Mann bist, Zacharias Easton. Du bist immer noch wild … wunderschön in meinen Augen … und entwickelst dich ständig weiter.“

Zach richtet den Oberkörper auf und schlingt die
Arme um mich, wobei er seinen Schwanz noch etwas
tiefer in mir vergräbt. Ich stöhne leise auf, während ich
mich ganz auf Zach konzentriere, der sich so weit auf-
setzt, bis seine Nase fast meine berührt.

„Du bist jetzt mein Leben, Moira. Ich würde eher sterben, als dir noch einmal wehzutun, und ich werde dich
für den Rest meiner Tage bedingungslos lieben.“

Ich lächle ihn an und nicke. „Ich werde dich auch lieben.“

Er erwidert mein Lächeln und betrachtet mich mit einem Funkeln in den Augen, als er sich wieder mit dem
Rücken aufs Bett legt. „Sehr gut. Und jetzt … reite meinen Schwanz, Moira. Befreie mich noch einmal. Befreie
mich ein für alle Mal von meinem alten Leben und zeige
mir, dass du wirklich mir gehörst.“

Ich lege meine Hände auf seine Brust und hebe mein
Becken an, bis sein Schwanz fast ganz aus mir

herausgleitet, dann senke ich mich wieder mit Wucht auf ihn herab. Zach wirft den Kopf in den Nacken und schließt stöhnend die Augen.

„Ja", flüstert er. „Befreie mich."

Ich hebe und senke mich wieder, und als er wieder bis zum Anschlag in mir vergraben ist, flüstere ich ihm zu: „Ich werde dich nicht befreien, Baby. Ich bringe dich zurück nach Hause."

Epilog

Ich gehe den Korridor der Brandon Hall entlang und nicke einigen Studenten zu, die ich aus den Vorlesungen kenne. In zwei Wochen endet mein erstes Studienjahr an der Northwestern University, und ich bin überrascht, wie schnell die Zeit vergangen ist.

Mein Leben mit den Caraica scheint so weit zurückzuliegen. Ich vermisse sie immer noch sehr und mache mir ständig Sorgen um sie. Aber ich weiß, dass ich genau dort bin, wo ich sein soll. Daran gibt es keinen Zweifel, denn Moira ist das Wichtigste für mich.

Als ich ihre Tür erreiche, werfe ich schmunzelnd einen Blick auf das billige Plastikschild.

Dr. Moira Reed, Privatdozentin

Ich bin so stolz auf meine Frau. Ich bin überaus beeindruckt und habe großen Respekt vor allem, was sie im Leben erreicht hat. Ich spiele sogar mit dem Gedanken, neben meinem BWL-Studium Anthropologie im Nebenfach zu studieren. Für meine Zukunft wird es zwar nicht relevant sein, denn ich bin fest entschlossen, in das Kellog Studienprogramm hier an der Northwestern aufgenommen zu werden, doch auf diese Weise werde ich die Bindung zu Moira noch vertiefen können. Und die Verbindung mit dieser Frau bereitet mir wahrlich großes Vergnügen.

Ich klopfe leise an ihre Tür und höre sie rufen: „Herein."

Sie sitzt hinter ihrem Schreibtisch in dem kleinen, beengten Büro, in dem überall Bücher und wissenschaftliche Artikel herumliegen. Selbst auf den beiden Stühlen sind irgendwelche Dokumente gestapelt.

„Hallo", sagt sie überrascht. „Was machst du denn hier?"

Ich trete ein, schließe die Tür hinter mir und lasse heimlich das Schloss einrasten. Sie bemerkt nicht einmal das leise Klicken, denn es wird von dem Geräusch meines Rucksacks übertönt, den ich auf den Boden fallen lasse.

„Ich wollte nur wissen, ob du Zeit hast, mit mir zu Mittag zu essen. Ich habe noch zwei Stunden bis zu meiner nächsten Vorlesung.“

Sie steht auf, lächelt mich an und sagt: „Und ob. Ich habe ohnehin nur ein paar Aufsätze benotet.“

Sie schlingt ihre Arme um mich und neigt ihren Kopf in den Nacken, um mich anzusehen. Da ich keine Gelegenheit auslasse, sie zu küssen, presse ich meine Lippen auf ihren Mund und ziehe sie an mich.

Moira schnappt nach Luft, als sie spürt, wie mein Schwanz hart wird, und zieht mit einem Lachen den Kopf zurück. „Reiß dich zusammen, Zach. Wir befinden uns hier in einer höheren Bildungseinrichtung.“

Ich schiebe sie nach hinten, bis sie mit den Oberschenkeln gegen ihren Schreibtisch stößt und reibe meinen Schaft an ihr. Es fühlt sich so verdammt gut an.

„Ich will dich sofort ficken“, hauche ich an ihren Lippen und knabbere an ihrer Unterlippe.

Moira stöhnt auf und versucht, mich von sich zu schieben. „Nein. Nicht hier in meinem Büro.“

„Doch, genau hier“, entgegne ich und schiebe ihren Rock hoch. Ich stelle dankbar fest, dass sie keine Strumpfhose trägt, denn so verschwenden wir keine Zeit.

Ich kenne ihren Körper mittlerweile in- und auswendig und schiebe mit einer gekonnten Bewegung die Hand unter ihr Höschen, um sie über ihre feuchte Spalte gleiten zu lassen. „Perfekt“, stöhnte ich in ihr Ohr.

„Zach … das geht nicht. Jemand könnte hereinkommen“, fleht sie mich an, doch als ich einen Finger in ihr versenke, stöhnt sie: „O verdammt ... das fühlt sich gut an. Hör nicht auf.“

„Das hatte ich nicht vor“, erwidere ich, bevor ich ihr ins Ohrläppchen beiße und daran sauge, um den Schmerz zu lindern. „Willst du, dass ich dich ficke oder soll ich dich lecken, damit du mir danach einen blasen kannst?“

„O Gott“, murmelt sie. „Ich liebe es, wenn du so verdorben bist.“

Ich umkreise mit dem Finger ihre Klitoris und lehne mich zurück, um sie anzusehen. „Was willst du?“

Sie beißt sich auf die Unterlippe und denkt mit lustvoll glasigen Augen über meine Frage nach. Ich dringe noch einmal mit dem Finger in sie ein. „Komm schon, Moira ... triff eine Entscheidung. Ich halte es nicht mehr aus.“

Sie gibt ihre geschwollene Unterlippe frei, die feucht glitzert. „Ein schneller Fick. Für etwas anderes bleibt uns keine Zeit.“

„Gute Antwort“, sage ich, dann drehe ich sie um und drücke ihren Kopf nach unten, bis ihre Brust auf den Büchern und Papieren auf dem Schreibtisch ruht. Ich lasse meine Hände über die Rückseite ihrer Oberschenkel gleiten und schiebe ihren Rock hoch. Sie trägt ein blassrosa Höschen aus weicher Seide ... eines meiner Lieblingsstücke.

Mit meinem Teilzeitjob bei Cannon’s hier in Evanston verdiene ich zwar nicht viel Geld, aber ich kaufe ihr jeden Monat ein Dessous-Set. Ich liebe es, sie darin einzukleiden und sie dann mit meinen Zähnen auszuziehen.

Nun achte ich darauf, das erlesene Material nicht zu zerreißen oder zu dehnen, denn ich habe es mit meinem hart verdienten Geld bezahlt, und schiebe den Stoff beiseite, um ihr Geschlecht zu entblößen.

So verdammt schön und ganz und gar mein.

Ich lasse meinen Finger erneut durch ihre Spalte gleiten, benetze ihn mit dem Saft ihrer Erregung und lecke ihn ab. Sie schmeckt himmlisch.

„Mm", knurre ich leise. „Ich habe es mir überlegt … Ich glaube, ich möchte dich stattdessen zum Mittagessen verspeisen."

„Auf keinen Fall", entgegnet sie und schiebt mir ihre Hüfte entgegen. „Jetzt bin ich in Stimmung für einen Fick, also gib ihn mir."

Ich lasse meine Hände auf ihre Pobacken gleiten und drücke sie, bevor ich sie auseinanderziehe, um ihre Rosette zu begutachten. Letzte Nacht habe ich meinen Schwanz darin vergraben, während sie auf mir saß und mich geritten hat. Es war unglaublich.

„In Ordnung, Baby", sage ich und knöpfe meine Shorts auf, um meinem Schaft zur Freiheit zu verhelfen. Er ist steinhart und aus der Eichel sickert bereits etwas Sperma.

Ich stelle mich dicht hinter sie, führe meinen Schwanz an ihre Spalte und presse ihn an ihren Eingang. Mit einem Schwung meiner Hüfte dringe ich in sie ein, woraufhin Moira aufstöhnt …, und zwar laut.

„Sei leise, Baby", ermahne ich sie. „Sonst wird dich noch jemand hören."

Ihr Kopf schiebt sich vor und zurück, während ich in sie hineinstoße, wobei ich mir selbst auf die Zunge beißen muss, um nicht laut zu stöhnen.

Als ich besonders tief in sie eindringe, schreit Moira erneut auf, woraufhin ich ihr mit einer Hand den Mund zuhalte. Sie fletscht die Zähne und beißt mir in die Handfläche, was mich zu einem Lächeln veranlasst. Ich stoße noch einmal mit Wucht in sie.

Ich muss mich beeilen, denn falls uns jemand erwischt, würde sie wirklich in Schwierigkeiten geraten. Unsere Beziehung ist zwar kein Geheimnis und die Universität ist darüber im Bilde. Schließlich tun wir nichts Verbotenes, was heutzutage noch verpönt wäre. Aber es würde sicher nicht zu ihrem Vorteil gereichen, wenn man sie beim Vögeln in ihrem Büro erwischen würde. Dafür ist diese Gesellschaft noch nicht bereit.

Ich stoße immer wieder in sie hinein und steuere mit rasender Geschwindigkeit auf meinen Höhepunkt zu. Ich kann hören, wie Moiras Atem sich beschleunigt und spüre, wie sich ihre Muskeln um meinen Schwanz zusammenziehen, wobei ich sicherstellen will, dass sie vor mir über den Abgrund der Ekstase fällt. Ich schiebe meine freie Hand zwischen ihre Schenkel und kneife ihr in die Klitoris, denn ich weiß, dass der Lustschmerz sie zum Orgasmus bringen wird.

Ja … ich kenne ihren Körper verdammt gut.

Sie explodiert, wie ein Feuerwerk, wobei ich ihren Schrei mit meiner Hand dämpfe. Und, ja … dann komme auch ich …, und zwar heftig.

Ich stoße noch einmal tief in sie hinein und halte dann inne, damit ich einmal mehr die ekstatische Verzückung auskosten kann, die ich der sinnlichsten, schönsten und liebevollsten Frau der Welt zu verdanken habe.

Meiner Moira.

***

Moiras Wangen sind noch immer gerötet, als wir zehn Minuten später in einem Straßencafé sitzen und auf unsere Bestellung warten. Sie ist so umwerfend schön, dass ich den Drang verspüre, sie in meine Arme zu schließen und mich an sie zu schmiegen.

„Warum hast du so ein albernes Grinsen im Gesicht?“, fragt sie, während sie einen Schluck ihres Eistees nimmt.

„Weil ich verliebt bin … in dich“, sage ich rührselig.

„Du bist so ein Süßholzraspler", sagt sie und verzieht die Lippen zu einem breiten Lächeln. „Aber ich liebe dich auch."

„Werden Lisa, Adam und die Kinder nächste Woche kommen?", frage ich sie. Sie hatten vor, uns während der Schulferien zu besuchen, doch bisher war es nur eine Idee.

„Ja. Sie hat mir heute eine E-Mail geschickt. Sie werden tatsächlich am Sonntagabend einfliegen."

„Ausgezeichnet", erwidere ich aufgeregt. Lisa ist für mich fast wie eine Schwester geworden, und Adam und ich verstehen uns erstaunlich gut. Am meisten freue ich mich jedoch auf die Zeit mit Colleen und Samuel. Mir war gar nicht bewusst gewesen, wie sehr ich Kinder mag, doch jedes Mal, wenn Lisa und ihre Familie uns besuchen oder wir nach North Carolina fliegen, verbringe ich die meiste Zeit damit, mit den kleinen Rabauken zu spielen.

„Lisa bittet dich übrigens darum, den beiden keine Spielsachen zu kaufen, wenn sie hier sind", bemerkt Moira mit strenger Miene. „Sie sagt, du verwöhnst sie."

„Lisa soll sich zum Teufel scheren", entgegne ich mit einem vielsagenden Blick. „Diese Kinder verdienen es, verwöhnt zu werden."

Lachend stimmt Moira zu. „Da hast du wohl recht. Das ist das Schöne daran, Tante zu sein … und im Grunde genommen bist du ihr Onkel. Wir dürfen sie verhätscheln und wenn sie dann verzogen sind und jammern, geben wir die Bälger wieder ihren Eltern zurück."

„Ganz genau", stimme ich zu und ergreife über den Tisch hinweg ihre Hand. „Wir selbst haben nie über Kinder gesprochen. Woran liegt das?"

Moira zuckt mit den Schultern. „Ich weiß es nicht. Wahrscheinlich liegt es daran, dass wir nie wirklich über unsere Zukunft gesprochen haben. Willst du denn Kinder?“

„Auf jeden Fall … Ich dachte an drei oder vier“, antworte ich mit dem Brustton der Überzeugung.

„Vielleicht fangen wir zuerst mit zwei an und arbeiten uns dann vor. Außerdem ist das nicht ganz die richtige Reihenfolge. Kinder kommen nach der Heirat.“

„Heutzutage nicht mehr“, widerspreche ich ihr. „Ich kenne mittlerweile viele Leute, die eine Familie gegründet haben, ohne zu heiraten.“

Moira verzieht kaum merklich das Gesicht, doch sie muss mir zustimmen. Soweit ich das sehen kann, ist die Ehe nicht mehr das, was sie einmal war.

„Da hast du recht“, pflichtet sie mir bei. „Aber … für die meisten Paare ist es wichtig. Es ist eine altehrwürdige Tradition und sollte nicht auf die leichte Schulter genommen werden.“

„Das stimmt wohl“, antworte ich. Moira wendet den Blick ab, um die Passanten zu beobachten, wobei sie leicht die Stirn runzelt.

Mit einem Grinsen beuge ich mich vor, greife in meinen Rucksack und ziehe die kleine, mit Samt bezogene Schachtel hervor, die schon seit Tagen ein Loch in den Stoff brennt. Als ich sie auf den Tisch lege, sieht Moira die Bewegung aus dem Augenwinkel und wendet sich mir zu. Sie richtet ihren Blick auf die Schachtel, und ich schiebe sie ihr zu.

„Was ist das?“, fragt sie misstrauisch.

„Eine Bombe“, antworte ich sarkastisch. „Pass bloß auf.“

Moira grinst mich an, schnappt sich die Schachtel und öffnet den Deckel. Als sie sieht, was sich darin befindet, schnappt sie nach Luft. „Woher hast du den? Er ist wunderschön.“

Ich lehne mich zur Seite, um den vierkarätigen ovalen Diamanten in seiner antiken Fassung zu betrachten.

„Randall hat ihn mir geschenkt, als wir ihn zu Weihnachten besucht haben. Er gehörte seiner Mutter, und er wollte ihn an mich weitergeben.“

„Ist das dein Ernst?“, fragt sie, während sie die Schachtel nach links und rechts kippt und den Ring aus allen Winkeln betrachtet.

„Ja, und genauso ernst ist es mir, wenn ich dir sage, dass ich dich heiraten will“, erkläre ich, woraufhin sie mich überrascht ansieht.

„Wirklich?“, flüstert sie.

Ich nehme ihr die Schachtel ab und ziehe den Ring heraus. Dann ergreife ich ihre linke Hand und stecke ihr den Ring an den Finger. Randall hat mir von dieser Tradition erzählt, und ich habe ihm genau zugehört. Dabei verriet er mir auch, dass der Mann für gewöhnlich auf die Knie fiel und eine Art poetische Rede hielt. Das war allerdings nicht mein Stil.

„Ja, ich will dich heiraten“, erkläre ich schnaubend und ergreife ihre Hand. „Ich dachte, nächstes Jahr um diese Zeit wäre gut. Danach können wir uns gleich daran machen, das erste Kind zu zeugen.“

„Moment mal“, erwidert sie und entzieht mir ihre Hand. „Ich habe nicht gesagt, dass ich dich heiraten will.“

Ich ziehe eine Augenbraue in die Höhe und lächle sie an. „Natürlich wirst du mich heiraten.“

Sie stößt verärgert die Luft aus und fragt: „Musst du immer die Kontrolle übernehmen?“

Ich stehe auf und gehe zu ihr, um sie auf die Füße zu ziehen und ihr einen strafenden Kuss auf die Lippen zu pressen. Sie öffnet die Lippen und ich lasse meine Zunge in ihren Mund gleiten, um den Kuss zu vertiefen, bis sie zur Vernunft kommt. Wir küssen uns so lange, dass die Leute am Nachbartisch irgendwann zu kichern beginnen.

Schließlich ziehe ich den Kopf zurück und streiche mit dem Daumen über ihre Unterlippe, als der glasige Ausdruck in ihren Augen einem klaren Blick weicht. „Ja, ich muss die Kontrolle übernehmen … zumindest meistens. Und jetzt sag mir endlich, dass du mich verdammt noch mal heiraten wirst.“

Moiras Lippen verziehen sich zu einem breiten, sündigen Lächeln, während sie nickt. „Ja, du unmöglicher, wilder Mann. Ich werde dich verdammt noch mal heiraten.“

Ich stoße einen Jubelschrei aus und hebe sie hoch, um mich mit ihr im Kreis zu drehen. Mehrere Leute an den Nachbartischen beginnen zu klatschen und uns zu gratulieren.

Als ich Moira wieder absetze, beuge ich mich vor und lasse meine Lippen wieder über ihre gleiten. „Du wirst es nicht bereuen, Baby. Ich verspreche dir, dass ich dich lieben werde, wie noch kein Mann zuvor dich geliebt hat.“

Moira knabbert an meiner Unterlippe und murmelt: „Das tust du bereits, Zach. Das tust du bereits.“

ENDE